Olov Svedelid
Hassels Hölle

Vom Autor bisher erschienene Bücher bei KBV:

»Wiedergänger«
»Die heimliche Macht«
»Piraten«
»Der Tag des Gerichts«
»Boten des Todes«

Olov Svedelid (geb. 1932) zählt seit Jahren zu den erfolgreichsten schwedischen Kriminalautoren. Über den Stockholmer Inspektor Roland Hassel hat er nunmehr fünfundzwanzig Romane geschrieben, die in viele Sprachen übersetzt und z. T. verfilmt wurden. Darüber hinaus verfasst er Theaterstücke, historische Romane, Geschichtslehrbücher, psychologische Spannungsromane sowie Kinder- und Jugendbücher.
Svedelid gehört neben Maj Sjöwall und Per Wahlöö zu den Begründern des schwedischen Polizeiromans. Kenner schätzen an seinen Roland-Hassel-Thrillern vor allem die Kombination von Spannung, Action, Gesellschaftskritik und Humor.
Seit den 1990er Jahren ermittelt Hassel im Dienst von Interpol auch im Ausland. »Hassels Hölle« ist der sechste Roman Olov Svedelids, der bei KBV erscheint.

Olov Svedelid

Hassels Hölle

Aus dem Schwedischen von
Erik Gloßmann

KBV
KRIMI

Deutsche Erstausgabe

Hillesheim
Telefon: 0 65 93 - 99 86 68
Fax: 0 65 93 - 99 87 01
www.kbv-verlag.de
E-Mail: info@kbv-verlag.de
Die Originalausgabe erschien unter dem Titel
»Dödens medicin« im Bokförlaget Forum, Stockholm.

Übersetzung: Erik Gloßmann, Berlin
Umschlagfotografie: Mauritius-Images
Redaktion, Satz: Volker Maria Neumann, Köln
Druck: Westermann Druck, Zwickau
Printed in Germany
ISBN 3-937001-35-2

1. Kapitel

Die Frau war auf eine ganz unschwedische Weise schön; eine blühende Orchidee im Fichtenwald. Im *Konsum* von Tranås hätten die Leute bei ihrem Anblick nach Luft geschnappt und den Sonderpreis für Salamischeiben vergessen, der männliche Teil jedenfalls. Wonach der weibliche geschnappt hätte, konnte ich mir nicht vorstellen. Ihre Haut war verhältnismäßig hell, wenn man berücksichtigte, dass sie in Nigeria geboren wurde. Der Bronzeton ließ an eine Urlaubswoche auf Lanzarote denken. Ihre deutlich afrikanischen Züge waren so graziös wie bei einer Hindin; viele ihrer europäischen Mitschwestern sahen dagegen wie Büffelkühe aus. Sie war schön – aber nicht glücklich. Zwischen ihren geschwungenen, schwarzen Augenbrauen zeigte sich eine tiefe Kerbe, die auf innere Unruhe schließen ließ.

»Mein Mann ist krank. Sie können nicht hereinkommen.«

»Er sollte mir nur einen Bericht geben.«

»Kommen Sie bitte später wieder. Vielleicht fühlt er sich in ein paar Stunden besser. Manchmal ist das so.«

Ihr Englisch klang so süß, als hätte sie die Buchstaben zuvor in einen Topf voll Honig getaucht und mit Puderzucker bestäubt. Sie servierte mir die Phrasen wie in Silberpapier gehülltes Konfekt.

»Was fehlt ihm denn?«

»Es ist das Herz. Er hat den Infarkt noch nicht verkraftet.«

Sie stand in der Türöffnung der Villa. Im Hintergrund konnte ich Standardmöbel sehen, wie man sie in Wohnungen findet, die für kurze Zeit vermietet werden. Eine geschlossene Tür führte vermutlich zum Schlafzimmer, wo ihr Angetrauter lag und sich gar nicht wohl fühlte.

»Wir kennen uns von Kindheit an«, verriet ich ihr, doch das brachte sie nicht dazu mich hineinzubitten.

In ihrem Auftreten lag noch etwas anderes als die Sorge um den Gesundheitszustand ihres Mannes. Was das war, blieb mir ein Rätsel, denn ich war Polizist und kein Hellseher.

»Kommen Sie später wieder, Herr ... Hassel war Ihr Name, nicht wahr?«

So sollten alle Frauen meinen Namen aussprechen, mit einem butterweichen Doppel-S, doch wenn ich zu Hause darauf bestand, würde mich Virena nur auslachen und fragen, in welchen Kreisen ich mich bewegte. Ich zog eine Visitenkarte aus der Tasche und schrieb ein paar Zeilen auf die Rückseite, die dem Kranken klarmachen sollten, dass nicht irgendein Roland Hassel mit ihm sprechen wollte, sondern der gute alte Rolle, den er aus dem frohen Haus am munteren Drottningholmsväg gleich unterhalb des herrlichen Kronobergsparks kannte. Sie starrte auf den Text, doch da sie kein Schwedisch konnte, sagte er ihr nichts.

»Ich gebe ihm die Karte«, versprach sie.

»Soll ich einen Arzt rufen?«

»Nein, danke, nicht nötig. Ich habe alles im Griff. Außerdem bleiben wir nur noch ein paar Tage.«

Es schien, als wolle sie noch mehr sagen. Ich wollte sie gern durch ein paar unverfängliche Bemerkungen ermutigen und griff auf die bewährten Themen Wetter und lokale Geographie zurück.

»Ist es nicht schön hier in Schweden?«

»Nein, in Schweden ist es nicht schön.«

War sie geneigt gewesen, mich über irgendetwas zu informieren, so hatte sie ihre Meinung geändert. Mit einem knappen Nicken schloss sie die Tür. Ich schlenderte zum Wagen. Sie hatte Unrecht; wir leben in einem schönen Land. In der Maisonne wird jeder Vorgarten zum Verführer, der dem Betrachter zuraunt, er möge nur graben, harken, säen, pflanzen, gießen und jäten, dann würde das Fleckchen Erde den emsigen Arbeiter belohnen, indem es sich in den Garten Eden verwandelt. In meinem Fall jedoch waren die Vorgärten an den Falschen geraten. Hier ging ein Mann, der den hehren Duft von Auspuffgasen höher schätzte als den ordinären Geruch einer Apfelblüte.

Auch ich musste zugeben, dass Stureby, ein südlicher Vorort unserer Hauptstadt, an einem warmen Frühlingstag gewisse Reize entfaltet. In dieser alten Villengegend zeugen die Häuser von einem eigensinnigen Individualismus. Keines gleicht dem anderen, ganz im Gegenteil zu denen in der nahe gelegenen Reihenhaussiedlung Enskede, wo sich alle Gebäude in Reih und Glied formiert haben. Stureby hatte frei wachsen dürfen, trotz aller Streitereien um Grundstücksgrenzen, trotz mannshoher Hecken zwischen verfeindeten Nachbarn. In Enskede kann keine Rivalität, kein Wettbewerb entstehen, denn alles ist von Architekturbürokraten, die nur rechte Winkel kannten, im Voraus geplant und festgelegt worden. Andererseits hatte das disziplinierte Bauen vielen Menschen die Chance eröffnet, eine Immobilie besitzen zu können. Ich war dankbar, dass mein Vater solchen Verlockungen nicht nachgegeben hatte. Die städtischen Parkanlagen reichen aus, unseren Bedarf an Chlorophyll zu stillen.

Da ich weder in Stureby noch anderswo irgendetwas verloren hatte, fuhr ich zur Polizeizentrale nach Kungsholmen, um wie gewohnt Akten zu wälzen. Tatsächlich wusste ich nicht einmal richtig, wo ich eigentlich hingehörte. Das wusste zu dieser Zeit keiner von uns. Ich saß gleichzeitig auf zwei Stühlen, die auch noch in verschiedenen Etagen standen. Das war eine zirkusreife Kunst, um die mich selbst Charlie Rivel beneidet hätte.

Die Polizei durchlief gerade die größte Umstrukturierung ihrer Geschichte. Alles wurde anders und manches nicht besser. Im Vordergrund stand die Absicht zu rationalisieren, zu vereinfachen, Geld zu sparen, doch da man schon einmal beim Verändern war, trieb man das Ganze noch weiter. Plötzlich sollten alle problemorientiert arbeiten, also die anstehenden Aufgaben dort lösen, wo sie sich stellten. Bürgernähe statt Zentralismus – das klang vernünftig. Lauschte man nur eine halbe Stunde einem Anhänger dieser Theorie, wunderte man sich, warum diese Reform nicht schon längst stattgefunden hatte. Hörte man daraufhin einem Gegner zu, fragte man sich jedoch, welchen Idioten dieser Schwachsinn eingefallen war.

Die enorme Fluktuation forderte ihre Opfer. Niemand wusste, wo er landen würde, und keiner konnte klaren Bescheid geben. Funktionierende Einheiten wurden zerschlagen, sorgfältig gewebte Netze zerrissen. Hier feierten die Schreibtischstrategen zweifelhafte Triumphe. Auf anderen Gebieten, wo das neue Denken angebrachter war, konnten sie allerdings durchaus Erfolge verbuchen. Weil sich die Kollegen wie in einem Vakuum fühlten, ließ ihre Arbeitsfreude nach, und der Tablettenkonsum stieg an. Jeder Polizist durfte sich dazu äußern, wo er beziehungsweise sie gern arbeiten würde, aber wir sind auch nur Menschen und verabscheuen wie neunundneunzig Prozent der Bevölkerung Veränderungen in einem funktionierenden System. Deshalb schrieben wir alle, dass wir auf unseren Positionen bleiben wollten. Auf dieses Ergebnis wären die Reformer vorbereitet gewesen, hätten sie jemanden in ihren Reihen gehabt, der wusste, wie Menschen denken und reagieren. Aber so ein Kenner war im Team nicht vorgesehen. Als der Kuchen endlich verteilt war, merkten viele, dass sie ein Stück erwischt hatten, das ihnen gar nicht schmeckte. Manche tauchten auf einem der vielen Reviere auf und fauchten den Chef an: »Laut Anweisung soll ich hier ab Montag Dienst schieben, aber dazu habe ich absolut keine Lust!« Es wäre nun Sache des Vorgesetzten gewesen, diese Einstellung zu ändern, aber wie? Psychologisches Feingefühl war vorher nie gefragt gewesen.

Andererseits konnte niemand leugnen, dass trotzdem erstaunlich viel ziemlich reibungslos funktionierte, und der oberste Reformer brüstete sich damit, dass die Gewalt in einigen Bereichen auffällig abgenommen hatte.

Wurden die Kosten tatsächlich gesenkt? So einfach war es nicht. Vorher hatten wir sechs Polizeistationen in Stockholm, nun waren es plötzlich zweiundsechzig Reviere in der Stadt und im Umland, die voll ausgerüstet und mit jeweils etwa dreißig Kollegen besetzt werden mussten. Allein dadurch stiegen die Kosten ins Gigantische. Immer, wenn der Staat die Kasse verwaltet, spart die linke Hand und die rechte öffnet sich wie ein Füllhorn. Bei der Bewertung des Resultats jedoch verschweigt man die Exzesse der rechten und zeigt nur die magere linke vor.

Die zentrale Fahndung, der ich so lange als Spürhund gedient hatte, war aufgebrochen worden. Simon mit seiner kleinen Gruppe hatte eine Gnadenfrist erhalten und unterstand jetzt dem Landeskriminalamt. Die Aufgabe bestand darin, die Fahndung in der City und den übrigen Polizeiabschnitten des Bezirks zu unterstützen. Aber das Ganze war noch nicht richtig ins Laufen gekommen und an konkreten Aufgaben mangelte es. Jeder der acht Polizeiabschnitte im Bezirk verfügte über eine eigene Fahndungsgruppe und sogar eine Mordkommission. Wenn der für die Koordination zuständige Vorgesetzte meinte, dass qualifizierte Hilfe nötig sei oder der Chef eines Abschnitts dieselbe anforderte, dann war Simons Gruppe an der Reihe. Es war zu hoffen, dass dieses System nicht am Prestigedenken der lokalen Chefs scheiterte, die meinten, alles allein schaffen zu können und damit eine effektive Verbrechensbekämpfung verhinderten.

Der gesamten Umorganisation lag der so genannte Egerstedt-Bericht zugrunde, der jedoch von verschiedenen Kräften modifiziert wurde; teils aus Sorge um das Ganze, teils aus Angst, an Einfluss zu verlieren. Die Vorlage wurde gewaschen, gefärbt und durch die Mangel gedreht, bis Egerstedt seinen eigenen Text nicht mehr wiedererkannte. In dem Papier hatte er eine neue Abteilung vorgeschlagen, die er Informationseinheit nannte und die übergreifende Aufgaben wahrnehmen sollte. Wörtlich hieß es da: »In der Arbeit der Kriminalpolizei – und da speziell bei der Bekämpfung des qualifizierten Verbrechens – kann die problemorientierte Art und Weise, gegen Straftaten vorzugehen, in einer regionalen Informationseinheit verankert werden, die für Analyse und Koordination verantwortlich ist. Diese Funktion ist vor dem Hintergrund zu sehen, dass es einen Bedarf an operativen und strategischen Informationen für die Vorbeugung, Aufdeckung und strafrechtliche Verfolgung von Straftaten im Zuständigkeitsbereich sowie in nationaler und internationaler Perspektive gibt.« Besser hätte ich es auch nicht ausdrücken können.

Diesen Gedanken akzeptierten alle als gut und vorausschauend, und so wurde die Informationseinheit gebildet. Einhundertsechzig Kollegen bewarben sich für die fünfundzwanzig Stellen, die schließlich um zwei aufgestockt wurden. Einer von denen, die gewogen und als schwer genug befunden wurden, war ich. Viele wunderten sich und beneideten mich, aber ich wusste, dass ich Hilfe von oben bekommen hatte. Nicht vom himmlischen Polizeipräsidenten, der eine Ewigkeit auf seinem Posten saß, ohne dass die Gewerkschaft protestierte, und auch nicht von seinem Stellvertreter. Beide waren bekanntlich eng verwandt, aber bezeichnenderweise war es noch zu keiner Anklage wegen Nepotismus gekommen.

Während einer unfreiwilligen Unterbrechung in meinem Job als Fahnder hatte ich für Interpol gearbeitet und mich in eine internationale Mörderbande eingeschlichen, die für Geld Schiffe in die Luft sprengte. Nach diesem Erlebnis war es mir schwer gefallen, mich wieder meinen gewöhnlichen Aufgaben zu widmen. Ich wollte weitere Schritte auf interessanten Tätigkeitsfeldern unternehmen. Da die operative Abteilung von Interpol mit meiner Arbeit zufrieden gewesen war, hatte man mich für die neue Einheit empfohlen, obwohl meine Meriten allzu bescheiden waren.

Unser oberster Chef hieß Leif Jennekvist und war ein schlanker, jugendlich wirkender, unkomplizierter und sehr kommunikativer Mann. Jeder seiner zweihundertneunzig Unterstellten schätzte ihn, weil er sich stets kollegial verhielt. Dass er vielen intellektuell überlegen war, wusste er im alltäglichen Umgang zu verbergen. Auch mit meinem direkten Vorgesetzten im Dezernat, Kommissar Åke Sundgren, kam ich gut aus. Äußerlich war er die Ruhe selbst, doch ich ahnte, dass in ihm jene Leidenschaft tobte, die man bei den Besten unter uns Bullen findet: die Gesellschaft ein wenig erträglicher zu machen.

Unsere Aufgabe bestand darin, die Kriminalität in unserem Zuständigkeitsbereich zu bekämpfen, Erkenntnisse zusammenzufassen und sie anderen Dienststellen zur Verfügung zu stellen. Es gab zum Beispiel den Räuberadel, ein paar hundert Eliteeinbrecher, die in Frage kamen, wenn es um große Brüche ging. Wer hielt Kontakt zu wem? Wie funktionierte das Netzwerk? Wer verfügte plötzlich über viel Geld? Den meisten Einbrechern, überhaupt vielen Straftätern der gröberen Sorte, mangelt es an Fantasie. Sie handeln stets nach demselben Muster und hinterlassen quasi ihre Visitenkarte. Und wir wissen dann schon, wo wir am besten nach Beweisen suchen.

Auch unter bestimmten ethnischen Gruppen gibt es qualifizierte Kriminelle, die wir im Auge behalten. Gewisse Verbrechen werden vorrangig von Personen aus ganz bestimmten Ländern verübt; das gilt zum Beispiel für Schutzgelderpressungen oder Leder- und Pelzdiebstähle. Auch die netten Jugendbanden müssen beobachtet werden, die mit den rasierten Schädeln, die mit den schweren Motorrädern und auch die mit den dunklen Haaren und den weiten Hosen. Sie alle verstehen es zu hassen.

Darüber hinaus untersuchten wir schwere Drogendelikte, die sich keiner einzelnen Dienststelle zuordnen ließen. Dazu kam noch die organisierte Kriminalität, die aus den Ländern des ehemaligen Ostblocks hereinschwappte. Wir ahnten, dass es da eine erschreckende Dunkelziffer gab, die weiter wuchs. Aber auch einige statistische Aufgaben hatten wir zu erfüllen; wir erstellten Übersichten über Trends und Tendenzen in der bunten Welt des Verbrechens, die sämtlichen Polizeigruppen zur Verfügung standen. Und wir sprangen ein, wenn es um langwierige, komplizierte Ermittlungen ging, die sonst aufgrund von Personalmangel eingestellt worden wären.

Der Auftrag war von Interpol gekommen und wirkte erst einmal gar nicht kompliziert. Der schwedische Staatsbürger Nick Oland sollte an seinem derzeitigen Wohnsitz in Stockholm besucht und befragt werden. Oland hatte viele Jahre im Ausland gearbeitet, zuletzt in Lagos, und sollte über wichtige Informationen sowie Videofilme und Originaldokumente verfügen. Mit anderen Worten: Es war ein Job für einen Laufburschen, der einem Dezernatsleiter in spe nicht unbedingt anstand. Aber ich konnte mir ja einbilden, dass Interpol allergrößte Schwierigkeiten bekam, wenn ich die richtige Adresse nicht fand.

Die persönlichen Angaben Olands weckten meine Aufmerksamkeit. Eigentlich hieß er Bengt Nikodemus Ölund – und plötzlich sah ich einen wilden, frechen Jungen aus meiner holden Kindheit vor mir. Er war zehn Jahre jünger als ich, aber seine Eltern waren mit meinen gut bekannt gewesen. Zu sechst hatten sie, zusammen mit meinem Onkel und meiner Tante, Karten gespielt und Ausflüge unternommen, um Pilze oder Beeren zu sammeln, wobei es dazugehörte, auf einer Lichtung Decken auszubreiten, Kaffee aus Thermosflaschen zu trinken und Geschichten zu erzählen. Gemeinsam lachte man in den Freilufttheatern und hatte überhaupt viel Spaß und gute Laune zusammen, wie es damals üblich war. Vielleicht gibt es solche Menschen ja immer noch, aber heute werden sie wohl als nicht ganz ausgerottete Exemplare aus prähistorischer Zeit, also vor der Erfindung des Fernsehens, betrachtet.

Auf der Treppe traf ich Simon, meinen besten Freund, mit dem ich in grauer Vorzeit unzählige Streifenkilometer zurückgelegt hatte. Dann wurde er kommissarisch zum Kommissar ernannt und hatte den Titel bis heute behalten dürfen. Ich war in seiner Gruppe geblieben, in der wir zuvor beide das Fußvolk gebildet hatten. Obwohl er nun ein Vorgesetzter war und sich unsere Wege getrennt hatten, verkehrten wir weiter privat und sprachen fast täglich miteinander. Er folgte mir in mein Büro und hievte seinen Flusspferdkörper in meinen Besucherstuhl, der diese Behandlung mit einem lauten Knarren kommentierte. Simon war, bei aller Freundschaft, kein schöner Mensch. Seine Stirn ging über in eine gewaltige haarlose Kuppel, und er verfügte über einen Unterbiss, groß wie ein Futternapf. Dazwischen saß eine Kartoffelnase, die ganze Familien sattmachen konnte. Trotzdem war er vor seiner Hochzeit ein bekannter Herzensbrecher gewesen, was die These bestätigt, dass es so manche Schöne zum Biest zieht. Man hätte ihn als Unhold für den nächsten Disneyfilm ausleihen können.

»Der Wichtelmann Ström ist abgehauen«, erklärte er. »Beim Hofgang ausgebüxt.«

»Da trauert ganz Kumla.«

»Klar, die haben gleich die Gitter schwarz angemalt. Hast du den Wichtel nicht beim letzten Mal verhaftet?«

Ich konnte es nicht leugnen. Wichtel Ström war ein Rowdy, dessen gesamte Intelligenz sich in den Fäusten konzentrierte. Wenn er gut drauf war, fuchtelte er mit einem Messer herum. Wie er es geschafft hatte, seinem Stammsitz, der Strafanstalt Kumla, zu entfliehen, war mir ein Rätsel. Aber ich zerbrach mir deshalb nicht den Kopf; von mir aus konnte er stiften gehen, wie er wollte.

»Wir haben einen heißen Tipp bekommen«, fuhr Simon fort. »Hast du Lust, dich um die Sache zu kümmern? Falls dich die Faulenzer hier gehen lassen ...«

Bedauernd schüttelte ich den Kopf. Wichtel Ström ging mich nichts mehr an. Wenn es unbedingt sein müsste, würde ich wohl darauf kommen, in welchem Loch er mit anderen Ratten neue heimtückische Pläne schmiedete. Aber jetzt und in absehbarer Zeit musste es nicht sein.

»Tut mir unendlich Leid, aber ich arbeite gerade an einem hochbrisanten Fall für Interpol.«

»Hochbrisant?«

»Na ja, nicht wirklich, aber immerhin ein Fall.«

Er nickte ruhig, als hätte er nicht erwartet, dass ich ihm um den Hals fallen und Freudentränen vergießen würde. Merkwürdig, wie weit ich mich schon vom Alltag eines Fahnders entfernt fühlte.

»Wie geht es denn Herrn Interpol?«, erkundigte sich Simon und gähnte, dass man bis in seinen Magen schauen konnte.

»Danke der Nachfrage. Morgens geht's gerade so und mittags etwas besser. Frau Interpol hat manchmal Sodbrennen.«

»Da ist wohl was unterwegs«, meinte Simon, der neunfache Vater. »Essen wir zusammen?«

Das taten wir; ich aß und er verschlang alles, was sich in seiner Reichweite befand. Wir sprachen über alles – außer unseren Job. Er kannte mich besser als ich mich selbst, was nicht immer angenehm gewesen war, denn mein Hang zum

Schwarzsehen brachte es mit sich, dass ich manchmal eher die Hindernisse als das Ziel erkannte.

»Jetzt fahr ich los und treffe Charlie Chan«, verriet ich ihm.

»Wen? Ist der neu bei uns?«

»Erinnerst du dich nicht an den chinesischen Detektiv? Als ich jung war, habe ich Bücher über ihn gelesen und die tollen Schwarzweißfilme gesehen. Ein alter Chinese, der immer ein Gleichnis parat hatte, wenn er die Lösung des Rätsels präsentierte.«

Simon gähnte noch einmal und ich sah, dass er mit dem Verdauen von achtzehn Fleischklößen begonnen hatte.

»Dieser Kollege ist mir unbekannt.«

»Du hast wohl in deiner Jugend nur Pornohefte gelesen. Falls man in diesem Zusammenhang von Lesen reden kann.«

»Vergiss nicht meine Comicsammlung. Große Literatur zwischen kleinen Bildchen. Was ist nun mit dem Chinesen?«

»Den Charlie Chan spielte ein Schauspieler, den man in Hollywood als Warner Oland kannte. In Wirklichkeit hieß er Verner Ölund und stammte aus Norrland. Aus Örnsköldsvik, glaube ich, aber es kann auch Härnösand gewesen sein. Jetzt soll ich einen Mann treffen, der sich Oland nennt, aber es ist ein Bekannter aus meiner Kindheit, Bengt Ölund.«

Simon strich sich über die Glatze und dachte eine Weile nach.

»Jetzt hab ich's! Der Charlie Chan von Kungsholmen! Mensch Rolle, selbst du hattest schon bessere Pointen drauf.«

Ich verließ die Kantine des Polizeipräsidiums. Viele, die an den Tischen saßen, trugen Uniformen. Mit der Umorganisation war die Anweisung ergangen, dass alle Kollegen ihre Zugehörigkeit zum Korps öffentlich zeigen sollten, egal wo und in welcher Funktion sie ihren Dienst verrichteten. Puristen meinten, das müsse auch für Fahnder gelten. Wir konnten sie nur mühsam davon überzeugen, dass es während der Ermittlungen besser war, nicht gleich mit der Uniform ins Haus zu fallen. Der Kompromiss bestand darin, dass wir im Innendienst das blaue Tuch trugen und uns jedes Mal umziehen mussten, wenn wir jemanden unauffällig beschatten wollten.

Man hatte uns Polizisten an allen Gliedmaßen gemessen und dann Uniformen nach einem statistischen Mittel geschneidert. Alle bekamen ihr Paket und jeder stellte fest, dass ausgerechnet sein Körper nicht dem Durchschnitt entsprach. In der Folge setzte ein wildes Tauschen ein. Ich fühlte mich in meiner Uniform wie verkleidet und behauptete stets, gerade undercover unterwegs zu sein. Simon hatte beim ersten Versuch, sich die Jacke anzuziehen, einen Ärmel abgerissen und daraufhin alles wieder in den Karton gelegt. Er versprach, täglich in Uniform zu erscheinen, sollte es gelingen, eine für ihn passende herzustellen. Bis dahin lief er weiter in seinen zerknitterten Sakkos herum, die an Zirkuszelte erinnerten.

Die Männer von der Reichspolizei wunderten sich, warum ihre Hosen so schlecht saßen. Sie konnten keine richtigen Schritte machen, sondern fühlten sich, als wären die Hosenbeine an den Knien zusammengenäht. Als man der Sache nachging, kam heraus, dass eine junge und schüchterne Frau für den Schnitt verantwortlich gewesen war, die es nicht gewagt hatte, ordentlich zu messen. Vollbusige Polizistinnen waren vor ähnliche Probleme gestellt; sie bekamen die Jacken nicht zu. Bei ihnen hatte ein sensibler junger Mann Maß genommen, der in seiner Verwirrung jedes Mal die Augen zukniff. Eine bekannte Modedesignerin, eine junge Dame von der Sorte, die an Selbstmord denkt, wenn sie eine Woche nicht in den Klatschspalten auftaucht, äußerte, diese Uniformen seien das Geschmackloseste, was sie je gesehen habe. Das ganze Korps gab ihr Recht und fühlte sich bestätigt. Bei der Kripo dagegen beschlossen die meisten, den Aushang über die Uniformpflicht einfach nicht gelesen zu haben. Irgendwann würden sich die alten Sitten sowieso wieder durchsetzen.

Wieder fuhr ich nach Stureby und das Wetter war unverändert schön. Bald hatte mein kleines Schulmädchen Elin ihr erstes Schuljahr durchkämpft. Natürlich war sie das begabteste Kind der Welt, aber dennoch würde sie einige Jahre bis zum Abitur brauchen. In absehbarer Zeit konnten wir jedenfalls an einen Traumurlaub in der Gegend von Grisslehamn denken. Ich hätte meine beiden Damen rund um die Uhr für mich und würde keinen Gedanken an die Probleme der Welt verschwenden. Es ist das wahre Glück für einen Polizisten, einmal der Wirklichkeit entfliehen zu können.

Ich kam am Pflegeheim von Stureby vorbei, einer interessanten Einrichtung, die 1936 vom damaligen Königspaar mit großem Pomp eingeweiht worden war. Das Pflegeheim hieß damals noch Krankenhaus und war für Alte bestimmt, die besondere Betreuung benötigten. Damit ihnen der Einzug nicht so schwer fiel, wurden ein paar große, hölzerne Portale errichtet, die in einem freundlichen Gelb gestrichen waren. So sah es für die Patienten aus, als besuchten sie einen vornehmen Gutshof. Diese Portale stehen heute unter Denkmalschutz und erinnern an unseren hehren Wohlfahrtsgedanken.

Als ich Kind war, sprach man allerdings mit düsterer, besorgter Stimme von Stureby, denn Stureby bedeutete Endstation. Es hieß, wenn man einmal eines der gelben Portale passiert habe, könne man das Gelände nur noch durch die Kapelle im hinteren Teil verlassen. Heute hat das Pflegeheim einen ausgesprochen guten Ruf.

Auf der anderen Seite des Tussmötesvägen, hinter dem zweiten Portal, beginnt eine schöne, aber auch ein wenig unheimliche Gegend, die wie eine Geisterstadt anmutet. Dort ist es öde und leer; alles Menschliche ist fortgezogen. Das war einst das angesehene Altersheim Gammelbyn, wo diejenigen lebten, die sich noch selbst versorgen konnten und nur gelegentlich Hilfe benötigten. Dort war ich einmal bei einer Kusine meiner Mutter zu Besuch. Damals wohnten viele Menschen in den acht Häusern. Man ging spazieren, traf sich im Park, unterhielt sich und fühlte sich wohl. Jedes Haus verfügte über fünfzehn Wohnungen und mehrere Küchen sowie Kaminzimmer, die gemeinschaftlich genutzt wurden. Soweit ich weiß, wurden die Gebäude immer wieder behutsam renoviert und erfüllten ihren Zweck über lange Zeit, bis man am Rande des Viertels eine große Pflegezentrale baute.

Dann herrschte ein anderer Ton. Hinfort mit Altersheimen! Die greisen Bewohner starben allmählich weg. Die Wohnungen standen erst leer, dann zog das Personal ein; doch dieses Experiment misslang. Später dienten die Häuser als Flüchtlingsunterkünfte, doch als gefordert wurde, dass die vor Gewalt und Terror Fliehenden gefälligst Pass und Visum mit sich zu führen hätten, verwandelten sich die Flüchtlingsströme in Rinnsale.

Da standen sie nun, diese schmucken, stabil gebauten, wohnlichen Häuser – und verfielen. Für sie schien es keine Zukunft zu geben. Rettungsversuche hat es von verschiedenen Seiten gegeben, doch die Eigentümer versuchten, allzu viel Geld herauszuquetschen, sodass wieder einmal die Gier über die Vernunft siegte.

Die Villa lag ein wenig abseits an einem Hang. Sie war gut erhalten; das dunkelbraun gestrichene Holz harmonierte mit dem roten Ziegeldach. Rundum wuchs nur Gras, doch neben dem Haus entdeckte ich eine Fliederlaube mit weißen Plastikmöbeln für das gemütliche Kaffeetrinken im Freien. Ein wahres Idyll, doch als Asphaltblume dachte ich sofort an Mücken, Hornissen, Wespen und Bremsen, die alle nach meinem Blut lechzten. Von den Bäumen regnete es sicher Zecken und durch das Gras schlängelten sich unzählige Kreuzottern. Nachts tapsten Dachse heran und hofften, ihre scharfen Zähne in ein menschliches Bein schlagen zu können. Nein, das war nichts für mich. Zu Hause, in der Großstadt, in der Zivilisation, da war ich sicher; dort konnte mich schlimmstenfalls ein Staubsaugervertreter belästigen.

Der Mann, der öffnete, wirkte verängstigt. Er zitterte und hielt einen Hammer in der linken Hand. Er starrte mich an, als würde ich ihm ein Kilo Aids anbieten. In seinem Gesicht versuchte ich, die Züge des wilden Bengts wiederzufinden, aber dann fiel mir ein, dass er erst sieben Jahre alt gewesen war, als sich unsere Wege trennten. Vor mir stand ein kräftiger, untersetzter Mann mit einem großen Kopf, doch sein Antlitz wirkte leer, als diente es nur zum Sehen, Hören, Atmen und Essen. Das volle braune Haar war glatt zurückgekämmt. Er trug einen leichten weißen Anzug, als käme er gerade aus den Tropen, und das stimmte ja gewissermaßen.

»Hallo Bengt«, begrüßte ich ihn mit meinem breitesten Lächeln.

»Wa-was? Wer bist du?«

»Rolle Hassel. Ich habe vorhin mit deiner Frau gesprochen, vor ... nun, jetzt sind es wohl vier Stunden.«

»Ah ja. Sie erwähnte es. Gab mir deine Karte. Komm rein!«

Die Stimme klang gepresst. Als ich eingetreten war, schloss er schnell die Tür und drehte den Schlüssel zweimal herum. Er nickte in Richtung eines schwarzen Ledersessels. Selbst nahm er auf einem Sofa Platz, mit kerzengeradem Rücken und vorgeschobenem Kinn, als fürchtete er den Angriff unbekannter Feinde.

»Du bist wie Charlie Chan«, begann ich.

»Was? Wer?«

Ich erklärte ihm, was ich mit meiner Behauptung meinte, doch er starrte mich an, als wäre ich nicht ganz richtig im Kopf. Nicht einmal die Verwandlung von Ölund in den Filmstar Olund schien ihn zu beeindrucken.

»Das war vor meiner Zeit«, meinte er nur.

War ich der Einzige, der den Witz verstand? War ich der Einzige auf der Welt, der sich an Charlie Chan erinnerte? War ich reif fürs Museum? Würde man mich bald ausstopfen? Ich wechselte zu den gemeinsamen Abenteuern in Kungsholmen, doch er lauschte nur mit halbem Ohr. Den Rest der Aufmerksamkeit widmete er – wem eigentlich?

»Onkel Gösta behauptete immer, du seiest der störrischste Junge südlich des Polarkreises. Erinnerst du dich ...«

»Hieß er Gösta? Ich dachte, Gustav. Du, aus meinem Dasein als Dreikäsehoch habe ich fast alles vergessen. Was ist mir nicht alles passiert im Leben! Die meiste Zeit war ich im Ausland.«

»Wie geht es deiner Pumpe? Deine Frau erzählte etwas von einem Infarkt ...«

»Julie hat Angst um mich. Eigentlich heißt sie Juliana. Ihr Vater ist Holländer und verehrt das Königshaus.«

Plötzlich sprang er auf und rief hitzig: »Zum Teufel, was ist nur aus Schweden geworden! Julie hat einen Schock nach dem anderen bekommen, und beim letzten Mal ... neulich ... Sie ruht sich aus und darf nicht gestört werden. Hätten wir gewusst, dass in Schweden ein neues Drittes Reich entsteht, wären wir in Lagos geblieben. Dort herrscht nur das Chaos, damit kann man leben. Diese ekelhaften Briefe ...«

Jetzt wurde es ernst. Die Erinnerungen an den kleinen Bengt verschwanden endgültig in der Versenkung.

»Erzähl«, forderte ich ihn auf.

Aus einer Schublade holte er ein paar Blätter im A4-Format und reichte sie mir. Eine Bleistiftzeichnung zeigte eine Afrikanerin mit grotesk übertriebenen Zügen. Es gab brennende Kreuze, Peitschenstriemen auf Sklavenrücken und Springerstiefel, die einen schwarzen Schädel zertrümmerten. Blutige Wunden waren extra mit Rotstift ausgemalt. In obszönen Worten drohte der Begleittext der schwarzen Frau, die mit einem weißen Mann lebte, einen schrecklichen Tod an. Die Unterschrift lautete *White Race Superiority*.

»Verdammt, wir sind doch erst ein paar Tage hier! Und Julie hat einen weißen Vater! Das ist ja ... krank!«

Er wischte sich den Schweiß von der Stirn und ich begriff, wie er sich fühlte. Wenn der liebste Mensch so beleidigt wird, fällt es schwer sich zu beherrschen.

»Sind mehrere solcher Briefe gekommen?«

»Ja. Den hier erhielt ich erst vor einer halben Stunde. Es klingelte an der Tür und der Umschlag lag auf der Matte.«

Das Papier war mintgrün und die Bilder und Texte von einem Niveau, dass sich selbst mir der Magen umdrehte. Die Drohungen gegen die Schwarze, die einen Weißen geheiratet hatte, musste ein Schlachter ersonnen haben, denn von den gezeichneten Mordwerkzeugen tropfte das Blut.

»Konntest du nicht sehen, wer das da hingelegt hat?«

»Nein. Bis zur Hecke sind es nur ein paar Meter. Und ich musste erst einmal Julie beruhigen. Sie ... wir ... haben so etwas noch nie erlebt, nicht einmal in Deutschland, wo wir eine Zeit lang wohnten. Kurz zuvor hatte sie einen Anruf bekommen, von derselben Sorte. Sie weinte so sehr ... hätte ich den Kerl erwischt, ich hätte ihn umgebracht!«

Gerade als er das letzte Wort gesprochen hatte, klingelte das Telefon. Wie hypnotisiert starrte er auf den Apparat.

»Ich antworte nicht«, keuchte er.

An seiner Stelle nahm ich ab und murmelte ein »Mhm« in den Hörer. Eine raue, hasserfüllte Stimme quälte sich durch die Leitung an mein Ohr:

»Na, hat dein hässliches Affenweib jetzt begriffen, was wir mit ihr machen werden!«

»Klar doch«, antwortete ich knapp.

»Zuerst schlitzen wir sie ein bisschen auf und streuen Salz in die Wunden. Das mögen die Affenweiber.«

»Aha.«

Der Mann ergötzte sich dermaßen an seinen Gewaltfantasien, dass ihm gar nicht auffiel, wie ruhig ich blieb. Aber es ging ja auch nicht um meine Frau. Nick beziehungsweise Bengt schaute mich an; seine Mundwinkel waren herabgesunken, er atmete schwer durch den halb geöffneten Mund. Ich fühlte mich zornig und hilflos zugleich. Immer wenn man eine Abhöranlage benötigte, war gerade keine zur Hand, und so konnte der ekelhafte Kerl ungestraft sagen, was er wollte. Wäre er in unserer Nähe gewesen, ich hätte lächelnd zugeschaut, wie ihm Bengt die Fresse polierte. Theoretisch jedenfalls. Die Worte fraßen wie Säure an mir: Zum Teufel, was ist nur aus Schweden geworden!

»Dann schneiden wir die Äffin langsam in Stücke ...«

Er hielt sich lange bei den verschiedenen Details auf. Ich lauschte aufmerksam, weniger auf den Inhalt seiner üblen Rede als auf die Aussprache. War da nicht ein Dialekt? Wie alt mochte der Mann sein? Verwendete er Ausdrücke, die auf ein bestimmtes Milieu schließen ließen? Gab es Hintergrundgeräusche, die verrieten, von wo er anrief? Ab und zu räusperte ich mich, um ihn zum Weiterreden aufzufordern.

»Auch du wirst bestraft, weil du die weiße Rasse nicht rein hältst ...«

Mit einem höhnischen Lachen beendete er schließlich seine Tirade. Bengt beziehungsweise Nick hob seine dünnen Augenbrauen und sah mich fragend an. Ich murmelte etwas von einem unfreundlichen Gespräch mit einem garstigen Typen.

Er fuhr sich mit der Hand durchs Haar und stöhnte: »So ist es Julie ergangen. Jetzt hasst sie Schweden und die Schweden.«

»Woher wissen die, wer ihr seid? Du hast dich doch sicher nicht irgendwie hervorgetan; dein Job ist wohl eher diskret ...«

»Ja ... das heißt, Julie und ich, wir sind spazieren gegangen. Ich wollte ihr zeigen, wie es in meinem Land aussieht, dort, wo normale Leute wohnen. An der U-Bahn stand eine Gruppe junger Männer. Als wir vorbeigingen, schubste einer von ihnen Julie und rief etwas, was ich ihr lieber nicht übersetzen wollte, aber sie begriff es dennoch. Sie schrie zurück; sie ist sehr selbstbewusst. Ihr Vater ... aber das gehört nicht hierher. Ein Streifenwagen fuhr vorbei und die Bande zerstreute sich. Jemand muss uns aber nach Hause gefolgt sein und über die Adresse die Telefonnummer in Erfahrung gebracht haben.«

So einfach war das also. Ein farbiges Mädchen wagte es, einer Bande von Nichtsnutzen den Respekt zu verweigern, und schon war Rache angesagt. Die Chance, Gewalt gegen Schwächere auszuüben, leuchtete als einzige klare Idee in diesen wirren Köpfen.

»Ich kümmere mich um Personenschutz und Telefonüberwachung«, versprach ich.

»Nicht nötig«, sagte er leise. »Wir reisen morgen Vormittag ab. Ich werde Julie wohl nie mehr dazu bringen können, mein Heimatland zu besuchen. Mein Gott, wie habe ich mit Schweden angegeben!«

Ich steckte die Drohbriefe in meine Jackentasche. Polizeilichen Schutz würde ich in jedem Fall anordnen, und wenn es nur für eine Nacht war. Keiner wusste, wozu dieser Mob fähig war. Lynchen gehörte sicher dazu.

»Gib mir die Berichte und das andere Zeug, dann bist du mich los.«

»Da musst du warten. Alles liegt im Schlafzimmer und ich will Julie jetzt nicht stören. Das wirst du verstehen.«

»Wenn sie schläft, kannst du dich doch hineinschleichen ...«

»Könnte ich, aber das tue ich nicht. Julie ist mir wichtig. Wenn du morgen früh beizeiten kommst, dann ...«

Er verstummte mitten im Satz. Beide hörten wir, wie hinter der geschlossenen Tür des Schlafzimmers Glas splitterte. Bengt wandte mir sein bleiches Gesicht zu und stöhnte:

»Sie ... sie sind da drinnen und ... töten Julie!«

2. Kapitel

Mit einem Satz war er an der Tür, riss sie auf und stürmte in das Zimmer. Ich war einen Schritt hinter ihm und mühte mich, meine Dienstwaffe aus dem Holster zu ziehen.

»Ihr Teufel!«, schrie Bengt.

Ich sah Julies dunklen Kopf auf dem weißen Kissen; sie hatte die Decke bis zum Mund hochgezogen. Zwei maskierte Männer bedrängten sie; einer hielt ein Messer in der Hand.

»Polizei!«, rief ich. »Hände hoch und keine Bewegung!«

Sie drehten sich um. Bengt warf sich auf den Mann mit dem Messer und rang mit ihm. Ich trat in die Mitte des Raumes und richtete die Waffe auf den anderen. Im nächsten Moment prallte etwas gegen meinen Hinterkopf. Es tat nicht einmal weh; es war nur ein dumpfes, beinahe behagliches Gefühl. Die Pistole fiel mir aus der Hand, die Knie gaben unter mir nach und ich fiel in einen schwarzen Brunnen. Jemand brüllte etwas, aber das interessierte mich nicht mehr auf meinem Weg in das finstere Loch.

* * *

Das Knistern weckte mich, aber ich war noch wie benebelt und befand mich in einem fremden, unbekannten Land. Die Villa brannte, Feuerwehrleute rannten umher, Befehle wurden geschrien, auch ein paar Polizeiwagen konnte ich nun erkennen. Vorsichtig betastete ich meinen Hinterkopf. Die Berührung mit der Beule ließ mich vor Schmerz stöhnen.

»Du musst ins Krankenhaus«, vernahm ich eine Stimme schräg hinter mir. Ein uniformierter Kollege musterte mich wie ein frisch ausgegrabenes Fossil, das vermutlich kein Aufsehen in der wissenschaftlichen Welt erregen würde.

»Warum? Masern und Röteln habe ich doch längst hinter mir.«

»Verdacht auf Gehirnerschütterung. Du warst eine ganze Weile bewusstlos. Bleib liegen und warte.«

»Du, ich habe keine ...«

»Wenn du nicht freiwillig liegen bleibst, helfen wir nach.«

Weil mein Widerspruchsgeist noch nicht ganz erwacht war, ergab ich mich, ließ mich zurücksinken und schloss die Augen.

»Zwei Personen waren in der Villa«, gab ich an. »Ein Mann und eine Frau. Dazu die Nazis, die den Brand gelegt haben.«

»Nazis?«

»Rassisten. Die Frau stammt aus Nigeria. Habt ihr sie retten können?«

»Im Krankenhaus musst du einen ausführlichen Bericht geben. Da kommt die Ambulanz. Lieg still.«

Es war schön, auf einer Bahre getragen zu werden. Auch die Fahrt im Krankenwagen empfand ich als angenehm und fiel in einen Halbschlaf. Einer der Polizisten war offenbar mitgekommen und kümmerte sich um die Aufnahmeformalitäten. Ich wurde entkleidet, gewaschen und in ein Nachthemd gesteckt. Dann lag ich zwischen reinen Laken und mein Kopf war wie ein Ballon, der jeden Moment zur Decke hinaufsteigen konnte.

»Okay, lass hören«, sagte der Polizist, der neben meinem Bett Platz genommen hatte.

Ich ließ hören, bis er zufrieden war. Die Drohbriefe steckten noch in meiner Jacke, auch die Pistole fand sich ein. Es fehlte keine Patrone. Ich dagegen erfuhr nichts und empfand das als einigermaßen ungerecht. Ein Arzt kam dazu und untersuchte mich. Wenn ich es richtig verstand, verordnete er mir eine Gehirnerschütterung, und dafür dankte ich ihm. Er erklärte, ich müsse für weitere Untersuchungen dableiben. Ich protestierte nicht; das Bett war herrlich weich und bequem.

Später kam Virena. Sie war besorgt wie eine Mutter und ängstlich wie eine Ehefrau. Ich setzte mein jungenhaftes Lächeln ein, ließ meinen Charme spielen und versprach, als neuer Mensch nach Hause zu kommen. Garantiert – wenn nicht, könne sie sich ja beim Arzt beschweren und ihr Geld zurückfordern. Es war nicht das erste Mal, dass ich eins auf die Rübe bekommen hatte, und es war nicht die größte Beule in meiner Karriere. Sie taugte ja nicht mal dazu, ein Handtuch daran aufzuhängen.

Es folgte ein schöner Abend im Schlummer und eine sagenhafte Nacht, die ich traumlos durchschlief. Am Morgen hatte die Seele wieder heimgefunden und die Kopfschmerzen waren erträglich. Der Arzt und ich, wir einigten uns darauf, dass ich einen kostbaren Krankenhausplatz nicht unnötig belegen müsse, sodass ich schon am Nachmittag die Station verlassen und mich in einem Taxi zur Kripo fahren lassen konnte. Der Doktor hatte mir zwar nachdrücklich empfohlen, mich ein paar Tage zu Hause zu erholen, aber das konnte ich genauso gut bei der Arbeit tun. Ein Kommissar namens Reine Avén, den ich nicht kannte, hatte den Fall übernommen. Er gehörte wohl zu den Hoffnungsträgern des Korps: jung, energisch und karrierebewusst. Seine Behauptung, er habe schon von mir gehört, schmeichelte mir nicht, denn in gewissen Kreisen war mein Ruf nicht der beste.

»Wie weit bist du gekommen?«, erkundigte ich mich.

»Ein kleines Stück. In der Villa haben wir zwei Leichen gefunden. Der Mann ist völlig verkohlt, aber das Gebiss hat nichts abbekommen. Wir haben eine Identifizierung als Bengt Nikodemus Ölund, genannt Nick Oland, beantragt. Er verfügte über einen schwedischen und einen holländischen Pass. Sein Zahnarzt in Amsterdam schickt uns die Unterlagen. Bestimmt war er auch in Schweden in Behandlung, aber das ist ziemlich lange her.«

»Und die andere Leiche?«

»Eine Frau, vermutlich die Gattin, geboren als Juliana van der Hart in Nigeria.«

»Ist auch sie völlig verbrannt?«

»Nur zum Teil. Du kannst dir die Fotos ansehen. Schrecklicher Anblick. Ich hoffe, du hast nicht gerade gegessen.«

An so etwas gewöhnt man sich nie, denn dann würde man nach und nach erstarren. Wenn einem solche Bilder zusetzen, ist es ein Zeichen, dass man lebt, normal empfindet, noch nicht abgestumpft ist. Die großformatigen Abzüge waren schwarzweiß und gestochen scharf – ein Polizeifotograf verkneift sich künstlerische Ausdrucksmittel. Ich konnte erkennen, dass es Julie war, obwohl der Schädel eingeschlagen war, vermutlich durch einen Baseballschläger. Unsere Hooligans haben von ihren amerikanischen Vorbildern gelernt. Der Unterleib war durch Schüsse wie zerfetzt. In die Brust hatte man mit einem scharfen Gegenstand Hakenkreuze geritzt.

»Sie war so wunderschön, als sie noch lebte«, murmelte ich. »Und das ist erst einen Tag her.«

Ihr rechter Arm war bis einige Zentimeter unter der Schulter verkohlt, und Avén erklärte: »Die Täter hatten zwei Brandbomben platziert. Aus noch unbekannten Gründen funktionierte eine nicht, sodass nur die halbe Villa in Brand geriet. Die Feuerwehrleute schafften es, die Flammen im anderen Teil unter Kontrolle zu bringen. Julie lag auf dem Rücken; das Feuer erreichte nur einen Arm.«

Er schob die Fotos zusammen und sagte leise: »Hoffentlich ist das arme Mädchen gestorben, bevor sie ihr die Haut zerschnitten haben. Hier sind noch andere Aufnahmen.«

Sie zeigten das Wohnzimmer der Villa. Auf die Wände waren rassistische Parolen gesprayt worden. Ganz unten stand: *White Race Superiority*.

»Haben die Nachbarn nichts gesehen oder gehört?«

»Sie müssen Schalldämpfer verwendet haben. Weder sie noch er hatten wohl Zeit, um Hilfe zu rufen. Erst als Flammen aus dem Haus schlugen, wurden die Nachbarn aufmerksam und alarmierten die Feuerwehr. Ein Volvo 245 mit mehreren Männern ist in der Gegend gesehen worden. Jemand hat sich sogar die Nummer notiert, aber die gehört zu einem Ford, der vor einem Monat verschrottet wurde.«

»Bengt hatte Berichte und anderes Material in einem Fach im Schlafzimmer liegen.«

»Sorry, das dürfte sich in Asche verwandelt haben. Aber vor Ort sind die besten Brandermittler, die wir haben.«

Avén versprach, mich zu benachrichtigen, wenn neue Ergebnisse vorlägen, und damit musste ich mich begnügen. Obwohl ich nichts dafür konnte, hatte ich ein schlechtes Gewissen, weil wichtige Unterlagen vernichtet worden waren. So ist es ja oft: Man fühlt sich grundlos schuldig. Europol meldete sich bei mir und wollte hören, was passiert sei, doch die Behörde spielte nur eine periphere Rolle. Europol soll einmal die gemeinsame Verbrechensbekämpfung der EU-Staaten übernehmen, aber noch tun sich die Beteiligten schwer, einen gemeinsamen Nenner zu finden. Die Zusammenarbeit mit der operativen Abteilung von Interpol steckt noch im embryonalen Stadium.

Mein bisheriger Partner bei Interpol war Carl Hiller gewesen, der nun in Paris residierte. Wir waren sehr gute Freunde geworden und telefonierten mehrmals pro Woche miteinander. Er hatte mich als Kontaktmann für Bengt-Nick empfohlen. Obwohl er mir immer wieder versicherte, dass ich mir nichts vorzuwerfen hätte, ärgerte ich mich, weil die Sache so schief gelaufen war.

Und dann war da dieses Gefühl: Etwas stimmte nicht bei dem, was ich gesehen oder gehört hatte. Ich starrte angestrengt an die Decke und zerbrach mir das, was in Ermangelung treffenderer Bezeichnungen Kopf genannt wird – aber es kam nichts dabei heraus. Ich aß mit der Familie, plauderte mit Virena und spielte mit Elin, und die ganze Zeit surrte es in meinem Gehirn: Was zum Teufel stimmt da nicht ...

Nachts um halb drei kam ich darauf. Jeder Kreuzworträtsellöser kennt das: Man hängt bei vier waagerecht fest und sucht nach einem kryptischen Wort mit drei Buchstaben. Grau und kalt ist die Welt, bis im Unterbewusstsein die Sonne aufgeht und man es herausschreit: Na klar, Ziel aller Wege: Rom! Im Telefonbuch fand ich Avéns Nummer, doch ich beschloss, ihn erst um sieben anzurufen. Als Kollege musste ich Rücksicht darauf nehmen, dass er vielleicht etwas getrunken hatte.

Als er sich am immer noch frühen Morgen am Telefon meldete, klang seine Stimme kraftvoll und energisch. Ich vermutete, dass er gerade sein Müsli aß.

»Hier ist Hassel. Mir ist zu dem Mord an Julie etwas eingefallen.«

»Shoot. Äh ... entschuldige, das war dumm von mir, aber man hat so seine Gewohnheiten. Worum geht es?«

»Die Mörder haben ihr Hakenkreuze in die Haut geschnitten. Vier oder fünf, wenn ich mich recht erinnere.«

»Fünf. Und?«

»Die Haken zeigten in die falsche Richtung. So einen Fehler macht man einmal, aber nicht fünfmal. So wird aus dem Hakenkreuz eine Art Sonnenkreuz, wenn ich mich nicht irre. Seit wann interessieren sich messerschwingende Nazis für Sonnenkreuze?«

Avén pfiff ein paar Takte aus jener bekannten Arie jenes berühmten Komponisten, die von jener fantastischen Sängerin einst so unvergesslich vorgetragen worden war. Leider fiel mir, der ich durch und durch ein Kulturmensch bin, ihr Name gerade nicht ein.

»Punkt für dich, Hassel. Da hast du voll ins Schwarze getroffen. Kannst du übermorgen um eins in mein Büro kommen?«

»Gut, aber dann muss ich meine Rede vor der UNO verschieben.«

»Komm nicht zu spät; ich lege wert auf Pünktlichkeit. Bei deinem Job vermute ich, dass du gut englisch sprichst?«

»Es geht so. Und du?«

»Meine Mutter ist in Birmingham geboren. Bye till then.«

* * *

Virena war mit der Umorganisation und meinen neuen Aufgaben sehr zufrieden. Ich machte kaum Überstunden, ging morgens pünktlich aus dem Haus und kam abends pünktlich heim, wie jeder Büromensch. Plötzlich war ich ein Mann, auf den man sich verlassen konnte. Hätte ich versprochen, die große Wäsche zu übernehmen, kein dringender Fall wäre dazwischengekommen. Ich war zufrieden. Der Routinejob gab mir die Freiheit, nach Feierabend zu machen, was ich wollte.

Ein halbes Jahr lang hatte ich jeden zweiten Abend einen Englisch-Intensivkurs besucht. Bereits vorher konnte ich mich gut verständigen, aber ich wollte perfekt werden. Inzwischen lief die Konversation so fließend, dass ich manchmal vergaß, in welcher Sprache ich mich gerade unterhielt. Einst hatte ich versucht, auch Französisch zu lernen, jedoch bald erkannt, dass mein Gehirnvolumen begrenzt war. Lieber eine Sprache ganz als zwei halb, war meine Devise. Seitdem betrachtete ich Leute, die sich nicht an die Sprache Albions hielten, als Idioten, so wie die Franzosen jeden als halbgezähmte Bestie ansehen, der kein hundertprozentig korrektes Französisch spricht.

Es war eine andere Art Job als bei der Fahndung, wo man es mit Leuten zu tun hat, die sich vor einem verstecken und spucken und um sich schlagen, weil sie der Verhaftung und Verurteilung entgehen wollen. Wer hat schon Lust, im Gefängnis oder einer Jugendhaftanstalt zu landen? Jetzt führte ich ein ruhiges Dasein ohne Gefahren fürs Leben, nicht einmal Nasenbluten riskierte ich. Andererseits hatte ich auch genug Gewalt erlebt, es reichte mir bis ans Ende meiner Tage. Den Schlag auf den Hinterkopf während des Besuches bei Bengt schrieb ich als Arbeitsunfall ab. Genauso gut hätte ich auf einem Zebrastreifen überfahren werden können. Manchmal träumte ich schon von einer Zukunft als taubenzüchtender Pensionär. Ich wäre »der Alte«, der Guru, zu dem die Jungen aufschauen und den sie um Rat fragen würden. Vorausschauend plante ich, mir schon einmal einen weißen Bart wachsen zu lassen.

Als ich Punkt ein Uhr Avéns Zimmer betrat, denn auch ich war ein pünktlicher Typ, traf ich ihn nicht allein an. Auf einem der Besucherstühle saß ein Endfünfziger, der mir als Ralph Wilson vorgestellt wurde. Wilson wirkte so britisch, dass man Big Ben zu hören meinte, wenn er den Mund aufmachte. Er war ausgesprochen konservativ gekleidet, in seinem dunkelgrauen Zweireiher, dem weißen Hemd und dem dezent gemusterten Schlips sah er vornehm, um nicht zu sagen langweilig aus. Die schwarzen Schuhe glänzten, das schüttere rotblonde Haar war gleichmäßig auf dem Kopf verteilt und der gleichfarbige Schnurrbart sorgfältig getrimmt. Seine Haut war so wettergegerbt wie bei einem Golfer oder möglicherweise Rosenzüchter. Seine klaren hellblauen Augen schauten mich forschend an und er lächelte freundlich, wie es einem Gentleman ansteht, der sich ohne Schirm und Melone nackt vorkommt. Als wir uns die Hände schüttelten, war ich drauf und dran, »Tallyhoo« zu rufen, aber ich riss mich zusammen, denn es war nicht sicher, ob er schwedischen und gar Hassel'schen Humor vertrug.

»Ich bin mit den demokratischen Sitten in Schweden vertraut, sodass wir wohl Ralph und Roland sagen«, schlug er vor, und die Königin errötete vor Stolz über das korrekte Englisch.

»Ralph und Roland, das klingt ja wie ein Artistenduo«, meinte ich. »Akrobaten am Hochseil.«

»Carl Hiller und ich haben in Paris zusammengearbeitet, und er hat mir ein wenig von dir erzählt«, fuhr er fort, ohne auf meinen Scherz einzugehen. »Dank deiner Undercoverarbeit ist es uns gelungen, ein paar große Banden dingfest zu machen, die Schiffe sprengten, um Versicherungsgelder zu kassieren. Du wirst im Bericht sehr lobend erwähnt.«

Ich hätte jetzt mit einem gespielt verlegenen »Ach, das war doch nichts« reagieren können, aber das wäre nicht ehrlich gewesen. Es war verdammt viel gewesen; ich hatte viele Männer sterben sehen, die mich ihren Freund genannt hatten.

»Bist du immer noch in Paris?«, fragte ich statt dessen.

»Wieder in London. Leider, ich vermisse Paris sehr.«

Für einen Briten war das eine bemerkenswerte Aussage, aber ich nahm an, dass die Bezahlung im französischen Ausland besser war als zu Hause. Wir setzten uns und er schlug die scharfen Bügelfalten übereinander. Avén hielt sich aus unserem Gespräch heraus.

»Was weißt du über Nick Oland?«, wollte Wilson wissen.

Ich erzählte ihm, wie wir in der guten alten Zeit in Kungsholmen gespielt hatten, als die Sommer noch länger und die Wiesen noch grüner waren. Wesentliche Informationen, zum Beispiel, dass die Frau des Hausmeisters aus der Fünf Kinder nicht ausstehen konnte oder dass man die dicksten Brachsen am Kai von Norr Mälarstrand fing, behielt ich aber für mich.

»Und seitdem hast du keinen Kontakt zu ihm gehabt?«

»Nein, aber solche gemeinsamen Erlebnisse verbinden fürs Leben.«

»Ich habe im Bericht gelesen, was in der Villa in diesem Vorort geschehen ist. Trotzdem möchte ich dich um eine ganz persönliche Darstellung bitten. Nimm dir Zeit und vergiss kein Detail.«

Er bekam eine lebendige und doch sachliche Schilderung von meiner ersten Begegnung mit Julie bis zu dem Hieb, der mich zu Boden gestreckt hatte. Jemand musste hinter der Schlafzimmertür gestanden haben. Die Männer, die ich gesehen hatte, konnte ich nur als unförmige Gestalten beschreiben, die Skimasken trugen, wie sie unter Bankräubern in den letzten Jahren in Mode gekommen waren.

»In deinem Bericht hast du gar nicht erwähnt, dass du Bengts Frau deine dienstliche Visitenkarte gegeben hast ...«

»Das habe ich sicher vergessen. Das Alter fordert seinen Tribut.«

Er lachte kurz und machte eine Geste mit der Hand, die sonst sicher den Regenschirm hielt.

»Das sollte kein Vorwurf sein, Roland. Hast du etwas auf die Rückseite der Karte geschrieben, und wenn ja, was?«

»Ich ging natürlich davon aus, dass er sich sofort erinnern würde, wenn er meinen Namen las. Also schrieb ich auf die Rückseite: Hej Bengt, alter Junge! Schön, dich mal wieder zu treffen, nach all den Jahren. Rolle H.«

Wilson schwieg nachdenklich und enthielt sich eines Kommentars.

Statt dessen fragte ich: »Hat Nick für Interpol gearbeitet?«

»Ja und nein. Das ist ein wenig kompliziert. Vielleicht erzähle ich dir kurz seine Lebensgeschichte. Kann man hier etwas zu trinken bekommen?«, wandte er sich an Avén.

»Natürlich, ich kümmere mich darum.« Mein Kollege spielte den vollendeten Gastgeber. »Tee oder Kaffee?«

»Kaffee natürlich, danke. Auf die andere Plempe kann ich verzichten.«

Hätte er es in London gewagt, so über das Nationalgetränk der Briten herzuziehen? Ich erklärte, dass ich die Plempe vorziehen würde. Ein paar Minuten später schlürften wir unsere Heißgetränke und knabberten Kekse. Wenn das so weiterging, würden wir bald über Strickmuster reden.

»Nick kam nach Holland, als er zwanzig war und gerade in Schweden seinen Wehrdienst als Militärpolizist abgeleistet hatte«, begann Wilson. »Ein Mädchen war da im Spiel; das kennt man ja. Sie wohnte in Amsterdam und arbeitete in einem Krankenhaus. Nick lernte schnell holländisch und bewarb sich bei der Polizei. Er heiratete seine Freundin und wurde acht Jahre später Bürger der Niederlande, ohne seine schwedische Staatsbürgerschaft aufzugeben. Nach weiteren fünf Jahren wurde er von Interpol übernommen und nach Spanien geschickt. Seine Ehefrau folgte ihm, wie es sich gehört, doch leider verliebte sie sich in einen feurigen Spanier und ließ sich scheiden. Nick wurde fast wahnsinnig. Diese Leidenschaften ...«

Nachsichtig belächelte er diese Dummheiten. Hat man ein Temperament so mild wie der Golfstrom, dürfte die schlimmste Reaktion in einem »Oh dear« bestehen, wenn man von einem glutäugigen, flamencostampfenden Spanier ausgestochen wird. Ich allerdings konnte Bengts Verzweiflung verstehen. Wäre Virena mit so einem Satz gekommen – »Setz dich, Roland, wir müssen reden« – ich wäre genauso verrückt geworden. Vor einigen Jahren hatte es mal einen Kerl aus Ångermanland gegeben, den ich in Verdacht hatte, dass er meiner Frau mehr als nur zärtliche Blicke zuwarf ...

»Die Einzelheiten kenne ich nicht, doch das Ergebnis war ein handfester Skandal, und mit dem Job bei Interpol war es auch vorbei. Er wurde sehr vermisst, denn er war ein tüchtiger Ermittler. Danach schlug er sich als Privatdetektiv in verschiedenen europäischen Ländern durch. Schließlich wurde er Sicherheitschef bei einer niederländischen Ölfirma in Nigeria und zog nach Lagos. Da er die Sprache beherrschte und für ein holländisches Unternehmen arbeitete, war es nur normal, dass er Anschluss an die kleine holländische Kolonie suchte, die sich dort gebildet hatte.«

»Und dort traf er dann Julie«, vermutete ich.

»Genau. Ihr Vater, Martijn van der Hart, war ein sehr vermögender und einflussreicher Mann in Lagos, verheiratet mit einer Nigerianerin, die aus einer der politisch führenden Familien des Landes stammte. Van der Hart war dagegen, dass seine Tochter, die wie eine Prinzessin behandelt wurde, sich mit Nick abgab, aber schließlich willigte er ein. Die Hochzeit wurde wie an einem orientalischen Fürstenhof gefeiert. Aber der Mensch denkt und Gott, durch Stellvertreter, lenkt. Ich nehme gern noch eine Tasse Kaffee, der übrigens etwas stärker sein könnte.«

Da Avén das kritisierte Getränk nicht selbst zubereitet hatte, nahm er die Bemerkung nicht übel. Er schien ein wenig geschmeichelt zu sein, der Diskussion zweier internationaler Giganten auf dem Feld der Verbrechensbekämpfung lauschen zu dürfen, aber das konnte ich mir auch einbilden.

»Seit Nigeria die sichere britische Umarmung verlassen hat, ist das Land nicht mehr zur Ruhe gekommen. Natürlich gehört es noch zum Commonwealth, doch es geht seine eigenen Wege. Das holländische Ölunternehmen machte übrigens Pleite, und die politische Elite, zu der Julies Mutter gehörte, landete in einem Konflikt auf der falschen Seite und wurde mehr oder weniger abgeschlachtet. Damit verschwanden Reichtum und Einfluss. Julie wollte ihr Land trotzdem nicht verlassen. In dieser Situation nahm Nick Kontakt mit Interpol auf, um zu hören, ob es etwas gab, womit er Geld verdienen könne. Man einigte sich und er bekam monatlich einen guten Projektlohn. Roland, was weißt du über Markenpiraterie?«

»*Cartier*-Uhren?«

»Zum Beispiel.«

»Wenn ein Typ auf der Drottningata eine Decke ausgebreitet hat und für einen Hunderter echte *Cartier*-Uhren verkauft, kann man zu neunundneunzig Prozent davon ausgehen, dass sie falsch sind.«

Wilson zeigte, dass er auch sarkastisch lächeln konnte. Er trug keine Brille, doch mir fielen die charakteristischen Druckstellen am Nasenrücken auf. Entweder brauchte er nur eine Lesebrille, oder er trug derzeit Kontaktlinsen.

»Ich beschäftige mich jetzt seit zehn Jahren mit Fälschungen von Markenwaren. *Cartier*-Uhren werden oft kopiert, vor allem aber die Modelle von *Rolex*. Die billigste echte *Rolex* kostet in Schweden etwa zwanzigtausend Kronen. Nach oben gibt es sicher keine Grenze. Jedes Jahr werden mehr falsche als echte *Rolex*-Uhren verkauft. Der Originalhersteller verliert nicht nur viel Geld, sondern auch sein Ansehen. Du siehst nicht gerade beeindruckt aus, Roland ...«

Ich zuckte die Schultern. Er erzählte mir nichts Neues.

»Meiner bescheidenen Meinung nach verliert der sein Gesicht, der für eine goldene Armbanduhr eine Viertelmillion ausgibt.«

»Das ist eine Frage des Lebensstils.«

»Nicht in Kreisen, die ich respektiere.«

Wilson nickte unmerklich und brummte: »Nun ja, zum Teil hast du wohl Recht. Aber Fälschungen sind Fälschungen. Es gibt übrigens auch Fälle, die dich persönlich betreffen können. Wenn du zum Beispiel eine Markenkamera kaufst, tust du das, weil der Hersteller dir hochwertige Teile garantiert. Also bist du bereit, einen stolzen Preis für die Kamera zu bezahlen. Du weißt, dass der Hersteller große Summen in die Entwicklung investiert hat. Eine *Nikon* sollte eine *Nikon* sein und nicht etwas, das in einem Keller in Hongkong zusammengebastelt wurde, um als echte *Nikon* auf den Markt zu kommen. Habe ich nicht Recht?«

Natürlich hatte er Recht. Auch ich hatte, als ich noch jung und vertrauensvoll gewesen war, auf Mallorca eine besonders echte *Omega* zum Sonderpreis erworben. Sie hielt den ganzen Urlaub. Als ich sie zu Hause zum Uhrmacher brachte, um sie reparieren zu lassen, lachte er mich erst aus und wies mir dann die Tür. Gar nicht zu reden von dem echten, handgeknüpften Teppich, der ... na ja, man lernt dazu.

»Unterscheidet man nicht zwischen Kopien und Fälschungen?«, meldete sich Avén.

»In dieser Branche gibt es enorme Grauzonen, die von den Cleveren genutzt werden. Wenn du die Kopie einer *Rolex* produzierst und Roland erklärst, dass du ihm eine Kopie verkaufst, die er zum Spaß tragen kann, er dürfe nur nie behaupten, sie sei echt, und sie auch nur dann weiterverkaufen, wenn er dazusage, dass es sich um eine Kopie handle, und vom Käufer dasselbe Versprechen einfordere, dann bewegst du dich in einer legalen Grauzone, die eine Ehrlichkeit voraussetzt, wie man sie auf der Welt wohl selten findet. Es existieren sogar Versandkataloge, die so genannte Kopien anbieten. Einer heißt *Fake* und wurde auch hier verbreitet. Die Gesetze hinken der Realität immer hinterher, besonders in Schweden, wenn mir die respektlose Bemerkung gestattet sei.«

Leider war es so. Wir Schweden sind immer sehr blauäugig und treuherzig gewesen. Wie sollten auch Drogen in unser schönes Land gelangen? Also gab es auch keinen Grund, uns darauf vorzubereiten. Oh nein, die schwedischen Jugendlichen waren in Ordnung, übten in der Freizeit Weitsprung und gingen in reiferen Jahren ganz ehrbar im Mondschein spazieren. Die allermeisten gehörten zu den Pfadfindern, und wenn nicht, dann waren sie trotzdem rein in Gedanken, Worten und Taten. So kam es, wie es kam.

»Mit Piratenware meine ich Fälschungen, die als echt ausgegeben werden. Diese Branche steht für mehr als zwölf Prozent vom Umsatz des Welthandels. Das Institut *The International Counterfeiting Coalition* nennt eine Zahl zwischen vierhundert und fünfhundert Milliarden pro Jahr, die in den falschen Taschen landen. In Italien zum Beispiel kannst du nicht eine einzige, echte Musikkassette kaufen, auch in ganz Ostasien nicht. Wenn ein großer Hollywoodstreifen Kinopremiere hat, liegen noch am selben Tag weltweit mehrere Millionen von Produktpiraten eingespielte Videokassetten auf den Ladentischen. Das klingt vielleicht nicht so dramatisch, doch mit jedem Kauf eines gefälschten Tonträgers oder eines raubkopierten Videos unterstützt man Kreise, die sich ansonsten mit Drogen und Prostitution beschäftigen. Meine Herren, ist das nicht ein hoher Preis, nur um ein paar Kronen zu sparen?«

Betrachtete man die Sache von der Seite, bekam sie natürlich eine andere Dimension.

Wilson fuhr mit ernster Stimme fort: »Wir wissen, dass verschiedene Mafiagruppierungen den Weltmarkt für den Handel mit gefälschter Markenkonfektion unter sich aufgeteilt haben. Überall kann man Kleidung kaufen, die angeblich von *Boss, Armani, Dior* oder *Saint Laurent* stammt. *Lacoste* wird so oft kopiert, dass einem kaum noch jemand glaubt, wenn man ein echtes Shirt dieser Marke trägt. Allein in dem kleinen Land Schweden werden jährlich etwa zehntausend gefälschte *Levis*-Jeans verkauft, weltweit viele hunderttausend.«

»Hat sich Nick mit diesen Problemen beschäftigt?«, fragte ich.

»Ja. Afrika ist ein dankbarer Markt, der mit Piratenwaren geradezu überschüttet wird. Nicks Berichte waren interessant und aufschlussreich; es gelang uns, in Los Angeles und Madrid ein paar Schlüsselfiguren zu schnappen, die mit kopierten Computerprogrammen dealten. Unglaublich, was da für Summen im Umlauf sind! Vielleicht ist Nick selbst ein Opfer dieser Leute geworden, ohne es zu merken. Ironie des Schicksals!«

Das verstand ich nicht, doch Avén nickte nachdenklich. Vielleicht ging ja auch mir bald ein Licht auf.

»Es sind bereits mehrere Flugzeuge abgestürzt, weil bei Reparaturen minderwertige Teile eingebaut wurden. Aus dem gleichen Grund sind viele Autos in Unfälle verwickelt worden oder Abhänge hinuntergestürzt – weil die Bremsen versagten. Am schlimmsten aber sind die Fälschungen von Medikamenten.«

Er zog ein so angewidertes Gesicht, als hätte England im Kricket verloren.

»Dabei, meine Herren, wird die äußerste Grenze der Gier erreicht. Ich spreche wohlgemerkt nicht von kopierten Arzneimitteln, sondern von reinen Fälschungen. Nehmen wir Nigeria als Beispiel: Bei etwa der Hälfte aller dort verkauften Medikamente handelt es sich um schlechte und wirkungslose Substanzen. Man verkauft sie in Verpackungen, die echt aussehen, und die Pillen und Tabletten sind optisch kaum von den Originalen zu unterscheiden. Einhundertneun nigerianische Kleinkinder, die an einer speziellen Krankheit litten, starben an Nierenversagen. Die Medizin, die man ihnen gab, bestand aus Zucker und Mehl. Die Angelegenheit erregte ein gewisses Aufsehen, weil es so viele Opfer in so kurzer Zeit waren. Aber noch immer sterben in Nigeria täglich viele Menschen, weil sie Zucker oder Lösungsmittel anstelle von Medikamenten zu sich nehmen. In ganz Afrika steigt die Summe auf vielleicht hunderttausend Opfer, die vorzeitig sterben. Gefälschte Arzneien sind in allen Ländern im Umlauf, wo die Kontrollen nicht streng und regelmäßig vorgenommen werden. Doch selbst in europäischen Ländern haben wir massenhaft falsche Verpackungen entdeckt. Die WHO, die Gesundheitsorganisation der Vereinten Nationen, verwendet in einem diesbezüglichen Bericht den Begriff Massenmord.«

Wilson lehnte sich zurück und schien dem letzten Wort nachzulauschen.

»Massenmord ... Die Mörder machen keinen Unterschied zwischen Kindern und Erwachsenen. Das Herz hört auf zu schlagen, die Nieren versagen, das Blut wird vergiftet, die

Lungen bekommen keine Luft mehr. Massenmord! Meine Herren, ich wünsche diesen Mördern die Hölle und hoffe, dass ihr diese Auffassung teilt.«

Avén und ich murmelten, dass die Hölle für diese Schufte gar nicht heiß genug sein könne.

Mit großer Geste legte mir Wilson die Hand auf die Schulter und sprach feierlich: »Roland Hassel, jetzt hast du einen neuen Auftrag!«

3. Kapitel

Offenbar guckte ich wie ein mittelgroßer Geigenkasten, denn Wilson brach in ein schallendes Gelächter aus und winkte beruhend mit beiden Händen.

»Eine Weile musst du dich noch gedulden. Avén, könntest du bitte zusammenfassen, wie weit du im Fall von Nicks Tod gekommen bist?«

Er nannte mich Roland, während er Avén beim Nachnamen anredete. Das deutete darauf hin, dass er meinte, ich stünde ihm näher als mein Kollege. Was hatte er damit gemeint, ich hätte einen neuen Auftrag? Hatte es mit dem Mord an Nick und Julie zu tun? Sollte ich mich um gefälschte Waren kümmern?

Avén blätterte in seinen Mappen und Akten und fasste sich angenehm kurz: »Etwas Mystisches liegt über den Morden. Die Untersuchung des Gebisses hat ergeben, dass es sich bei dem Toten um Bengt Ölund beziehungsweise Nick Oland handelt, durch eine doppelte Staatsbürgerschaft Schwede respektive Holländer. Übrigens steht auch in dem schwedischen Pass der Vorname Nick. Er hat den Vornamen vor sieben Jahren auf dem Pfarramt in Stockholm von Nikodemus in Nick ändern lassen. Juliana Oland, geborene van der Hart, war ausschließlich nigerianische Staatsbürgerin. Beide kamen am neunzehnten Mai aus Lagos in Stockholm an und bezogen am selben Abend die Villa in Stureby.«

»Warum nahmen sie kein Hotel?«, fragte ich.

»In einer Vorortvilla fielen die beiden weniger auf«, erklärte Wilson. »Interpol hat das arrangiert. Wir haben gute Beziehungen zu dem Eigentümer und können das Haus mieten, wann und wie lange wir wollen.«

Avén wartete einen Moment. Da Wilson keine weiteren Erläuterungen zu der Wohnstätte gab, fuhr er fort:

»Die Gruppe *White Race Superiority* gibt uns Rätsel auf. Unsere Experten für rassistische Organisationen haben diesen Namen nie gehört. Niemand in Europa! Wir haben gegen die Bande ermittelt, die Nick und Julie an der U-Bahn in Stureby belästigt hat, und wissen, wer die Kerle waren – aggressive, dumme und latent rassistisch eingestellte Jugendliche, wie man sie heute leider oft trifft. Aber für rechtsextreme Delikte sind sie nicht bekannt. Sie haben oft ein großes Maul und zetteln Prügeleien an, aber ein geplanter Mord ist ihnen nicht zuzutrauen. Wir haben sie verhört, sind jedoch überzeugt, dass wir sie mit diesem Fall nicht in Verbindung bringen können.«

Er ordnete seine Papiere und glättete sie mit der Hand.

»Gut möglich, dass Nick glaubte, diese Bande stünde hinter den schrecklichen Drohungen und Anrufen. Aber sie war es nicht.«

»Ich hatte den Eindruck, mit einem Mann in mittleren Jahren zu sprechen, obwohl er seine Stimme verstellte«, erklärte ich. »Ich hatte genügend Zeit, über das Gespräch nachzudenken. Ich bin mir sogar ziemlich sicher.«

»Vielleicht hat die Bande aus Stureby einer anderen Nazigruppierung den Tipp gegeben, dass da ein weißer Mann mit einer nicht ganz so weißen Frau zusammenlebt? Das ist ebenfalls unwahrscheinlich. Eine Tat dieser Art muss sorgfältig vorbereitet worden sein. Außerdem hatten Nick und Julie den Rassisten nichts getan, was einen Mord motivieren könnte. Die Zettel mit den Schmähungen und die Telefonate, die passen zu den kleinen Möchtegern-Nazis, aber nicht der kaltblütige, geplante Doppelmord. Wie Hassel richtig bemerkt hat, zeigten die Haken am Kreuz in die falsche Richtung. Dabei ist es jedem Hitlerfan in die Netzhaut gebrannt, wie so ein Hakenkreuz aussieht. Was sagt uns das?«

Er schaute uns an, aber es war offensichtlich, dass er die Erklärung selbst liefern wollte, also schwiegen wir.

»Hier waren richtige Profis am Werk. Es handelt sich um kaltblütige Hinrichtungen. Die Absicht war, uns an einen Anschlag von Neonazis glauben zu lassen. Aber etwas ging schief: Eine der Brandbomben funktionierte nicht und man ritzte ein falsches Hakenkreuz in Julies Haut. Meiner Meinung nach wollte man Nick daran hindern, den Bericht und die Beweise gegen eine Fälschermafia zu übergeben. Vielleicht hatte er Verbindungen zu einer irgendwo existierenden gemeinsamen Organisation entdeckt.«

Wilson zupfte zerstreut an seinem Schnurrbart herum. Das war wohl seine unbewusste Geste, wenn er nachdachte. Viele haben solche Angewohnheiten und immer betreffen sie das Gesicht: Der eine streicht sich über die Bartstoppeln, der andere kratzt sich an der Nase, ein dritter massiert sich die Ohrläppchen.

»Was du sagst, liefert uns keine Antwort, sondern wirft viele Fragen auf. Aber bitte, rede weiter.«

»Das Badezimmer war fast ausgebrannt, nur der Spiegelschrank über dem Waschbecken blieb nahezu unversehrt. Darin lag Julies Kosmetiktasche, in der wir auch eine Packung Tabletten fanden, die Nick Oland verschrieben worden waren, hergestellt von *Roche* in der Schweiz. Vor einem Jahr und einem Monat hatte er seinen zweiten Herzinfarkt, nicht wahr?«

Der Brite nickte zustimmend. »Er war herzkrank und brauchte die Medizin.«

»Der Verpackung nach handelte es sich um Ecosen, ein Medikament, das ungefähr dem von *Hässle* hergestellten Selokeen entspricht. Der Wirkstoff darin heißt Metoprolol, ein selektiver Betablocker. Wir haben die Tabletten analysiert. Sie bestehen aus Milchpulver und Zucker. In seiner Reisetasche, die den Brand ebenfalls überstanden hat, fanden wir noch ein paar Packungen mit demselben wirkungslosen Inhalt. Das kann man auch als langsamen, aber sicheren Mord bezeichnen.«

»Sicher«, sagte Wilson verträumt und schaute mich auffordernd an. »Es wäre interessant, deine Meinung zu diesem Fall zu hören.«

Herrgott, erwartete er jetzt besonders intelligente Kommentare von mir? Wollte er mich auf die Probe stellen? Dabei ging es doch nur darum, mit geschlossenen Augen ins tiefe Wasser zu springen und sich zappelnd an der Oberfläche zu halten. Um anzudeuten, dass ich nachdachte, knetete ich mein Kinn. Dann tat ich meine Weisheit kund: »Das Motiv war sicher, Nick daran zu hindern, seinen Bericht zu liefern. Außerdem wollte man wohl Beweise vernichten, die sich in seinem Besitz befanden. Man könnte also annehmen, dass ihm die Mörder nach Schweden gefolgt sind, um ihn bei der ersten passenden Gelegenheit umzubringen.«

»Aber warum haben sie ihn nicht in Lagos getötet? Glaub mir, Hassel, in Lagos ist ein Menschenleben nichts wert.«

»Vielleicht war er in Lagos effektiv geschützt. Sie kamen nicht an ihn heran. Im friedlichen Schweden fühlte er sich dagegen sicher.«

»Okay, das ist auf alle Fälle eine Theorie.«

»Wir müssten die Passagierliste des Fluges überprüfen.«

Avén machte sich eine Notiz, was mich nur noch mehr ermunterte. Was hatte ich noch auf der Pfanne? Plötzlich tauchten unerwartete und beunruhigende Gedanken in den grauen Zellen auf. »Warum wollte er den Bericht in Stockholm übergeben? Welche Beweise hatte er? Originaldokumente? Warenproben? Einzahlungsbelege einer Bank? Gab es vielleicht eine Verbindung, die von den Verbrechen, die er enthüllen wollte, nach Schweden führte? In diesem Falle hätten sich die Leute in einem anderen Land, sagen wir Nigeria, an schwedische Kreise wenden und den Mord bestellen können. Dann wären die Mörder Schweden.«

»Oder Ausländer, die hier leben. Nigerianer zum Beispiel. Meinetwegen auch Schweden. Hast du mehr?«

Ich hatte. Nicht nur mehr, sondern immer mehr. »Wer wusste, dass er diesen Bericht liefern wollte? Er kannte ja die Regeln der Geheimhaltung. Nehmen wir an, er hatte einen wirklichen Knüller in der Hand. Vielleicht war er knapp bei Kasse und wollte sein Wissen zu Geld machen? Ich denke an Erpressung: Gebt mir ein paar dicke Bündel Scheine, sonst verrate ich etwas, was euch für den Rest des Lebens hinter Gitter bringt.«

Nick selbst eines Verbrechens zu bezichtigen, widerstrebte mir, war er doch wie ich in Kungsholmen geboren, doch die Einflüsse anderer Kulturen konnten ihm ja geschadet haben. Vielleicht hatte er sogar einmal im feinen Danderyd gewohnt.

»Aber warum Stockholm?«

»Entweder, weil er sich hier sicher fühlte. Du hast doch selbst gesagt, dass Lagos eine gefährliche Stadt ist. Hier hatte er einen gewissen Heimvorteil.«

»Oder?«

»Oder weil die, die er erpressen wollte, hier in Schweden zu finden sind.«

Wilson schien mit seinem Adepten zufrieden zu sein, aber ich war noch nicht fertig. Reicht man Hassel den kleinen Finger, nimmt er den ganzen Arm und Großvaters Leibstück dazu. »Vielleicht hat er für die Informationen in seinem Bericht bezahlen müssen. Derjenige, der die Schmiergelder angenommen hat, kann kalte Füße bekommen und sich den Falschen anvertraut haben.«

Wilson zog eine Tabakspfeife aus der Tasche, die er zu unserem Glück nicht anzündete, sondern nur in der Hand hielt wie ein Kleinkind seinen Nuckel, wenn es dessen Trost vorübergehend nicht nötig hat.

»Das mit den Schmiergeldern ist ein interessanter Gedanke. Jemand kann ein Doppelspiel betrieben haben. Wer wusste von dem Bericht?«

Ja, wer? Vorsichtig vermutete ich: »Einige wenige bei der schwedischen Polizei. Eventuell ein paar mehr bei Interpol?«

Ohne mich anzusehen, schob er das Kinn vor und sagte leise: »Im Informationszeitalter wissen viel zu viele viel zu viel. Und alle sind bestechlich, Roland. Alles hat seinen Preis. Dabei muss es nicht einmal um Geld gehen. Wir bei Interpol vertrauen einander, doch das Vertrauen darf uns nicht blind machen. Jeder muss jederzeit bereit sein, sich überprüfen zu lassen. Auch du, Roland.«

Letzteres äußerte er mit einem Lächeln, doch er meinte, was er sagte. Keine schlechte Regel, dachte ich. Wenn man mich wegen meiner fünfzehn *Armani*-Anzüge verdächtigte, würde ich beweisen, dass fleißige Polinnen in einem Keller in Skanör sie genäht hatten.

Zögernd verriet Wilson: »Obwohl Nick nur für dieses Projekt bei uns angestellt war, geriet er in die interne Kontrolle. Er hätte nicht soviel Geld ausgeben dürfen. Wenn er in Paris oder New York war, warf er damit nur so um sich.«

»Wofür gab er es denn aus?«

»Für Verschiedenes. Er verwöhnte Julie; sie war es von Kindheit an so gewöhnt. Vielleicht war ja Nick derjenige, der geschmiert wurde? Als er dann herzkrank wurde und merkte, dass seine Tage gezählt waren, bekam er ein schlechtes Gewissen. Für uns wäre es ganz wichtig zu wissen, wer wen bezahlte und warum. Kannst du dir ein weiteres Motiv vorstellen, Roland? Eines, dass noch widerwärtiger ist als die, die wir bereits besprochen haben?«

Ja, da klemmte ich nun mit dem Bart im Briefkasten. Jetzt galt es das Gesicht zu wahren, während ich überlegte. Also tat ich, als suchte ich nur nach der richtigen Formulierung für meine geniale Idee. Was war das widerwärtigste Motiv?

Wer konnte ... Es war ein fast euphorisches Gefühl, als der Groschen endlich fiel.

»Julie«, antwortete ich. »Juliana van der Hart, seine Frau. Sie könnte ihn als eine Last empfunden haben. Ein Mann mit einem kranken Herzen, der ihr nichts mehr zu bieten hatte, ein Mann ohne Zukunft, ohne geregeltes Einkommen. Nicht viel für eine junge, starke, sinnliche Frau. Sie wusste, womit er sich beschäftigte. Vielleicht hat sie ihn verraten und wurde als lästige Zeugin gleich selbst mit beseitigt.«

Avén schien beeindruckt, auch wenn er es zu verbergen suchte. Er war ja bei der Reichspolizei und dort steht in der Dienstvorschrift, dass man sich nicht von den Kollegen von der Citypolizei oder gar von den Landeiern beeindrucken lassen darf.

Wilson verriet mit keiner Miene, ob meine Ausführungen ihm imponiert hatten. »Julie. Genau, Roland. Als Außenstehender weiß man nie, was für ein Verhältnis zwischen einem Mann und einer Frau herrscht. Manchmal wissen es die Betreffenden ja selbst nicht. Nun ja. Bestimmt ließen sich noch mehr Motive für den Doppelmord finden, aber lasst uns bei den Fakten bleiben, die wir haben und von denen wir ausgehen können. Ich meine Anhaltspunkte, die uns weiterbringen, nicht den Fakt, dass Nick und Julie tot sind. Was meinst du dazu, Roland?«

Aber ich hatte das Theater satt. Sicher verdiente er mehr Geld als ich; weniger war ja kaum möglich. Und bestimmt musste er für sein Gehalt auch etwas tun. Mir aber ging sein onkelhaftes Gefrage auf den Geist. Trotzdem grinste Wilson zufrieden wie eine Katze, die den Kanarienvogel verputzt hat, ohne Spuren zu hinterlassen.

»Nick war keiner, der zu einem Quacksalber ging, wenn er krank war. Wie auch die anderen Europäer und Nordamerikaner ging er in Nigeria kein Risiko ein. Und doch finden wir bei ihm wirkungslose Tabletten, Fakt eins. Fakt zwei ist, dass auf der Verpackung der Name des verschreibenden Arztes vermerkt ist. Fakt drei ist, dass dieser Doktor, der einen guten Ruf haben muss, gefälschte Medikamente verteilt.«

»Und wenn es die Apotheke war?«, gab Avén zu bedenken. »Ist es dort nicht wie hier in Schweden so, dass die Apotheke die Medikamente nach dem Rezept des Arztes erstellt?«

»Nein, dort ist es nicht wie hier. Nichts in Nigeria ist so wie in Schweden. Fakt vier ist, dass es irgendeine Verbindung nach Schweden gibt. Fakt fünf besteht in der Erkenntnis, dass wir nur über diesen Arzt in Nigeria in dem Fall weiterkommen. Wer hat ihn beliefert? Wusste er, dass er gefälschte Medikamente verteilt, oder handelte er in gutem Glauben? Wurde er vielleicht gezwungen? Meiner Meinung nach gibt es nur eine Person, die das alles herausfinden kann.«

Avén und ich schauten uns an. Ihn konnte der große Pharao wohl nicht meinen ...

»Roland, pack den Koffer. Lagos ist gewiss keine Traumstadt, aber lehrreich wird die Reise bestimmt!«

* * *

Die Vorbereitungen waren nicht über Nacht zu bewältigen. Verschiedenes musste arrangiert werden, unter anderem die notwendigen Impfungen. Nach all den Spritzen in den Hintern und die Oberarme fühlte ich mich wie ein Fixer nach einer jahrzehntelangen Drogenkarriere. Ich staunte über mich selbst, weil ich den Auftrag ohne Einwände akzeptierte, aber ich wollte mich gern unentbehrlich machen. »Hassel? Nein, den können wir nicht in den Keller schicken und aufgefundene gestohlene Fahrräder sortieren lassen. Der hat internationale Kontakte und mit Interpol wollen wir uns lieber nicht anlegen.« Eine Reise ab und zu gehörte eben zum

Job, wenn ich auch einen Strandurlaub mit meinen beiden Damen vorgezogen hätte. Virena nahm es gelassen.

»Nigeria? Liegt das überhaupt in Afrika?«

»Ja, in der Mitte links.«

»Dann ist es also warm dort. Sieh zu, dass du viel trinkst, aber nur Wasser aus Flaschen. Wie lange bleibst du?«

»Ein paar Tage. Allerhöchstens eine Woche.«

Da ich noch nie in Afrika gewesen war, bekam ich Ratschläge von den verschiedensten Experten, woran ich Malariamücken erkennen konnte und welche Themen ich in Gesprächen lieber vermeiden sollte. Außerdem bekam ich jede Menge Material zu lesen. Am informativsten war ein kleines, kompaktes Heft vom Außenpolitischen Institut, das in kurzen Kapiteln nützliches Wissen vermittelte. Ich merkte, wie wenig ich über das bevölkerungsreichste Land des schwarzen Kontinents wusste, in dem fünfzehn Mal so viele Menschen leben wie in Schweden.

Ein Polizist, der während einer sechsmonatigen Konferenz über Menschenrechte in der Dritten Welt in Afrika stationiert gewesen war, kam ungebeten in mein Zimmer. Ich empfand instinktiv eine Abneigung gegen ihn. Er gehörte zu der Sorte, die immer alles besser weiß und deshalb andere wie Kinder behandelt, die vom Stellvertreter des Herrn auf Erden belehrt und korrigiert werden müssen. Er hieß Harry Wilhelmsson und war ein lang aufgeschossener Kerl mit einem Kopf, der wie dazu gemacht schien, wegen des Unverstands der Leute geschüttelt zu werden.

»Tja, Junge, du sollst also zu den Schwarzen runter.«

»Man hat mir versichert, dass dort nicht alle Menschen schwarz seien, es soll auch braune und mitunter sogar weiße geben.«

»Höhö, Junge, mag sein. Aber eins gilt in jedem Fall: Take it easy. Kapierst du? Take it easy!«

»Verstehe, ich soll es leicht nehmen. Und was mache ich, wenn ich es leicht genommen habe? Gibt's da noch eine andere Möglichkeit?«

Er merkte gar nicht, dass ich ihn auf den Arm nahm. Diese Sorte merkt nichts. Da er gekommen war, um mich aus dem Brunnen der Weisheit trinken zu lassen, schenkte er mir gleich reinen Wein ein.

»Du weißt, Nigeria ist Nigeria.«

»Schon klar.«

»Und Lagos ist Lagos.«

»Versteht sich.«

»Mhm, allerdings. Wenn du ein paar Biere stemmen willst, pass auf, dass dir die schwarzen Teufel nichts ins Glas tun.«

»Aber Bier dürfen sie doch einfüllen? Sonst bleiben die Gläser ja ziemlich leer.«

»*Star* schmeckt dort am besten. *Harp* geht zu trinken, aber *Satzenbrau* kannst du vergessen. Viel zu dünn.«

»Setze nie auf *Satzenbrau*.«

»Außerdem gibt's viel Selbstgebrautes, aber das sprengt dir die Rübe. Wir Weißen haben andere Schädel als die da unten.«

»Klar, dünn wie *Satzenbrau*.«

Das Schlimmste an Wilhelmsson war die düstere Art und Weise, wie er seine Kenntnisse vermittelte. Er wirkte wie ein Missionar, der sich nach lebenslangem Dienst im Busch bei seinem Nachfolger über die Gleichgültigkeit der Eingeborenen beschwert, die nicht begreifen wollen, dass Gottes Wort für das Seelenheil wichtiger ist als *Star*-Bier.

»Ich war immer mit meiner Clique zusammen, alles coole Typen, und wir ließen einander nicht aus den Augen.«

»Dann seid ihr coolen Typen wohl auch alle gleichzeitig aufs Klo gegangen?«

»You got it, brother. Und passt auf, in welcher Kneipe ihr landet, wenn ihr auf Tour geht. Junge, du ahnst ja nicht ...«

Er schüttelte sich bei der schrecklichen Erinnerung an ein Lokal, das sonst wohl als eines der besten in Lagos gelten konnte, aber das interessierte mich nicht. Ein cooler Hassel-Typ machte lieber seine eigenen Erfahrungen in feindlichen Kneipen.

»Trinkst du vielleicht nur Wein?«, versuchte er mehr über meine Trinkgewohnheiten herauszufinden.

»Zu einem guten Bordeaux am Morgen sage ich nie nein.«

»Die haben dort Palmwein, den sie auf Flaschen ziehen. Machen sie aus Ölpalmen. Die Schwarzen machen alles aus Öl, also schmeckt alles nach Benzin. Junge, hüte dich vor Wein, der mit Ogorogoro vermischt ist. Danach kannst du monatelang nicht geradeaus laufen! Da unten musst du überhaupt aufpassen.«

Seine miesepetrige Fresse wechselte den Ausdruck, aber ich hatte keine Lust, mir darüber Gedanken zu machen. Vielleicht hatte ich schon vorab Ogorogoro im Gehirn. Ich wünschte ihn dahin, wo der Pfeffer wächst. Vielleicht im Nachbarland Kamerun? Doch ich musste nett und freundlich auftreten, um meine neue Dienststelle nicht in schlechten Ruf zu bringen. Sein Blick wurde zu einem Ellenbogen, den er mir vertraulich in die Seite stieß.

»Junge, und wenn du mal Lust hast, so ein Mohrenköpfchen zu vernaschen ...«

»Mohrenkopf?«

»Na, so ein schwarzes Fräulein. Einige sind verdammt lecker, kann man nicht meckern. Müssen seit Generationen etwas Weißes im Blut haben. Jedenfalls ist das Risiko groß, HIV und später Aids zu bekommen.«

»Ist es denn die Möglichkeit?«

Er nickte verbissen und wirkte irgendwie zufrieden; wahrscheinlich, weil es ihn nicht erwischt hatte.

»Aber ja. Und nicht nur dort! Als ich in Zaire war ... da gibt es Gebiete, wo achtzig Prozent der Bevölkerung an Aids erkrankt sind. Aber ich gebe dir einen Tipp: Geh in die *Koko Bar* auf der Ozumba Mbadwe Avenue im Stadtteil Ikoyi auf der Victoriainsel. Sprich mit Gip an der Bar und grüß ihn von mir, dann besorgt er dir eine Schnecke, die garantiert weder Aids noch Tripper hat.«

»Was für ein netter Kerl!«

»Schieb ihm ein paar hundert Naira rüber, dann läuft die Sache. Ihr brauchst du dann nichts mehr zu geben. Merk dir: *Koko Bar*. Eine Oase in der Wüste. Oh Mann, ich erinnere mich, wie wir einmal in einer Kneipe in Surulere landeten, die *Jazzville* hieß. Eine Band spielte steinalte Titel von Benny Goodman. Was für ein verdammtes Gejaule. Benny Goodman! Nach einer halben Stunde verdrückten wir uns in die *Koko Bar*.«

Wenn ich irgendwann eine Unze Sympathie für ihn hatte, war sie jetzt endgültig aufgebraucht. Ich wünschte, seine miesen Ohren würden ihm abfallen, damit sie im Fegefeuer schmoren konnten. Er hatte Benny Goodmans geniale Musik als verdammtes Gejaule bezeichnet! Das sicherte ihm einen Platz in der tiefsten Hölle von Dantes Inferno.

»Es ist also ganz leicht, dort Aids zu bekommen?«, erkundigte ich mich.

»Was? Ja, schon, aber wenn du mit Gip redest ...«

»Mensch, und ich habe die ganze Zeit überlegt, wie ich Aids kriege; das ist gar nicht so leicht hier in Schweden! Wenn ich in diese *Jazzville*-Kneipe gehe und ein kommerzielles Verhältnis mit einem dieser Mohrenkopf-Fräulein anfange, kann ich mir also Aids verschaffen, oder?«

Er starrte mich verblüfft an, dann kniff er seine wässrigen Augen zusammen, als könnte er ihnen nicht trauen. Doch wenn ich will, kann ich so unschuldig aussehen, dass der Papst im Vergleich dazu wie ein verkaterter Judas Ischariot wirkt, der dringend dreißig Silberlinge braucht, um seinen Alkoholpegel anzuheben.

»Verdammt noch mal, das klingt ja fast, als wolltest du Aids haben?«

»Aber klar doch, du hast es erfasst. Ich danke dir.«

»Bist du verrückt? Daran krepierst du doch jämmerlich! Junge, ich habe ...«

»Harry, Junge, denk doch mal nach. Was haben du und ich eigentlich für Chancen, berühmt zu werden? In die Zeitungen zu kommen? Vielleicht sogar eine ganze Seite zu kriegen? Oder sogar von Siewert Öholm interviewt zu werden?«

»Wovon redest du?«

»Wir sind die geborenen Verlierer, Harry. Wir vom Fußvolk bekommen selten Presse. Aber ich will berühmt werden; das muss bei mir im Blut liegen. Noch gibt es die Chance – in der Sonntagsbeilage von *Expressen*. Ich sehe die Schlagzeile schon vor mir: ›Holte sich Aids in Afrika – jetzt leidet er in Schweden‹. Was sagst du dazu? Das wollen die Leute doch lesen: Wie ich mich fühle, wenn ich morgens aufwache, was der Tod für mich bedeutet und wie er mir täglich naherrückt. Junge, da kann man so richtig auf die Tränendrüsen drücken, bis kein Auge mehr trocken bleibt. ›Das Leben hat so viel zu geben – und nun ist es bald zu Ende‹. Kann man von Aids blind werden?«

»Woher soll ich denn das wissen? Ich weiß nur ...«

»›Jeden Tag lässt seine Sehkraft weiter nach‹. Klingt auch gut, oder? ›Bald sehe ich nur noch schwarz und lebe in der endlosen Finsternis‹. Das nenne ich Schlagzeilen! Man verliert den Appetit und magert zum Skelett ab, aber man verliert nicht den Mut. ›Wegen meiner Familie bleibe ich stark – so sollen sie mich in Erinnerung behalten‹. Was glaubst du, wie die Auflage in die Höhe schnellt, vor allem in Norrland, wo die Laestadianer wohnen.«

Wilhelmssons Kinn fiel herunter und er zwinkerte immer heftiger, während ich immer mehr in Fahrt kam.

»Verdammt, du krepierst an der Krankheit!«

»Na und? Aber bis dahin bin ich berühmt! So prominent, dass ich im Supermarkt Autogramme geben darf. Ich halte es mit der Jugend: Man existiert nicht, wenn man nicht im Fernsehen war!«

»Ich glaub's nicht! Und deine Frau – die wird ja auch angesteckt!«, stieß er hervor.

Ich nickte ernst und treuherzig.

»Stimmt, darüber haben wir gesprochen. Sie hat bestimmt nichts gegen ein Mohrenköpfchen vom *Jazzville*. Wenn ein schwedisches Ehepaar gemeinsam Aids bekommt, reicht es mit Sicherheit für Siewert Öholm und *Aftonbladet*. Dann ziehen die Frauenjournale nach, mit tiefgründigen Artikeln und ergreifenden Bildern aus unserem trauten Heim. ›Wir lieben uns noch immer, doch die Umarmungen werden seltener – die Arme fallen ab‹. Wenn wir Glück haben, hält unsere Popularität ein ganzes Jahr, bis wir dann den Löffel abgeben. Ich wette, dass wir live in Norwegen auftreten werden.«

»Du bist ja total bescheuert!«

Er sah mich ergriffen die Hände falten und in seiner Einfalt glaubte er wirklich, es wäre mir ernst. Diesen Wilhelmsson konnte man herrlich auf die Schippe nehmen; diese Sorte glaubt einfach nicht, dass jemand mit ihnen Scherze treiben könnte.

»Vielleicht können wir auch unsere Tochter einbeziehen. Ich weiß noch nicht wie, aber ich werde es mit meiner Frau besprechen. ›Eine ganze Familie geht gemeinsam in den Tod‹ – die widmen uns glatt eine ganze Illustrierte! Das Hassel-Journal! Wir drei Todgeweihten veröffentlichen unsere Weisheiten vom Rand des Grabes und dann folgt ein Preisausschreiben, wer von uns zuerst ins Gras beißt. Ich verwette mein letztes Hemd, dass wir international bekannter werden als Björn Borg, Abba und Königin Sylvia zusammen. Sag mal, Junge, sieht man es so einem Mohrenkopf-Fräulein an, dass es Aids hat?«

Er zuckte krampfhaft die Schultern und starrte mich an, als wäre ich Benny Goodmans Klarinette.

»Du bist krank!«

»Man kann ja auch fragen. Sag mal, Junge, nehmen die es einem übel, wenn man fragt, ob sie ansteckend sind? Wollen die dann vielleicht mehr Geld? Es ist schon problematisch, wenn man noch nie in Afrika war und nicht weiß, wie es dort zugeht.«

Wilhelmsson biß sich auf die Lippe und zitterte, als würde er frieren. Vielleicht war es auch ein Vorstadium von HIV. Er verließ grußlos den Raum und ich war überzeugt, dass er mich nicht zu den coolen Jungs zählte, mit denen er gern in der *Koko-Bar* ein *Star*-Bier trinken würde.

Die Kollegen von der Fahndung hatten einen Onkel von Bengt Ölund ausfindig gemacht, einen Birger Huldt, der in der Fleminggata bei Johansson wohnte. Ein Gespräch mit ihm konnte etwas bringen, also übernahm ich es, ihn aufzusuchen. Bengts Onkel musste etwa so alt sein, dass er meine Eltern gekannt haben konnte, auch wenn ich mich weder an ihn noch an seinen Namen erinnerte. Über die eigenen Eltern weiß man immer viel zu wenig, und je älter man wird, desto größer wird das Bedürfnis, die Lücken zu schließen. Vielleicht will man so die Kindheit stückweise wiedergewinnen.

Ab und zu soll man sich etwas Gutes gönnen. Ich tat das am liebsten in dem garantiert ältesten Café Stockholms, dem *Café Fix* in der St.Eriksgata zwischen der Fleminggata und der St.Göransgata, das 1911 eröffnet wurde. Es zählte einst zu den heißesten Lokalen der Stadt. Damals war die Straße von feinen Filmtheatern gesäumt, in denen rauschende Premieren stattfanden. Nach der Vorstellung traten die Schauspieler vor den Vorhang und nahmen den Applaus entgegen, anschließend ließen sie sich im *Café Fix* bewundern. In ihrem Kielwasser schwammen Leute, die Unterhaltung suchten, aber nicht genug schillerten, um es ins *Riche* oder ins *Cecil* zu schaffen. Wand an Wand lag das Kino *Vargen*, das später in *Gnistan* umbenannt wurde und ein paar Jahre lang tagsüber als Tonstudio genutzt wurde. So fanden auch Musiker und Sänger ins *Fix* und die Leute standen gaffend davor: »Schau mal, da sitzen Harry Brandelius und Alice Babs ...«

Aber die alten Zeiten waren vorbei. Das *Café Fix* war immer noch eine gute Adresse, ohne Schnickschnack, dafür mit herrlichem selbst gemachtem Gebäck und einfachen Speisen zu moderaten Preisen. Ich begrüßte Laine Norlander, den Inhaber, und entschloss mich zu einem Käsebrötchen und einem Glas Tee. Laine war ein Arbeitstier ohnegleichen. Seit über zwanzig Jahren öffnete er sein Café Tag für Tag um fünf Uhr morgens, auch zu Weihnachten. Ich konnte verstehen, dass er langsam müde wurde, zumal der Laden nicht mehr richtig lief. Eine Zeit lang kamen wenigstens noch die Bauarbeiter regelmäßig bei ihm frühstücken, aber auch deren Jobs gehörten nun der Vergangenheit an.

Es gab einfache Tische und Stühle und an den Wänden eine Tafel mit gesammelten Artikeln über das Café und gerahmte Fotos vom guten alten Stockholm, die an die Wand geschraubt waren. Früher hatten hier Aufnahmen aus der Glanzzeit der St.Eriksgata gehangen, doch sie waren nach und nach von Sammlern gestohlen worden. Wir hofften, dass ihnen die langen Finger abfaulten. Zur Gemütlichkeit trug auch eine echte Wurlitzer-Jukebox bei, die mit Musik aus verschiedenen Jahrzehnten geladen war, und einmal Hören kostete einen Reichstaler. Auf die Spielsüchtigen warteten im Innenraum drei große Flipperautomaten. Nichts für mich, ich verzehrte in Ruhe mein Brötchen. Ganz ohne Hintergedanken war ich natürlich nicht gekommen; schließlich war es die Gegend, in der Birger Huldt wohnen sollte, und ich wusste, dass Laine eine Menge Laute kannte.

»Birger Huldt? Jung oder alt?«

»Das *Café Fix* und er sind ungefähr zur selben Zeit geboren.«

Er wiederholte nachdenklich den Namen, doch kein Groschen fiel.

»Nix bei *Fix*. Aber du kannst noch Tee haben, wenn du willst.«

Das vierstöckige Haus gehörte nicht zu den ansehnlichen. Es war grau verputzt, ohne jede Verzierung, und lag in dem langen Ende der Fleminggata nahe Stadshagens Berg. Huldts Name stand nicht auf der Tafel hinter der gesprungenen Scheibe, aber Johansson wohnte im zweiten Stock. Ich stieg die abgewetzte Treppe hinauf und klingelte. Ein älterer Mann öffnete und schaute mich aus müden Augen an. Sein Gesicht war so abgemagert und die spitze, knochige Nase ragte so weit hervor, dass ich ihm geglaubt hätte, wenn er sich als Herr Storch vorgestellt hätte.

»Was kann ich für Sie tun?«, fragte er mit asthmatischer Stimme.

»Ich suche Birger Huldt, der hier wohnen soll.«

»Bigge? Hat er das gesagt? Das muss lange her sein. Was wollen Sie denn von ihm?«

Ich zeigte ihm meine Polizeimarke. Er verbeugte sich leicht und nuschelte: »Der Ärmste hat doch nichts Ungesetzliches getan? Wie auch, er bringt ja kaum etwas Gesetzliches zustande.«

»Können wir darüber reden?«

»Wenn Ihnen meine bescheidene Behausung recht ist? Ich bekomme schon lange keine Gäste mehr. Früher war das anders ...«

Die Wohnung bestand aus einem Wohnzimmer, einem Schlafraum und einer Küche. Er musste sich durchaus nicht für sie schämen. Sie war zwar dürftig möbliert und der Fernseher hätte jedem Technikmuseum zur Ehre gereicht, aber er hielt seine vier Wände sauber und es roch auch nicht nach altem Mann – dieser Geruch gehörte zu den schlimmsten Erinnerungen an meine Zeit als Fahnder. Höflich bat er mich, auf einem Stuhl mit geschwungener Lehne Platz zu nehmen. Dann ging er in die Küche und kehrte mit zwei Büchsen unseres alkoholarmen schwedischen Biers und sauberen Gläsern zurück.

»Mehr hat das Haus nicht zu bieten, aber wenn Ihnen ein Bier recht ist, greifen Sie zu.«

Natürlich ließ ich mich nicht lange bitten und wir prosteten einander zu, als hätten wir Champagner in den Gläsern. Johansson trug einen grauen Anzug, der seine besten Tage längst hinter sich hatte, und ein blaues Hemd mit fadenscheinigem Kragen. Der Knoten des dunkelblauen Binders war sicher seit Jahren nicht gelöst worden.«

»Nun, was gibt es Neues in der Welt?«, erkundigte er sich. »Herrschen Krieg und Not, oder sind sich die Menschen einig?«

»Wie immer kracht es fast überall. Sehen Sie nicht fern?«

»Schon seit langem nicht mehr. Kann die Rundfunkgebühren nicht mehr bezahlen. Auch an Zeitungen ist nicht zu denken. Seit mir mein kleines, tüchtiges Radio heruntergefallen und zerbrochen ist, kann ich nur noch raten, was außerhalb des Hauses geschieht. Manchmal drehe ich eine Runde und lese mir die Aushänger am Kiosk durch oder sammle die weggeworfenen Blätter aus den Papierkörben. Letzte Woche erwischte ich eine Lokalzeitung aus Filipstad. Nun kenne ich mich aus in der Metropole Värmlands.«

»Geht es wirklich so schlecht?«

Er nickte mit seinem Schnabel und es sah aus, als wollte er Insekten jagen.

»Ich bin jetzt dreiundsiebzig und schon lange krank. Mein Äußeres ist eine Schale und mein Inneres ein Chaos. Mein Körper braucht einen ganzen Medizinschrank um zu funktionieren. Wie ich überleben soll, wenn ich unter die Brücke ziehe, weiß ich noch nicht, aber das ist wohl nicht von öffentlichem Interesse.«

»Warum solltest du unter die Brücke ziehen?«

Er schaute sich ein wenig verträumt in der Wohnung um.

»Ich bin vier Monate mit der Miete im Rückstand und kann noch immer nicht zahlen. Die Leute von der Wohnungsgesellschaft waren bisher sehr verständnisvoll, aber nun geht es nicht mehr. Ich bin ja nicht der Einzige.«

Auf einem niedrigen Tisch standen einige silbergerahmte Fotografien. Die Schwarzweißbilder waren verblichen und zeigten Johansson in einer Zeit, als es ihm noch wichtig erschienen war, sich zu verewigen. Ich entdeckte ein Hochzeitsfoto mit einer schüchtern lächelnden Braut neben einem stolzen Mann mit wallendem schwarzen Haar und einer etwas weniger hervorspringenden Nase. Die anderen Bilder zeigten wohl Verwandte, in einem streng blickenden Mann und einer Frau in einem ovalen Rahmen vermutete ich das Elternpaar. Es gab keine Fotos von Kindern. Seine Geschichte war leicht zu lesen. Jung verheiratet, keine Kinder, seit Jahren Witwer, niemand fragte nach ihm.

»Ich war Monteur«, fuhr er fort. »Turbinenschlosser. Bin viel herumgekommen. Einmal war ich sechs Monate lang in China. Hat aber keine bleibenden Eindrücke bei mir hinterlassen außer der Erkenntnis, kein Chinese sein zu wollen. Jetzt bin ich nicht mehr sicher, ob ich noch Schwede sein will.«

Er hustete schwer und nahm einen Schluck Bier. Er wollte reden, weil er einsam war, und ich hatte es nicht eilig. In meinem Job lernt man, die Leute ihr Herz ausschütten zu lassen, denn oft rutschen wichtige Informationen mit heraus.

»Mit sechzig wurde ich vorzeitig in Rente geschickt. Der Rücken war kaputt. Ich wurde am Krebs operiert, doch er kam zurück. Die zweite Behandlung war erfolgreicher – hoffe ich. Inzwischen sind die Renten mehrmals reduziert worden, dafür hat man das Wohngeld erhöht, zuletzt um drei Kronen. Leider stieg die Miete gleichzeitig um dreihundertfünfzig Kronen, sodass mir jetzt jeden Monat dreihundertsiebenundvierzig Kronen fehlen. Denn auch vorher hat es nur gerade so zum Leben gereicht.«

»Was sagt das Sozialamt?«

»Auch da gibt es nette Leute, die gern helfen wollen, aber nicht können. Keine Krone für Johansson. Außerdem werden dort auch viele entlassen, sodass alle Angst um ihre Jobs haben. Einige mussten sich schon beim Arbeitsamt melden. Was halten Sie von Nudeln?«

Nudeln waren für mich Spaghetti, glibbrige lange Fäden ohne Geschmack.

»Sie sind wenigstens billig. Das Einzige, was man sich für ein paar Kronen leisten kann. Ich bin ein tüchtiger Koch und bereite sie nach allen Regeln der Kunst zu, aber bei allen Versuchen zu variieren: Sieben Tage in der Woche Nudeln, das halte auch ich nicht mehr lange aus. Dabei reicht mein Geld eigentlich nicht einmal dazu. Manchmal lutsche ich einfach am Daumen.«

Er betrachtete seine Daumen, wohl um festzustellen, ob noch Fleisch auf den Knochen war. Es sah nicht gut aus.

»Früher war die Arznei noch erschwinglich, aber jetzt hat man die Freigrenze erhöht, sodass ich mir keine Medikamente mehr leisten kann. Bald werde ich sterben, aber vorher noch umziehen. Mein Problem ist, dass die Plätze unter den Brücken ebenfalls rar geworden sind. Ich bat das Sozialamt um Vermittlung, aber das Mädchen sagte, ich solle nicht solche Scherze machen. Ich meinte es aber ernst. Auf dem Friedhof gibt es große Behälter für Reisig, verblühte Blumen und Abfälle. Was sagen Sie? Wäre das etwas für mich? Dann müssen sie meine Leiche nicht so weit transportieren.«

»Gibt es kein Altersheim?«

Er lächelte müde und melancholisch.

»Jetzt scherzen Sie. Die Warteschlange reicht von hier bis in die Ewigkeit, außerdem hat man auch in diesem Bereich die Mittel gekürzt. Aber so, wie es ist, ist es richtig. Schließlich waren es solche wie ich, die das Land in die Krise geführt haben, also müssen wir auch dafür bezahlen. In der Zeitung aus Filipstad stand, dass wir alle unseren Beitrag zu leisten haben, und der meinige besteht darin bald abzukratzen. Der Staat muss mir keine Rente mehr zahlen und kann meinen alten Anzug verkaufen, um ein paar Kronen zu verdienen.«

»Ja ja, aber was ist nun mit Birger Huldt?«

Das Lächeln wurde noch müder und melancholischer.

»Sie haben meine Jeremiaden also satt. Kein Wunder. Ich kann mich ja selbst nicht mehr hören. Bigge treibt sich manchmal im Park herum. Wir können nachsehen gehen, wenn Sie sich meinem Schildkrötentempo anpassen wollen.«

Er zog sich einen verschlissenen Ulster über und setzte sich eine Sportmütze auf. Draußen herrschten sommerliche Temperaturen, aber er wollte wohl kein Risiko eingehen. Als wir auf den Park zuschlenderten, schien er sich noch einen warmen Pullover zu wünschen.

»Tja, Bigge brauchte eine Adresse, wegen der Post. Obwohl er kaum welche bekam. Zeitweise hat er bei mir gewohnt. Ab und zu ruft er an, wenn er bei mir im Flur schlafen will. Was wollen Sie eigentlich von ihm?«

»Nur ein paar Auskünfte. Ich glaube, er hat meine Eltern gekannt.«

Er warf mir einen Seitenblick zu und blieb stehen um zu husten, dass es den ganzen ausgemergelten Körper schüttelte. Dann wischte er sich Mund und Nase ab und stopfte das Schnupftuch in die Manteltasche.

»Sie werden nicht viele Auskünfte erhalten. Bigge ist seit Jahren nicht mehr klar im Kopf. Das Gehirn ist gewissermaßen ausgetrocknet. So etwas passiert, da kann man nichts machen. Er war in einer dieser Kliniken, Långbro oder Beckis, genau weiß ich es nicht mehr. Da hatte er es nicht schlecht, regelmäßiges Essen, ein bisschen Betreuung. Dann schlossen sie die Einrichtungen und warfen die Patienten hinaus. Selbsthilfe könne nicht schaden, sagten die Experten. Erinnern Sie sich? Dann hieß es, man würde sich an anderer Stelle um die Betroffenen kümmern. Aber es gab weder Personal noch Geld. Also kümmert sich auch keiner mehr um Bigge. Wir müssen beide unsere Pflicht gegenüber dem Staat erfüllen und bald sterben.«

Der kleine Park an der Kirche war kühl und schattig; man konnte den Saft in den Bäumen steigen hören. Hier waren Leben und Kraft, Hoffnung und Jubel in den frisch sprießenden Blättern. Johansson merkte nichts davon, er hatte Saft und Kraft verloren und der Jubel war ihm vergangen. Unruhig spähte er durch das Grün. Es waren nicht viele Menschen da; ein paar junge Mütter schauten ihren Kleinen beim Spielen im Gras zu, ein paar Alkoholiker teilten sich brüderlich eine Flasche. Auf einer Wiese trainierten zwei Halbwüchsige Baseball. In meiner Jugend hieß das Spiel Brennball und wurde als Sport verachtet, aber das war vor der Zeit der verkehrt herum getragenen Baseballmützen. Auf einer Bank saß eine Dame in mittleren Jahren und las in einem Buch. Sie war der lebende Beweis, dass die nicht ganz jungen Frauen unsere Kultur hochhalten, während die Männer sich bestenfalls für Kreuzworträtsel interessieren.

»Offenbar haben wir Glück«, erklärte Johansson. »Bigge sitzt auf seiner Lieblingsbank; dort fühlt er sich zu Hause.«

Auf der anderen Seite der Wiese saß eine Gestalt zusammengesunken auf einer Bank und wir näherten uns ihm im Trippelschritt. Er starrte ins Nichts und ich erschrak vor dem leeren Blick. Der Anblick des in Lumpen gehüllten, verwahrlosten Mannes stach mir ins Herz. Auch wenn die

Verbindung schwach war, irgendwie gehörte er zu meinem Leben. Vor mir saß ein weiteres Opfer des Sozialabbaus, einer der geistig Verwirrten, die jetzt hilflos durch unseren Alltag treiben. Der Gedanke, die Krankenhäuser zu entlasten, war vielleicht nicht verkehrt, aber das Resultat verheerend. Das heutige Schweden hat viele Abgründe.

»Hej Bigge«, begrüßte ihn Johansson und setzte sich neben ihn. Ich nahm auf der anderen Seite Platz.

Da war er wieder, der Geruch nach altem, ungewaschenem Mann.

»Hier ist ein Herr, der mit dir reden möchte, Bigge. Er sagt, er heißt Hassel, Roland Hassel.«

Obwohl sich meine Hand sträubte, legte ich sie ihm freundschaftlich auf die Schulter und lächelte ihn an. Langsam wandte sich Huldt mir zu und die leeren Augen glichen verlorenen Eiern im Wasserglas.

»Guten Tag, Onkel Birger«, sagte ich. »Dein Neffe Bengt Ölund und ich, wir waren mal Freunde. Bengan nannten wir ihn damals.«

Plötzlich kam ein Funken Leben in seinen Blick und die Kiefer bewegten sich, um Laute über die rissigen Lippen zu schicken: »Bengt ... tot ...«

»Also hast du davon gehört? Wer hat es dir gesagt?«

Er holte tief Luft durch seine gebrochene Nase und seine Finger zitterten, als er versuchte, seine Worte durch eine Geste zu unterstreichen: »Tot ... er ist tot ... Ich habe ihn getötet!«

4. Kapitel

Erzähl, Onkel Birger. Wie ist das geschehen?«

Die Kiefer mahlten und er suchte in seinem Inneren nach erklärenden Sätzen. Aber bald verschwanden die Funken des Bewusstseins aus seinen Augen und machten der großen Leere Platz, die keine Geheimnisse kannte oder sie nicht preisgab.

»Birger hat das nur so dahergesagt«, meinte Johansson. »Das tut er manchmal. Man weiß nie, woran man bei ihm ist. Vielleicht wollte er Sie nur foppen. Er kann ein richtiger Racker sein, wenn er aufwacht, aber meistens wird man nicht schlau aus ihm.«

Aber er hatte keinen Scherz machen wollen; die Kunst beherrschte er nicht mehr. Er hatte mir etwas mitteilen wollen, etwas, das mit Bengts Tod zu tun hatte. Vielleicht war es auch nur leeres Gerede. Oder er verwechselte die Personen. Was wusste ich, der ich ihn nicht mehr erreichen konnte?

»Wenn Sie mir Ihre Telefonnummer dalassen, kann ich Sie anrufen, wenn Bigge wieder einen lichten Moment hat«, versprach Johansson. »Mein Apparat ist momentan gesperrt, aber ein paar Kronen für den Münzfernsprecher treibe ich schon auf. Zur Not überspringe ich eine Nudelmahlzeit.«

Er bekam meine Visitenkarte, und wir verabschiedeten uns. Als ich ging, hörte ich, wie er Birger etwas erzählte. Obwohl er wie gegen eine Wand sprach, schenkte er seine Worte doch einem lebenden Wesen. Ich dachte daran, dass die Jungen, Gesunden, Starken und Reichen keine Probleme haben, in unserem guten alten Königreich klarzukommen.

Wilson führte ein letztes Gespräch mit mir, bevor er nach London und ich nach Lagos flog. Er hatte verschiedene Kanäle benutzt, die ich nicht kannte, und Angeln ausgelegt, um Wale oder besser Haie zu fangen, hatte aber nicht einmal einen Fisch für die Katze erwischt. Sogar sein Schnurrbart hing traurig herab. Wir saßen in dem Raum, den man ihm für seinen Aufenthalt zur Verfügung gestellt hatte, und es war ihm durch ein paar geschickt platzierte persönliche Gegenstände gelungen, sich das Exil in Schweden erträglich zu gestalten. Ich entdeckte einen Wimpel vom Ruderteam der Universität Oxford, ein Foto, auf dem er eine lächelnde Frau im Arm hielt, und ein weiteres Bild, das zwei hübsche Mädchen im untersten Teenageralter zeigte, außerdem einen Säbel, der nicht zur Ausrüstung der Polizei gehörte, und ein paar überdimensionale, versilberte Handschellen, sicher ein Geschenk seiner Kollegen zu irgendeinem Jubiläum. Die Fantasie von Polizisten ist überall gleichermaßen beschränkt.

»Bist du für Oxford gerudert?«, fragte ich.

»Ja, und in jenem Jahr haben wir gewonnen. Die Jungs aus Cambridge mussten uns Drinks spendieren, bis wir nicht mehr stehen konnten. Ein Mann braucht solche kleinen Triumphe im Leben.«

»Was erwartet mich in Lagos?«

Er reichte mir das Foto eines farbigen Mannes mit stolzer Haltung.

»Er heißt Okpara und arbeitet für Interpol. Er wird dich zusammen mit Edward Morris, dem Verantwortlichen für Westafrika, vom Flugplatz abholen. Okpara soll nicht wissen, wer Morris wirklich ist, also sprich nicht darüber. Die beiden bringen dich ins Hotel; dort besprecht ihr das Weitere.«

»Wie lautet der Plan?«

»Schweden besuchen nur bestimmte Restaurants und Bars. Du hältst dich dort auf, tust so, als würdest du die Sprache nicht beherrschen, und belauschst sie.«

»Soll ich provozieren?«

»Folge deiner Intuition. Es gibt kein Risiko. Du wirst immer von unseren Leuten überwacht.«

»Worauf soll ich achten?«

»Auf alles, was nicht nach normalen Geschäften klingt. Du gibst dich als Amerikaner aus, denn dein Englisch wirkt nicht ganz britisch, wenn du mir die Bemerkung gestattest. Amerikaner können ja reden, wie sie wollen, weil es so viele regionale und ethnische Unterschiede gibt. Deine Vorfahren stammen vielleicht aus Polen.«

Er lächelte, aber es war nicht als Scherz gemeint. Bei einem früheren Auftrag in Frankreich war ich schon einmal als Yankee aufgetreten. Damals war von einem polnischen Hintergrund keine Rede gewesen, aber Wilson war wohl ein besonders penibler Mensch.

»Was machen wir mit dem Arzt, der das gefälschte Medikament verschrieben hat?«

»Da müssen wir äußerst vorsichtig vorgehen. Eigentlich würde er niemals gefälschte Arzneimittel an einen Mann wie Oland verkaufen. Er hat in Lagos einen guten Ruf und zahlungskräftige Patienten. Wir wollen wissen, wer ihn mit den Tabletten beliefert hat, aber wir dürfen ihm nicht zu nahe treten, sonst hüllt er sich in Schweigen. Er heißt übrigens Bisi Yaro.«

»Wenn ich will, kann ich ausgesprochen taktvoll sein«, log ich.

»Dann gib dir Mühe.«

Ich dachte eine Weile über seinen so genannten Plan nach, der mir sehr dürftig erschien. Das sagte ich ihm auch.

Er legte seine Stirn in Sorgenfalten und nickte. »Ehrlich gesagt ist das Ganze auch ein Schuss ins Blaue, von dem wir uns einen Treffer ins Schwarze erhoffen. Aber wir müssen uns den Realitäten beugen. Doktor Bisi Yaro kann uns weiterbringen. Und falls Schweden in Nigeria und damit in einem großen Teil Afrikas involviert sind, können sie uns zu den Schlüsselfiguren dieser widerwärtigen Mafia führen.«

»Ich befürchte eine ganz schwache Trefferquote. Warum sollten sich verdächtige Schweden gerade in Lagos aufspüren lassen? Läge es nicht in der Natur der Sache, dass sie permanent unterwegs sind? Selbst wenn ich meine Ohren wie Radarschirme ausfahre, ist die Chance, dass ich etwas Verwertbares aufschnappe, etwa so groß wie die Möglichkeit, ohne Tippschein den Jackpot im Lotto zu gewinnen.«

Wieder nickte er nachdenklich. »Du hast ja Recht. Aber wir haben noch einen Joker im Spiel. Vielleicht weiß Martijn van der Hart etwas über seine Tochter und den Schwiegersohn, was uns hilft. Als alter Freund Nick Olands findest du vielleicht einen Draht zu ihm. Durch die Familie seiner Frau verfügt van der Hart offenbar über einen gewissen Einfluss in Lagos. Und Roland ...«

Er legte die Hand aufs Herz und wurde plötzlich tiefernst. Da die Briten jedes Pathos verabscheuen, hielt sich jedoch immer noch ein kleines Lächeln in seinen Mundwinkeln. »Ich bin im Herzen noch jung genug, um ein Anhänger von Moral und Anstand zu sein. Aus diesem Grund bin ich einst Polizist geworden, und daran hat sich nichts geändert. Die gefälschten Medikamente bringen der Organisation, die dahinter steht, im Jahr ein paar Milliarden ein. Auf der anderen Seite der Bilanz stehen Menschen, die leiden und vor ihrer Zeit sterben. Meine Moral misst allen Menschen den gleichen Wert zu. Wie stehst du dazu?«

»Meine Moral ist normal schwedisch. Ein bisschen altmodisch. Das Kungsholmsmodell.«

»Das wird genügen. Die Chance, dass du in Lagos die Nadel im Heuhaufen findest, ist gering. Trotzdem müssen wir sie ergreifen. Noch Fragen?«

»Warum gehen wir von nur einer Mafiaorganisation aus? Wenn das Geschäft so profitabel ist, kämpfen wahrscheinlich mehrere Parteien um die fette Beute.«

»So ein Bandenkrieg ist immer mit Geräusch verbunden. Wir wären längst aufmerksam geworden. Die Herstellung von Tabletten, auch wenn es sich nur um Fälschungen handelt, erfordert spezifische Kenntnisse, die Distribution ebenfalls. Man benötigt ein weit gespanntes Kontaktnetz und muss die Schlüsselpersonen fest in der Hand haben. Man muss sie schmieren, um es genauer zu sagen. Das Imperium ist groß, doch solange die ganze Kette funktioniert und alle ihren Schnitt machen, funktioniert das geschlossene System. Freibeuter haben nur dann eine Chance, wenn sie höhere Bestechungssummen zahlen. Erfahrungsgemäß schlägt das Imperium zurück und die Schlacht wird unvermeidlich. Aber so etwas haben wir bisher nicht registriert.«

»Dann kann ich nur mein Bestes tun.«

»Davon gehen wir aus.«

Er schaute auf seine Armbanduhr, die sehr flach und aus Gold war. Das Lederarmband war abgewetzt und mit einigen Zeichen verziert, die auf eine Klubzugehörigkeit verwiesen oder zu den Erinnerungen an die Zeiten als Ruderer gehörten.

»Du bist jetzt mit einem Bekannten verabredet, einem Polizisten namens Ove Nässelius.«

»Der beschäftigt sich doch mit Abschiebungsfällen, warum sollte ich ihn treffen?«

Wilson legte mir die Hand auf die Schulter.

»Du wirst nicht allein nach Lagos reisen.«

Begleitet von einem Wachmann, der über die nötigen Schlüssel und Codes verfügte, wanderten wir durch die Flure des großen Gebäudes. Fort Knox, wo die Goldreserven der USA verwahrt werden, kann nicht besser gesichert sein.

Ove Nässelius wusste Bescheid und bat uns, Platz zu nehmen. Ich mochte ihn, obwohl wir kaum Kontakt zueinander hatten. Er arbeitete ruhig und effektiv und hatte die humane Grundeinstellung, die wünschenswert ist, wenn sich ein Beamter mit Abschiebeverfahren beschäftigt. Man wird leicht gefühllos oder sogar zynisch, wenn man Leute in Gebiete zurückschicken muss, aus denen sie vielleicht geflohen sind, und behandelt die Betroffenen wie Frachtstücke, die zum Absender zurückgehen, oder wie Halunken, die versucht haben, sich in das schwedische Paradies einzuschleichen. Ove und alle seine Kollegen, die ich kannte, betrachteten jedoch die Ausgewiesenen als Individuen mit einem Recht auf Achtung und Integrität.

»Er heißt beziehungsweise nennt sich Dayo Mezinka, hat keine Papiere und kann nicht beweisen, dass er verfolgt wird. Höchstwahrscheinlich ist er Nigerianer. Unsere Sprachanalytiker meinen jedenfalls, dass er von dort oder aus Ghana stammt. Wir haben uns für Nigeria entschieden. Offenbar hat er in Schweden ein halbes Jahr bei verschiedenen Bekannten gewohnt.«

Ove schob mir ein paar Fotos herüber, die einen Farbigen in mittleren Jahren zeigten. Ich fand sein Gesicht nichts sagend.

»Da du sowieso dorthin fliegst, können wir dem Steuerzahler viel Geld sparen, wenn du als Begleiter fungierst. Das ist aber kein Ferienjob, sondern eine anspruchsvolle Aufgabe. Mach uns keine Schande. Genaueres erfährst du später.«

»Bist du selbst einmal in Lagos gewesen?«

Er schob die Unterlippe vor und zog ein Gesicht, als hätte er an einem Gashahn gerochen.

»Gewissermaßen. Ich habe allerdings den Flugplatz nicht verlassen. SAS fliegt nicht mehr nach Lagos, weil man nicht für die Sicherheit des Personals garantieren kann. Zu viele wurden überfallen. British Airways hat eigene Leibwächter. Andere Unternehmen mieten bewaffnete Transporte von den Maschinen zum Hotel und das Personal hat strengste Anweisung, sich nicht vor die Tür zu begeben.«

»Ist es so schlimm?«

»Ich gehe so weit zu sagen, dass ich meine Frau gern nach Sri Lanka, Kabul, Algerien oder jeden anderen Ort mitnehmen würde, der für Ausländer als gefährlich gilt. Dort hätte ich keine Angst um sie und mich. Aber für alles Geld der Welt würde ich sie nicht mit nach Lagos nehmen, nicht einmal für einen Tag.« Bekümmert schüttelte er den Kopf und erklärte: »Lagos galt seit langem als eine der gefährlichsten Großstädte der Welt. Heute nimmt Lagos unangefochten die Spitzenposition ein und die negative Entwicklung geht weiter. Die dafür Verantwortlichen haben viel auf dem Gewissen!

* * *

Als Virena und ich bei gratiniertem Hummer und einer Flasche Moselwein im Kerzenschein zusammensaßen, begann ich darüber nachzudenken, worauf ich mich da eingelassen hatte. So ist es oft. Man sagt ja, aber wenn die Situation dann akut wird, fragt man sich: Warum eigentlich? Ich hatte kapiert, dass Lagos kein idyllisches Städtchen wie etwa Trosa war. Doch wie groß war der Unterschied? Was erwarteten sie eigentlich von mir – über meine dienstlichen Pflichten hinaus?

»Ich habe ein bisschen über Nigeria gelesen«, sagte Virena zögernd, als hätte sie meine Gedanken erraten. »Es soll angenehmere Gegenden geben.«

»Die Welt hat eben ihre schwarzen Flecken«, erwiderte ich leichthin. »Für mich ist das ohne Risiko. Ich werde bewacht wie die Kronjuwelen im Tower.«

Sie verkniff sich einen Kommentar und ermahnte mich auch nicht, vorsichtig zu sein. Ein Auftrag war ein Auftrag, und sie glaubte wohl, dass ich nach all den Jahren in der Lage sein müsste, auf mich selbst aufzupassen. Ich war mir da nicht so sicher, ließ sie aber in dem Glauben.

»Das Ganze dauert höchstens eine Woche«, fuhr ich fort. »Ich nehme auch an, dass Nigeria über die Epoche der Rauchsignale hinaus ist, sodass ich anrufen und dir mitteilen kann, wann du die Willkommenstorte backen sollst.«

Sie lächelte schwach und wir prosteten uns zu. Eine Woche dann und wann war nicht der Untergang der Welt. Für einen jungen, frisch verheirateten Mann kann eine Woche eine Katastrophe bedeuten, in der Mauern einstürzen, Berge versinken und Täler sich heben. So ein junger Mann war ich einmal gewesen. Virena hatte die Dinge schon immer gelassener gesehen. Als ich sie so im Kerzenschein sah, fiel mir auf, wie wunderschön sie war, und der Glanz ihrer Augen konnte mich noch immer zu Torheiten verführen. Vielleicht wusste oder ahnte sie, wie viel sie mir bedeutete. Ich hoffte, dass sie meine Gefühle erwiderte. In dieser Hinsicht sparte sie an Worten, aber ich meinte, ihre Blicke und Gesten richtig deuten zu können. Sie legte Wert darauf, ihre Integrität zu bewahren, sich ein freies Feld zu schaffen, zu dem nicht einmal ich Zugang hatte. Die Einzige, die sie ganz nah an sich heranließ, war unsere Tochter Elin. Auch nach vielen Jahren Ehe konnte ich das nur schwer akzeptieren. Sie sah uns als zwei Personen, die in vielen Punkten miteinander vereint waren, während ich glaubte, wir müssten in allem eins sein.

»Skål!«, sagte ich. »Auf den Tag in einer Woche, an dem wir wieder hier sitzen.«

»Skål«, erwiderte sie leise. »Wenn du eine Torte willst, musst du eine mitbringen. Ansonsten bist du willkommen.«

* * *

Ove Nässelius fuhr mich höchstpersönlich nach Arlanda und gab mit unterwegs letzte Instruktionen, wie ich mich als Verantwortlicher für eine abgeschobene Person verhalten sollte. Er bestätigte, dass Begleiter in einigen Fällen über die Stränge geschlagen hatten und volltrunken angekommen waren, auf ihre Schützlinge gestützt und unfähig, sich gegenüber den Beamten im fremden Land zu artikulieren.

»Aber das waren keine richtigen Polizisten, sondern angemietete Wachmänner, als wir Personalmangel hatten. Diese Typen behaupteten nur, sie seien schwedische Beamte und brachten das ganze Korps in Verruf«, verteidigte Nässelius die Kollegen. »Bist du ein durstiger Typ?«

»Leider ja. Ich habe zum Beispiel noch nie die Ålandinseln gesehen. Immer, wenn ich mit der Fähre dahin wollte, um mich in Mariehamn zu bilden, war ich schon vor Waxholm sturzbetrunken.«

Er warf mir einen misstrauischen Blick zu. Vielleicht hielt er mich für einen, der scherzte um zu verbergen, dass er die Wahrheit sprach.

»Nun ja, steht ja dann alles im Bericht.«

»Was ist dieser Dayo Mezinka für ein Mensch? Wird er Schwierigkeiten machen? Sind Handschellen nötig?«

Nässelius schüttelte den Kopf.

»Keineswegs. Ich habe mir keine Meinung zu bilden, sondern die Beschlüsse anderer umzusetzen. Aber wenn ich etwas zu sagen hätte, dürfte Mezinka in Schweden bleiben. Er ist ein guter Kerl.«

Mezinka war vom Gefängnis abgeholt und nach Arlanda gebracht worden. Ich traf ihn am Check-in-Schalter. Er sagte kein Wort und sah ruhig zu, wie ich die Tickets gegen Bordkarten tauschte. Die beiden Bewacher und Nässelius begleiteten uns bis in die Transithalle.

Als wir den internationalen Bereich betraten, seufzte der Nigerianer: »Nein, es gibt keine.«

»Was gibt es nicht?«

»Wunder. Als Kind habe ich viele alte Filme gesehen. Viele handelten davon, dass ein zum Tode Verurteilter in letzter

Minute gerettet wurde, wenn der Henker schon die Axt hob oder den elektrischen Stuhl einschalten wollte.«

Mezinka sprach ein Englisch, das gut zu verstehen war, wenn man sich an den Akzent gewöhnte. Seine Haut war tiefschwarz. In meiner Kindheit, als es in Schweden kaum Ausländer und noch weniger Schwarze gegeben hatte und wir Topfwurst und Labskaus für gastronomische Höhepunkte hielten, waren die so genannten Neger Bilderbuchfiguren gewesen, mit denen man Kinder erschreckte. Seinen Papieren entnahm ich, dass wir ungefähr gleichaltrig waren. Trotz aller Unterschiede hatten wir sicher einige Gesprächsthemen. Zum Beispiel erinnerte auch ich mich an solche Filme.

»Das Flugzeug ist noch nicht gestartet. Vielleicht trifft der reitende Bote mit der Begnadigung rechtzeitig ein.«

»Oh nein. Die Wunder hörten auf, als der Farbfilm kam. Wie wollen wir es halten?«

»Was wollen wir wie halten?«

»Die Reise ist lang. Wirst du der harte Polizisten sein und ich dein ergebener Gefangener, oder betrachtest du mich als Mitmenschen?«

»Da du keines Verbrechens schuldig bist und ich die Handschellen vergessen habe, bist du mein Mitmensch.«

»Dann bekomme ich vielleicht sogar eine Tasse starken Kaffee? Was die da im Gefängnis brühen, kann ein Afrikaner wirklich nicht als Kaffee bezeichnen.«

Er besaß keinerlei Papiere und konnte nicht türmen, selbst wenn er wollte. Doch die Regeln wollten, dass ich ihn die ganze Zeit nicht aus den Augen ließ. Er akzeptierte das. Auch wenn ein Ausgewiesener nicht fliehen kann, so bleibt ihm immer noch der Selbstmord als Ausweg. Mezinka genoss den Kaffee und ich trank, um nicht ungesellig zu wirken, einen Tee. Nachdem mein Magen eine Zeit lang gestreikt hatte, gönnte ich mir inzwischen ab und zu wieder ein Tässchen Kaffee. Das stimulierende Getränk erleichtert soziale Kontakte. Aber zu so früher Morgenstunde zog ich Tee vor.

»Welche Filme hast du denn als Kind gesehen?«, wollte ich wissen.

»In Lagos waren es meistens amerikanische. Die Lichtspielhäuser gehörten wohl einem US-Unternehmen. Bei gutem Wetter konnte man in einem Freilichtkino auf einer Holzbank sitzen, das war billiger. Erroll Flynn habe ich besonders gemocht. Sein Robin Hood war ein großes Erlebnis für einen kleinen Jungen.«

Ich starrte ihn an. Ein Mitmensch? Nein, er war mehr, er war mein Bruder! Der größte aller Helden, der unbezwingbare Erroll, hatte uns vereint. Mit vor Rührung heiserer Stimme fragte ich: »Hast du *The Sea Hawk* gesehen?«

»Ja, ein toller Streifen! Von den knappen, treffenden Dialogen und der straffen Regie können die heutigen Filmemacher noch eine Menge lernen.«

Wie konnten sie diesen Mann ausweisen? Ich hätte mich jeden Tag mit ihm über die wesentlichen Dinge des Lebens unterhalten wollen, wie zum Beispiel über die guten alten Filme aus der guten alten Zeit. Ich sagte ihm das und seine Lippen verzogen sich zu einem Lächeln. Doch seine Augen blieben ernst.

»Weißt du, was mich außer Erroll Flynn am meisten fasziniert hat? Dass in all diesen Filmen kein schwarzer Mann und keine schwarze Frau vorkamen. Ich war von Millionen Schwarzen umgeben und selbst tiefschwarz, aber in den Filmen kamen nur Weiße vor. Das verstand ich nicht. Wussten sie nicht, dass es uns gab? Später tauchten einige Schwarze auf. Dumme, falsche, hinterlistige, dicke Weiber, die der Heldin beim Schnüren des Korsetts halfen und dabei vor sich hin plapperten. Oder Männer, die mit den Augen rollten und Sachen sagten, über die Weiße nur nachsichtig lachen konnten. Andere Schwarze durften Räuber, Mörder oder Spieler sein, Feinde der Weißen, die natürlich stets besiegt wurden. Das Schlimmste war, dass viele von uns gar nicht reagierten, sondern glaubten, es müsste so sein. Die Filme haben uns abgestempelt, weil sich das Bild, das sie von uns gaben – verkommene, bestenfalls kindische Wesen – so gut an das weiße Durchschnittspublikum verkaufen ließ. Diese Leute aus der Mittelklasse, die in Amerika ins Kino gingen, hatten ihre Großeltern noch von der Sklaverei schwärmen hören. Aus uns konnte man Geld schlagen, wir warfen Dollar und Cents ab.«

»Sicher hatte er Recht. Geniale Musiker wie Louis Armstrong mussten den Affen spielen, um in Filmen mitwirken zu können, und wenn ich meine Filmerinnerungen Revue passieren ließ, kam ich auf keinen einzigen Film, in dem ein Schwarzer einen würdevollen Menschen hätte darstellen dürfen.

»Wenn Erroll etwas zu sagen gehabt hätte, wäre bestimmt ein schwarzer Gefährte an seiner Seite gewesen«, meinte ich kleinlaut.

»Wer weiß? Aber man hat ihn nicht gefragt und wir durften weiterhin nur freigelassene Sklaven mit Sklavenseelen sein, die sich vor den weißen Göttern demütig verbeugten.«

Es war Zeit, in das Flugzeug nach Brüssel zu steigen; dort sollten wir zwischenlanden. Wir bekamen die Plätze, die einem Abgeschobenen und seinem Bewacher zustehen: ganz hinten, er am Fenster, ich am Gang. Wir waren von Rauchern umzingelt und vor den Toiletten bildeten sich die üblichen Schlangen von Leuten, die betreten auf das Besetztzeichen starrten und in sich hineinfluchten: »Wird der Mensch da drinnen denn nie fertig?«

Mezinka schaute aus dem Fenster und klammerte seinen Blick an die schwedische Landschaft, bis wir die Flughöhe erreicht hatten.

»Ihr wisst ja gar nicht, wie gut ihr es in Schweden habt«, murmelte er.

»Meinst du?«

»Für mich ist das eine Sagenwelt. Manchmal habe ich geglaubt, Schweden wäre von Disney entworfen.«

»Disney hat auch ganz garstige Sachen gezeichnet.«

»Man muss das Ganze sehen. Dann wird Schweden zu einem Gesamtkunstwerk aus Marzipan und kandiertem Zucker.«

Die Stewardessen kamen mit ihren Tabletts. Wie heutzutage so oft war es eher eine Fütterung als eine Bewirtung, aber wer war ich denn, dass ich wagte, den Koch der Fluggesellschaft zu kritisieren? Auf die Frage, was wir trinken wollten, antwortete ich: »Wasser«.

Mezinka jedoch hatte andere Wünsche: »Ich hätte gern Champagner, zwei Flaschen. Der Herr hier an meiner Seite zahlt. Aber vergessen Sie bitte nicht, ihm eine Quittung auszustellen.«

Er bekam zwei Flaschen *Moet & Chandon*, goss sich das Kristallglas voll, das man ihm dazu gereicht hatte, nahm ein paar Schlucke und schloss die Augen.

»Du verstehst zu genießen«, meldete sich der neidische Mineralwassertrinker in mir.

»Bis zur Landung in Lagos will ich Champagner trinken. Du kannst dem Personal sagen, dass ich ungemütlich werde, wenn es mit dem Nachschub nicht klappt.«

»Muss es bei dir immer vom Feinsten sein?«

Er schüttelte den Kopf. »Normalerweise nicht. Aber man wird mich in etwa fünfzehn Stunden totschlagen, und das ist meine Art, mich auf den Tod vorzubereiten – indem ich mich mit dem Champagner der Weißen betrinke.«

5. Kapitel

Ich stocherte in meinem Essen herum, während er seine Portion mit gutem Appetit verputzte. Es schmeckte mir nicht und das lag nicht am fetten Kochschinken oder der vielen Mayonnaise im Kartoffelsalat.

»Totschlagen?«, brummte ich. »Übertreibst du da nicht ein bisschen?«

»Natürlich kann ich nicht genau sagen, wie lange es dauert, bis ich an den Schlägen und Tritten verrecke, aber ich bin kein junger Mann mehr und auch nicht besonders trainiert. Erschießen werden sie mich nicht, denn sie wollen erst noch Namen aus mir herauspressen. Ich werde standhalten, so lange es geht, aber der Körper hat seine Grenzen. In fünfzehn Stunden, das ist, glaube ich, eine ganz realistische Schätzung. Der Kartoffelsalat schmeckt superb, wenn man nachsalzt.«

Ich schwieg eine Weile, doch beim Kaffee stellte ich die natürliche Frage: »Warum wurdest du ausgewiesen, wenn dich bei der Ankunft in Lagos die Folter erwartet?«

Mezinka bediente sich aus der zweiten Champagnerflasche und atmete den Duft ein. Ich machte mir nicht viel aus dem Kribbelwasser. Wenn man nur wie ein Biertrinker verdient, sollte man Zunge und Gaumen nicht unnötig verwöhnen.

»Formell war es kein Fehler mich auszuweisen. Ich hatte keinerlei Papiere vorzuweisen und ich heiße auch nicht Dayo Mezinka. Die wahren Gründe, warum ich als Flüchtling anerkannt werden wollte, konnte ich nicht nennen. Hätte ich meinen richtigen Namen genannt, wären einige meiner Freunde in Lagos verhaftet und misshandelt worden. Ich täuschte einen Selbstmord vor und hoffte, man würde mir glauben. Doch als ich erklärte, dass mich in Lagos der sichere Tod erwarte, wenn man mich zurückschicken würde, glaubte man mir nicht. Warum auch? Ich bin ja nur ein schwarzer Mann, der nicht einmal mit den Augen rollen kann.«

Wie verbittert musste er sein? Wenn er die Wahrheit sagte, hatte er auch allen Grund dazu. Nicht einmal das Mineralwasser schmeckte mir noch. In meiner so genannten Karriere hatte ich schon oft diese Ohnmacht gespürt, wenn ich Opfern von Unterdrückung und Unrecht begegnete und ihnen nicht helfen konnte. Dieses Gefühl beherrschte mich auch jetzt. Neben einem Mann zu sitzen, der einem sympathisch war, von dem man aber wusste, dass er eines gewaltsamen Todes sterben würde – das ließ mich nicht kalt.

»Was hast du denn getan, dass dich ein solches Schicksal erwartet?«, fragte ich.

»Wie viel weißt du über Nigeria und die politische Situation im Land?«

»Ich habe mir einiges durchgelesen.«

»Vor einiger Zeit wurde man im Westen auf mein Heimatland aufmerksam, als ein bekannter Regimekritiker und Schriftsteller namens Ken Saro-Wiwa zusammen mit acht anderen Oppositionellen gehenkt wurde. Vor der Hinrichtung kam es zu einer Welle von Protesten in der wunderbaren, weißen zivilisierten Welt. Viele Länder drohten mit Boykott und beriefen ihre Botschafter ab. Trotzdem wurden die neun umgebracht. Unseren Diktator interessiert nicht, was die Welt meint und denkt. Was spielten nun diese neun für eine Rolle, wo doch schon so viele andere gehenkt worden waren, die Widerstand geleistet hatten? Was weißt du über General Sani Abacha?«

»Das ist der Führer der Militärjunta, der die Macht übernommen hat.«

Mezinka winkte der Stewardess und bestellte eine weitere Flasche Schampus. Da ich nicht in Lebensgefahr schwebte, begnügte ich mich weiterhin mit Wasser.

»Abacha ist einer der brutalsten Diktatoren, die Afrika je gehabt hat, und wir haben schon viele kennen gelernt. Er gibt sich gar keine Mühe, sich zu verstellen. Idi Amin spielte damals Ziehharmonika zwischen den Massenmorden oder ließ sich mit spielenden Kindern fotografieren. Abacha bleibt in seinem Bunker und befiehlt von dort Unterdrückung, Folter und Hinrichtungen. Trotz allem hat Nigeria demokratische Traditionen und die Menschen wünschen sich ein anderes Leben, aber für eine gewisse Zeit kann man ein Land mit Terror und Waffen in Schach halten. Als die neun öffentlich gehenkt wurden, ließ Abacha am selben Abend ein Länderspiel im Fußball zwischen Nigeria und Usbekistan übertragen. Die Leute wählten den Fußball. Keiner wagt es mehr, seine Empörung zu zeigen, denn der General lockt seine Feinde gern zum Kampf aufs offene Feld. Er verrät aber nicht, dass er das Gelände, was er dem Gegner zugesteht, vorher mit Fallgruben versehen hat.«

»Hast du der heimlichen Opposition angehört?«

»Ja. Wenn ich nicht wüsste, dass mein Leben bald zu Ende ist, würde ich nicht darüber sprechen, aber nun ist alles egal. Ich bin kein Journalist, aber ich kann schreiben. Meine Freunde und ich produzierten eine Zeitung, in der die Wahrheit gedruckt wurde. Wir verteilten sie in den größeren Städten. Wir hielten uns für clever, aber wir waren blauäugig wie Kinder. Sie schnappten zwei aus unserer Gruppe; ein Sympathisant verriet uns, dass einer nicht standgehalten und geredet hatte. Mein Name war genannt worden. Wir besorgten uns eine Leiche, versahen sie mit meinen Kleidern und meinen Papieren und warfen sie in den Niger. Dann wurde ich aus dem Land geschmuggelt und konnte nach Schweden fliehen, wo wir Freunde haben.«

»In dem Material, das ich gelesen habe, stand, dass die Presse in Nigeria relativ frei berichten kann.«

Er schnaufte wütend. »Das war einmal. Frei berichten darf, wer dem Diktator schmeichelt.«

»Du kehrst jetzt als Dayo Mezinka in deine Heimat zurück. So steht es jedenfalls in den Papieren, die in Schweden ausgestellt wurden. Kannst du nicht in Lagos untertauchen?«

Er trank sein Glas aus und leckte sich die Lippen, um keinen Tropfen zu vergeuden. »Für euch Weiße sehen wir alle gleich aus. Aber wir sind verschieden und erkennen einander. Mein Steckbrief hängt in jeder Grenzstation und die Wachhabenden müssen sich bei Dienstbeginn die Gesichter aller Gesuchten einprägen. Selbst wenn ich mich als der Prinz von Stockholm ausgeben würde, gäbe es kein Pardon.«

Um mir zu zeigen, dass er mit seinen Gedanken allein sein wollte, nahm er das Bordmagazin der Fluggesellschaft, blätterte darin und entschied sich für einen Artikel über die Weinlese in Frankreich. Doch ich merkte, dass er nicht bei der Sache war. Was ging in ihm vor? Ich an seiner Stelle hätte vor Angst geschlottert.

Auch in der Transithalle von Brüssel ließ ich ihn nicht aus den Augen, wie es von mir erwartet wurde. Er bereitete mir keine Schwierigkeiten. An der Bar bestellte er Kaffe, Kuchen und noch ein Fläschchen Champagner. Er wirkte nicht im Geringsten betrunken, aber es ist wohl nicht so leicht, sich einen Rausch anzutrinken, wenn die Gedanken an die Zukunft immer wieder ernüchtern.

Dann stiegen wir in die Sabena, um den langen zweiten Abschnitt der Reise nach Nigeria anzutreten. Jetzt gab es kein Zurück mehr. Wir bekamen diesmal besseres Essen. Mezinka nahm seine zwei Flaschen Champagner in Empfang und bestellte gleich eine weitere nach.

»Erzähl mir ein bisschen mehr über dein Land«, bat ich.

»Warum? Damit ich abgelenkt bin?«

»Auch. Aber das, was in den Büchern steht, ist nichts im Vergleich zu persönlichen Eindrücken. Ist Nigeria ein schönes Land?«

Er lehnte sich zurück und tupfte den Mund mit der Serviette ab. Der Schweiß auf seiner Stirn ließ die schwarze Haut glänzen.

»Schön? Darüber haben wir nie nachgedacht. Wenn ich Abacha oder den Außenminister Tom Ikime über Nigeria reden höre, muss ich immer daran denken, was einer unserer bekanntesten Schriftsteller und Philosophen, Chinua Achebe, geschrieben hat: ›Wenn man nigerianischen Führern lauscht, stößt man oft auf die Phrase *unser großartiges Nigeria*. Nigeria ist *kein* großartiges Land. Es ist eins der chaotischsten, korruptesten und ineffektivsten Länder der Welt. Es stinkt, es ist schmutzig, laut, gefährlich, unehrlich und vulgär. Kurz gesagt, es ist eine der widerwärtigsten Gegenden unter der Sonne.‹«

»Und das durfte er sagen, ohne ins Gefängnis zu kommen?«

»Natürlich. Abacha kann immer darauf hinweisen, dass es vor seiner Zeit so geworden ist. Wie gesagt, schön ist wohl nicht das richtige Wort, aber Nigeria hat eine fantastische Geschichte, und das Kunsthandwerk, das sich in einigen Regionen entwickelt hat, ist einzigartig. Wir sind das Zentrum Westafrikas für moderne Kunst und haben eine starke Musikszene. Einer unserer Schriftsteller, Wole Soyinka, erhielt 1984 den Nobelpreis. Allerdings ist das Land dadurch nicht schöner geworden.«

Er schaute auf die Uhr. Wenn seine Befürchtungen berechtigt waren, rannte ihm die Zeit davon. Er versuchte, seine Angst mit einer neuen Flasche *Lanson,* der Champagnermarke dieser Fluggesellschaft, zu verdrängen.

»Wie unruhig ist das Land?«

»Bei uns jagt eine Katastrophe die andere. Tausende Einwohner sterben in Konflikten, die immer wieder zu bürgerkriegsähnlichen Zuständen eskalieren. Aber wie kannst du Frieden verlangen in einer Nation, die sich aus rund zweihundertfünfzig verschiedenen Stämmen zusammensetzt? In einem Land mit dreizehn Sprachgruppen und vierhundert Dialekten, die so verschieden sind, dass sich die Leute aus zwei Nachbardörfern nicht verstehen? Wo im Norden aggressive muslimische Fundamentalisten das Sagen haben, während im Süden eine fast genauso starke christliche Gruppe dominiert und wo fünfzehn Prozent der Bevölkerung Baumgeister anbeten? Warum auch nicht, ein Baumgeist kann wohl genauso glaubhaft sein wie Marias jungfräuliche Geburt, wenn du den Vergleich entschuldigst. Zwischen den ethnischen, sprachlichen, religiösen und politischen Gruppen entstehen permanent Spannungen. Kann das einer, der im kandierten Marzipanland lebt, überhaupt verstehen?«

Einiges begriff ich schon, denn selbst im paradiesischen Schweden hatte es in den letzten Jahren Konflikte gegeben. In seiner Begeisterung für unser Märchenland hatte er wohl vor bestimmten Erscheinungen die Augen verschlossen, doch wir Polizisten waren gezwungen, genau hinzusehen.

»Was kannst du mir über deine Heimatstadt Lagos erzählen?«

»Wo man mich bald anonym verscharren wird?

»Nun erzähl schon.«

»Okay. Wie lange musst du dort bleiben?«

»Eine Woche.«

»In sieben Tagen siehst du nur die Oberfläche, aber die ist bereits schlimm genug. Eine verdammte Hölle, entschuldige den Ausdruck, aber du wirst es schon merken. Lagos hat sieben oder acht, vielleicht auch neun Millionen Einwohner, man weiß es nicht genau. Die letzte Volkszählung war ein Fiasko. Alle kommen nach Lagos, um der Armut zu entfliehen, aber das gelingt ihnen nicht. Ganz Nigeria hat hundertzwanzig oder hundertdreißig Millionen Einwohner. Jeder fünfte Afrikaner ist ein Nigerianer. Das ist nichts, worauf man stolz sein kann; ich will es nur einmal feststellen.«

Er goss sich mehr Champagner ein, trank und verzog angewidert das Gesicht.

»In Wahrheit verabscheue ich dieses Getränk, aber ich zwinge mich, davon betrunken zu werden. Der so heißt, wie ich heiße, soll jedenfalls stilvoll sterben. Hatte ich das schon gesagt? Ich erinnere mich nicht, vielleicht fängt das Zeug endlich an zu wirken.«

»Drei Inseln, nicht wahr?«

»Und das Festland. Lagos bedeutet Lagune und ist ein feiner Name für das alte Sumpfdelta des Niger. Lagos war die Hauptstadt der Bundesrepublik Nigeria, bis man vor einigen Jahren Abuja, ein mitten im Land gelegenes künstliches Gebilde, zur Hauptstadt erklärte. Jetzt ist Lagos nur noch Hauptstadt eines Bundeslandes, aber das spielt keine Rolle. Lagos bleibt die heimliche Hauptstadt. Dort gibt es alles, was eine Metropole braucht: Wolkenkratzer, einen riesigen Hafen, große Hotels, die wichtigsten Unternehmen – und Armut, Elend, Slums. Da es an Geld mangelt, werden die Straßen nicht unterhalten, sodass sie kaum noch befahrbar sind. In manchen Nächten spart man Elektrizität und lässt die ganze Stadt ohne Beleuchtung. Dass die Kanalisation nicht mehr funktioniert, kann man am Gestank feststellen. Viele Häuser stürzen bald ein. Die Busse sind ein Witz. Die Luft ist so von Abgasen verpestet, dass du sie mit einem Messer schneiden kannst, es muss nicht einmal scharf sein. Und dann die enorme Kriminalität. Ein Leben in Lagos ist nichts wert.«

Er nickte nach dem letzten Satz, als wollte er eine große Wahrheit bestätigen. Endlich setzte der Alkoholrausch ein, aber er machte ihn nicht glücklicher. Er trank mehr und mehr um einzuschlafen. Vielleicht hoffte er, in einem Paradies aufzuwachen, wo er in Frieden Erroll Flynn in der

Rolle des Captain Blood bewundern konnte, mit weißen Engelsflügeln.

»Aber was erwartest du? Die Arbeitslosigkeit liegt bei siebzig Prozent und in dieser Zahl sind nicht einmal die Bauern enthalten, die ständig hungern, weil die Böden nicht mehr hergeben. Die Inflation liegt bei achtzig Prozent, die Preise steigen jeden Tag. Menschen sterben wie die Fliegen an Epidemien wie dem Gelbfieber und der Cholera, aber auch an den Masern und am Keuchhusten, denn die Gesundheitsversorgung ist zusammengebrochen. Gewalt und Verbrechen scheinen der einzige Ausweg zu sein, wenn man leben will.«

»Hat Nigeria nicht große Ölvorkommen?«

»Gewiss. Ein kleiner Teil der Bevölkerung ist steinreich, während die anderen noch ärmer geworden sind. Als die Preise so dramatisch fielen, hat es den Reichen nichts ausgemacht, wieder traf es nur die Armen. Ein ganzes Gebiet, Ogoni, wurde von *Shell* zerstört, die Bewohner hat man fast ausgerottet. Ken Saro-Wiwa hat darüber geschrieben, deshalb wurde er gehenkt. *Shell* unterstützt General Abacha. Solange der Welthandel mit Mineralöl so abläuft wie jetzt, werden die Proteste im Westen schwach und kraftlos bleiben.«

Er rülpste und bestellte sich zwei weitere Flaschen. Die Stewardess machte sich Gedanken, aber ich beruhigte sie und erklärte, dass ich die Verantwortung für ihn übernehmen würde. Zögernd servierte sie den Champagner.

»In Lagos ist gar kein Geld mehr im Umlauf«, setzte er die Litanei fort. »Nigeria zählt zu den riskantesten Märkten für Kapitalanleger, vergleichbar mit dem Irak und Teilen Russlands, die von der Mafia kontrolliert werden. Du wirst es ja erleben. Aber du wirst nie«, er hob den Zeigefinger, um die Bedeutung seiner Worte zu unterstreichen, »die unglaubliche Dynamik erkennen, die unter der Oberfläche verborgen ist. Kräfte und Visionen, Kreativität, Überlebenswillen, alles hat sich aufgestaut. Nur wer lange in Lagos gelebt hat, spürt die Vibrationen. Glaub mir, auch wenn du nur die höllische Seite der Stadt kennen lernen wirst.«

»Kennst du Martijn van der Hart? Er ist Holländer und wohnt in Lagos.«

Ein kurzes Schweigen. Er schien plötzlich auf der Hut zu sein und sah mich nicht an, als er murmelte: »Sollte ich ihn kennen?«

»Kann doch sein.«

»Ich weiß nicht.«

»Er ist mit einer Nigerianerin verheiratet, die, wenn ich richtig informiert bin, aus guter Familie stammt. Ihren Namen kenne ich nicht, aber sie hatten eine Tochter, die Juliana hieß.«

»Hieß?«

»Ja. Sie ist tot.«

Mezinka schien nachzudenken. Ich war mir nicht sicher, ob er in seinem Gedächtnis kramte oder ob er überlegte, was und wie viel er verraten durfte.

Schließlich sagte er: »Ihren Namen kenne ich auch nicht, aber sie kommt aus einer Familie, die früher zu den politisch tonangebenden gehörte. Inzwischen hat sie ihren Einfluss verloren. Abacha betrachtet alle Mitglieder dieser Familie als Feinde, sodass sie sich still verhalten müssen. Außerdem ist die Frau eine Yoruba und deshalb beim General doppelt unbeliebt.«

»Und van der Hart?«

Er verschränkte die Arme vor der Brust und runzelte die Stirn. »Der bewegte sich nicht in meinen Kreisen. Meines Erachtens ist er nur eine Nebenfigur. Warum fragst du?«

»Wenn er, seine Frau und die ganze Familie Feinde Abachas sind, müssten sie eigentlich deine Verbündeten sein. Nick Oland, der Mann von van der Harts Tochter

Juliana, war mein Jugendfreund. Beide wurden vor kurzem in Stockholm ermordet.«

Ich sah, dass er versuchte, ein Muster hinter meinen Fragen zu erkennen. Worauf wollte ich hinaus?

»Du bist offenbar kein gewöhnlicher Polizist, der auf einen ausgewiesenen Schwarzen aufpasst.«

»Im Großen und Ganzen bin ich sehr gewöhnlich.«

»Willst du nach Lagos, um den Tod deines Freundes zu rächen? Standet ihr euch so nahe?«

Selbst wenn ich wollte, konnte ich nicht über die wahren Gründe meines Besuches in Nigeria sprechen. Ich war zur Geheimhaltung verpflichtet; nicht einmal Virena wusste Bescheid. »Ehrlich gesagt, will ich nur ein bisschen im Nebel herumstochern«, log ich. »Ich bin einfach neugierig. Wenn ich einen Hinweis auf seinen Mörder bekomme, gebe ich ihn an die Polizei weiter.«

»Hast du denn überhaupt nichts begriffen?«, fuhr er mich an. »Es kann eine der Todespatrouillen des Generals gewesen sein. Glaubst du, dass die Polizei von Lagos zur Widerstandsbewegung gehört?«

»Ich dachte auch mehr an Interpol. Nicht an das zahnlose Hauptbüro in Lyon, sondern an die operativen Abteilungen. Mörder gibt es ja überall auf der Welt.«

Ich wusste nicht, ob er mir meine Geschichte abkaufte, aber plötzlich war eine Mauer zwischen uns entstanden. Vielleicht bereute er es, mir gegenüber so offen gewesen zu sein. Wenn ich nicht der gewöhnliche Bewacher war, konnte mein harmloses Auftreten eine Fassade sein, hinter der sich anderes verbarg.

»Mag sein«, murmelte er unverbindlich.

Da ich die Lawine einmal ins Rollen gebracht hatte, konnte ich genauso gut weitermachen: »Kennst du einen Arzt namens Bisi Yaro?«

»Hör mal, wird das ein Kreuzverhör?«

»Nicht einmal ein Verhör. Also, was ist, kennst du ihn?«

Nach langem, gespanntem Schweigen antwortete er mit derselben unbeteiligten Stimme: »Du bewegst dich in Kreisen, die selbst ich gemieden habe. Wenn du Angst um dein Leben hättest, würdest du es sicher nicht wagen.«

»Meinst du, dass ...«

»Es reicht jetzt. Ich sage kein Wort mehr.«

Nicht einmal Erroll Flynn konnte noch eine Brücke zwischen uns bauen. Er trank den letzten Rest Champagner aus und wollte mehr bestellen, doch die blonde Stewardess schüttelte den Kopf. Es wurde nichts mehr serviert. Wo war nur die Zeit geblieben? Über die Bordlautsprecher wurde mitgeteilt, dass wir bald in Lagos landen würden, und darum gebeten, alle Sitzlehnen senkrecht zu stellen, die Gurte zu schließen und das Rauchen einzustellen. Ich hörte ein Stöhnen vom Platz neben mir.

Mezinka griff nach meiner Hand. Sein Flüstern war kaum zu verstehen: »Bald werde ich sterben! Gleich werden sie mich schlagen und treten ...«

6. Kapitel

Vom Flugzeug gelangten wir direkt in die Ankunftshalle. Die Luft war schwer, man konnte kaum atmen. Massen an Menschen, die meisten Schwarzafrikaner in farbenfrohen Gewändern, drängten durch die Kontrollen. Da Mezinka keinen gültigen Pass, sondern nur die in Schweden ausgestellten Dokumente hatte, mussten wir einen anderen Weg nehmen.

Die Angst hatte ihn so gepackt, dass ihm der Schweiß in Strömen von der Stirn rann. Sein Blick irrte in der Gegend herum, sein Mund stand halb offen.

Ich knuffte ihn leicht in die Seite: »Reiß dich doch zusammen. Du heißt Dayo Mezinka und hast nichts Böses getan. Ich glaube, du hast eine reelle Chance, in die Stadt zu deinen Freunden zu kommen.«

Er holte tief Luft, wischte mit dem Ärmel über das Gesicht und gab sich Mühe, unbeteiligt zu wirken. Es musste ihn ungeheure Kräfte kosten, einen normalen Ausdruck zu zeigen. Doch die Augen sagten alles.

»Gewiß doch«, krächzte er. »Dayo Mezinka hat nichts getan.«

Wir gingen eine Treppe hinunter, dort hatten die Passkontrolleure ihr Büro. Zwei Uniformierte standen vor der Tür und sie schienen mir eher Soldaten als Beamte zu sein. Ich zeigte meinen schwedischen Pass und die Papiere, die man mir mitgegeben hatte.

»Ich würde gern mit dem Chef reden«, erklärte ich.

Sie starrten mich an und mochten mich nicht. Es hatte nichts damit zu tun, dass ich Polizist war und ihnen vielleicht Arbeit machen würde. Nein, es ging darum, dass ich als Weißer in ihr schwarzes Revier eindrang.

»Worum geht es denn?«, fragte schließlich der eine und er bemühte sich, so arrogant wie möglich zu klingen.

Jetzt musste ich mich behaupten. Ich durfte keinesfalls den Fehler machen, als ein weißer Onkel Tom mit gekrümmtem Rücken aufzutreten.

»Das werde ich ihm schon sagen«, schnauzte ich ihn an.

»Er ist nicht hier.«

»Wann kommt er?«

»Das geht Sie gar nichts an.«

»Es geht mich etwas an, er ist hier und ich werde jetzt mit ihm sprechen, und zwar sofort!«

Er hätte mich ins Gesicht schlagen können, hielt sich aber zurück. Der andere schien kurz zu überlegen und nickte dann, worauf sein Kamerad hinter der Tür verschwand. Metinka stand reglos neben mir, wie eine von den schwarzen Holzfiguren, die in Ghana an Touristen aus Europa verkauft werden.

Bald trat ein Mann aus dem Büro und man merkte sofort, dass er der Chef war, die Verkörperung von Macht und Herrlichkeit. Seine Männer würden blind gehorchen, wenn er etwas befahl. Er war etwa sechzig Jahre alt und groß; sein Bauch sprengte fast die Uniformjacke. Sein Blick war durchdringend wie der eines Vernehmungsexperten der alten Schule.

»Was gibt's?«, schmetterte er.

Ich reichte ihm alle Mezinka betreffenden Dokumente: »Dayo Mezinka wurde aus Schweden ausgewiesen, weil unsere Einwanderungsmöglichkeiten genau geregelt sind. Wir können ihn leider nicht aufnehmen. Während seines Aufenthaltes in Schweden hat er sich nichts zu Schulden kommen lassen. Unter anderen Umständen ist er uns immer willkommen.«

Nässelius hatte mir geraten, stets äußerst positiv über den Ausgewiesenen zu sprechen, damit er nicht mehr Ärger als nötig bekam. Außerdem gehörte es zu meinen Prinzipien, es Leuten, die es schwer hatten, möglichst leicht zu machen. Der Chef, der sich nicht vorgestellt hatte, warf einen Blick auf die Papiere und musterte dann Mezinka wie der Wissenschaftler den aufgespießten Käfer. Mezinka schaute zu Boden.

»Warten.«

Er warf seinen Untergebenen ein paar Worte zu, die ich nicht verstand. Durch Mezinkas Körper jedoch ging ein Ruck und er seufzte leise, sodass nur ich es hören konnte. Der Chef ging in das Büro und warf die Tür hinter sich zu. Die beiden Wächter bauten sich rechts und links an der Wand auf. Jetzt ignorierten sie mich, dafür schien Mezinka umso interessanter geworden zu sein. Sie sahen so zufrieden aus wie zwei Katzen, die einen leckeren Hering in Reichweite wissen. Mezinkas Blick irrte umher, als suchte er einen Fluchtweg, aber es war zu spät, alles war zu spät. Noch immer hoffte ich, dass es sich hier nur um einen unangenehmen bürokratischen Akt handelte und der Chef gleich lächelnd aus der Tür treten und den verlorenen Sohn in der Heimat willkommen heißen würde.

Da war er auch schon und flüsterte mit den Wächtern, die lauschten und nickten. Dann packten sie Mezinka an den Armen, und der Chef kommandierte: »Rein mit ihm!«

Mezinka fügte sich und ließ sich über die Schwelle schleifen. Ich wusste nicht, wie ich mich verhalten sollte und versuchte zu folgen, doch der Chef stellte sich mir in den Weg und brummte: »Ja?«

»Ich wollte ihm nur sagen, dass ...«

»Wir kümmern uns um ihn. Sie haben Ihre Schuldigkeit getan.«

»Aber wenn ich ...«

»Verschwinden Sie!«

Er knallte mir die Tür vor der Nase zu und ließ mich hilflos zurück.

Was mochte aus Mezinka werden? Betreten stieg ich die Treppe wieder hinauf. Ich hatte meine Pflicht erfüllt und genau nach Vorschrift gehandelt. Es stand mir nicht zu, die Entscheidungen anderer zu kritisieren. Trotzdem fühlte ich mich mies.

Meine Reisetasche drehte wohl schon die dritte oder vierte Runde auf dem Band. Die Schlange vor der Passkontrolle war bedeutend kleiner geworden. Der Beamte verglich mein Gesicht mehrmals mit dem Foto. Dann winkte er mich ohne Kommentar durch.

»Mister Hassel?«

Der Mann war so klein, dass er mir nur bis zu den Schultern reichte. Er war weiß und hätte neben seinem Begleiter, einem großen, muskelbepackten Schwarzen, lächerlich gewirkt, wären nicht die klugen, schelmisch blitzenden Augen gewesen. Ich bejahte, und er fuhr fort: »Ich bin Edward Morris, das ist mein Kollege Ken Okpara. Wir schütteln Ihnen erst die Hand, wenn wir im Wagen sind. Wir sollten so wenig wie möglich miteinander gesehen werden. Wenn Sie aus der Halle kommen, gehen Sie nach links. Dort wartet ein dunkelblauer Chrysler.«

Als ich das klimatisierte Flughafengebäude verließ, kam es mir vor, als hüllte mich jemand in heiße, feuchte Laken. Ich war so unvorbereitet, dass ich schwankte. Das Hemd klebte sofort am Körper.

Hinter mir hörte ich Morris' Stimme, der sich entschuldigte, als wäre er für das Wetter verantwortlich: »Eigentlich müssten wir jetzt eine Regenperiode haben. Statt dessen erleben wir eine Hitzewelle, die selbst den Einheimischen zu schaffen macht. Der Wagen hat eine Klimaanlage.«

Der kurze Weg zu dem Chrysler schien durch eine voll geheizte finnische Sauna zu führen. Wie konnten die Menschen es hier aushalten? Ich war kaum in den Tropen angekommen und sehnte mich schon zurück in die gemäßigte

Klimazone. Viele Fluggäste wurden vor der Halle erneut kontrolliert, doch mir blieb es erspart, meine Tasche öffnen zu müssen.

Am Wagen hielt ein Mann Wache und öffnete die Tür, als wir kamen. Mit einer Kopfbewegung deutete er an, ich möge neben Morris auf dem Rücksitz Platz nehmen. Okpara setzte sich ans Lenkrad und startete den Motor. Kalte Luft strömte aus der Klimaanlage und kühlte den Schweiß, sodass sich die eingebildeten feuchten Laken jetzt wie Leichentücher anfühlten.

»Nun können wir uns ordentlich begrüßen.«

Wir gaben uns förmlich die Hand. Morris jammerte weiter über das Wetter, während der Nigerianer uns über eine verfallene Brücke in die City chauffierte. Es war dunkel geworden. Von der Stadt nahm ich nur ein paar Lichtreklamen wahr, ansonsten herrschte Finsternis, genau wie es mir beschrieben worden war. Ein Wagen überholte uns und fuhr vor uns her. Ich bildete mir ein, im Scheinwerferlicht Mezinka auf dem Rücksitz zu erkennen. Mir lief es kalt den Rücken herunter.

»Offiziell wohnen Sie im *Victoria Lodge*, die Adresse ist Ologun Agbaje 5. Im Kofferraum ist ein schwarzer Koffer, den nehmen Sie mit. Checken Sie ein, gehen Sie auf Ihr Zimmer, waschen Sie sich, packen Sie den Koffer aus und verlassen Sie dann das Hotel möglichst ungesehen. Wir warten in der nächsten Querstraße links. Keine Angst, Sie werden die ganze Zeit bewacht.«

Alles war für mich geplant; ich musste nur machen, was man mir sagte, wie in meiner Armeezeit.

Der kurze Weg vom Wagen zum Hotel war eine Qual. Der junge Mann an der Rezeption nahm es mit den Bestimmungen sehr genau. Zuerst kontrollierte er meinen Paß, dann reichte er mir den Schlüssel für das Zimmer 202. Es handelte sich um eine gestanzte Plastikkarte, die man während des gesamten Aufenthalts bei sich tragen sollte, sodass man keinen Portier benötigte. Der Fahrstuhl war vorübergehend außer Betrieb, also stieg ich die zwei Treppen hinauf. Die Hitze hatte mich bereits viel Kraft gekostet, aber ich hoffte, meine Reserven durch eine kalte Dusche zu mobilisieren.

Das Zimmer war nicht groß, aber sauber und auf eine anspruchslose Art gemütlich. In dem schwarzen Koffer fand ich Unterwäsche, Hemden, eine Hose und ein Paar braune Schuhe sowie alles, was man auf Reisen bei sich haben sollte: Zahnbürste, Rasierzeug, Seife, eine Packung Magnecyl ohne Kodein, eine Salbe gegen Insekten, Pflaster und einige Taschenbücher, darunter ein schwedischer Roman.

In dem winzigen Bad wusch ich mir Gesicht und Oberkörper mit kaltem Wasser, bevor ich mein immer noch nasses Hemd wieder überzog. Es war, als würde ich von einer Schlange verschluckt. Als ich in den Spiegel schaute, traf ich auf einen Schweden, der sich auf eine der von kühlem Ostseewasser umspülten Stockholmer Schären wünschte. Dennoch ging es mir gut, jedenfalls im Vergleich zu Mezinka. Was machten sie mit ihm? Würde er etwas über einen schwedischen Polizisten verraten, der nach Bisi Yaro gefragt hatte? Warum nur hatte ich mich dazu hinreißen lassen, diesen Namen zu erwähnen?

Ich beeilte mich, der tropischen Umklammerung so schnell wie möglich zu entkommen. Als ich den Wagen erreichte, wurde die hintere Tür geöffnet, und ich schlüpfte in die künstliche, aber wohltuende Kühle. Dass ich eine Erkältung bekommen würde, war so sicher wie das Amen in der Kirche; solche Extreme waren meine Atemwege einfach nicht gewöhnt. Morris reichte mir einen Pass, der in einer dunkelblauen Lederhülle steckte.

»Sie heißen Clifford W. Carrington und kommen aus Des Plaines, das liegt in der Nähe von Chicago. Geschäftsmann in Gewürzen. Mehr müssen Sie über Carrington nicht wissen.«

»Wofür steht das W?«

»Für William zum Beispiel. Wenn man in den Hotels nach einem Schweden sucht, wird er im *Victoria Lodge* zu finden sein. Jeden zweiten Tag bringen wir Sie hin, damit Sie sich dort zeigen können.«

»Warum sollte jemand in Hotels nach mir suchen?«

»Ich sagte: wenn. Der richtige Carrington sieht Ihnen sehr ähnlich. Wir haben ihn schon vier Tage im *Sheraton* wohnen lassen, Zimmer 517, der Schlüssel liegt im Pass. Bei der Ankunft legte er seine *American-Express*-Karte vor und unterschrieb eine Rechnung. Die Signatur im Pass müssen Sie üben und täuschend nachahmen können. Der Angestellte von der Rezeption, bei dem der echte Carrington eingecheckt hat, ist für einige Wochen verreist. Sonst dürfte niemand näheren Kontakt mit ihm gehabt haben, denn er zieht sich gern zurück.«

»Und wo ist der echte Carrington jetzt? Ist er zusammen mit dem Typen von der Rezeption nach Paris geflogen, um sich das *Folies Bergère* anzusehen?«

»Wie bitte? Ach, Sie sind von der lustigen Sorte. Nein, Carrington hat Nigeria über die Grenze nach Kamerun verlassen. Nun gehen Sie schon hinein. Wir besuchen Sie dann in Ihrem Zimmer.«

Fünf Schritte waren es bis zum Eingang des Hotels, das von einem Mann bewacht wurde, dessen Uniform an die eines kaiserlichen Adjutanten erinnerte. Er begrüßte mich, und dann war ich in einem der Paradiese, die sich die Amerikaner im Ausland geschaffen haben. Es war ein *Sheraton*, wie ein *Sheraton* sein muss; stilvoll und luxuriös, mit plätschernden Wasserkaskaden zwischen üppigen Grünpflanzen, dicken Teppichen und Wänden aus Marmor und Gold. Es gab mehrere Bars und Restaurants und einen Wintergarten mit Tischen, einer weiteren Bar und einem beleuchteten Swimmingpool. Einem Amerikaner soll es egal sein, wo er sich auf der Welt befindet, Hauptsache er weiß, dass er im *Sheraton* wohnt. Hier gab es viele schwarze Gäste, aber noch mehr weiße, und alle trugen den Stempel »Geschäftsmann« unsichtbar auf der Stirn.

Ein Fahrstuhl, der von einem uniformierten Liftboy bedient wurde, brachte mich in die fünfte Etage und ich öffnete die Tür mit der Plastikkarte. Ein großer Raum mit geschmackvollen Möbeln erwartete mich. Das Doppelbett ließ mich an Virena denken, als ich die Minibar inspizierte, wünschte ich mir, Alkoholiker zu sein. Die große Badewanne lud dazu ein, duftende Schaumbäder zu nehmen, und vom Fenster aus konnte ich den Wintergarten mit dem Swimmingpool, aber auch den hohen Zaun sehen, der das Hotelgelände umgab.

Clifford W. hatte mir seine Visitenkarten, Strümpfe, Unterwäsche, einen leichten, eleganten rotbraunen Anzug und eine halbvolle Flasche Rasierwasser hinterlassen. Ich roch daran; es war nicht gerade mein Geschmack.

Eine halbe Stunde später klopfte es leise an die Tür und ich ließ Morris und Okpara ein. Sie stellten meine Reisetasche mitten ins Zimmer, gingen zur Minibar und nahmen sich zwei Flaschen Bier heraus. Falls der Zimmerservice kam, würde er drei Geschäftsleute beim entspannten Gespräch antreffen.

»Zuerst müssen wir Sie warnen«, begann Okpara. »Gehen Sie niemals allein aus, nach Einbruch der Dunkelheit auch nicht in Begleitung. Die meiste Zeit werden wir sowieso gemeinsam verbringen, aber ich will, dass Sie meine Worte trotzdem im Gedächtnis haben. Wenn Sie Auto fahren wollen, dann nur mit Chauffeur, und zwar mit einem, den wir kennen. Alle Scheiben müssen geschlossen bleiben und die Türen von innen verriegelt werden. In dem zähen Verkehr bleiben die Fahrzeuge alle zwei Meter stehen; das ist die Gelegenheit für Straßenräuber, die Türen aufzureißen, in den Wagen hineinzuschießen und Wertgegenstände zu stehlen. Das dauert nur eine Minute und niemand kommt einem zu Hilfe.«

»Das ganze Land ist von Waffen überschwemmt«, ergänzte Morris. »Die Waffenhändler hatten viele fette Jahre hintereinander und die Großmächte waren, was Militärausrüstungen aller Art betrifft, immer spendabel, um Nigeria in kalten und heißen Kriegen auf ihrer jeweiligen Seite zu wissen. Von der Tretmine bis zum Granatwerfer kann man alles bekommen.«

Die Geschichte wiederholt sich immer wieder. Nigeria war ein Land mit gewaltigen Ölreserven und für die Großmächte kommt immer erst das Öl und dann die Moral. Eine Pipeline opfert man nicht irgendwelchen Prinzipien.

»Lass dir von keinem Unbekannten etwas zu essen oder zu trinken anbieten«, fuhr Okpara fort. »Folge niemals einer Person, so Vertrauen erweckend sie auch aussehen mag, um dir Schmuck, schöne Stoffe oder was auch immer anzusehen. Du könntest als Leiche im Rinnstein enden.«

Morris fügte hinzu: »Ich möchte Sie vor allem vor Frauen warnen, wenn Sie verstehen, was ich meine.«

Ich nickte um anzudeuten, dass ich nicht völlig hinterm Mond aufgewachsen war und bereits die eine oder andere Erfahrung im Leben gesammelt hatte.

Okpara war noch nicht fertig: »Sollten Sie mit einem Wagen unterwegs sein und von einem Polizisten wegen eines angeblichen Verkehrsvergehens gestoppt werden, bezahlen Sie sofort die geforderte Summe. Es wird sehr viel teurer, den Polizisten bei seinen Vorgesetzten anzuzeigen oder vor Gericht zu bringen. Außerdem weiß man nie, wie die Sache ausgeht und ob nicht Sie im Gefängnis landen. Der Polizist hat immer Recht, so funktioniert das System.«

»Natürlich kann es Ihnen nicht nur im Straßenverkehr passieren, dass ein Polizist Geld von Ihnen will. Bezahlen Sie einfach immer«, riet Morris.

»Wenn Sie die Stadt verlassen, denken Sie daran, dass es überall im Land Militärposten gibt. Das sind Straßenräuber, anders kann man sie nicht bezeichnen. Geben Sie alles, was Sie haben, und wenn es das letzte Hemd ist, damit Sie nur ihr Leben behalten.«

Abwehrend hob ich die Hände: »Okay, okay, ich verspreche, wie ein Mönch in meiner Zelle sitzen zu bleiben und nicht einmal dem Abt zu trauen. Sie haben mir überzeugend klargemacht, dass Lagos keine Stadt für Ausländer ist.«

Morris nickte zustimmend und murmelte: »Wer kann dieses Land schon lieben?«

Ich sah, dass sich Okparas Rücken straffte. In einem plötzlichen Zornausbruch schrie er: »*Ich* kann dieses Land lieben! Es ist uns schon einmal gut gegangen und so kann es wieder werden!«

»Mein lieber Freund, ich wollte doch nicht ...«

»In Lagos ist die Kriminalität so hoch, weil man sie uns aufgezwungen hat. Es handelt sich um Verbrechen Mann gegen Mann, die aus Not, Unterdrückung und der Wut über die Verhältnisse, unter denen wir leben müssen, entstehen. Aber die Verbrechen, die Sie bekämpfen wollen, richten sich gegen das ganze Land, und es kümmert die Täter nicht, dass wir an ihren gefälschten Medikamenten wie die Fliegen sterben. Wir sind hier die Opfer!«

Morris holte tief Luft und boxte leicht gegen Okparas muskulösen Oberarm. »Entschuldigen Sie. Sie haben ja Recht. Manchmal rutscht mir etwas heraus, was ich gar nicht so meine.«

Okpara warf mir einen schwer zu deutenden Blick zu und rief: »Ich werde Ihnen noch etwas sagen, Mister Morris! Etwas, das Sie bestimmt nicht gern hören!«

7. Kapitel

Morris wurde bleich und Okpara fuhr fort: »Als ich erfuhr ...« Er hielt inne und verschluckte den Rest der Worte, als wolle er sich erst noch einmal besinnen, bevor er die Schwelle zu einem verbotenen Raum überschreitet.

»Was wollten Sie sagen?«

Der Nigerianer antwortete nicht. In ihm hatte sich eine Wut aufgestaut, die ich gut kannte. Sie war aus der Ohnmacht entstanden, aus dem Gefühl, ein viel zu kleiner Stein im Spiel der Großen zu sein.

»Wie soll Mister Carrington vorgehen?«, fragte ich, um die Situation etwas zu entspannen.

»Wie es Wilson gesagt hat: Schweden in Bars belauschen. Wilson wird übrigens in den nächsten Tagen herkommen.«

»Ich habe von einem Klub gehört, der *Jazzville* heißt. Vielleicht sollte ich dort beginnen?«

Die Hoffnung, den Erben Benny Goodmans lauschen zu dürfen, wurde leider im Keim erstickt, denn Morris erklärte, dass sich die Aktion selbstverständlich auf die Bars der großen Hotels konzentrieren sollte. Seiner Meinung nach besuchten Mafiagangster keine Jazzklubs. Ich akzeptierte diese Theorie; wer Benny Goodman mag, kann nichts Böses im Sinn haben.

»Wann werde ich mit Nicks Schwiegereltern reden?«

»In einigen Tagen. Wir müssen sicher sein, dass niemand hinter Ihnen her ist. Das merken wir, wenn jemand im *Victoria Lodge* Erkundigungen einholt.

»Und mit Bisi Yaro?«

Okpara holte einen kleinen Schreibblock hervor, wie ihn Polizisten in aller Welt benutzen, mit festen Deckeln und einem Gummiband, das ein ungewolltes Umschlagen der Seiten verhindert.

»Doktor Bisi Yaro ist ein Arzt der High Society. Er lässt sich seine Konsultationen teuer bezahlen. Die Praxis befindet sich in seiner Villa auf der Insel Ikoy. Er ist Junggeselle, bekommt aber häufig Besuch von sehr jungen Mädchen. Als Mediziner hat er einen guten Ruf, aber er soll auch einige Fehldiagnosen gestellt haben, die zum Tod der Patienten geführt haben.«

»Sind das Gerüchte oder gab es Anzeigen?«

»Nein. In Lagos riskiert niemand eine Anzeige. Bisi Yaro ist vermögend genug, große Bestechungssummen zahlen zu können. Er soll auch mit verschiedenen Drogen handeln; genau wissen wir es nicht. Er hat Verbindungen zur Regierung, General Abacha ist sein Patient gewesen. Wir müssen also vorsichtig sein.«

»Aber ein dummer Schwede darf doch wohl Fragen stellen? Das Schlimmste, was mir passieren kann, ist, dass ich ausgewiesen werde.«

Sie schauten sich an. Morris hob seine dünnen Augenbrauen, Okpara verzog das Gesicht.

»Das Schlimmste in Lagos lässt sich gar nicht denken«, murmelte der Nigerianer schließlich. »Dennoch ist das der einzige Weg. Sie dürfen Bisi Yaro aber erst kurz vor Ihrer Abreise befragen, denn wenn Sie es getan haben, sind Sie gebrandmarkt. So, und nun fangen Sie hier in der Bar des *Sheraton* an. Nach einer Stunde holen wir Sie ab und bringen Sie zur nächsten. Fragen?«

»Ja. Ich bin als Bewacher eines Schwarzen hergeflogen, der aus Schweden ausgewiesen wurde. Er nannte sich Dayo Mezinka, aber das war nicht sein richtiger Name. Er hatte Angst, hier gefoltert zu werden. Man hat ihn jedenfalls an der Passkontrolle festgehalten. Kann man erfahren, was mit ihm geschehen ist?«

»Ist das für Ihre Aufgabe irgendwie von Bedeutung?«

»Ja. Obwohl ich weiß bin, habe ich doch ein Gewissen.«

»Ich gehöre zu Interpol; die gewöhnliche Polizei mag uns nicht. Trotzdem habe ich ein paar Kanäle. Ich werde sehen, was ich herausfinden kann.«

Ein müde gähnender Carrington aus Des Plaines mischte sich unter die Gäste der Bar und hielt sich eine Stunde an einem einzigen Bier fest. Er wechselte ein paar Mal den Platz, aber niemand sprach schwedisch in diesen gebildeten Kreisen.

Dann wurde Clifford W. durch die Fisternis zum *Federal Place* und anschließend zum *Meriderien Hotel* gefahren. Beide lagen auf der Victoriainsel, aber auch dort sprach niemand die Muttersprache eines gewissen Roland Hassel. Das *Stadium Hotel* lag zur Abwechslung wieder auf dem Festland, aber wegen der überlauten Discomusik konnte ich gleich gar nichts verstehen. Mister Carrington beendete seine nächtliche Odyssee, indem er noch ein letztes Bier im *Sheraton* bestellte. Immer wieder hatte es eindeutige Angebote galanter Damen gegeben, die er mit dem Hinweis auf seine bald eintreffende Missus ablehnte. Dann durfte er endlich ins Bett.

Hassel hätte wie eine gefällte schwedische Kiefer schlafen müssen, doch ich fand keine Ruhe. Sobald ich die Augen schloss, sah ich Mezinka auf einem Stuhl sitzen und sich mit bloßen Händen gegen Schläge von Fäusten, Baseballschlägern und Fahrradketten wehren. Ich konnte doch nichts dafür! Auch Schweden war nicht schuld. Aber er war abgeschoben worden und es war genau das passiert, was er vorausgesehen hatte.

Am nächsten Morgen war ich früh wieder auf den Beinen. Morris und Okpara holten mich zu einer Tour durch die Stadt ab, damit ich mich im Fall der Fälle orientieren konnte. Auf der Südseite lag das Geschäftszentrum mit Bürohäusern und einigen Wolkenkratzern, während der restliche Teil der Lagosinsel zum Slum geworden war. Auf Ikoy gab es ein Viertel mit schicken Boutiquen, aber auch hier zeigten sich erste Zeichen des wirtschaftlichen Niedergangs. Hier standen auch die Regierungsgebäude, die rund um die Uhr bewacht wurden und zumindest tagsüber als sicher galten. Die benachbarten Wohngebiete dagegen waren sicher keine Stunde lang sicher. Auf der Victoriainsel befanden sich die meisten Botschaften, auch die schwedische, und eine gigantische Neubausiedlung. Die Blöcke waren einst schnell gebaut worden, jetzt verfielen sie langsam. Vermutlich waren die vielen proppenvollen Parkplätze für die Eigentümer das Wertvollste.

Der Hafen lag am Festland und hatte nach Auskunft meiner Begleiter einst vor Leben nur so gestrotzt. Nun lag auch er im Koma; das Gelände überzog sich mit Bretter- und Wellblechbuden, die den Ärmsten der Armen als Unterkunft dienten.

Die Inseln und das Festland waren durch ein Wirrwarr von Straßen verbunden. Vom Flughafen führte ein Highway über eine hohe Brücke in die City und von dort oben konnte ich die drei Inseln, die zum Stadtgebiet gehörten, aus der Vogelperspektive überblicken. Es gab einige Wolkenkratzer, ansonsten aber waren die meisten Häuser niedrig und hatten ein flaches Dach. Diese Orientierungsreise fand selbstverständlich in einem Wagen mit Klimaanlage statt. Okpara war ein begnadeter Fahrer, der sich mit großem Geschick durch den trotz der frühen Stunde schon zähen Verkehr schlängelte. Ein paar Mal hatte ich den Eindruck, dass er Abkürzungen und verbotene Fahrbahnen benutzte. Wenn er erwischt wurde, konnte er dem Beamten ja seinen Dienstausweis zeigen. Auch wenn die gewöhnliche Polizei Interpolmitarbeiter hasste, würde man wohl keinen Kollegen belangen. Polizistenblut ist immer dicker als ziviles Wasser.

Gegen Mittag verspürte ich Hunger. Die beiden hatten bereits ein ganzes Programm vorbereitet.

»Sie werden eine Reihe von populären Restaurants und Bars besuchen«, erklärte Morris. »Essen Sie überall nur einen Happen. Sperren Sie die Ohren auf!«

Einige Lokale waren nicht mit dem Wagen zu erreichen, und wir mussten zum Teil längere Strecken laufen. Jetzt lernte ich die schwülheiße Luft erst richtig kennen und bekam eine Vorstellung vom Alltag der Menschen in Lagos. Abgase lagen wie schwere graue Schleier über den Straßen, auf denen sich die Autos Stoßstange an Stoßstange reihten. Die Verkehrspolizisten, erkennbar an ihren orangefarbigen, kurzärmligen Hemden, griffen selten ein; ihre Lage war hoffnungslos. Wie Trauben hingen die Menschen an den stinkenden, ächzenden gelben Bussen. Da die Kanalisation größtenteils defekt war, liefen die Abwässer im Rinnstein entlang und verbreiteten einen infernalischen Gestank. Der Wind führte einen feinkörnigen, rötlichen Sand mit sich, der sich in meinen Atemwegen festsetzte, sodass ich immer wieder husten oder mich räuspern musste. Alle Geschäfte waren mit stählernen Jalousien gesichert. Auf improvisierten Märkten wurde buchstäblich alles angeboten, von schrumpeligen Äpfeln, stinkenden Fischen, alten Batterien, Zigaretten und Ersatzteilen aller Art bis hin zu Dingen, von denen ich nicht einmal wusste, dass sie existierten. Und all diese Menschen! Es waren Millionen und Abermillionen, die in Lagos und Umgebung lebten, mehr als in ganz Schweden. In den Ecken hockten zerlumpte Bettler, die nicht einmal mehr die Kraft hatten, die Vorübergehenden anzusprechen und bereits vom Tod gezeichnet waren. Doch ich sah auch viele Männer und Frauen in stolzer Haltung, die bodenlange, grellbunte Kleider trugen und sich mit dicken Turbanen gegen die Sonne schützten. Durch den Straßenlärm und das Gemurmel der Stimmen gellten immer wieder die Alarmsignale von Polizeiautos und Ambulanzen.

Das *Chez Antoine* auf der Lagosinsel erschien mir wie eine Oase in der Wüste und ich genoss ein leichtes Thunfischsandwich und eine Flasche kühles Mineralwasser. Das Lokal war gut besucht, trotzdem gelang es mir, den Platz zu wechseln und auf die Gespräche der Gäste zu achten. Da kein Landsmann darunter war, zogen wir weiter. Zuerst in das libanesische *Quo Vadis*, dann nacheinander ins *New Yorker*, ins *The Lagoon* und ins *The Mirage*, wo ich raffiniertes chinesisches Dessert zu mir nahm. In der ganzen Zeit drang kein schwedischer Laut an mein Ohr und schließlich war ich so müde und satt, dass ich die Lust verlor.

Nachdem ich ausgiebig geduscht hatte, durfte ich ein paar Stunden in meinem Hotelzimmer ausruhen, dann begann die Tortur von neuem. Im *Federal Place Hotel* tauschten zwei Landsleute Erfahrungen aus. Der eine meinte, es sei die mieseste Absteige, in der er je gewohnt habe. Der andere erwiderte, das Niveau sei selbst in Lagos nicht mehr zu unterbieten, es gebe nicht einmal Eimer, um das durch die Decke tropfende Wasser aufzufangen, außerdem fielen die Möbel auseinander. Und so weiter und so fort. Falls die beiden mit dem organisierten Verbrechen zu tun hatten, behielten sie es jedenfalls für sich.

Am nächsten Morgen begab ich mich ins *Victoria Lodge*. Niemand hatte eine Nachricht für mich hinterlassen. Ich kramte ein bisschen im Zimmer herum und ließ es so aussehen, als hätte ich dort geschlafen. Dann versuchte ich Stockholm anzurufen. Es war unmöglich. Der Telefonist erklärte freundlich, man müsse großes Glück haben, um eine freie Leitung zu erwischen. Oft sei es sogar schwer, eine Verbindung zwischen den Inseln zu bekommen. Innerhalb des Stadtteils dagegen gebe es selten Probleme.

Fünf verschiedene Restaurants und Bars, und ich hatte immer noch kein Ergebnis vorzuweisen. Langsam hielt ich die ganze Aktion für Zeitverschwendung, zumal ich mich wie ausgelaugt fühlte. Morris und Okpara erklärten zwar immer wieder, dass es zu dieser Jahreszeit eigentlich regnen müsse, aber das half mir auch nichts.

»Wann kann ich Herrn van der Hart treffen? Das ist wichtiger, als von einem Lokal zum nächsten zu ziehen und Mineralwasser zu trinken.«

»Heute Abend«, antwortete Morris kurz und knapp. »Sie dürfen selbst mit ihm reden. Wir warten draußen im Auto.«

»Was haben Sie ihm gesagt?«

»Die Wahrheit. Dass Sie ein schwedischer Polizist sind, der den Tod seiner Tochter und seines Schwiegersohns untersucht.«

Wenn man längere Zeit zusammen ist, bleibt es nicht aus, dass man sich besser kennen lernt. Ich hatte den Eindruck, dass ich Okpara näher kam. Er war sehr emotional, litt unter den Zuständen und hatte die Hoffnung nicht aufgegeben, etwas verändern zu können. Manchmal ist der Kampf genauso wichtig wie das Ziel. Ich war überzeugt, dass er ein unerbittlicher Gegner, aber auch ein verlässlicher, umsichtiger Freund sein konnte.

Morris dagegen war Brite bis auf die Knochen. Er gab sich kühl, aber vermutlich war unter der Maske auch keine Wärme vorhanden. Er machte seinen Job, wie er jeden anderen Job auch machen würde, wenn es ihn nach dem Studium woanders hin verschlagen hätte. Vorher hatte er in Indien Dienst getan und er vertraute mir an, dass er die dortige trockene Hitze der Schwüle Afrikas vorziehe. Dann und wann warf er mir einen Blick zu, der mir sagen sollte, dass wir Europäer seien und diese Nigerianer eine andere Sorte Mensch und schwer zu begreifen. Wohin auf der Welt er auch käme, er würde immer abseits stehen. Er versteckte sich hinter seiner britischen Fassade und weigerte sich, Impulse aus anderen Kulturen aufzunehmen, die er außerdem gar nicht als solche anerkannte. Eigentlich war er der Urtyp des englischen Kolonialherren, höflich und distanziert. Man hatte immer den Eindruck, dass er sich auf einer höheren Ebene bewegte und die Menschen nur als Wesen wahrnahm, die erzogen werden mussten, und diese schwere, aber notwendige Pflicht war ihm und seinesgleichen zugefallen. Okpara dagegen erschien mir authentisch, ein Mann, der sich nicht verstellen musste und es auch nicht tat.

Am Abend gegen neun Uhr fuhren wir erneut durch die bis auf einige Lichtreklamen und die Scheinwerfer entgegenkommender Autos finstere Stadt. Van der Hart wohnte auf der Victoriainsel. Die Villa lag auf einem Hügel und ich ahnte, dass man von dort einen wunderbaren Blick übers Meer haben musste. Der Garten war beleuchtet, doch die Stahljalousien an den Fenstern hatte man heruntergelassen. Vermutlich war das Haus durch Infrarot und alle möglichen elektronischen Alarmanlagen gesichert. Wenn man in Lagos auf legale Weise Millionär werden wollte, musste die Sicherheitsbranche die lukrativste sein.

»Wir bleiben vor dem Haus, bis wir sehen, dass Sie eingelassen werden«, erklärte Okpara.

»Es sind doch nur zehn Meter bis zur Tür«, wandte ich ein.

Der Nigerianer zog seine Pistole und ließ die Scheibe herunter. »Es wäre nicht das erste Mal, dass plötzlich Räuber aus dem Dunkeln auftauchen. Bleiben Sie nicht stehen, was immer Sie auch hören oder sehen.«

Ich eilte über den Gartenweg und die drei Stufen hinauf zu einer Veranda mit Steinfußboden und Glaswänden, an denen sich Grünpflanzen emporschlängelten. Neben verschnörkelten gusseisernen Möbeln stand ein Partygrill. Fast wie zu Hause, wäre nicht die unerträgliche Hitze gewesen. Obwohl die Sonne längst untergegangen war, herrschten noch fast dieselben Temperaturen wie tagsüber. Da ich keine Klingel entdecken konnte, klopfte ich nach Fahndermanier mit der Faust an die Tür. Ein Mann in schwarzer Hose und weißer Jacke öffnete. Er war gut zwei Meter groß und wirkte in den Schultern fast ebenso breit.

»Mister Hassel?«

»Jawohl.«

»Hier entlang, bitte.«

Als wir in die schwach beleuchtete Diele kamen, erhoben sich zwei riesige schwarze Hunde und fletschten die Zähne. Der Diener rief ihnen etwas in einer mir fremden Sprache zu und sie legten sich wieder hin, ohne mich aus den Augen zu lassen. Offenbar verließ man sich in diesem Haus nicht nur auf technische Sicherheitsanlagen.

Das Empfangszimmer dagegen war durch Deckenstrahler verschwenderisch beleuchtet und offenbarte einen Luxus, von dem ein Durchschnittsbürger dieses Landes nicht einmal träumen konnte. An den Wänden hingen Gemälde europäischer Meister in dicken Goldrahmen, aber es gab auch Bilder mit ausgesprochen afrikanischen Motiven.

Ein Mann und eine Frau erhoben sich von ihren Stühlen. Sie wirkte wie eine ältere Kopie ihrer Tochter Juliana und war noch immer auffallend schön. Ihr schlanker Körper wurde von einem knöchellangen, rotseidenen Kleid verhüllt. Sie reichte mir nicht die Hand und verzog zur Begrüßung auch keine Miene. Ihr Gesicht war wie von einem Schleier überzogen, ihre Augen unergründlich.

Martijn van der Hart war knapp mittelgroß und stämmig. Er trug einen zerknitterten weißen Anzug und auch der große Kopf mit den bäurischen Zügen unter dem stahlgrauen Bürstenhaarschnitt passte nicht in dieses Ambiente. Wie seine Frau vermied er es, mir die Hand zu geben.

»Wir wissen, wer Sie sind und welches Anliegen Sie haben«, begann er in scharfem Ton. »Kommen Sie gleich zur Sache, bitte.« Das letzte Wort klang wie eine grammatische Übung und nicht wie eine Höflichkeitsphrase.

»Ihre Tochter Juliana war mit Nick Oland verheiratet. Er hieß eigentlich Bengt Ölund und stammte aus Schweden. Wir waren Freunde und haben als Kinder zusammen gespielt, obwohl er ein paar Jahre jünger war als ich.«

»Wann?«

»Seine Eltern zogen aus der Gegend weg, als er sieben Jahre alt war.«

»Dann kann man wohl kaum von Freundschaft sprechen.«

»Seine und meine Eltern unternahmen viel zusammen. Manchmal schien es mir, als wäre er mein jüngerer Bruder.«

Das entsprach zwar nicht der Wahrheit, aber es klang gut. Van der Hart überlegte eine Weile. Seine Frau hatte nichts zu sagen oder zog es vor zu schweigen. Sie stand so regungslos, als wäre sie geistig abwesend.

»Was genau wollen Sie von uns wissen?«, fuhr er fort.

»Ich weiß nicht. In erster Linie wohl Namen. Haben Nick oder Julie vielleicht schwedische oder andere Bekannte erwähnt, zu denen Nick Geschäftsbeziehungen unterhielt?«

»Nein. Sonst noch etwas?«

»Vielleicht haben er oder Ihre Tochter einmal geäußert, dass sie Angst vor jemandem oder einer Organisation hätten?«

»Nein, Sie wohnten ja nicht bei uns. Sind Sie fertig?«

»Können Sie uns wirklich nicht helfen, Ihre Mörder zu finden?«

»Nein. Damit ist Ihr Besuch beendet. Adieu, Herr Hassel.« Demonstrativ nahm er sich eine Zeitung und begann darin zu blättern.

Ich konnte nicht einfach bleiben, wo man mich lieber gehen als kommen sah. Es war nicht mein Land und ich hatte keine Befugnisse, irgendwelche Informationen aus ihnen herauszupressen. Ich murmelte »Danke« und »Adieu«, wusste aber nicht recht, wofür ich mich eigentlich bedankt hatte.

»Ich bringe Sie hinaus«, sagte plötzlich Frau van der Hart.

Das waren ihre ersten Worte und sogar die Stimme klang exakt wie die Julianas. Ich lief voraus und sie folgte mir. Der Diener war nicht zu sehen, aber die beiden Hunde hoben die Köpfe.

Dann hörte ich ein Flüstern: »Drehen Sie sich nicht um.«

Langsam ging ich auf die Tür zu.

»Lassen Sie sich nichts anmerken. Mein Mann will nichts mit der Sache zu tun haben. Er fürchtet auch um mein Leben.«

Ich nickte leicht, um ihr zu zeigen, dass ich die Botschaft vernommen hatte. Sie kam näher und hauchte in mein Ohr:

»Julie rief mich an, bevor Sie in Ihr Land reiste. Sie hatte Angst und sprach davon, dass man ihnen nach dem Leben trachte.«

Sie ahnte meine Frage und fügte hinzu: »Ich habe einen Namen für Sie, vielleicht ist es ein schwedischer!«

8. Kapitel

Während wir weiter auf den Ausgang zusteuerten, wisperte sie: »Groettsa.«

»Was?« Ich konnte mir die Frage nicht verkneifen und redete so leise wie möglich. »Groettsa? Soll das ein schwedischer Name sein?«

Wir standen an der Tür. Laut sagte sie: »Wir danken für Ihren Besuch, Herr Hassel«, und leise: »Mehr weiß ich auch nicht.«

Ich erwiderte mit kräftiger, auch für den Gatten vernehmbarer Stimme: »Schade, dass Sie mir nicht helfen konnten. Sie haben ein schönes Haus. Leben Sie wohl, und vielen Dank, dass Sie mich empfangen haben.«

Sie öffnete und ich trat wieder vor das Haus. Sofort wurde die Tür wieder verschlossen. Vielleicht konnte auch sie der Hitze nichts abgewinnen. Der Wagen stand da, wo ich ausgestiegen war, und ich lief schnell hin. Morris öffnete von innen die Tür und ich saß kaum auf meinem Platz, als Okpara schon losfuhr. Ich erklärte den beiden, dass ich keine Barrunde mehr drehen würde. Die feuchte Hitze hatte mir jede Lust auf Drinks, Tabakqualm und Stimmengewirr genommen. Ich fühlte mich wie ein kaputter Fußball, der einfach nicht mehr rollen konnte. Alle Klimaanlagen der Welt konnten mich nicht mehr motivieren, meine Muskeln hatten sich in Brei verwandelt, mein Gehirn war wie ausgebrannt. Ich berichtete kurz von dem wenig ergiebigen Gespräch und was die Frau mir zugeflüstert hatte. »Groettsa? Groettsa?«, wiederholten die beiden immer wieder und sie hörten sich wie Rapper an.

»Noch heute Nacht rufe ich Wilson an – falls ich eine freie Leitung erwische«, erklärte Morris. »Er soll im Computer nachsehen, ob wir einen Groettsa erfasst haben. Wilson ist in Kamerun, also ganz in der Nähe. Nach seinem Besuch in Lagos fliegt er nach London zurück, dieser glückliche Mensch.«

»Auch andere wollen glücklich sein, zum Beispiel ich. Es zieht mich mit Macht ins schöne, kalte Stockholm. Aber zuvor will ich mit Bisi Yaro reden.«

»Das hat keine Eile«, meinte Morris. »Wir haben alle unsere Pflichten und ...«

»Morgen Nachmittag könnte passen«, fiel ihm Okpara ins Wort. »Er nimmt bis fünfzehn Uhr Patienten an. Eine halbe Stunde später wäre der richtige Zeitpunkt.«

Morris wirkte verstimmt. Seine Miene drückte aus, dass eigentlich er hier die Entscheidungen traf, in diesem Fall jedoch einem Untergebenen das letzte Wort lassen würde. Dafür war ich ihm dankbar.

»Selbst meine Schwester leidet unter der außergewöhnlichen Hitzewelle, dabei ist sie in diesem Klima aufgewachsen«, fuhr der Nigerianer fort. »Sie haben anderes Blut, für Sie ist es noch gefährlicher. Trinken Sie so viel wie möglich, Sie müssen die Flüssigkeit kompensieren, die Sie ausschwitzen. Sonst trocknen Sie aus, Ihnen wird schwindlig, Sie fallen in Ohnmacht und wachen nicht mehr auf.«

»Dann ab ins *Sheraton*«, röchelte ich. »Dort gibt es Mineralwasser.«

Er hatte Recht, ich litt unter der Hitze. Im Hotel plünderte ich die Minibar und trank alles aus, was keinen Alkohol enthielt. Nach einigen Minuten fühlte ich mich besser und stellte mich unter die kühle Dusche. Als sich meine Körpertemperatur normalisiert hatte, trocknete ich mich ab, legte mich aufs Bett und drückte die Fernbedienung des Fernsehers. Die beiden nigerianischen Kanäle sendeten in einer mir unbekannten Sprache. Um so besser kannte ich die Filme, die hier gesendet wurden. Ich lachte über Lucille Ball in *I love Lucy* und bestaunte einen blutjungen Clint Eastwood in *Rawhide*. Wären meine Körperflüssigkeiten nicht so wertvoll gewesen, hätte ich wegen der fiesen Angriffe auf die Ponderosa-Ranch in *Bonanza* sogar Tränen vergossen. Müdigkeit schlich sich in meinen Kopf und meine Glieder. Wieder kam mir Mezinka in den Sinn. Wie mochte es ihm ergangen sein? Das Telefon riss mich aus meinen Vorstellungen. Es war Morris.

»Ich hoffe, ich habe Sie nicht geweckt.«

»Keinesfalls. Seit dem Attentat auf Karl den Zwölften schläft kein schwedischer Posten mehr ein.«

»Wie bitte?«

»Ein Scherz aus meiner Heimat. Kann ich nicht erklären.«

»Soso, aha. Tja, ich hatte gerade ein Gespräch mit Wilson, der nicht begeistert darüber war, dass wir keine Besprechung abhalten, bevor Sie Bisi Yaro treffen.«

»Das tut mir aber Leid. Aber es wird auch ohne gehen. Ich habe in meinem Leben schon einige Mediziner getroffen.«

»Wie bitte? Oh, wieder ein Scherz. Lassen Sie uns die Angelegenheit doch mit dem Ernst behandeln, die sie verdient.«

»Das tue ich durchaus. Ich will ja so schnell wie möglich nach Hause.«

Er lachte kurz und trocken: »Das wollen wir doch alle. Wir sind schließlich Europäer. Wenn wir schon mal unter uns sind: Wollen wir uns nicht beim Vornamen nennen?«

Er konnte meine Grimasse nicht sehen, als ich antwortete: »Oh, das ist zuviel der Ehre.«

»Keinesfalls. Mein Name ist Edward, wie du weißt. Und deiner Roland. Edward also, aber bitte nicht Ted. Wir sollten das richtige Vorgehen im Detail besprechen. Sonst könnte es ganz und gar schief gehen.«

Wie hatte ich mich doch getäuscht, als ich bei unserer ersten Begegnung meinte, Humor in seinem Blick entdeckt zu haben. Das waren wohl irgendwelche Sonnenreflexe gewesen. Morris war im wahrsten Sinne ein kleinformatiger Brite, kein Vergleich mit Wilson, der ebenfalls very british war, aber auf eine ansprechende Weise. Andererseits war Morris – unter Freunden Edward – bei Interpol abgestellt, und die schwedische Polizei durfte keinen Ärger mit der Weltpolizei bekommen, bloß weil ein kleiner, unbedeutender Inspektor seine Zunge nicht im Zaum halten konnte, nicht einmal in Afrika.

»Und was meint ihr, wie ich agieren sollte?«, fragte ich artig.

»Zuerst einmal etwas Grundsätzliches: Okpara hatte keine Befugnis, ein Treffen mit Doktor Bisi Yaro zu arrangieren. Er weiß das und sollte die Regeln befolgen.«

»Gewiß. Also wie soll ich nun vorgehen?«

Ich hörte, dass er schluckte; vermutlich trank er einen Gin-Tonic. Wo in Lagos wohnte er eigentlich? Sicher hatte Interpol eine oder mehrere Dienstwohnungen für Angestellte zur Verfügung, wie in Stockholm. Das war billiger, als Hotelzimmer anzumieten.

»Wir haben mehrere Varianten durchgespielt. Im Kampf ist es entscheidend, die Stärke des Gegners zu kennen. Außerdem dürfen wir nie vergessen, dass die schwarzen Führer Bisi Yaro stützen. Ein Freund Abachas muss man mit Samthandschuhen anfassen.«

»Und was mache ich, wenn ich die Samthandschuhe übergezogen habe?«

Wieder nahm er einen Schluck von seinem Drink. Ich bekam sofort wieder Durst auf Mineralwasser.

»Lass uns beim ursprünglichen Gedanken bleiben. Du fragst ihn höflich, aber direkt nach der Medizin, die er Oland gegeben hat. Wenn er sich stur stellt, darfst du gern ein wenig aufdrehen, aber auf die plumpe Tour, wenn du verstehst.«

»So plump wie ein schwedischer Ochse unter afrikanischen Gazellen? Wie ein weißer Tölpel, der nicht begreift, dass es auch in Schwarzafrika eine Oberklasse gibt?«

»Roland, du drückst dich immer so lustig aus, aber du hast es genau erfasst.«

»Kein Problem, Edward, ich kann sehr plump auftreten, wenn ich will. Auch wenn ich nicht will, um die Wahrheit zu sagen.«

»Morgen kommt dich Okpara gegen Mittag abholen. Du zeigst dich im *Victoria Lodge*, dann fährt er dich zu Bisi Yaro. Ich habe morgen andere Aufgaben.«

»Die du sicher bravourös erledigen wirst. Gute Nacht, Edward.«

Wie schön es war, Morris langsam zu vergessen und lieber an Virena und Elin zu denken! Leider mischten sich Bilder eines misshandelten Mezinka in den schönen Familienfilm. Ausgewiesen und zusammengeschlagen. Ausgewiesen und vielleicht getötet. Aber ich schlief dennoch irgendwann ein.

* * *

Im *Victoria Lodge* fand ich immer noch keine Mitteilung vor, also zerwühlte ich das Bett und versuchte dann Stockholm anzurufen, aber es war wieder nicht mein Glückstag. Ob Okpara mit mir zu Mittag essen wollte? Ich hielt es für eine gute Idee. Vielleicht sollte Clifford W. Carrington ins *Sheraton* einladen? Noch besser!

Wir bekamen einen guten Tisch mit Blick auf den Wintergarten, wo gerade alle Pflanzen geschnitten wurden, die es gewagt hatten, schief zu wachsen. Nichts durfte die amerikanische Idylle stören.

»Wollen Sie einmal etwas typisch Nigerianisches probieren?«, fragte Okpara, als er die Speisekarte studierte. Hier wird ein Spezialitätenbüfett mit regionalen Gerichten angeboten, sowohl volkstümlichen als auch exklusiveren.

»Ich mag es lieber deftig.«

»Ein Bier von hier?«

»Aber sicher. *Satzenbrau* soll sehr gut sein.«

Meine Erfahrungen mit der afrikanischen Küche waren gleich Null, aber ich ahnte, dass man kaum Knacker oder Blutwurst servieren würde. Wir bekamen jeder unser *Satzenbrau* und stießen an. An dem Bier war nichts auszusetzen, es schmeckte wie ein leichtes Lager.

»Wenn wir schon mal unter uns sind, schlage ich vor, dass wir uns beim Vornamen nennen. Du weißt, ich heiße Roland. Und du heißt Ken?«

»Stimmt«, erwiderte er ausdruckslos.

»Das Fußvolk muss immer zusammenhalten«, fuhr ich fort.

Er warf mir einen forschenden Blick zu und ich grinste fröhlich zurück. Als sich seine Lippen zu einem schwachen Lächeln verzogen, wusste ich, dass ich mich nicht in ihm getäuscht hatte. Er verstand die Ironie. Große Tabletts mit Tellern und Schalen wurden gebracht. Okpara bestellte noch ein paar Bier, denn er wusste, wie scharf einige Saucen waren.

Zuerst sollte ich das absolute Nationalgericht probieren, das *Eba* hieß und aus saftigen, kompakten, kleinen Mehlklößen bestand. Darüber goss man eine Sauce und allein der Geruch derselben trieb mir die Tränen in die Augen. Nun ja, ein gastronomischer Höhepunkt war das nicht. Die bräunlichen Yamswurzeln waren ein guter Ersatz für Kartoffeln. Eine Bohnensuppe namens *Begiri*, die aus der Küche des Yarobavolkes stammte, schmeckte ausgezeichnet. Eine Portion langer, schwarzer Schnecken mit der Konsistenz und dem Geschmack von Gummi wurde *Igbin* genannt. Die dazu passende Sauce war wiederum so scharf, dass sich beim Dippen die Zinken der Gabel verbogen. *Eja Gbigbe* war getrockneter und geräucherter Fisch, nicht mein Fall, während ich bei *Moinmoin*, einem delikaten Bohnengericht, ins Schwärmen geriet. Auch *Suya*, gegrillter Kebab mit Rindslende und Lamm, traf genau meinen Geschmack.

»Wie zu Hause«, urteilte ich. »An einige der Gerichte könnte ich mich gewöhnen, andere würde ich nicht noch einmal bestellen.«

»Gut, dass du gekostet hast. Das machen nicht alle.«

»Wie ist es Dayo Mezinka ergangen?«

»Roland, wir essen ...«

»Wir sind fertig.«

Der Nigerianer hob sein Glas und trank es aus. Dann sagte er: »Nicht gut. Er war ein gefährlicher Verbrecher.«

»Was hat er denn Kriminelles angestellt?«

»Er agitierte gegen General Abacha. Ein Kapitalverbrechen. Wie ich hörte, hat er seine Mitverschwörer nicht verraten, obwohl sie ihn mit Gummiknüppeln, Schlagringen, Peitschen, Baseballschlägern und anderen Instrumenten bearbeiteten, die zum Repertoire einer zivilisierten Polizeimacht gehören.«

»Du weißt dich auszudrücken.«

»Ich habe die Universität in Lagos besucht und als Master of Art abgeschlossen. Mister Morris ist Bachelos of Art. Nur zur Information.«

Wie groß war der Unterschied? Wie zwischen Doktortitel und Diplom? Das Master-Lächeln des Nigerianers verriet eine innere Genugtuung.

»Lebt Mezinka noch?«

»Nein. Sonst würde er sich jetzt wünschen, tot zu sein. Wollen wir gehen? Ich würde dir gern ein Stück von meinem Lagos zeigen. Es gibt hier auch noch etwas anderes als Messer, Drogen und Handfeuerwaffen. Und nicht alle jungen Frauen sind Prostituierte.«

Es war sicher unmöglich, eine Erkältung, vielleicht sogar eine Lungenentzündung, zu vermeiden, wenn man ständig zwischen der klimatisierten Illusion der Reichen und der feuchtheißen Wirklichkeit der Armen hin und her wechselte. Ich fühlte mich in Lagos wie ein Jojo, dessen Schnur jederzeit reißen konnte. Der Nigerianer fuhr mit mir aufs Festland, in die Hafengegend Apapa. Er durfte mir zeigen, was er wollte, Hauptsache, ich musste den Wagen nicht verlassen. Er wies auf ein Panorama aus Schuppen, Buden, Lagerplätzen, Kistenstapeln, verlassenen Kränen und Güterwagen, die auf bessere Zeiten zu warten schienen. Ganz verlassen war der Hafen nicht, ein paar vereinzelte Schiffe lagen am Kai oder auf Reede. Aber ich wusste, dass es nichts bedeutete im Vergleich zu früheren Zeiten. Die ölige Wasseroberfläche glänzte in der Sonne und zeugte von dem Reichtum Nigerias, der auch zur Armut des Landes beigetragen hatte. Eine kleine Elite war in der Lage, die Welt zu kaufen, während die Masse der Menschen zu den Ärmsten der Welt gehörte, mit einem Jahreseinkommen von zweihundertsiebzig Dollar pro Kopf. Meine Landsleute, die so gern über die hohe Mehrwertsteuer jammerten, verdienten im Durchschnitt fast dreißigtausend Dollar im Jahr. Aber vielleicht waren dafür in Lagos die Bananen billiger.

»Als ich ein kleiner Junge war, wollte ich immer Seemann werden«, erzählte Okpara. »Ich lief gern hierher, um mir die Schiffe anzusehen. Es duftete nach fremden Ländern.«

»Bist du in Lagos geboren?«

»Nein, im Norden, in der Stadt Katsina nahe der Grenze zu Niger. Wir waren Christen und sprachen Igbo, während der Norden eigentlich von Muslimen bewohnt wird, deren Sprache Hausa heißt. Also waren wir nicht sehr beliebt. Mein Bruder wurde in einem Streit erschlagen. Da beschloss mein Vater, mit der Familie in den Süden zu ziehen. Gerade noch rechtzeitig, denn kurz darauf eskalierten die Konflikte.«

»Lebt dein Vater noch?«

»Ja. Er ist zweiundsechzig und hat also ein Dutzend Jahre geschenkt bekommen, denn die durchschnittliche Lebenserwartung liegt bei fünfzig Jahren. Er arbeitete für ein Exportunternehmen, sodass ich ab und zu an Bord eines Schiffes gehen durfte. Er bezahlte meine Ausbildung und nun sorge ich für ihn, meine Mutter und drei meiner Schwestern. Aus Gründen, die ich für mich behalten will, ging ich zur Polizei, zu Interpol, damit ich ab und zu ins Ausland reisen kann.«

»Warum nicht zur regulären Polizei?«

Er warf mir einen Blick zu, in dem Zorn und Belustigung um die Vorherrschaft rangen. »Ich will es einmal so ausdrücken: Korruption liegt mir nicht.«

Langsam fuhr er durch Lagos. Er zeigte mir seine erste Schule und die Universität, die nun nur noch wenige Begüterte besuchen konnten, und die erste Wohnung in einem niedrigen Haus, zwei Zimmer, in denen neun Personen gelebt hatten. Es musste gehen, also ging es. Später war die Familie auf die Victoriainsel in die Nähe eines Parks gezogen und schließlich in eine kleine Villa, wo die Eltern immer noch wohnten. Wir fuhren daran vorbei, aber er machte keine Anstalten, mich ihnen vorzustellen. Vielleicht wollte er ihnen nicht zeigen, in welch schlechter Gesellschaft er gelandet war.

Er erzählte mir auch von den Vergnügungen seiner Jugendzeit und zeigte mir die Lokale, in die man tanzen ging. Immer mehr blühte er auf und schilderte lustige Episoden, die auch zu meiner Zeit in Stockholm hätten passieren können. Wir hatten wohl einiges gemeinsam, weshalb wir uns schämen müssten, doch wir waren inzwischen reif genug, darüber zu lachen.

»Die Mädchen gingen zeitig aus dem Haus. Das ist Tradition. Eine Frau, die nicht jedes Jahr ein Kind bekommt, wird nicht als vollwertig angesehen. Wie viele Kinder habt ihr in Schweden pro Familie?«

»Ich weiß nicht. Zwei vielleicht. Ich, das heißt wir, haben nur eine Tochter.«

»In Nigeria hat man im Durchschnitt sieben Kinder. Für viele Eltern ist es die einzige Sicherheit im Alter.«

»Bist du verheiratet?«

Er zuckte die Schultern und murmelte etwas Unbestimmtes. Er hatte nichts dagegen, mich als Kollegen und nicht allzu unangenehmen Bekannten zu akzeptieren, aber ein Freund war ich nicht, und sein Privatleben ging mich nichts an. Wie alt mochte er sein? Nicht einmal das wusste ich. Vierzig vielleicht. Noch zehn Jahre, dann hatte er die durchschnittliche Lebenserwartung eines Nigerianers erreicht. Wenn er die fantastischen Gene seines Vaters geerbt hatte, konnte er mit viel Glück seinen sechzigsten Geburtstag erleben. Mit sechzig sagt der Schwede zufrieden: Gott sei dank, nur noch fünf Jahre bis zur Rente, dann fängt das Leben richtig an!

»Es ist Zeit für den Besuch bei Doktor Bisi Yaro.«

Da ich nun mit Lagos, zumindest mit den Inseln, vertraut war, hätte ich den Weg beinahe allein gefunden. Yaro wohnte und praktizierte in einer exklusiven Gegend. Das blendend weiße Haus im Bungalowstil war von einem hohen Eisenzaun mit scharfen, nach außen gebogenen Spitzen umgeben. Im Vorgarten standen niedrige Bäume mit dicken grünen Blättern. Okpara fuhr langsam an dem Grundstück vorbei und hielt an. Dann drehte er den Rückspiegel, sodass er das ebenfalls schmiedeeiserne, fast zwei Meter hohe Tor beobachten konnte. Es war fünf Minuten vor halb vier. Ein Mann kam aus dem Haus und sprach in ein Mobiltelefon. Nach kurzer Zeit rauschte eine schwarze Limousine mit getönten Scheiben heran. Der Mann dachte gar nicht daran, die Wagentür selbst zu öffnen; er wartete, bis sie ihm von dem sich untertänig verbeugenden Chauffeur aufgehalten wurde. Okparas Gesicht drückte Verachtung aus. Ich vermutete, dass der Mann in der schwarzen Limousine für ihn kein Unbekannter war.

»Soll ich jetzt hineingehen?«

»Nein. Wir warten, bis seine Sprechstundenhilfe gegangen ist.«

»Warum? Muss ich Angst vor ihr haben?«

»Sie könnte bewaffnet sein.«

Machte er einen Scherz? Wollte er den bleichhäutigen Europäer auf den Arm nehmen? Was wusste ich überhaupt von den Menschen in Nigeria? In Bildung, Erziehung, Kultur und Wissen unterschied ich mich so sehr von ihnen, dass ich hier Wahrheit nicht von Lüge und Aufrichtigkeit nicht von Ironie trennen konnte. Ich beschloss, mir keine Blöße zu geben und seine Bemerkung nicht zu kommentieren.

Statt dessen wählte ich ein anderes Thema, um die Zeit totzuschlagen: »Du hast gesagt, dass die Verbrechen in Nigeria unkomplizierter seien: Mann gegen Mann.«

»Hast du einen anderen Eindruck?«

»Was sagst du dann zu den Nigeriabriefen? Ich nehme an, du kennst den Fall?«

Diese seltsamen Briefe aus Nigeria waren seinerzeit in ganz Europa verbreitet worden. Ich war am Rande damit befasst gewesen, nach Schweden zu suchen, die diese Aktion unterstützten, doch wir hatten keine Verbindung entdeckt. Offenbar schafften es die Nigerianer allein. Dennoch musste jemand die Urheber mit Namen und Adressen versorgt haben. Ich erinnerte mich noch gut, wie das Ganze begann. Die Briefe waren auf exklusivem Papier geschrieben und mit Prince Finders Ezeba unterzeichnet. Die Adresse sollte wohl Vertrauen schaffen: 27, Aderino Street, off Holy Saviour Church.

Ganz oben stand mit großen Buchstaben: *Confidential.* Dann folgte der erste Absatz: »We got your adress in the course of a discrete enquire about an honest and reliable contact with him to handle a very confidential transaction involving the transfer of (US dollars 30.000.000) thirty million U.S. dollars to a foreign account from Nigeria.« Diese Einleitung war der Köder. Dann erfuhr der Leser, dass der Prinz diese Summe durch eine Art Vertrag mit der nigerianischen staatlichen Ölgesellschaft außer Landes bringen und dabei mit einer absolut ehrlichen und zuverlässigen Person zusammenarbeiten wolle. Dafür würde diese Person fünfunddreißig Prozent der transferierten Summe erhalten, bei einem Abzug von fünf Prozent für Nebenkosten. Und so weiter, und so weiter. Für die Polizei war das ganz offensichtlich Bauernfängerei; keiner, der auch nur eine Grundschule von innen gesehen hatte, durfte darauf hereinfallen. Aber der Prinz und seine Nigerianer hatten sich nicht verrechnet, die Idioten sterben niemals aus. Zweihundert Briefe landeten täglich in schwedischen Briefkästen, eine große Anzahl Privatunternehmer hatte Kontakt zu dem Konsortium aufgenommen, um nähere Informationen zu erhalten.

Diese Leute wurden in ein Karussell hineingezogen. Man lud sie nach Lagos ein, wo sie unter Drohungen Schecks unterschreiben mussten, die als »Entwicklungskosten« bezeichnet und eingelöst wurden. Man hielt die Leute regelrecht gefangen und erpresste immer neue Unterschriften, bis nichts mehr zu holen war. Nach den Todesängsten, die sie ausgestanden hatten, waren die Opfer froh, mit dem Leben davongekommen zu sein. Andere, die sich weigerten nach Lagos zu fliegen, mussten dennoch zahlen, um ein Stück von dem angeblich zu verteilenden Kuchen zu bekommen; ständig fielen neue Kosten an, für den Transfer, für Genehmigungen, für die Ausstellung von Dokumenten. Wir konnten ermitteln, dass mehrere Dutzend Anleger um etwa fünfzig Millionen Kronen geprellt wurden. Die Dunkelziffer war sicher noch einmal so hoch. Wenn man es auf ganz Europa hochrechnete, kam man auf viele hundert Millionen. Und weltweit – Milliarden?

»Ja, ich kenne den Fall. Ich möchte aber darauf hinweisen, dass das Geld nicht hier im Land geblieben ist.«

»Wie bewertest du das rein moralisch?«

Er überlegte, dann lachte er. »Irgendwie freut es mich, dass wir in diesem armen Land so weit gekommen sind, gierige Nicht-Afrikaner um ihr Geld zu bringen.«

Irgendwie konnte ich ihn verstehen. Ein Verbrechen gegen Leute, die so gierig waren, dass sie ihren Verstand ausschalteten, konnte man moralisch schwer verurteilen, denn die Betroffenen waren genauso unmoralisch. Diejenigen, die wegen des Briefes Anzeige erstatteten, behaupteten zwar, sie hätten die Einnahmen natürlich in Schweden versteuert, aber wir glaubten ihnen nicht.

»Jetzt geht die Sprechstundenhilfe.«

Eine Frau kam aus dem Haus und ging zu einem Kleinwagen, der auf dem Hof geparkt war. Als sie aus dem Tor fuhr, sah ich das Profil einer sehr schönen Frau. Der Arzt hatte sie sicher nicht nur wegen ihres guten Zeugnisses angestellt, aber so etwas soll auch in anderen Ländern vorkommen.

»Hast du die Tabletten dabei?«

»Ja, und mein plumpes schwedisches Benehmen.«

Er wünschte mir nicht alles Gute, denn das tun Profis nicht, aber er nickte mir aufmunternd zu, als ich aus dem Wagen stieg. Dieses verdammte Klima, schon wieder Sauna! Wie sehnte ich mich nach den Stockholmer Schären.

Ein blankes Messingschild neben der Tür verriet, dass hier Doktor Bisi Yaro praktizierte. Sollte ich klingeln oder einfach hineingehen? Ich entschied mich für die unkomplizierte Variante.

9. Kapitel

Da war sie wieder, die gesegnete Kühle einer Klimaanlage, die noch durch große Ventilatoren an der Decke verstärkt wurde. Ich war direkt in einem Wartezimmer gelandet, das mit seinen dunkelroten Jakarandamöbeln und afrikanischen Gemälden und Kunstgegenständen nur als luxuriös bezeichnet werden konnte. Die Tür zum Behandlungsraum war offen. Ein Mann kam heraus, der sich gerade einen weißen Kittel auszog. Als er mich bemerkte, hielt er mitten in der Bewegung inne. Es sah lustig aus, weil er noch zur Hälfte in den Ärmeln steckte.

»Wer sind Sie?«, fragte er mit Panik in der Stimme.

»Hassel heiße ich, aus Schweden. Ich bin Polizist.«

»Polizist? Von wo denn?«

»Aus Schweden. Das ist ein Teil von Skandinavien. Können wir vielleicht in Ihr Büro gehen?«

»Warum sollte ich ...«

»Es dauert nicht lange, Doktor. Wo ich doch so einen weiten Weg hinter mir habe.«

Ich grinste ihn an wie der Staubsaugervertreter die Hausfrau. Yaro war tiefschwarz, glatzköpfig und untersetzt. Sein Bariton klang so angenehm, dass er bestimmt keine Probleme hatte, einer Patientin hundert Dollar für ein Mittel gegen Kopfschmerzen aufzuschwatzen. Jetzt wusste er nicht, wie er sich verhalten sollte. Falls er drohte, die Polizei zu rufen, machte er sich lächerlich, denn ich war ja von dem Verein, wenn auch ohne jegliche Befugnis hier zu ermitteln, aber das musste er nicht wissen.

»Also gut, kommen Sie herein.«

Er führte mich in die Praxis, zog sich den Kittel wieder an und wies auf einen gepolsterten Stuhl. Er selbst nahm in einem schwarzen Ledersessel Platz, stützte die Ellenbogen auf die glänzende Tischplatte und musterte mich mit dem typisch forschenden Ärzteblick: Leiden Sie an einer ansteckenden Krankheit? Sind Sie gesundheitlich vorbelastet? Woran ist Ihre Mutter gestorben? Haben Sie Organe zu verschenken?

»Wollen Sie sich bei mir in Behandlung begeben?«, fragte er schließlich.

»Was?«, stieß ich hervor und wünschte, ich hätte Kautabak, um den Saft aus dem Mundwinkel rinnen lassen zu können.

»Sind Sie krank?«

»Was? Ach so, krank, nein nein. Also, ich bin Polizist aus Schweden. Wo Stockholm liegt.«

Yaro legte die Fingerspitzen aufeinander. Vielleicht hielt er mich für einen psychisch Kranken.

»Kommen Sie bitte zur Sache. Meine Zeit ist kostbar.«

»Was? Ach so, ja, kostbar. Soll ich bezahlen? Ich meine, die schwedische Polizei. Man schickt einfach eine Rechnung, und dann ...«

»Was wollen Sie!?«

»Tja, Sie haben einen Patienten namens Nick Oland.«

»Habe ich?«

»Nein.«

»Wie bitte? Sie sagten doch eben, dass ...«

»Sagte ich? Ich meinte natürlich, dass sie einen Patienten dieses Namens hatten. Mein Englisch ist wohl nicht so perfekt. Wir sprechen nämlich nicht englisch in Schweden, wir sprechen schwedisch. Natürlich lernen wir Englisch in der Schule, aber das ist eine schwere Sprache, wenn man Schwede ist. Besonders die Grammatik ...«

»Was ist mit Nick Oland?«

Ich spielte den Cleveren und lächelte breit. »Aha! Er ist also Ihr Patient! Beziehungsweise: war.«

Zweifellos hielt er mich für den größten Schafskopf, der jemals in Lagos gesichtet worden war. Wonach ich mich auch erkundigte, er würde alles als Äußerungen eines Schwachsinnigen abtun. Er wusste sicher nicht viel über mein Heimatland, jetzt musste er es für das unterentwickeltste aller Entwicklungsländer halten. Es kommt eben immer auf Haltungen und Sichtweisen an.

»Nick Oland?«

»Schreckliche Geschichte. Er war mit Juliana van der Hart verheiratet, der Tochter von Martijn van der Hart. Und seiner Frau. Ich meine, Nick Oland war mit Juliana van der Hart verheiratet, der Tochter von Martijn van der Hart und dessen Frau.«

Der Arzt seufzte und ich verstand ihn. Hätte ich mir gegenübergesessen, ich hätte auch geseufzt. Ich merkte, dass meine Rolle funktionierte. Wie ich Wilson gesagt hatte, fiel es mir nicht schwer, plump und unbedarft aufzutreten. Es handelte sich vielleicht um eine Naturbegabung. Wer den Trottel spielt, wirkt glaubwürdiger als der, der intelligenter erscheinen will, als er ist.

»Was ist mit Mister Oland passiert?«

»Wie gesagt, er war Patient bei Ihnen, nicht wahr?«

Yaro nickte widerwillig. »Er hatte mich wegen gewisser Beschwerden aufgesucht. Ich möchte da nicht ins Details gehen.«

»Die Pumpe, das wissen wir. Es war die Pumpe.«

»Die ... Pumpe? Pumpe?«

Ratlos wiederholte er das englische Wort für Pumpe. Ich bemühte mich eifrig, ihm den umgangssprachlichen Ausdruck zu erklären.

»Ja, in Schweden nennen wir das Herz Pumpe, weil es das Blut durch die Adern pumpt. Klingt doch logisch, oder? Ich weiß allerdings nicht, ob auch unsere Mediziner diesen Ausdruck benutzen. Die sagen sicher Herz. Und nennen sich selbst Herzspezialisten. Pumpendoktor würde auch komisch klingen. Aber die Branchenfremden, zu denen auch wir Polizisten gehören, wir sagen ...«

»Sind Probleme mit dem Herzen aufgetreten, von denen ich nichts weiß?«, unterbrach er mich und der sanfte Bariton bekam eine schärfere Nuance.

»Was? Probleme? Nun ja, gewissermaßen, es hörte auf zu schlagen.«

Yaro runzelte die Stirn und sah plötzlich älter aus. Dann strich er sich mit der flachen Hand über den Kopf, wie es Glatzköpfe gern tun. »Ist Mister Oland einem Infarkt erlegen?«

Ich schüttelte heftig den Kopf. »Nein, so kann man es nicht nennen. Er wurde in Stockholm ermordet.«

Der Arzt lehnte sich langsam zurück und kniff die Augen zusammen.

»Ermordet?«, wiederholte er leise.

»Jawoll! Er und seine Frau Juliana. Doppelmord. So etwas kommt vor, auch bei uns in Schweden. Aber es ist nicht gut für den Ruf des Landes. Bisher sind wir vor allem für Eisbären und Blondinen bekannt, und so soll es bleiben.«

»Aber was habe ich mit der Sache zu tun? Es tut mir Leid um die beiden, doch ich verstehe nicht, warum Sie mit mir, einem Arzt in Lagos, sprechen wollen.«

Ich setzte mein dümmstes Grinsen auf und meinte: »Selbstverständlich gehen wir nicht davon aus, dass Sie der Täter sind. Oh nein, wir in Stockholm sind helle Köpfe. Ein Mann, der sich in Lagos aufhält, kann nicht zur selben Zeit in Schweden zwei Menschen ermorden. Höchst unwahrscheinlich, dass ...«

»Was wollen Sie denn nun von mir? Sagen Sie es endlich!«

»Was? Ach so, ja. Es geht um sein Medikament gegen die Beschwerden mit der Pumpe. Mit dem Herzen also, aber das habe ich ja schon erklärt. Wo habe ich denn ... ich hatte die

Packung doch in die Tasche gesteckt ... Komisch, hier ist sie auch nicht. Ich werde sie doch nicht etwa ...«

»Mister Hassel!«

»Keine Panik, Doktor, da ist sie ja schon.«

Ich legte die Tablettenschachtel vor ihn auf den Tisch. Er nahm sie in die Hand und betrachtete sie von allen Seiten.

»Was ist damit?«

»Das ist seine Herzmedizin, nicht wahr? Und das ist Ihr Name auf der Schachtel.«

»Worum geht es eigentlich?«

»Oh, Verzeihung, das hatte ich ja noch gar nicht erwähnt. Also, es geht um gefälschte Medikamente, die hier und in Europa aufgetaucht sind. Wir haben die Tabletten analysieren lassen. Sie bestehen aus Zucker, Mehl und Stärke. Ich bin kein Chemiker. Aber sie enthalten definitiv keine medizinische Substanz.«

»Meinen Sie, die Tabletten sind wirkungslos?«

»Genau. Sie könnten genauso gut ein Karamellbonbon lutschen, was aber gar nicht gut für die Pumpe ist. Und jetzt fragen wir uns natürlich, warum Sie Oland eine gefälschte Medizin gegeben haben.«

Ich schaute ihn aus großen blauen Augen an. Wieder studierte er seine Unterschrift auf der Verpackung und plötzlich schien er Angst zu haben. Nicht vor mir oder dem, was ich repräsentierte.

Er schluckte, dass sein Adamsapfel tanzte. »Wenn Sie glauben, dass ich meinen Patienten gefälschte Medikamente gebe, irren Sie sich gewaltig«, sagte er heiser.

»Das habe ich nicht behauptet. Aber Sie müssen die Tabletten ja von jemandem bekommen oder gekauft haben. Von wem, Doktor Yaro?«

Seine Angst wurde größer; es sah sogar so aus, als würde er frieren.

»Ich habe nichts zu sagen«, flüsterte er.

»Oh doch, Doktor Yaro. Nennen Sie mir Namen einer Person oder einer Organisation. Sie wollen sicher nicht, dass Ihre Patienten sterben, weil die von Ihnen bezogene Medizin wirkungslos war. Nick Oland war bestimmt nicht der Einzige, dem Sie, unwissentlich natürlich, wirkungslose Zuckerpillen angedreht haben.«

»Niemals habe ich ... der hippokratische Eid ...«

»Genau, Doktor! Wer hat Sie dazu gebracht, ihn zu brechen?«

Ich hatte mein Ziel fast erreicht. Sein Adamsapfel hüpfte auf und ab, seine Stimmbänder bemühten sich, aus Lauten Worte zu bilden. Gleichzeitig gebot ihm die Angst zu schweigen.

Schweigend saßen wir einander gegenüber; er wollte sprechen und ich wollte lauschen. Beinahe schien es mir, als wollte er vor mir wie vor einem Priester auf die Knie sinken und alle Sünden beichten, da hielt ihn die böse Macht zurück. Vorübergehend, so hoffte ich. Der Frevler rang jedenfalls mit seinem Gewissen und ich konnte warten. Ein kinobegeisterter Polizist hatte mir einmal erzählt, dass es in jedem Film einen »point of no return« gebe. Bis dahin könne die Handlung in verschiedene Richtungen verlaufen, aber ab diesem Punkt sei nur noch ein Verlauf möglich. Er hatte den »point of no return« erreicht. Etwas Entscheidendes war mit ihm geschehen, als ob er gerade am Rand der Hölle gestanden und die Wahrheit gesehen hatte. Plötzlich klingelte das Telefon und er zuckte zusammen. Er nahm den Hörer auf, meldete sich auf Englisch, wechselte aber sofort in eine andere Sprache. Nach dem Tonfall zu urteilen, handelte es sich um ein Routinegespräch. Er legte wieder auf, und ich begriff, dass der goldene Augenblick verloren war. Die Angst siegte.

»Ich habe nichts zu sagen«, erklärte er.

»Doktor Yaro, Sie sollten ...«

»Sie haben hier nichts verloren. Ich will kein Wort mehr hören. Diese Tabletten habe ich noch nie gesehen.«

Er wollte die Schachtel in seinem Schreibtisch verschwinden lassen, aber ich griff blitzschnell zu und riss sie ihm aus der Hand. Er hatte keine Zeit zu reagieren.

»Wenn Sie diese Tabletten noch nie gesehen haben, kann ich sie ja wieder mitnehmen.«

Ich erhob mich. Er sagte nichts, schaute nur zur Seite, und in seinem Blick sah ich das nackte Entsetzen.

»Achten Sie auf Ihre Pumpe, Doktor.«

Er merkte gar nicht, dass ich das Zimmer verließ. Ich hatte ihm nicht nur den Tag, sondern offenbar das ganze Leben versaut, und ich fragte mich, warum und womit. Ich war sicher, dass er etwas wusste, was uns weiterbringen würde.

Okpara bekam einen kurzen Bericht, während er über die Brücke zum Festland und ins *Sheraton* fuhr. Er hörte zu, ohne mich zu unterbrechen.

»Dieser Anruf, den er bekam – kannst du dich an einzelne Worte erinnern, die er zu dem Anrufer sagte?«

Ich kramte in meinem Gedächtnis: »Ich glaube, er sagte etwas wie ... ekasan. Und dann ... schelafiani.«

»Yarobi also. Das Erste war ein Gruß, dann erkundigte er sich nach der Gesundheit. Könnte eine Höflichkeitsfloskel gewesen sein, oder es war tatsächlich ein Patient. Was willst du nun unternehmen?«

»Er braucht mehr Druck. Er wird weich, wenn wir ihn weiter bearbeiten. Muss ich weiterhin im *Sheraton* wohnen? Es ist anstrengend, unter einem falschen Namen zu leben, und die Nummer mit dem Belauschen von Gesprächen in Bars können wir wohl aufgeben.«

»Sprich mit Morris darüber. Nur ein Bachelor of Art kann die Regeln ändern.«

»Ich muss unbedingt meine Familie in Stockholm anrufen. Vom *Victoria Lodge* aus ist es unmöglich, und auch vom

Sheraton aus wird es nicht leicht sein. Meine Frau und meine Tochter müssen ja denken, dass man mich hier in Lagos ins Gefängnis geworfen hat, wenn ich mich überhaupt nicht melde.«

»Unsere Gefängnisse möchte ich nicht empfehlen. Auf diesem Gebiet gehören wir zweifellos nicht zu den zivilisierten Nationen. Natürlich können wir ein Ferngespräch nach Schweden organisieren, allerdings nicht vom Hotel aus. Weiteres bestimmt unser großer Führer, Mister Morris.«

* * *

Der freie Abend auf dem Hotelzimmer tat mir gut. Ich aß wenig und vergnügte mich mit den Filmerfolgen der guten alten Schwarzweiß-Epoche. Um halb elf rief Morris an und wieder hatte ich sein Schlucken in der Leitung. Offenbar sprach er der Kombination Gin-Tonic häufiger zu. Ich gab ihm denselben Bericht, den Okpara erhalten hatte, und er grunzte zustimmend, wenn er gerade nicht trank. Wie hatte ich das Ganze satt, das Hotel, Lagos, die Hitze, die ich als persönliche Vendetta einer feindlich gesinnten Macht auffasste, und diesen Edward Morris, der nie überraschende Ideen entwickelte, sondern sich stets mit den Initiativen anderer begnügte.

»Ausgezeichnet«, lobte er, als ich fertig war.

»Was ist denn so ausgezeichnet?«

»Dass wir ein ganzes Stück weitergekommen sind.«

»Sind wir? Du bist ja mit wenig zufrieden.«

»Ja, denn wenig ist mehr als das, was wir bisher erreicht haben, nämlich nichts.«

»Aber das hättet ihr auch ohne mich schaffen können. Was sollte ich hier?«

»Wir hatten diese Idee mit den Schweden. Entweder wir haben uns geirrt, oder wir haben sie nicht gefunden. So ist es doch oft, das weißt du als erfahrener Polizist. Jetzt haben wir einen Namen, den Wilson überprüfen lässt, und wir haben einen angesehenen Arzt, der uns Informationen geben wird, wenn er reif dazu ist. Und wir werden dafür sorgen, dass er schnell reift. Den Namen, den Frau van der Hart dir zuflüsterte, hätten wir ohne dich nie bekommen. Als du als schwedischer Polizist unverhofft bei Bisi Yaro aufgetaucht bist, ließ er seine Maske fallen, weil er mit einem wie dir nicht umgehen konnte. Vielleicht warst du auch in diesem Fall der Einzige, der das zustande bringen konnte. Ich habe also allen Grund, zufrieden zu sein.«

Widerstrebend musste ich ihm Recht geben. In der Polizeiarbeit kommt es oft darauf an, Chancen zu ergreifen. Aber manchmal ist auch der persönliche Faktor entscheidend. Vielleicht war ich doch der richtige Mann für diesen Job. Aber das versöhnte mich nicht mit dem Hotel, der Stadt und dem Wetter.

»Ich reise jedenfalls ab«, verkündete ich bestimmt. »Buche mir so schnell es geht einen Flug.«

»Ein paar Tage noch, bitte. Morgen kannst du es ruhig angehen lassen, denn wir haben den ganzen Tag eine Besprechung mit Wilson. Ich schlage vor, dass wir uns am Abend Yaro vornehmen, auch auf die Gefahr hin, uns mit dem General anzulegen. Du und ich und Wilson. Wir sind keine Nigerianer und nicht so angreifbar.«

»Also das erste Flugzeug übermorgen?«

Schluck, Schluck, Gin, Gin.

»Meinetwegen, Roland. Ich gratuliere dir, dass du diesen verdammten Teil der Welt bald verlassen darfst. Bald kommt der Regen.«

Ich erzählte ihm von dem Problem mit den Telefonleitungen und er versprach, mich mit dem Wagen abzuholen. Bevor wir Informationen aus einem hoffentlich überreifen Bisi Yaro herausschüttelten, würde ich aus dem Büro von

Interpol Schweden, Stockholm, Kungsholmen, also Virena und Elin, anrufen können.

»Wo liegt eigentlich euer Büro?«, fragte ich.

Eiswürfel klirrten, als er sich einen neuen Drink eingoss. Er schlief nachts bestimmt nicht schlecht.

»Richtig, du warst ja noch gar nicht hier. Wir haben ein kleines, aber bequemes und gut ausgestattetes Büro auf der Lagosinsel. Ich habe gerade mit London telefoniert. Achtzehn Grad und wechselnd bewölkt. So muss ein Wetter sein. Und wenn man dann noch von richtigen Menschen umgeben ist ... Ich kenne da ein Restaurant an der Themse ... nun ja. Jeder hat so seine Träume.«

Da hatte er Recht. Ich träumte von meinen Lieben daheim.

Nach dem Frühstück hielt ich mich im Hotel auf, obwohl ich mich an den wenigen Attraktionen längst sattgesehen hatte. Eine Weile trieb ich mich in der Lobby herum, dann legte ich mich aufs Bett. Ich kam mit dem Klima einfach nicht klar. Andererseits: Die Matratze des *Sheraton* war weich, die künstliche Luft kühl und auf einem der TV-Kanäle lief eine alte Sammy-Davies-Show. Mehr konnte ich in meiner Situation nicht verlangen.

Gegen Mittag wollte ich mich wieder nach unten begeben und einen kleinen Salat probieren, aber dann beschloss ich, noch etwas liegen zu bleiben. Ich hatte keine Eile. Das Brabbeln aus dem Fernseher hatte mich fast eingeschläfert, da zerschnitt das Klingeln des Telefons die sich gerade verdichtenden Schleier des Schlafes. Der angenehme Bariton hatte sich in ein hysterisches Quaken verwandelt, trotzdem erkannte ich die Stimme.

»Hier ist Doktor Yaro ... kommen Sie ... ich will Ihnen erzählen, was ... kommen Sie schnell!«

Ich war plötzlich hellwach. »Woher wissen Sie, wo ich wohne?«

»Ich weiß es, aber Sie müssen ...«

»Ich habe Ihnen keine Adresse genannt und wohne hier nicht unter meinem Namen. Wie also haben Sie mich gefunden?«

Ich hörte ihn vor Angst keuchen und fühlte kein Mitleid. Er hätte mich nicht finden dürfen ...

»Sie haben ihn nicht gesehen ... in einem anderen Raum ... ein junger Mann, der wie ein Sohn für mich ist. Als Sie das Haus verließen, bekam er den Auftrag, Sie in seinem Wagen zu verfolgen ... Der andere brachte Sie zu Ihrem Hotel und ... er fand heraus, dass Sie sich Carrington nennen.«

Die Stimme des Arztes stieg noch eine Oktave und nun schrie er fast: »Kommen Sie her ... schnell ... ich habe Angst, dass ...«

»Was ist passiert?«

»Jetzt! Sonst ...«

»Kommen Sie doch hierher, Doktor Yaro. Lassen Sie sich von dem jungen Mann chauffieren.«

Vor Angst konnte er nur noch japsen: »Begreifen Sie nicht? Wenn ich aus dem Haus gehe ... die warten doch auf mich ... halten auch nach Ihnen Ausschau ... kommen Sie schnell ... schnell ...«

Der Hörer wurde aufgelegt, von ihm selbst oder jemand anderem. In dem Schubfach unter dem Telefon lag das Telefonbuch von Lagos. Ich suchte Yaros Nummer heraus. Doch der Ruf ging ins Leere, niemand nahm ab. Interpol war nicht eingetragen, aber ich erinnerte mich, dass mir Morris seine Visitenkarte gegeben hatte. Leider war nur ein Anrufbeantworter dran, der verkündete, das Büro sei geschlossen, aber man könne eine Nachricht hinterlassen. Der Arzt war in Panik gewesen. Bereit zu reden und mir die ersehnten Informationen zu geben. Ich rief an der Rezeption an und bestellte mir ein Taxi. Hatte ich genügend Naira, um den Fahrer zu bezahlen? Wenn nicht, musste er mit Dollar, Schwedenkronen oder einer estnischen Tia vorlieb nehmen, die ich noch in meiner Brieftasche gefunden hatte.

Das Taxi war ein gelber Peugeot 504 mit schwarzen Streifen und der Chauffeur ein freundlicher älterer Mann, der sich ein wenig träge bewegte. Dafür war er um so flinker mit dem Gaspedal. Trotz halsbrecherischer Fahrweise wollte er sich mit mir unterhalten, aber ich grunzte nur, als er mich fragte, ob ich Amerikaner sei und ob mir Lagos gefalle.

Als wir uns der Villa Yaros näherten, ließ ich ihn vor einer Boutique halten. Als ich nach dem Preis fragte, nannte er eine Summe, für die ich noch mindestens dreißig Kilometer gut hatte. Das spielte jetzt keine Rolle. Ich drückte ihm ein Bündel Scheine in die Hand und konnte an seinem breiten Grinsen sehen, dass die Summe mehr als ausreichend gewesen war.

In dem Laden wurden Textilien nach der einheimischen Mode verkauft. Interessiert kreuzte ich zwischen den Kleiderständern, schaute aber immer wieder durch das Schaufenster auf Bisi Yaros Anwesen. Wenn er sich nicht herauswagte, weil er Angst hatte ermordet zu werden, mussten sich die Mörder irgendwo in der Nähe aufhalten. Ich konnte nichts Verdächtiges entdecken. Langsam schlenderte ich auf die Villa zu, den Blick auf die Straße gerichtet. Aus den Augenwinkeln sah ich, dass sich eine Gardine bewegte. Ich blieb vor dem offenen Tor stehen und schaute auf die Uhr. Soweit ich sehen konnte, hielt sich niemand in der Nähe des Hauses auf.

Dennoch hatte ich das unangenehme Gefühl, beobachtet zu werden. Nicht von Yaro, sondern von einem anderen. Eine Kugel konnte geflogen kommen ... Kurz entschlossen rannte ich wie ein Stier auf die Haustür zu, riss die Tür auf, schlüpfte ins Wartezimmer und schlug die Tür wieder zu. Kein Mensch war in dem Raum. Die Verbindungstür zum Behandlungszimmer war geschlossen. Zögernd machte ich ein paar Schritte in diese Richtung. Plötzlich hörte ich von drinnen einen Schuss, der so laut war wie von einer mittleren Kanone. Gleichzeitig klirrte ein Fenster. Ich rannte zur Tür, die im gleichen Moment geöffnet wurde.

Doktor Yaro starrte mich aus erstarrenden Augen an. Eigentlich war er schon tot, doch die Beine hielten ihn noch aufrecht. Seine Brust war eine einzige blutige Masse. Sein rechter Arm zuckte, dann fiel er mit seinem ganzen Gewicht auf mich. Der süßliche Geruch von frischem Blut stieg mir in die Nase und ließ mich würgen. Ich rollte den Körper zur Seite und versuchte aufzustehen.

»Keine Bewegung!«

Die Stimme gellte in meinen Ohren. Ein vielleicht siebzehnjähriger Junge stand im Wartezimmer und richtete einen Revolver auf mich, der in seinen kleinen Händen gigantisch wirkte. Regel Nummer eins: Widersprich niemals einem, der mit einer Schusswaffe auf dich zielt. Also blieb ich sitzen. Yaros Blut hatte meinen Anzug gefärbt und sein Blut rann mir übers Kinn.

»Der Doktor hatte mich angerufen und ...«

»Keine Bewegung! Und kein Wort!«

Er umrundete uns und lief zum Telefon. Mit der linken Hand drückte er die Tasten, behielt mich dabei aber immer im Auge. Er hätte ohne Zweifel geschossen, wenn ich mich bewegt hätte. Sein Englisch war mangelhaft, aber durchaus verständlich. Mit jedem Wort stieß er mich tiefer in eine Fallgrube: »Ich will einen Mord melden. Doktor Bisi Yaro. Der Mörder ist noch hier.«

Er lauschte und nickte zustimmend. »Ja, ich sah, wie er den Doktor erschoss. Er ist der Mörder!«

10. Kapitel

Die drei Polizisten trugen hellblaue Hemden und schräg sitzende Baskenmützen. Sie hielten ihre Maschinenpistolen die ganze Zeit auf mich gerichtet, doch die hätten sie nicht gebraucht, denn sie waren so groß und breitschultrig, dass sie mich mühelos überwältigt hätten. Sie wirkten wie Riesen, die man in einem Labor gezüchtet hatte; Mike Tyson hätte ihr kleiner Bruder sein können. Ihre Gesichter waren wie aus schwarzem Holz geschnitten, ihre Blicke hart wie Diamanten. Sie drehten mir die Arme auf den Rücken, legten mir Handschellen an und schleiften mich aus der Villa zu ihrem Wagen. Im seitlichen Rückspiegel sah ich, wie der Junge hinterher trottete, die Hand mit dem Revolver baumelte an der Seite.

Regel Nummer zwei: Niemals protestieren, wenn Polizisten ihren Job machen, egal, was passiert. Im gewissen Sinne agieren Polizisten wie Roboter; sie tun, worauf sie programmiert sind. Für Diskussionen haben sie keine Zeit. Ich war beschuldigt worden, einen Mord begangen zu haben, und sie hatten mich neben einer Leiche gefunden. Zwecklos, ihnen in dieser Situation etwas erklären zu wollen. Sie warfen mich in den Laderaum ihres Minibusses. Zwei von ihnen setzten sich auf die Pritschen rechts und links, der dritte setzte sich in die Fahrerkabine. Obwohl ich hilflos wie ein flügelloses Insekt war, hielten sie ihre Waffen die ganze Zeit auf mich gerichtet. Der junge Mann hatte sich offenbar nach vorn zum Fahrer gesetzt.

Der Bus fuhr schnell. Der Fahrer hatte sich wohl eine Buckelpiste ausgesucht, denn ich wurde im Halbdunkel umher geschleudert. Die gellende Sirene bahnte uns einen Weg durch den dichten Verkehr, wir mussten nicht einmal anhalten. Dann wurde die Tür aufgerissen. Kräftige Fäuste zerrten mich über einen Hof in einen Raum mit Panzerglasfenstern. Nach einigen Minuten knuffte man mich einen Korridor entlang und eine Kellertreppe hinunter bis zu einer Stahltür. Jemand öffnete von innen und dann stand ich auf einem Zementfußboden. Vor mir ragte ein gewaltiger Käfig auf, mit einem Stahlgitter, das bis zur Decke reichte. In diesem Käfig saßen oder lagen mehrere Männer. Ein Wächter nahm mir die Handschellen ab, öffnete eine Gittertür, schubste mich in die Zelle und schloss hinter mir ab.

Wie viele Personen waren hier eingesperrt? Ich schätzte mindestens ein Dutzend, vielleicht sogar zwanzig. Alle starrten mich feindselig an. Sie akzeptierten mich nicht als Mitgefangenen, ich gehörte nicht zu ihnen, ich war ein Fremder, einer, den man wegstößt. Ich kroch in eine Ecke und versuchte, mich unsichtbar zu machen. Obwohl so viele Menschen auf kleinstem Raum zusammen waren, herrschte eine seltsame Stille, als wären sie auf ihren Plätzen erstarrt.

Die Luft war stickig und verbraucht, an eine Klimaanlage war hier nicht zu denken. Aus dem Zement stieg eine beißende Feuchtigkeit auf. Das Licht stammte von einigen Lampen, die außerhalb des Gitters hingen und für scharfe Schatten sorgten. In einer Ecke, die von allen gemieden wurde, standen einige Kübel für die Notdurft. Über den Boden krochen Kakerlaken und anderes Ungeziefer. Der Gestank war betäubend.

Langsam kehrte mein Bewusstsein zurück. Der Kontrast war allzu stark gewesen. Gerade noch hatte ich in Freiheit gelebt, war Herr meiner Entscheidungen gewesen. Nun befand ich mich in einer Zelle in einem Land, das ich weder kannte noch verstand. Die Situation war einfach nicht fassbar! Der Käfig konnte nicht wirklich existieren, bald würde ich aus dem Albtraum erwachen. Natürlich war das nur ein Traum. Millionen von Menschen, die man in Jahrhunderten in Gefängnissen oder auf Festungen eingesperrt hatte, mussten dasselbe gehofft haben: dass alles nur ein Traum wäre.

»Du! Sprichst du deutsch?«

Ein Weißer in mittleren Jahren kroch auf mich zu. Er war so mager, dass ich ihn vielleicht aus diesem Grund bisher nicht wahrgenommen hatte. Ich bemerkte seine hohlen Wangen, die tief liegenden Augen, das verfilzte Haar, den Schweiß auf der Stirn, die zitternden Hände. Der Mund stand halb offen, sodass man die Lücken in den Zahnreihen sehen konnte. Eine graue Zunge huschte unruhig über die aufgesprungenen Lippen. Seine Nasenflügel bebten wie bei einem Trüffelhund. Er roch schrecklich aus dem Mund, aber das fiel in dem allgemeinen Gestank nicht weiter auf.

Konnte man Gerüche träumen? Ich versuchte, mich an frühere Träume zu erinnern, aber es gelang mir nicht. Konnte man sich überhaupt in einem Traum an andere Träume erinnern? Jemand, der ich sein konnte, murmelte, er spräche lieber englisch.

»Okay, okay«, sagte der Traumdeutsche, »ich kann Englisch. Ich bin Peter Baumann aus Dresden.«

Das Englisch des Traumdeutschen wirkte übertrieben germanisch, aber meines klang in seinen Ohren vielleicht auch nicht nach Oxford und Cambridge. Derselbe jemand, der ich sein konnte, murmelte jetzt meinen Namen und woher ich kam.

»Wofür haben sie dich eingesperrt?«

Seine Stimme war heiser und gepresst, als müsste er seine Stimmbänder zu jedem Wort zwingen. Ja, wofür hatten sie mich in diesem absurden Traum eingesperrt?

»Mord«, murmelte jemand. »Aber ich bin unschuldig.«

»Mord? Dann, Schwede, bist du zum Tode verurteilt. Hier gibt es keine Gerechtigkeit.«

»Es gibt ja wohl Anwälte ...«

Die Nasenflügel bebten heftiger. »Hier herrscht eine Militärdiktatur. Sie mögen uns nicht wegen unserer weißen

Haut. Sie wünschen uns in die Hölle. Nein, du bist so gut wie tot.«

Möglicherweise hatte er es sogar genussvoll gesagt. Was wusste ich? Ich war es ja nicht, der mit ihm sprach. Im Traum kann alles geschehen. Der Käfig konnte sich in einen Helikopter verwandeln, der über dem Paradies schwebte, wo Adam und Eva Feigen pflückten. Ich konnte gar nicht zum Tode verurteilt sein, denn ich hatte nichts getan. Ich merkte, dass ich Kopfschmerzen bekam. Sie setzten an einem Punkt über dem rechten Auge ein. Ich konnte mich an einen Traum erinnern, in dem ich auch Schmerzen gehabt hatte, aber das hier war etwas anderes.

»Ich werde auch zum Tode verurteilt, das wird die Untersuchung ergeben. Weiß in einem schwarzen Land zu sein, das heißt, erschossen zu werden. Vielleicht wenden sie auch eine andere Methode an; ich weiß es nicht und will es gar nicht wissen.«

Die Stimme, die ihm antwortete, glich auffallend der, die ich verwendete, wenn ich nicht träumte. Aber in einem Traum, in dem es stank und ich Schmerzen verspürte, wunderte mich gar nichts mehr. »Wie lange bist du schon hier?«

»Habe ich vergessen. Eine Woche? Zehn Tage? Zwei Wochen? Ein ganzes Leben? Wie ist es draußen? Ich habe es vergessen.«

»Wann erfolgt die Untersuchung?«

Er rieb sich mit seinen Skelettfingern die Nase. »Das weiß man nicht. Wenn es ihnen passt. In einem Monat oder in einem Jahr oder wenn wir tot sind.«

Ich massierte die Stelle, wo der Kopfschmerz saß, den es gar nicht geben konnte. Nicht einmal im Traum durfte es erlaubt sein, Menschen ohne Untersuchung und Urteil im Gefängnis schmoren zu lassen. Der mit meiner Stimme sprach, wandte ein: »Es gibt Leute, die nach mir suchen werden, und wenn sie mich gefunden haben ...«

»Sie finden dich nie. Hat man dich registriert?«

Es fiel mir schwer mich zu erinnern, was geschehen war, bevor ich in diesem Traumkäfig gelandet war. Nein, niemand hatte nach meinem Namen gefragt, niemand hatte irgendetwas notiert. Spielte ja auch keine Rolle. Wenn ich aufwachte, wäre so ein kleiner bürokratischer Fehler bedeutungslos. Der Kopfschmerz nahm zu, aber auch er hatte keine Bedeutung.

Baumann hörte das gemurmelte Nein und stammelte: »Aber verstehst du denn nicht? Wenn du hier bist, dann gibt es dich nicht mehr. Sie werden leugnen, dich je gesehen zu haben. Wenn jemand nach dir fragt, bedeutet das nur, dass dein Prozess noch länger aufgeschoben wird. Nein, du wirst genauso verrotten wie ich, falls du nicht vor mir umgebracht wirst.«

Sollte er doch verrotten. Was ging es mich an? Ich würde bald nach Hause fliegen, nach Stockholm, zu Virena und Elin. Wir könnten erst einmal in unserem gemieteten Sommerhaus bei Grisslehamn eine Woche Ferien machen. Traumdeutsche konnten in einem Käfig in Lagos verfaulen, aber nicht ein schwedischer Gast in Westafrika.

Baumann kroch noch näher an mich heran, legte eine mit grauer Haut überzogene Skeletthand auf mein Knie und flüsterte, damit die anderen Vögel im Käfig es nicht hörten: »Wir Weiße müssen zusammenhalten. Sonst werden wir verrückt.«

Mussten wir? Wenn er meinte. Mich ging das nichts an. Seltsam, dass der Schmerz über dem Auge immer stärker wurde. Ein Insekt krabbelte an meinem Fuß hinauf und in mein Hosenbein. Sollte es doch stechen und saugen, es war nicht meine Haut, es war nicht mein Blut. Baumann starrte mich erwartungsvoll an und ich begriff, dass er auf eine Frage wartete. Na gut, dann stellte ich ihm eine. Wir sollten ja zusammenhalten.

»Warum bist du hier?«

»Drogen natürlich, was sonst? Ich hatte einen Riesendeal laufen, reinstes Heroin. Ein Schwarzer hat mich verpfiffen, ein Polizeispitzel.«

Rauschgifthändler verabscheute ich mehr als die Pest. Für mich waren sie Mörder, menschlicher Abschaum. Andererseits ist der Mensch nicht gern allein, nicht einmal im Traum. So wurde ein deutscher Drogendealer, der sich das Zeug wahrscheinlich selbst spritzte und schon viele solcher Käfige kennen gelernt hatte, zu meinem Freund, mit dem ich alle Stadien des Verfalls durchmachen würde. Wo immer einen Unseligen ich fand, er war mein Freund, mein Bruder, hat irgendein Dichter irgendwann geschrieben. Der Poet war sicher nicht aus Nigeria.

Wärter kamen mit Essenskübeln. Wortlos schlossen sie die Gittertür auf. Einer hielt die Maschinenpistole im Anschlag, während die anderen die Kübel auf den Boden stellten. Die Gefangenen krochen näher heran und hatten plötzlich Blechnäpfe in der Hand. Einer der Bewacher warf mir einen solchen Napf und einen Löffel zu, die ich wohl behalten sollte. Baumann krabbelte überraschend flink zu den Kübeln, schöpfte sich eine Portion dünner Suppe, lehnte sich gegen die Wand und löffelte die Brühe in Rekordzeit in sich hinein. Nichts auf der Welt, der freien Welt, konnte mich dazu bringen, an diesem infernalischen Mahl teilzunehmen. Es lud mich auch niemand dazu ein. Ob ich aß oder verhungerte, war hier allen egal.

Die Erkenntnis, dass ich mir selbst etwas vormachte, ließ sich nicht mehr verdrängen. Das war kein Traum, sondern die brutale Wirklichkeit. Ich war Gefangener unter anderen Gefangenen. Ich war nicht registriert worden und damit für Interpol unauffindbar. Jetzt war ich eine Figur in einem ganz anderen Spiel. Bisi Yaros Tod hatte eine Bedeutung, von der ich nichts ahnte. Offenbar war auch er an dem großen Spiel beteiligt gewesen. Mächtige Gruppen zogen an Drähten, an denen Polizisten wie Marionetten hingen. Vielleicht hatte man befürchtet, der Doktor könnte während meines ersten Besuches geredet haben. War er deshalb erschossen worden? Er musste einen Fehler gemacht haben, der ihn zu einer potentiellen Gefahr werden ließ. Ein gedungener Mörder, und ich hatte das Pech, ausgerechnet zu diesem Zeitpunkt ... Oder hatte man ... Die Kopfschmerzen raubten mir fast die Besinnung, doch ich konnte den Gedanken zu Ende entwickeln: Oder hatte jemand meinen zweiten Besuch abgewartet, um mir den Mord in die Schuhe zu schieben? In diesem Fall ...

Ich war zu müde, um den Fall weiter zu analysieren. Jetzt musste ich schlafen und in richtige Träume abtauchen, Träume von einer anderen Wirklichkeit, wo es eine Lösung für meine unlösbaren Probleme gab. Baumann versuchte, noch einen Rest Suppe aus dem Kübel zu schöpfen, doch die anderen Gefangenen schubsten ihn zur Seite. Das schien ihm nichts auszumachen, wie die meisten Drogensüchtigen war er an Schläge gewöhnt. Mein neuer Freund hatte es nicht leicht.

Aus mir unverständlichen Gründen schlief ich von einer Sekunde zur anderen ein. Als ich wieder aufwachte, schnarchte Baumann vernehmlich vor sich hin. Ich erinnerte mich nicht, ob ich geträumt hatte. Erneut ließ ich mich in den Schlaf sinken, um dem qualvollen Traum, der Wirklichkeit hieß, zu entgehen. Wieder wachte ich auf und merkte, dass ich jedes Zeitgefühl verlor. Meine Uhr hatten sie mir abgenommen und die Lampen leuchteten Tag und Nacht unverändert. Wir sollten nichts wissen und jeden Bezug zur Realität verlieren. Diesmal war auch Baumann wach, aber er stierte ins Leere und schien mich nicht wahrzunehmen.

Da ich das Reich der Illusion verlassen hatte, nahm ich auch alle Geräusche quälend deutlich wahr. Es war gar nicht so totenstill in dem Käfig, wie ich zuerst gedacht hatte. Männer unterhielten sich, schnarchten, stöhnten, seufzten, fluchten, kratzten sich und scharrten mit den Füßen. Dazu kamen die ekligen Laute von den Abortkübeln. Immer wieder flackerten kleine Streiterein auf, die aus Mangel an Nahrung schnell beendet wurden. Der Schlaf war die einzige Möglichkeit, der Situation, der Unruhe, den Gedanken und der Angst zu entfliehen. Ich floh erneut.

Diesmal wurde ich durch andere Geräusche geweckt. Die Wärter kamen mit einer anderen Wassersuppe, die ich ebenso verschmähte. Dann brachten sie drei weitere Gefangene, die brav ihre Blechnäpfe und Löffel in Empfang nahmen und sich an der Speisung beteiligten. Ich spürte bis ins Mark, dass die Afrikaner mich, den Weißen, den Repräsentanten früherer kolonialer Unterdrückung, hassten. Mein lieber Freund Baumann kroch über den Zementboden und ich sah, dass er ein Bein nachzog. Er erklärte, dass er bei einer Schlägerei im Drogenmilieu verletzt worden sei und eigentlich eine Krücke benötige, aber die hatten sie ihm natürlich abgenommen.

»Ich bin reich gewesen«, sagte er mit heiserer Stimme und leuchtenden Augen. »Mir gehörte die ganze Welt.«

»Ein großer Deal mit Heroin?«

»Nein, damals war es Kokain. In England. Ich wohnte in London im *Savoy*. Kennst du das Hotel?«

»Ja, es ist bekannt für seine Drogenhändler.«

Mein müder Scherz verpuffte. Baumann rieb sich abwesend die Nase. Er hatte auch den Rausch des Reichtums einmal kennen gelernt und konnte ihn nicht vergessen. Vielleicht wäre es mir ebenso ergangen, wenn ich je über mehr als ein Polizistengehalt hätte verfügen können.

»Ich bestellte mir alles, was ich wollte, aufs Zimmer. Champagner ... gab dem Zimmerkellner hundert Pfund Trinkgeld ... aß nur die teuersten Sachen ...«

»Wie lange hast du dort gewohnt?«

»Eine Woche ungefähr. Reines Pech, dass sie mich schnappten. Jemand muss mich verpfiffen haben ...«

»Spar dir die Details. Ich will schlafen.«

Das verstand er, denn es war das Einzige, was wir Gefangenen durften, oder besser gesagt, was man uns nicht verbieten konnte. Aber diesmal wollte mich der Schlaf nicht erlösen. Durch die dumpfen Kopfschmerzen schlich sich ein Gedanke: Wie komme ich hier raus? Wie kann ich Virena wiedersehen, und Elin, mein kleines Schulmädchen? Was musste ich anstellen, um diese Hölle, diesen satanischen Käfig, verlassen zu können? Hier noch länger zu bleiben, hieße ... wie Baumann zu enden.

Morris und Okpara mussten glauben, dass ich mich in Luft aufgelöst hatte. Ich hörte schon, wie Wilson meinen Nachruf formulierte: »Er starb im Kampf gegen das internationale Verbrechen ...« Zu dumm, dass er nicht einmal die Leiche des Helden präsentieren könnte. Eine Flucht war nicht möglich, weder allein noch mit einer so schwachen Karte wie Freund Baumann. Wenn alle Gefangenen zusammenhielten, gäbe es eine minimale Chance, aber sie würden mich wohl zerfetzen, wenn ich mit einem solchen Vorschlag kam. Ich musste hier bleiben, solange es mir unbekannten, gesichts- und namenlosen Mächten passte. Gab es keinen ehrlichen Polizisten in Lagos, der sich für einen Unschuldigen einsetzte? Doch der Junge hatte behauptet, er habe gesehen, wie ich den Arzt tötete. Selbst ehrliche Polizisten, falls es hier welche gab, mussten mich für den Mörder halten, der nur seine gerechte Strafe erhielt.

Wie auch immer, ich hatte jede Menge Zeit, meine Lage zu analysieren und mir den Kopf zu zerbrechen. Zeit ... hier gab es keine Zeit, hier existierte nur der Raum. Ich schlief ein, wachte auf, schluckte Wassersuppe, ging zum Toilettenkübel, sah die Wärter neue Gefangene bringen und andere abholen. Noch immer waren Baumann und ich die einzigen weißen Gefangenen. Der Mensch ist ein anpassungsfähiges Tier. Allmählich stumpfte ich ab. »Meine« Ecke in dem Käfig war das Einzige, was ich besaß, und ich hätte sie mit Händen und Füßen verteidigt. Ich wusste, dass dieser Zustand mental lebensgefährlich war, aber das kümmerte mich nicht. Man hatte mich bewusst vergessen, das bestätigte mir Baumann in den wenigen Gesprächen, die wir führten. Mein Freund litt unter verspäteten Entzugserscheinungen, sein Blick war die meiste Zeit glasig.

Plötzlich wurde ich aus meinem Dämmerzustand gerissen. Mein Unterbewusstsein signalisierte Gefahr! Jetzt kamen sie, um mich wegen meiner Hautfarbe fertig zu machen, um ihre angestauten Aggressionen loszuwerden, um mich totzuschlagen, wie es die weißen Sklavenhändler mit ihren Vorfahren gemacht hatten. Sehnen und Muskeln reagierten instinktiv. Hände griffen nach mir, ich riss mich los, sprang auf und ging in Verteidigungsstellung. Die beiden riesigen Polizisten starrten mich ausdruckslos an, dann griffen sie nach ihren Gummiknüppeln. Augenblicklich fiel ich auf die Knie, verbarg den Kopf zwischen den Armen und jammerte:

»Sorry, sorry ... ich dachte, es wären die anderen ...«

Das Wunder geschah, sie schlugen mich nicht. Statt dessen packten sie mich erneut an den Oberarmen und schleppten mich aus dem Käfig. Erst jetzt nahm ich den dritten Polizisten mit der Maschinenpistole wahr. Er hätte mich ohne weiteres erschießen können. Vielleicht wäre das die beste Lösung gewesen.

Mein naher Freund und Bruder Peter Baumann schrie im Falsett: »Du wirst vor mir hingerichtet! Jetzt bin ich wieder der einzige Weiße! Sie werden mich auffressen ... und dich erschießen!

11. Kapitel

Sie zerrten mich einen Gang entlang, der mir wie der Eingang zu Dantes Inferno vorkam und vielleicht dieselbe Funktion erfüllte. Durch ein bewachtes Tor ging es hinaus auf einen überdachten Innenhof, wo der mir bereits bekannte Minibus wartete. Sie wiederholten die früher angewendete Prozedur und ich landete unsanft im Laderaum. Lediglich die Handschellen blieben mir diesmal erspart. Sie sahen in mir wohl ein Wrack, bei dem solche Vorsichtsmaßnahmen nicht notwendig waren. Auf der Fahrt erneuerten sich meine kaum verblassten blauen Flecken. Wohin brachten sie mich? Zu einer Gerichtsverhandlung? War eine Verteidigung zugelassen? Wo sollte ich hingerichtet werden? Da ich jedes Zeitgefühl verloren hatte, wusste ich nicht, wie lange die Fahrt dauerte. Nach den körperlichen Torturen zu urteilen legten wir eine beträchtliche Strecke zurück.

Plötzlich hielten wir an. Die Türen wurden aufgerissen und wieder ließ man mich nicht selbst gehen. Die Arroganz der Macht äußert sich unter anderem darin, dass selbst dort Verbote herrschen, wo sie überflüssig sind. Auch hier gab es einen überdachten Hof und die Schergen schleppten mich zu einer Tür, die durch einen Zahlencode geöffnet wurde. Dahinter befand sich ein dunkler, kühler Raum und ich musste warten, während einer der Polizisten telefonierte. Ich war von einem Gefängnis in ein anderes gebracht worden und wusste nicht, ob es Tag oder Nacht war, ob die Sonne schien oder der ersehnte Regen gekommen war. Über die Lippen meiner Bewacher kam kein Wort. Sie waren roboterartige Kraftpakete, die gehorchen, egal wie der Befehl lautete.

Offenbar hatte ihnen eine Telefonstimme befohlen, mich in eine winzige Zelle zu werfen, denn genau das taten sie. Dort standen eine schmale Pritsche und ein Kübel und sonst nichts. Die Tür knallte zu und ich ließ mich auf die mit Leder überzogene Holzpritsche sinken. Was für ein Unterschied zu dem nackten Betonboden! Ich fühlte mich wie eine Diva in einem Himmelbett. Und ich war allein! Langsam wich die bereits verinnerlichte Angst, im Schlaf ermordet zu werden. Aber auch die Seligkeit hat ihre Grenzen. Die Tür wurde aufgerissen und meine Oberarme spürten die wohlbekannten Griffe. Über ein Gewirr von Gängen erreichten wir eine Tür, vor der die beiden Riesen Posten bezogen. Der mit der Maschinenpistole öffnete und stieß mich hinein.

Ich befand mich in einem größeren Raum mit vielen Grünpflanzen, einem Schreibtisch und einem Deckenventilator, der in der stickigen, heißen Luft herumrührte. An der Wand hing das gerahmte Foto eines Mannes, der zu seiner grünen Militäruniform eine dunkle Sonnenbrille trug, und ich vermutete, dass es sich um den Diktator Sani Abacha handelte. Daneben hatte man eine Karte des Landes geklebt, in der Nadeln mit roten und grünen Köpfen steckten. Mein Blick wanderte über den großgemusterten Teppich und die niedrigen Wandregale zu dem Mann, der in einem rotbraunen Ledersessel hinter dem Schreibtisch saß. Er hatte die Arme verschränkt und musterte mich. Er war groß, schlank, dunkelhäutig, aber nicht ganz schwarz und sicher über fünfzig. Sein Gesicht wirkte lebendig, sogar humorvoll, die Augen schauten eher neugierig als streng. Er trug einen sorgfältig gebundenen, dunklen Schlips zum üblichen hellblauen Polizeihemd. Drei goldene Streifen zierten seine Schulterstücke.

»Nehmen Sie bitte Platz.«

Sprach er mit mir? Hatte er wirklich bitte gesagt? Vor dem Schreibtisch stand tatsächlich ein gepolsterter Besucherstuhl. Sollte ich so luxuriös sitzen dürfen? Wegen meiner Kühnheit fast zitternd setzte ich mich auf die äußerste Kante. Er goss

Mineralwasser in ein Glas und reichte es mir. Etwas Wohlschmeckenderes hatte ich noch nie getrunken.

»Ich bin Hauptmann Nawkino«, stellte er sich vor.

Ich wusste nicht, was ich antworten sollte und murmelt nur: »Aha.«

»Lassen Sie uns die Positionen bestimmen. Ich diene hier bei der Sicherheitspolizei. Geheimpolizei, könnte man auch sagen. Jedes Land hat seinen Sicherheitsdienst. Ihres ebenfalls, nicht wahr?«

»Gewiss.«

Der Hauptmann nickte lächelnd. »Dann sollten wir klären, aus welchem Land Sie kommen. Welcher Staat darf sich glücklich schätzen, einen Bürger wie Sie zu haben?«

Mein Gehirn reagierte so träge wie eine Schildkröte mit rheumatischen Problemen. Ich ahnte, dass er mir irgendwelche Informationen entlocken wollte, und ich wusste, dass ich im Augenblick kein ebenbürtiger Gegner war. Ich musste alle Kräfte aufbieten, um meine Zunge im Zaum zu halten.

»Ich bin Bürger Schwedens.«

»Ihr Name?«

»Hassel. Roland Hassel. Ich bin Polizist.«

Er holte ein Schriftstück aus der obersten Schublade und betrachtete es nachdenklich. Quer über seine Brust lief ein Lederriemen. Die Dschungelhitze schien ihm überhaupt nichts auszumachen, sein Hemd zeigte keinen einzigen Schweißfleck. Er musste über ein eingebautes Thermostat verfügen.

»Und wer ist dann Clifford W. Carrington?«

»Das ... bin auch ich.«

Eine dumme Antwort, aber ich brauchte Zeit zum Nachdenken.

»Wollen Sie mir das bitte erklären?«

»Ja, also, das war ein Polizeiauftrag. Aus verschiedenen Gründen musste ich verdeckt ermitteln.«

Er nickte, als hätte ich etwas besonders Kluges gesagt.

»Das soll vorkommen. Aber einiges ist unklar. Ein Mann checkt im *Sheraton* ein. Sein Pass ist registriert, ein echter Pass. Er hinterlegt eine Kreditkarte von *American Express*. Die Karte ist echt. Wir haben alles kontrolliert. Wo also steckt Carrington?«

»Er verließ das Land in einem Wagen Richtung Kamerun.«

»Sind Sie sicher?«

»Das sagte man mir.«

»Wer sagte das?«

Das Eis war dünn und voller Risse. Ich versuchte, meine in der Hitze kochenden Hirnzellen zu aktivieren. Was durfte ich zugeben, was verschwieg ich besser?

»Man sagte es«, wiederholte ich.

»Wir werden schon klären, wer man ist. Sind Sie sicher, dass der amerikanische Staatsbürger Clifford W. Carrington noch lebt?«

»Warum sollte er nicht mehr leben?«

Er legte den Kopf leicht zur Seite und sagte leise: »Weil Sie ihn vielleicht getötet und seine Identität gestohlen haben.«

Er blickte so unschuldig wie ein Lamm, während mir ein kalter Schauer über den Rücken lief. Dass es in diese Richtung ging, hatte ich nicht erwartet.

»Warum hätte ich das tun sollen?«

»Lassen Sie uns bei den Regeln eines Verhörs bleiben: Ich frage und Sie antworten. Dadurch wird alles einfacher, außerdem lege ich auf Formalitäten großen Wert. Sie kommen also nach Lagos und wechseln fast unmittelbar die Identität. Wer ist oder war Carrington? Gehörte oder gehört er zu einer Gruppe, die Gegner unserer Regierung mit amerikanischem Geld versorgt?«

War Carrington bei Interpol angestellt? Oder arbeitet er gelegentlich mit der Behörde zusammen? Ich erinnerte mich nicht, was mir Morris und Okpara zu den Hintergründen der Sache gesagt hatten. Hatten wir überhaupt darüber geredet?

»Nein, nein, keinesfalls. Er gehörte zu meinem Auftrag.«

»Ihr Wort ist alles, was wir in dieser Angelegenheit haben. Man könnte sich auch vorstellen, dass Carrington aussteigen wollte und deshalb ermordet wurde. Dann nahmen Sie seinen Platz ein, um den Plan zu vollenden.«

»Aber das ist ja ... Schwachsinn!«, rief ich.

»Die Zeichen deuten darauf hin, dass meine Theorie stimmt, aber ich lasse mich gern vom Gegenteil überzeugen. Eines ist aber klar: Aktivitäten dieser Art mögen wir hier in Nigeria überhaupt nicht.«

Sein Blick fiel unbewusst auf das Foto General Abachas.

»Fakt ist, dass Sie sehr wohl Mister Carrington sein können. Wenn Sie ihn nicht ermordet haben, dann sind Sie Carrington. Das ist nach unseren Informationen wahrscheinlicher als die Version, Sie seien dieser Schwede, der jeden zweiten Tag kurz im *Victoria Lodge* aufgetaucht ist.«

»Ich bin Schwede! Rufen Sie jemanden, der Schwedisch spricht, dann kann ich es beweisen.«

Nawkino lachte leise und es klang wie das Schnurren eines zufriedenen Katers. »Mich überzeugt zunächst das perfekte Englisch, das Sie sprechen, mit amerikanischem Akzent, wenn ich mich nicht irre. Warum haben Sie Doktor Bisi Yaro ermordet?«

»Aber ich habe ihn nicht ermordet!«

Der Hauptmann pfiff leise, nicht überlegen, sondern besorgt, also wollte er warnen: Kamerad, jetzt verrennst du dich.

»Der Mord an Doktor Yaro ist wasserdicht bewiesen. Es gab einen Augenzeugen.«

»Der Junge irrt sich. Als ich im Wartezimmer war, hörte ich nebenan ein Fenster klirren. Der Mörder muss auf diesem Weg geflohen sein.«

»Wir gestatten uns, dem Zeugen zu glauben. Sie sind vorher schon einmal dagewesen, nicht wahr?«

»Ja.«

»Was wollten Sie von Doktor Yaro?«

»Informationen über gewisse Zusammenhänge.«

»Unser Zeuge hat berichtet, dass der Doktor nach Ihrem Besuch sehr aufgeregt und verängstigt gewesen ist. Unser Zeuge glaubt, dass Sie gedroht haben ihn umzubringen. War es nicht so?«

»Keinesfalls. Ja, er war aufgeregt, aber wegen ganz anderer Dinge. Die mit meinem Auftrag zu tun hatten.«

»Erzählen Sie bitte von diesem Auftrag, den Sie wie ein Schild vor sich hertragen.«

Was sollte ich tun? Meine grauen Zellen funktionierten noch immer nicht richtig und das letzte bisschen Flüssigkeit, das ich noch im Körper hatte, verdunstete durch die Haut.

»Wie halten Sie nur diese verdammte Hitze aus?«, murmelte ich.

Er lächelte, als hätte ich einen erstklassigen Witz gemacht. Ich fand es gar nicht witzig.

»Wir haben andere Schwellen. Nun, was ist mit dem Auftrag?«

Ich konnte nichts tun. Er würde alles, was er wissen wollte, aus mir herausholen, denn er saß am längeren Hebel. Ich hatte ihm nichts entgegenzusetzen. Außerdem hatte ich keine Verpflichtung unterschrieben, irgendetwas geheim zu halten. Sollten die anderen stillschweigend davon ausgegangen sein – ich nicht. Also erzählte ich ihm die ganze Geschichte von Anfang bis Ende. Julie und ihre Eltern ließ ich aus. In Nick Olands Hinterlassenschaft habe man eine Tablettenschachtel mit Yaros Namen gefunden. Laut Interpol sei das eine Chance gewesen, einer internationalen Bande auf die Spur zu kommen, die gefälschte Medizin in Nigeria und anderen afrikanischen Ländern verkaufe. Um eventuelle Verbindungen nach Schweden aufklären zu können, hätte ich den Amerikaner gespielt.

Wieder lachte er leise, doch zugleich schüttelte er den Kopf: »Ich habe schon bessere Geschichten gehört.«

Ich wischte mir den Schweiß von der Stirn, aber es war nur eine Geste, denn sofort drangen neue Tropfen aus den Poren. Er reichte mir eine weitere Flasche Mineralwasser und zeigte damit, wie sicher er war, dass ich nichts vor ihm verbergen konnte. Sonst hätte er mich sicher dursten lassen.

»Das ist die Wahrheit.«

»Haben Sie nicht etwas verschwiegen?«

Müde schüttelte ich den Kopf. Soweit ich mich erinnerte, hatte ich nicht nennenswert gelogen.

»Wirklich nicht? Dann sagen Sie mir doch, was Sie im Haus von Mister van der Hart gemacht haben? Woher kennen Sie ihn? Welche Geheimnisse teilen Sie?«

»Ja, stimmt, das habe ich vergessen.«

Er beugte sich vor und drohte scherzhaft mit der Faust: »Oh nein, Sie lügen, man sieht es Ihnen an. Sie sind kein guter Schauspieler. Wir beobachten van der Hart schon lange. Er ist subversiver Aktionen verdächtig. Sobald wir Beweise haben, schlagen wir zu. Also, was haben Sie vergessen?«

Ich hatte das Gefühl, die Leute zu verraten, aber was sollte ich tun? Der Hauptmann schien alles über meine Aktivitäten zu wissen. Es ist ein alter Trick, den gewiefte Verhörspezialisten gern anwenden. Indem sie gewisse Details erwähnen und durchblicken lassen, man wisse sowieso alles und wolle nur dies und das bestätigt haben, erreichen sie ihr Ziel. Aber was nutzte es mir, dass ich seine Taktik, die ich selbst oft genug angewendet hatte, durchschaute? Das ewige Surren des Ventilators nervte, doch ohne die Illusion, dass sich die Luft bewegte, wäre ich ohnmächtig geworden und nie wieder aufgewacht.

»Eigentlich nichts Wichtiges. Oland war mit einer Nigerianerin verheiratet, die Juliana hieß und Julie gerufen wurde. Der Mädchenname war van der Hart. Ich wollte ihre Eltern nur fragen, ob sie etwas über die Medikation ihres Schwiegersohnes wüssten.«

»Und? Wussten sie etwas?«

»Sie weigerten sich, mir zu antworten. Sie hatten Angst.«

»Vor wem sollten sie Angst haben?«

»Vor Ihnen, nehme ich an.«

Zufrieden kniff er die Augen zusammen. Ich begriff, dass ich in ein afrikanisches Fettnäpfchen getreten war. In meinem Beruf sollte man einen Schritt vorausdenken können. Ich hinkte die ganze Zeit hinterher.

»Das ist ja interessant. Das Ehepaar van der Hart meint also Grund zu haben, die Sicherheitspolizei fürchten zu müssen. Wenn man etwas fürchtet, dann beruht das auf Schuldgefühlen, und zwar gegenüber dem, den man fürchtet. Kein hundertprozentiger Beweis, aber ein starkes Indiz. Danke, Carrington.«

»Hassel heiße ich!«

»Wie Sie wollen. Sprach keiner von den beiden von seiner Schuld?«

»Sie sagten nur, dass sie nicht mit mir reden wollten.«

Dass mir Frau van der Hart einen Namen zugeflüstert hatte, wollte ich für mich behalten, bis er mich durch die Mangel drehte. Wenn ich es jetzt zugab, würde es in den Augen des Hauptmanns als ein weiteres Zeichen von Schuld gewertet werden. Außerdem würde er nie glauben, dass sie mir nicht mehr verraten hatte. Also musste ich mir irgendetwas ausdenken, was seinem Bild von dem Ehepaar van der Hart entsprach, ohne dass ich die Leute damit belastete.

»Wir kommen später auf die Frage zurück. Sie werden sich sicher erinnern, ganz bestimmt. Welche Kontakte hatten Sie noch zur illegalen Oppositionsbewegung in Lagos?«

»Ich habe Ihnen die Wahrheit gesagt. Mein Besuch in Ihrem Land ist auf einen polizeilichen Auftrag zurückzuführen. Ihre Politik geht mich nichts an.«

Entspannt verschränkte er die Hände hinterm Kopf. Ob ich ihn um eine dritte Flasche Mineralwasser bitten durfte? War es übertriebener Stolz, dass ich es nicht tat? In meiner Situation? Mein Verhalten war lächerlich, aber das kümmerte mich nicht. Er konnte sein verdammtes Mineralwasser behalten!

»Sind Sie in Begleitung nach Lagos gekommen?«

»Nein«, antwortete ich, ohne nachzudenken.

Unter einer Begleitung verstand ich jemanden, den man sich aussuchen konnte, den Ehepartner zum Beispiel, eine Freundin oder ein Freund. In diesem Sinne war Mezinka nicht meine Begleitung gewesen.

»Nach meinen Informationen kamen sie zusammen mit dem Staatsfeind Moshood Abiala nach Lagos. War es nicht so?«

»Ich hatte keine Ahnung, dass er ... Abiala hieß.«

»Sie versuchten, ihn mit Hilfe von gefälschten Dokumenten ins Land zu schmuggeln. Sie behaupteten, sein Name wäre Bayo Mezinka. Er hätte Nigeria großen Schaden zufügen können. Glücklicherweise haben die Kollegen vom Zoll aufgepasst.«

»Er wurde aus Schweden ausgewiesen und ich bekam den Auftrag ...«

»Schon wieder einer? Wie viele Aufträge hatten Sie eigentlich?«

»Wenn Sie mir nur einmal richtig zuhören würden ...«

»Er hätte unserer großen Nation beträchtlichen Schaden zufügen können. Ein starker Mann mit starker Hand ist nötig, sonst zerfällt Nigeria in viele Teile. Schauen Sie auf Somalia, Namibia, Angola. Anarchie und totaler Verfall. Wir haben äußere und innere Feinde. Wenn der starke Mann mit der starken Hand nicht rücksichtslos zurückschlägt, dann wird Nigeria ein neues Somalia. Haben Sie gegen diese Argumentation etwas einzuwenden, Carrington?«

»Ich heiße Hassel und bin Schwede! Wenn es um Politik geht ...«

»Als Sie sich mit Abiala verbündeten, haben Sie sich zu unserem Feind gemacht. Jetzt müssen Sie die Konsequenzen tragen. Tut mir Leid, aber so ist es nun einmal, ich beschönige nicht gern. Sie sehen durstig aus. Möchten Sie noch eine Flasche Wasser?«

»Nein«, murmelte ich.

»Wie Sie wollen. Lassen Sie mich ...«

»Ja! Zum Teufel, her mit dem Wasser!«

Gierig leerte ich die Flasche fast in einem Zug. Der Blick des Hauptmanns war sardonisch. Wahrscheinlich konnte er wochenlang ohne zu trinken auskommen. Er war ein menschliches Kamel, während ich alle fünf Minuten einen halben Liter ausschwitzte.

»Warum reden Sie nicht mit Interpol? Wilson und Edward Morris können meine Angaben bestätigen.«

»Wir lösen unsere nationalen Probleme ohne die Einmischung von Interpol. Wir betrachten diese Behörde als eine feindlich eingestellte Organisation. Wenn wir Lügen hören wollen, reicht es uns, Ihnen zuzuhören.«

»Ich habe die Wahrheit gesagt!«

Der Hauptmann lachte höhnisch. Aus dem zufrieden schnurrenden Kater war eine Raubkatze geworden, die jetzt ihre Krallen zeigte: »Nein, Mister Wie-immer-Sie-auch-heißen, Sie haben nicht einmal begonnen, die Wahrheit zu sagen. Ihr Sündenregister ist selbst für unsere Verhältnisse sehr lang. Sie haben verschiedene Identitäten benutzt, darunter – logisch – mindestens eine falsche. Sie reisten in Begleitung einer extrem gefährlichen Person ein, schlimmer noch, Sie versuchten, diesen Mann unter falschem Namen ins Land zu schmuggeln. Sie treffen sich mit Leuten, die unserer Regierung feindlich gegenüberstehen. Es ist bewiesen, dass Sie einen Schützling des Präsidenten ermordet haben.«

»Wann ist der Prozess?«

»Wie bitte?«

»Ich meine die öffentliche Gerichtsverhandlung. Ich werde mich erfolgreich verteidigen, denn ich habe die Wahrheit auf meiner Seite.«

Er legte den Kopf schief und hob die Augenbrauen. Ich begriff, dass ich ihm wie ein Häschen vorkommen musste, das sich in den Löwenkäfig verirrt hat.

»Gerichtsverhandlung ... Nur zu Ihrer Information: In unseren Gefängnissen sitzen derzeit etwa vierzigtausend Menschen und keiner weiß, wann sie vor Gericht gestellt werden. Das kann lange dauern. Manche sitzen schon über zehn Jahre. Es können noch einmal zehn Jahre werden. Wir haben keine übertriebene Eile.«

»Ich fordere eine schnelle Untersuchung!«

»Haben Sie die Geschichten aus Tausendundeiner Nacht gelesen?«, fragte er überraschend.

In meinem überhitzten Gehirn tauchte eine dunkle Erinnerung auf. Ich sah mich in der Filiale der Stadtbibliothek in der Hantverkargata stehen und in der orientalischen Märchensammlung blättern. Dann beschloss ich, das Buch auszuleihen, denn die Illustrationen waren so schön und die Titel der Geschichten so viel versprechend: Ali Baba und die vierzig Räuber, Sindbad der Seefahrer und ... mehr waren im Moment in meinem Gedächtnis nicht vorrätig.

»Ja«, antwortete ich kurz und knapp.

»Erinnern Sie sich, wie die Märchen zustande kamen? Ein Kalif ließ jeder Frau, die er heiratete, nach der Hochzeitsnacht den Kopf abschlagen. Seltsame Sitten, muss ich sagen, und vor allem: Welch eine Verschwendung an schönen jungen Mädchen! Aber eine Frau, Scheherazade, verstand es, ihn in jener Nacht – nach dem Vollzug der Ehe, nehme ich an – durch das Erzählen einer Geschichte so zu fesseln, dass er wissen wollte, wie es weitergeht. Und so ging es Nacht für Nacht weiter, weil sie sich das Ende einer Geschichte immer fürs nächste Mal aufhob. Als sie tausendundein Märchen zum Besten gegeben hatte, schenkte er ihr das Leben. Sehen Sie den Unterschied?«

»Welchen Unterschied?«

»Den zwischen Ihnen und Scheherazade. Sie bleiben am Leben, bis wir überzeugt sind, dass Sie uns keine verwertbare Information mehr geben können. Wir haben viel Zeit. Und Sie werden uns alles sagen, was wir wissen wollen. Doch danach sind Sie wertlos für unsere Nation. Mit einer Gerichtsverhandlung halten wir uns nicht auf. Während Scheherazade ein Happyend erleben durfte ...«, hier lächelte der Hauptmann besonders liebenswürdig, »... werden wir Sie an dem Tag, an dem Sie wertlos geworden sind, in der Zelle töten und Ihren Körper begraben, wo ihn niemand finden kann!«

12. Kapitel

Zurück in die Minizelle, eine Weile schlafen, Wassersuppe, ein neues Verhör. Die Lampe in der Zelle wurde nie ausgemacht; der Hauptmann hoffte wohl, mich dadurch gesprächiger zu machen. Auch hier verlor die Zeit ihre Bedeutung. Er fragte und fragte und fragte, und ich antwortete und antwortete und antwortete, aber er hörte mir nur selten zu. Jeder meiner Schritte musste überwacht worden sein, jedes meiner Worte, jedes Räuspern, jeder Gedanke war registriert. Er wollte viel über Okpara wissen. Ich versuchte, ihn mit Gemeinplätzen abzuspeisen, aber Nawkino war überaus geschickt und holte alles aus mir raus. Ich konnte nur hoffen, dass der Status von Interpol Okpara vor dem schützte, was mein loses Mundwerk vielleicht in Gang gebracht hatte. Dann, an einem Donnerstag um drei oder an einem Montag zwanzig nach neun, war es soweit.

Ich schrie: »Warum nehmen Sie nicht die Peitsche oder den Baseballschläger und prügeln aus mir heraus, was Sie wissen wollen!«

»Warum sollten wir das tun?«

»Mezinka haben Sie doch auch totgeschlagen.«

Der Hauptmann nickte bestätigend: »Moshood Abiala war eine harte Nuss. Für bestimmte Verhörtechniken ist Intuition sehr wichtig. Bei Ihnen ist körperliche Gewalt gar nicht nötig. Sie sind weich wie Butter. Lassen Sie uns darüber sprechen, wie Sie mit Abiala ankamen ...«

Der Schmerz über dem Auge kehrte zurück, schlich sich in das Schmerzzentrum des Gehirns und setzte sich dort fest. Ich nahm ab; ich sah es nicht, aber ich fühlte es. Mit meinem wuchernden Bart musste ich wie der Weihnachtsmann aussehen. Seit Ewigkeiten hatte ich mir die Zähne nicht mehr putzen können und der eklige Geschmack im Mund machte mich rasend. Ich merkte, dass ich allmählich aufhörte, ein zivilisiertes Wesen zu sein. Die konzentrierten Kopfschmerzen verließen mich nicht einmal während der kurzen Ruhepausen. Ich war nur noch ein Schatten meiner Selbst. Wenn ich Antworten auf seine ewig gleichen Fragen murmelte, klang es, als bräche man Zweige von einem toten Baum.

Ich träumte nicht mehr, denn ein Traum benötigt mehr Zeit, sich zu entwickeln, als die paar Minuten Rückenlage mit geschlossenen Augen, die mir vergönnt waren. Ich konnte mich kaum noch daran erinnern, wie Virena und Elin aussahen. Plötzlich träumte ich von Wilson und Morris. Sie waren in meiner Zelle und sagten, ich solle schnell aufstehen und mitkommen. Sie wirkten gehetzt und meinten, der Hautmann sei unberechenbar. Sie brachten mich auf den Gang. Die Posten schossen nicht auf mich, sondern begnügten sich damit, mich wie einen Skorpion anzustarren. In diesem verwirrenden Traum nahmen sie nicht den gewohnten Weg in den Verhörraum, sondern die andere Richtung. Sehr seltsam!

Mit einem Mal regnete es, so dicht und gleichmäßig wie aus einer Dusche. Es war aber nur ein kurzer Weg bis zum Auto und dann saß ich auf dem Rücksitz. Mein Traumkörper war so weiche Polster nicht gewöhnt, ich schien regelrecht zu versinken. Sie sprachen mit mir, aber ich hörte nur Fliegen surren. Der Wagen hielt an einem Haus, das wie das *Victoria Lodge* aussah. Ich stellte mich in den Regen und fing das Wasser mit dem geöffneten Mund. Das war so lustig, dass ich lachen musste. Herrlich, dieser Traum, endlich konnte ich wieder träumen, nur weiter so! Sie führten mich in das Hotel und in das Zimmer, das ich in einem anderen Traum gemietet hatte. Morris behauptete, es liefe noch immer auf meinen Namen.

»Rasier dich«, riet Wilson. »Du hast keine Ähnlichkeit mehr mit deinem Passbild.«

»Und wasch dich«, fügte Morris hinzu. »Das hast du dringend nötig.«

Im Bad starrte mir ein fremdes Gesicht aus dem Traumspiegel entgegen. Ich trug Schaum auf und versuchte, mir den Bart abzunehmen, und ich musste den Rasierer mit beiden Händen fassen, um das Zittern zu unterdrücken. Das Ergebnis war erschreckend: Auch ohne Bart sah ich dem, den ich in Erinnerung hatte, nicht mehr ähnlich. Sie nahmen mir die Kleider ab, schoben mich unter die Dusche und seiften mich ordentlich ein.

»Jetzt reicht es. Das Flugzeug wartet. Ich atme erst auf, wenn ich die Küste Nigerias in der Ferne verschwinden sehe«, hörte ich Wilson sagen, und Morris fügte hinzu: »Es kann Schwierigkeiten geben, die den Piloten zur Umkehr zwingen. Ich habe erst Ruhe, wenn wir sicher in Europa gelandet sind.«

Sie reichten mir frische Sachen und packten eine Tasche, die mir bekannt vorkam, ich hatte sie einst bei Åhlens gekauft. Dann rasten wir durch den Regen zum Flugplatz und checkten ein. Sie erledigten alles für mich und schauten sich die ganze Zeit nervös um. In der Transithalle blieb ich sitzen und starrte vor mich hin, während sich die beiden Briten an der Bar Whiskey bestellten. Sie ließen mich nicht aus den Augen. Nachdem sie mich in die Maschine geführt hatten, nahmen sie auf derselben Reihe rechts und links von mir Platz.

Im Steigflug ging es durch die Regenwolken und plötzlich strahlte die Sonne an einem blauen Himmel. Das Essen kam, und die Engländer bestellten Wein dazu, aber erst brauchten sie noch einen Whiskey. Ich nippte an dem roten Wein. Er schmeckte wie Rotwein. Ich spürte, dass ich mich in diesem Traum nicht mehr wach halten konnte und ließ mich in einen Schlaf gleiten, der so tief war, als wäre es der letzte. Als ich wieder zum Leben erweckt wurde, waren meine beiden Begleiter aufgekratzt wie Schüler auf einer Klassenfahrt. Wir waren im Landeanflug auf Brüssel. Sie zogen meinen Sicherheitsgurt fest und summten vor sich hin: »Devine Europe here we come ...«

Jetzt war ich wach, hellwach. Das war kein Traum, aber ich fühlte mich, als läge ein langer Albtraum hinter mir. Ich schaute auf meine Hände, sie zitterten nicht mehr. Einige Nägel waren geplatzt, und sie waren ungewöhnlich dünn, aber sie gehorchten meinem Willen. Ich war frei und kehrte in meine geliebte Wirklichkeit zurück.

»Wie habt ihr mich gefunden?«, fragte ich.

Sie wechselten Blicke, die ich nicht deuten konnte.

»Durch verschiedene Kontakte kamen wir auf eine Spur«, antwortete Wilson ausweichend. »Unser Freund Okapara war die treibende Kraft.«

»Ja, er weiß eben, wie man mit diesen Typen umgeht«, kommentierte Morris. Wilson fuhr fort: »Er hatte wohl einen Klassenkameraden, der ... nun ja, gezielt platzierte Schmiergelder führten uns zu Hauptmann Nawkinos Hotel. Einer der höchsten Beamten von Interpol nahm Kontakt zum nigerianischen Außenminister Tom Ikime auf. Bei General Abacha hätte er wohl auf Granit gebissen, doch Ikime ist ein wenig sensibler, wenn es darum geht, was die Welt meint und denkt.

»Besonders, was uns Briten angeht«, ergänzte Morris zufrieden. »Ikime ordnete deine Freilassung an. Hätte der General davon erfahren, wäre alles umsonst gewesen. Schade, dass nichts mehr serviert wird. Wir hätten gern auf deine Freilassung angestoßen.«

»Ich würde lieber auf Okpara trinken«, sagte ich leise. »Wäre er nicht gewesen, ich säße jetzt noch dem Hauptmann gegenüber.«

Sie erwiderten nichts, aber ich sah, dass ich ihnen die Laune verdorben hatte, weil ich Okparas Leistung höher als ihre bewertete.

»Wie lange bin ich weg gewesen? Ich habe keine Vorstellung ...«

»Elf Tage«, sagte Morris.

Es hätten elf Jahre gewesen sein können. Ich massierte mir die Stirn. Der Albtraum war vorbei, jetzt konnte ich mich wieder auf das Leben konzentrieren.

»Meine Frau muss denken, dass ich sie verlassen habe.«

Wilson klopfte mir beruhigend auf die Schulter.

»Wir haben sie angerufen und ihr gesagt, dass du in Nigeria herumreist und nicht telefonieren kannst. Sie erwartet dich heute Abend zu Hause. Ich begleite dich nach Stockholm. Morris fliegt nach London weiter.«

Morris faltete die Hände und richtete den Blick zur Decke. »Gott hat meine Gebete erhört! Nach dieser Aktion kann ich nicht nach Westafrika zurück. Sie müssen mich versetzen. Ich werde ein zivilisiertes Land fordern. Gern Frankreich! So ein guter, wohltemperierter Burgunder ... Wenn ich ganz großes Glück habe, darf ich sogar in London bleiben.«

Ich hörte ihm nicht mehr zu. Virena wartete auf mich. Und Elin. Stockholm im Juni. Wir hatten ja schon Ende Juni! Ich wusste nicht einmal das genaue Datum.

»Wie geht es nun weiter?«, erkundigte ich mich.

»Du hast deinen Beitrag zu diesem Fall geleistet«, meinte Wilson. »Du kannst nichts mehr tun, du bist raus.«

Als die Maschine aufsetzte, bekam ich noch einen guten Rat von Morris: »Hüte dich, jemals nach Nigeria zurückzukehren! Abacha geht vor Wut sicher schon die Wände hoch. Wir haben Ikime natürlich ein wenig belogen ... Und der General war irgendwo auf Inspektionsreise.«

Es sollte mir nicht schwer fallen, seinen Rat zu befolgen. Nicht alles war negativ gewesen, ich hatte ein gewisses Verständnis für die enormen Probleme des Landes bekommen. Aber selbst wenn Gott-Vater aus dem Himmel herabstiege und mir Schonen und das halbe Småland für eine

Woche Lagos verspräche, ich würde nicht tauschen, sondern Klartext reden: Sorry, Gott, aber du hast Lagos an einem miesen Montag geschaffen, deshalb kannst du diese Stadt für dich behalten. Ich bleibe, wo es mir gefällt, in Stockholm bei meiner Familie.

In Brüssel trennten wir uns von Morris und der Abschied fiel mir nicht schwer. Für den Flug nach Stockholm wechselten wir von Sabena zu SAS. Endlich konnte ich eine aktuelle Tageszeitung lesen, die mich darüber informierte, was es Neues im Königreich Schweden gab. Gute Nachrichten aus einem schönen Land. Natürlich gab es auch einen Mord und ein paar andere schwere Straftaten, aber ansonsten dominierten die üblichen Themen: Steuererhöhungen und Beitragssenkungen. Die Beilage war ganz dem bevorstehenden Mittsommerfest gewidmet, stellte die besten Heringsrezepte vor und warnte davor, Bootstouren ohne Schwimmweste zu unternehmen. Ein gewisser Johan Kretse, Chef eines Unternehmens für Bioprodukte, sprach sich für Naturpräparate aus, damit man unbeschwert durch den Sommer tanzen könne. Ich war glücklich, einem Volk anzugehören, das keine anderen Probleme hatte.

Im Ausland sah es schlimmer aus. In vielen Gegenden der Welt waren Menschen dabei, einander zu dezimieren, und die Gründe hatten fast immer mit Rasse, Religion, Stammeszugehörigkeit, ethnischen Konflikten, ökonomischen Problemen, kulturellen Unterschieden, internen Machtkämpfen, Aggressionslust oder altem, frisch geschürtem Hass zu tun. Als ich umblätterte, fiel mein Blick auf einen Artikel, der berichtete, dass achtzehn Menschen in Kamerun und siebenundvierzig Menschen in Nigeria an gefälschter beziehungsweise wirkungsloser Medizin gestorben seien.

Wilson knurrte bitter, als ich ihm davon erzählte: »Letzten Monat, im Mai also, sind nach unseren Informationen allein in West- und Zentralafrika vierhundert Menschen an wertlosen Präparaten verreckt. Im April waren es mehr als dreihundert und im März fast siebenhundert, darunter viele Kinder. Viele Menschen, die chronische Krankheiten haben, sterben auf Raten, weil sie nicht merken, dass Medikamente, die ihr Leiden in Schach halten sollen, nur aus Zucker und Mehl bestehen. Es ist wie eine tickende Zeitbombe. Eine andere tickende ...«

»Die Welt ist voller tickender Bomben«, wandte ich ein.

»Gewiss. Eines Tages gibt es einen gigantischen Knall. Doch die westliche Welt hat kein Geld, um die nötigen Ausgaben zu bestreiten. Und die Armen werden immer ärmer. Medizinische Kontrollen kosten sehr viel. Verzichtet man auf sie, verliert man auch Kompetenzen. Die Experten wandern zu den Pharmaunternehmen ab, wo das Geld sitzt. Dadurch wird es immer schwerer, Gutachter zu finden, und die Maschen im Netz werden größer und größer. Bald gibt es nur noch Schlupflöcher. In Amerika fand man kürzlich rein zufällig fünf Millionen Packungen mit falschen Antibabypillen. Wie viele würde man wohl bei systematischer Suche beschlagnahmen können!«

»Aber ich muss mich nicht mehr damit beschäftigen?«

Wilson nickte. »Ja, du bist, wie gesagt, aus dem Rennen und kannst dir über andere Dinge den Kopf zerbrechen. Zum Beispiel, woraus die Tabletten bestehen, die dir oder deiner Frau oder deiner Tochter im Krankheitsfall verschrieben werden.«

Als wir im schönsten Sonnenschein eine letzte Runde über Stockholm drehten, wurde mir ganz weich ums Herz. Dort unten saßen Menschen auf ihren Balkons oder im Park und genossen den Sommertag. Die goldenen Kronen des schönsten Gebäudes der Welt, unseres Rathauses, spiegelten sich im Wasser und Hunderte Boote aller Klassen waren auf See und auf den Kanälen unterwegs. Bald war ich dabei und konnte mit den anderen sehen, riechen und fühlen.

»So eine schöne Stadt habt ihr nicht in England«, sagte ich andächtig.

Wilson warf einen zerstreuten Blick durch das runde Fenster des Flugzeugs: »Nein, aber wir haben London.«

Bald darauf betraten wir die Ankunftshalle. Das Gepäck kam schnell und wir konnten uns verabschieden. Wilson versprach, mir am nächsten Tag beim Abfassen des Berichts zu helfen. Rasch durch die Passkontrolle, und da standen sie: Virena und Elin. Ich ließ die Tasche fallen. Im nächsten Augenblick umarmte und küsste mich meine Tochter und ich spürte Virenas Wange an meiner. Gemeinsam liefen wir hinaus und ich genoss die warme und doch frische Luft, die sich wunderbar leicht atmen ließ.

Auf dem Heimweg schwatzte und kicherte Elin ununterbrochen. Ich war lange weg gewesen und sie hatte mir ja so viel zu erzählen. Jedes Wort war Balsam für mein verwundetes Herz. Virena begnügte sich damit mich anzulächeln; mehr konnte sie nicht tun. In der Wohnung warf ich die Tasche auf den Boden und wusste nicht, ob ich sie je auspacken würde. Als Elin ins Bad ging, küsste ich Virena so stürmisch, dass sie rot wurde. Ihr Blick sagte mir, dass ich zu späterer Stunde genau an dieser Stelle weitermachen dürfe.

»Wir essen auf dem Balkon«, sagte sie, als Elin zurückkam. »Setzt euch hin und wartet.«

Von unserem Haus ganz oben in der Baltzar von Platengata schaute ich direkt auf Västerbron. Elin zeigte mir ihre neuesten Zeichnungen, vor denen Rembrandt in seinem Künstlerhimmel nur neidvoll erblassen konnte. Natürlich gab es schwedische Krabben und Garnelen, obwohl kein »R« im Monatsnamen vorkam, dazu schwedisches Brot mit schwedischem Käse und anschließend schwedische Erdbeeren mit schwedischer Sahne. Der leichte Weißwein stammte von der Mosel, aber hatte die Gegend nicht einst zum schwedischen Königreich gehört?

»Du bist abgemagert«, stellte Virena besorgt fest.

»Die paar Kilo fresse ich mir schnell wieder an.«

Der Sonnenuntergang war besonders schwedisch, dann musste Elin ins Bett. Virena und ich blieben auf dem Balkon sitzen. Zögernd erkundigte sie sich, wie es mir ergangen war. Mal so, mal so, wich ich aus. Ob ich interessante Menschen getroffen hätte? Den einen oder anderen. Was mich an Nigeria am meisten beeindruckt habe? Dass dieses Land ganz anders als Schweden sei. Ob ich noch einmal dorthin reisen müsse? Das sei höchst unwahrscheinlich. Ob ich etwas vor ihr verberge? Was denn? Sie streichelte zögernd meine Wange und wiederholte ihre Frage.

Ich wollte nichts erzählen, nun erzählte ich alles: »Ich besuchte diesen Doktor Bisi Yaro, der gerade getötet worden war, und wurde als Mörder verhaftet. Elf Tage musste ich im Gefängnis zubringen ...«

Virena lauschte mit halb geschlossenen Augen und sagte kein Wort, während ich ihr die Zustände in den Gefängnissen schilderte. Ich erwähnte meinen Freund Baumann und die endlosen Verhöre und schloss mit dem kabarettreifen Satz: »Aber sonst ist nichts weiter passiert.«

Sie nickte langsam. »Welche Auswirkungen hat das Ganze auf dich gehabt?«

»Ich weiß nicht. Vielleicht, dass ich besser verstehe, wie unschuldige Menschen unter Diktaturen leben.«

»Und auf deine Seele?«

Hatte ich eine? Was sollte ich darauf antworten?

»Ich weiß nicht, Virena. Wenn ich hier sitze, erscheint mir das, was in Lagos geschah, so entfernt, als wäre es nie passiert. Es betraf ja auch nicht den Roland, der hier vor dir sitzt, sondern den, der sich in Lagos aufhielt. Sollte es mich noch einmal dorthin verschlagen, würde ich wohl einen Zusammenbruch erleiden. Hier aber ist alles wie vergessen. Bald machen wir Urlaub in Grisslehamn, das ist noch weiter von Nigeria entfernt.«

Sie streichelte mich noch einmal und flüsterte: »Kein Wunder, dass du so mager bist.«

»Dafür gibt es jetzt frische schwedische Kartoffeln.«

»Wenn du nur Wassersuppe bekommen hast, musst du völlig entkräftet sein. Leg dich hin und schlaf, Roland.«

Mein Lächeln konnte sie nicht missverstehen. So kraftlos war ich nun auch wieder nicht!

* * *

Wilson und ich schrieben einen ausführlichen Bericht für Interpol, in dem auf meinen ausdrücklichen Wunsch vor allem Okpara lobend erwähnt wurde. Eine Kopie ging an Åke Sundgren. Der Brite wollte noch ein paar Tage in Schweden bleiben, weil er, wie er sagte, es noch einmal erleben müsse, erwachsene Menschen wie Krähen um einen Maibaum hüpfen zu sehen. Beim ersten Mal sei er so geschockt gewesen, dass er an unseren gemeinsamen germanischen Wurzeln gezweifelt habe. »Ein Engländer würde sich lieber umbringen, als mit geschlossenen Füßen herumzuhüpfen und öffentlich zu demonstrieren, dass Frösche keine Ohren und keinen Schwanz besitzen.« Ich erzählte begeistert, dass ich mit meiner Tochter auf dem Festplatz unseres Ferienortes Grisslehamn genau das tun würde.

»Meine Frau hat ihren Jahresurlaub und bleibt mit Elin da. Ich muss noch zwei Wochen arbeiten, dann habe ich auch frei. Wir bleiben dort bis Mitte August. Und was machst du?«

»Ich werde ab und zu in Stockholm sein. Aber zuerst geht es nach Bangkok und anschließend auf eine Konferenz nach Bogotá.«

»Du Ärmster.«

Das war keine Ironie. Im reiferen Alter hatte ich endlich begriffen, dass der Job wichtig, die Familie jedoch viel wichtiger ist. Workaholics sind einsame Menschen. Politiker, die jammern, dass sie über Jahre keine freie Minute hätten, fassen selten kluge Beschlüsse. Manager, die den ganzen Tag nur die Börsenkurse im Auge haben, verlieren alles außer ihrem Geld, dabei ist der Verlust von materiellem Reichtum am leichtesten zu verschmerzen.

Wir fuhren zum Mittsommerfest und ich engagierte mich zu Elins vollster Zufriedenheit. Mein ausgezehrter Körper erholte sich erstaunlich schnell und ich sprühte nur so vor Lebenslust. Wie das kam, wusste ich nicht und hatte auch keine Lust, es zu ergründen. Ich fühlte mich wie neu geboren, als hätte mir jemand ein neues Leben geschenkt, aus dem ich etwas Besonderes machen sollte. Am Mittsommertag musste ich nach Stockholm zurück. Trotzdem war ich in bester Laune.

Åke Sundgren war im Urlaub, aber ich wusste, was ich zu tun hatte. Die ganze Lagosaffäre war Geschichte, nun ging es wieder darum, Material über die Verbrechensentwicklung in unserem Zuständigkeitsbereich zu sammeln. Am Nachmittag kam Simon in mein Büro. Er wirkte bedrückt, das kam selten vor.

Umgehend kam er zur Sache: »Ich habe gehört, du bist Strohwitwer?«

»Jawohl. Das wird ein Fest in Kapernaum.«

»Ah ja, in Kapernaum, mhm, bin nie dort gewesen, aber es soll da vor galanten Damen nur so wimmeln.«

»Und jetzt kommt ein galanter Herr.«

Grinsend verschränkte er die Arme vor seinem gewaltigen Hängebauch. Er hatte etwas auf dem Herzen und wollte nicht recht heraus mit der Sprache. Gab es etwas, worüber wir nicht offen reden konnten?

»Wenn du Gesellschaft brauchst, weißt du, wo du sie findest. Heute Abend zum Beispiel könnten wir eine gemütliche kleine Kneipentour machen. Ein bisschen über die alten Zeiten plaudern und so.«

»Vielleicht. Okay, Simon, shoot.«

Er zog einen Zettel aus der Innentasche seines zerknitterten Jacketts und betrachtete ihn missmutig.

»Deine Informationsabteilung hat ja unter anderem versucht, die militanten neonazistischen Gruppen zu erfassen, die Brände legen und Ausländer bedrohen oder misshandeln.«

»Ja, wir haben die meisten aufgelistet.«

Plötzlich sah er unendlich müde aus. Er zuckte die Schultern und seufzte: »Ein Name sollte nicht auf der Liste stehen!«

13. Kapitel

Er reichte mir den Zettel und ich überflog die Namen. Dahinter war vermerkt, was wir über einschlägige Aktivitäten der jeweiligen Person wussten, ob sie ihre Gesinnung offen zeigte oder lieber im Verborgenen wirkte. Es waren fehlgeleitete Jugendliche darunter, aber auch alte Unverbesserliche. Die Liste stammte nicht von mir, aber einige Namen waren mir geläufig. Bei einem stockte ich.

»Sune Bengtsson?«

»Ja.«

»Unser Sune Bengtsson?«

»Ja. Das war einmal unser Sune Bengtsson.«

Ich las aufmerksam durch, was über unseren Kollegen vermerkt war. Bei den meisten Angaben handelte es sich eher um Verdächtigungen als um bewiesene Tatsachen, aber es sah insgesamt schlimm genug aus. Sune gehörte nach wie vor zu Simons Fahndungsgruppe, er und ich hatten in all den Jahren unzählige Aufträge gemeinsam erledigt. Wir waren nie Freunde geworden, denn er war ein einsamer Wolf, ein verschlossener Mensch ohne Wärme und Humor, dem auch das Interesse an Frauen fehlte. In der letzten Zeit hatte er sich immer öfter gegen die Gruppe gestellt; manchmal war allein seine Anwesenheit ausreichend gewesen, um uns zu provozieren.

»Du kennst ja seine Ansichten über Einwanderer«, knurrte Simon.

»Er ist ein Neonazi und beteiligt sich an den Aktivitäten einer rechtsradikalen Gruppe. So einer darf nicht im Polizeikorps bleiben«, meinte ich.

»Am besten wäre es, wenn er selbst den Dienst quittieren würde, aber das tut er nicht. Verdammt, was soll ich nur machen? Ich kann ihn doch nicht einfach ignorieren.«

»Wenn du willst, spreche ich mit ihm.«

»Dich hasst er von uns am meisten.«

»Gerade deshalb. Mich kann er nicht einschüchtern. Ich fühle mich, als müsste ich überhaupt vor keinem Menschen Angst haben. Wenn ich eine Möglichkeit finde, jage ich ihn aus dem Korps. Ist er im Dienst oder hat er Urlaub?«

»Er will erst im November Urlaub machen. Keine Ahnung, warum. Ich weiß überhaupt nichts mehr über ihn.«

Ich legte den Bericht in die Schublade und versprach Simon, unverzüglich über mein Gespräch mit Sune zu berichten. Er seufzte, dass die Gardinen flatterten. Ich konnte ihn gut verstehen, doch das Ansehen des Polizeikorps war wichtiger als die Rücksichtnahme gegenüber einem langjährigen Kollegen.

Während ich die Treppe zur Fahndungsabteilung hinunterstieg, dachte ich über das Phänomen Sune Bentsson nach. Er hatte sich einst bei der Spurensicherung einen Namen gemacht, bis man ihn – was für ein Missgriff! – zur zentralen Fahndung versetzte. Von Anfang an trat er arrogant und überheblich auf, nie gab er einen Fehler zu. Für ihn war jeder, der sich eines Vergehens schuldig gemacht hatte, sofort ein unverbesserlicher Krimineller. Wenn es nach ihm gegangen wäre, hätte man die Todesstrafe und öffentliche Auspeitschungen wieder einführen müssen.

Im Jahr zuvor hatte ich ein an ihn adressiertes Kuvert in meiner Post gefunden und, ohne auf den Namen zu achten, geöffnet. Der Umschlag hatte Broschüren einer rechtsradikalen Organisation enthalten, die Hass und Gewalt gegen Ausländer propagierten. Damals hatte ich angenommen, er hätte sich das Material für eine laufende Ermittlung bestellt. Seitdem stand ich auf seiner schwarzen Liste, denn ich war damit zu Simon, seinem Vorgesetzten, und nicht zu ihm gegangen.

Die Gruppierungen der Neonazis sind im Allgemeinen locker organisiert. Der harte Kern besteht aus wenigen Personen, die jedoch eine steigende Anzahl von jungen Arbeitslosen um sich scharen können. Die Politiker haben die Fähigkeit verloren, Hoffnung zu geben. Sie können die drängenden Fragen der Jugend nicht mehr beantworten, haben ihr Vertrauenskapital verspielt und bieten keine Zukunft mehr an. Was ist ein junger Mensch ohne Zukunft? Die Jugendlichen stehen da, verraten und entfremdet, ohne eine Möglichkeit, ihre Gefühle zu kanalisieren. Da kommen die braunen Verführer, spielen ihre Rattenfängermelodie und bieten Gemeinschaft und Erlebnis. Viele lassen sich verleiten, weil sie den Preis nicht kennen; sie verwechseln Tatkraft mit roher Gewalt, reine Ideale mit Parolen, Freundschaft mit Gefolgschaft, Wahrheit mit Ideologie, moralische Prinzipien mit Rechtfertigungen, Engagement mit Ritualen und eine gesunde Rebellion gegen Autoritäten mit hasserfüllten Angriffen auf Minderheiten. Der Wunsch, an einer Veränderung mitzuwirken, wird von ihren Führern zu einem Angriff auf die Grundpfeiler der Demokratie missbraucht. Die Massenmedien vermitteln den Jugendlichen, dass das Leben nur aus Oberflächen besteht. Jemand müsste sie dazu bringen, auch in die Tiefe zu denken und die schillernden, verführerischen Bilder zu hinterfragen. Sonst würde die Liste der Nazianhänger immer länger werden.

Die Liste ... Dumpf erinnerte ich mich an einen weiteren Namen, der mir aufgefallen war, weil ich ihn vor kurzem in einem anderen Zusammenhang gelesen oder gehört hatte. Doch er entglitt mir wieder, jetzt musste ich mich auf Sune Bengtsson konzentrieren.

Als ich, ohne zu klopfen, die Tür zu seinem Büro öffnete, glaubte ich, in der Schlacht bei Lützen gelandet zu sein. Der ganze Raum war mit Pulverdampf – oder war es Zigarettenrauch? – gefüllt, ich konnte den schmächtigen Mann hinter dem Schreibtisch kaum erkennen. Sune hatte sein neues Zimmer gerade erst bezogen, aber es war ihm gelungen, es in kürzester Zeit so zuzuqualmen, dass man den Teer von der Wand kratzen konnte. Sein ehemaliges Büro wurde im Kollegenkreis nur Tabakmuseum genannt.

»Hallo Sune«, begrüßte ich ihn.

Er antwortete nicht. Ohne ihn zu fragen, riss ich das Fenster auf und versuchte, den Rauch hinauszuwedeln. Sune saß reglos da und beobachtete mich. Seine kleinen Augen wurden durch die starke Brille unnatürlich vergrößert. Im Mundwinkel hing das obligatorische Mundstück mit einer halb gerauchten Zigarette. Ob er es wohl zum Schlafen herausnahm?

Ich setzte mich ihm gegenüber und lehnte mich leicht über die Schreibtischplatte: »Hallo, habe ich gesagt.«

Er zog ein Gesicht, als hätte er auf eine Zitrone gebissen.

»Was willst du?«, blaffte er mich an.

»Eine kleine Unterhaltung über wesentliche Dinge.«

»Ich bin beschäftigt.«

»Das kann warten.«

Er gönnte der Lunge eine kleine Pause, indem er die Asche abstreifte. Dann saß die Zigarette wieder an ihrem angestammten Platz. In den letzten Jahren hatte uns Sune, der über Jahre Stammgast verqualmter Spielsalons gewesen war, nur einmal überrascht. Das war, als er sich einen kleinen Garten anschaffte. Jetzt musterte er mich wie einen Schädling, den er am liebsten mit *Cox Orange* bekämpfen wollte.

»So? Bist du Polizeipräsident geworden, dass du mir Anweisungen erteilen darfst? Wenn es in der Zeitung gestanden hat, habe ich es wohl übersehen.«

»Du weißt, wo ich arbeite, Sune. Wir sammeln Informationen, um die Kriminalitätsentwicklung zu dokumentieren.«

»Dann tu das, aber nicht hier. Du hast dein eigenes Büro.«

»Wir haben jetzt ein Gesamtbild der KG 18 in der Stockholmer Region. Du weißt, wofür die Bezeichnung steht?«

Er drückte die Zigarette aus und zündete sich sofort eine neue an.

»Nein, ich weiß nicht, was KG 18 bedeutet. Ich bin Fahnder und kein Rätselrater.«

»Doch, Sune, du weißt es. Die Eins bezeichnet den ersten Buchstaben des Alphabets, das A. Dementsprechend steht die Acht für H. A wie Adolf, H wie Hitler. Ein Zahlensymbol für die alten und neuen Nazis. KG 18 bedeutet also ganz einfach Kampfgruppe Adolf Hitler.«

»Tatsächlich?«

Die Eulenaugen waren plötzlich wachsam.

»Die KG 18 ist eine der schlimmsten Gruppen, Sune. Du solltest ihre Pamphlete einmal lesen – aber das hast du ja getan.«

»Tatsächlich?«

»Die Gruppe nimmt an internationalen Aktionen teil. Mitglieder zündeten ein Asylbewerberheim in Deutschland an, töteten ein paar Afrikaner, die in Holland für ihre Rechte demonstrierten, und misshandelten französische Frauen, die sich mit farbigen Männern abgaben. Im Gegenzug unterstützt die Gruppe Gleichgesinnte aus anderen Ländern, die hier bei uns Verbrechen begehen.«

»Tatsächlich?«, wiederholte er wie ein Papagei.

»Die KG 18 verfügt über gute Kontakte zu verschiedenen Behörden, zum Beispiel zur Polizei. Ein Informant bei der Kripo ist für eine verbrecherische Organisation mehr wert als Gold. Einer genügt, und man weiß alles.«

»Tatsächlich?«

Die Situation war nicht angenehm. Ich war nie der Stolz der schwedischen Polizei gewesen, aber das Ansehen des Korps lag selbst mir am Herzen. Vielleicht hatte es damit zu tun, dass ich zu keinem anderen Job taugte. Ich wollte stolz sein auf meinen Beruf und den Erwartungen gerecht werden, die von den Leuten zu Recht an uns gestellt wurden.

Nach meiner Auffassung hatte Sune das Recht verwirkt, Polizist sein zu dürfen. Er stand nicht mehr im Dienst der Allgemeinheit, sondern hatte sich auf die Seite gefährlicher Feinde der Gesellschaft geschlagen.

»Du, Sune, bist Mitglied der KG 18.«

»Tatsächlich?«

»Ja. Wenn man alle Teile zusammenführt, dann zeigt das Puzzle dein Bild. Es gibt Zeugen, außerdem bist du mehrfach in entsprechender Gesellschaft fotografiert worden. Du warst nicht allzu geschickt, als du deine Nazikumpels mit Informationen versorgt hast.«

Er blies einige Ringe zur nikotingelben Decke. »Behauptest du, es gäbe Beweise gegen mich.«

»Genau. Du bist am Ende deiner Karriere angelangt. Zum Teufel mit dir, Sune Bengtsson!«

»Tatsächlich?«

»Wenn du sofort den Dienst quittierst, verzichtet man vielleicht auf eine Strafverfolgung, um den Ruf des Korps zu wahren. Sonst kommst du vor Gericht und wirst in Unehren entlassen. Das garantiere ich dir!«

Ein scharfer Laut, der sich wie das Heraufziehen einer rostigen Ankerkette anhörte, drang aus seinem schmallippigen Mund. So klang es, wenn er lachte. Was für ein erbärmlicher Kerl, nicht einmal das konnte er richtig!

»Roland Hassel, dich habe ich nie ausstehen können. Du glaubst immer, du wärst wer weiß wie witzig. Nimm deine lächerlichen Beweise und zeige mich an, soviel du willst. Ich habe kein Gericht der Welt zu fürchten.«

»Überleg es dir noch einmal. Wenn du nicht bis sechzehn Uhr deinen Abschied eingereicht hast, wird zwecks weiterer Maßnahmen die Polizeiführung informiert.«

»Da kannst du lange warten. Zur Hölle mit dir, Hassel!«

Von Sunes Räucherkammer ging ich direkt in Simons Doppelzimmer, um ihm das Ergebnis des Gesprächs mitzuteilen.

Er lauschte betroffen, seufzte noch einmal tief und vertiefte sich dann in das Original der Liste, dessen Kopie er mir gegeben hatte. Wohl war ihm nicht bei der Sache.

Er versuchte, sich zu drücken: »Eigentlich ist nicht hundertprozentig klar, dass Sune ...«

»Simon! Wenn du dieses Material ignorierst, ist das ein Dienstvergehen! Sune hat in diesem Haus nichts mehr verloren.«

»Ja, ja, ich weiß ja. Aber ich bin noch von der alten Schule: Man geht nicht gegen die eigenen Kollegen vor ...«

»Wie viele schlechte Polizisten mussten wir deshalb schon in unseren Reihen dulden. Sonst regst du dich immer auf ...«

Er wand sich, stöhnte und seufzte. »Also gut. Heutzutage wird von der Polizeiführung nichts mehr gedeckelt. Dabei war Sune früher ein hervorragender Mann. Ich erinnere mich ...«

»Simon, seine Vergangenheit ist uninteressant. Was heute ist, zählt, und Sune ist schon lange nicht mehr hervorragend.«

»Dann hoffe ich nur, dass er vor sechzehn Uhr anruft und freiwillig aufgibt. Dann bliebe uns viel Ärger erspart. Bitte informiere mich sofort.«

Ich rechnete nicht damit, dass Sune aufgab. Bestimmt würde er uns Ärger machen. Vielleicht legte er es geradezu darauf an, über das Fernsehen und die Presse bekannt und eine Art Märtyrer für seine neuen Freunde zu werden. Sune Bengtsson, der Held der braunen Szene. Die Nazis besorgten ihm sicher einen cleveren Anwalt, so einen wie Göran Santesson-Blixt, der bekannt war für seine rechtsextremistische Gesinnung und alle Gesetzestexte in- und auswendig kannte.

Um Viertel nach vier rief ich Simon an und er sagte in neutralem Ton, dass die dienstliche Angelegenheit unmittelbar an die Polizeiführung weitergeleitet würde. Dann wurde er persönlicher: »Wollen wir nicht heute zusammen etwas essen gehen? Nadja hat ein paar russische Freundinnen zu Besuch, da kann es ganz schön wild zugehen.«

Warum nicht? Man soll seinen Freunden jeden Gefallen tun, denn richtige Freunde sind seltener und wertvoller als schwarze Diamanten. Eigentlich sollte ich längst zu Hause sein und schlafen, aber ich fühlte mich noch immer frisch und munter, wie aufgedreht. Also suchte ich mir den detaillierten Bericht über die KG 18 heraus. Die Fakten ergaben ein lückenloses Bild, an Sunes Schuld konnte niemand zweifeln. Vor Gericht hatte er keine Chance.

Aber da war noch etwas ... Auf der Liste standen über fünfzig Personen. Einige hatten nur lose Verbindungen zur KG 18, andere gehörten zum so genannten harten Kern. Hinter jedem Namen waren Alter, Anschrift, Beruf, eventuelle Hochschulabschlüsse und die jetzige Tätigkeit vermerkt, ferner auch Kontaktpersonen, das versteuerte Einkommen, Vermögenswerte, Waffenlizenzen und bevorzugte Reiseziele. Angaben zum Alkohol- und Drogenkonsum, Auszüge aus dem Kriminalregister und Notizen über persönliche Vorlieben ergänzten das Dossier.

Langsam und sorgfältig studierte ich die Namen, einen nach dem anderen. Trotzdem kam ich nicht darauf, was sich in meinem Unterbewusstsein regte. Ich stopfte den Bericht in die Tasche und beschloss, ihn nach dem Abendessen mit Simon zu Hause noch einmal in Ruhe durchzugehen.

Simon wollte gern unter Leute, die lachten und sich unterhielten. Er führte mich nach Mosebacke. An diesem warmen Juniabend hatte der Tanz auf der Freifläche noch nicht begonnen, dennoch waren viele der Tische schon von der reiferen Jugend besetzt. Simon befahl mir, zwei ruhige Plätze zu belegen, und ging zum Kiosk hinüber. Er kehrte mit einem riesigen Tablett zurück, auf dem zwei Portionen Spiegelei mit Bratkartoffeln, Messer und Gabeln, einige Papierservietten und drei große Bier Platz gefunden hatten.

Vor dem großen Teller mit Hausmannskost lebte Simon sichtlich auf. Bald war er wieder ganz der Alte.

»Hau rein, Junge. Und trink dein Bier, die haben hier noch mehr davon.«

Um mir ein Vorbild zu sein, trank er das erste Glas in einem Zug leer. Dann rülpste er zufrieden und machte sich über die Bratkartoffeln her. Inzwischen hatte sich das Orchester auf der kleinen Bühne eingefunden. Die Musiker stimmten die Instrumente, Klavier, Zupfbass, Schlagzeug, Gitarre, Saxophon und Trompete, und begannen mit einem Evergreen: *It had to be you*. Sekunden später wimmelte die Tanzfläche von foxtrottbegeisterten Paaren.

Simon lächelte mild: »Schau, die Jugend amüsiert sich wie wild.«

»Na, hör mal. Wir liegen doch hier gerade im Altersdurchschnitt.«

»Sag ich doch: die Jugend. Wenn die Damen nachher bei mir Schlange stehen, sage ich, ich hätte mir den Fuß verstaucht. Das musst du natürlich bestätigen.«

Wir hatten den Abend ganz für uns und Simon lief unzählige Male zum Kiosk, um Bier und weitere Portionen zu holen. Ich fühlte mich ausgesprochen wohl an diesem klassischen Vergnügungsplatz der Stockholmer, wo nicht die dicke Brieftasche, sondern die gute Laune dominierte. Was machten schon graue Haare oder dritte Zähne, hier waren alle im Geiste jung und ließen ihren Charme spielen. Die Aussicht war so schön, dass man sie hätte in Stücke schneiden, an Touristen verkaufen und damit ein Vermögen verdienen können. Man blickte auf die Hafeneinfahrt, auf Djurgården mit den Lichtern von Gröna Lund und Skansen, auf Slussen, die bürgerlich-zufriedenen Fassaden von Skeppsbron und den hellen Spiegel des Mälarsees, der in der untergehenden Sonne glühte.

»In Spånga sieht es nicht so aus«, kommentierte ich.

»Wie? Was? Entschuldige, ich habe gerade ein wenig nach den Frauen geschaut. Ja, der Ausblick ist okay, aber Spånga bleibt Spånga.«

Eine Viertelstunde später wurde er ernster. Er hatte gehört, was mir in Lagos passiert war und kam darauf zu sprechen. Komisch, es war noch gar nicht lange her, aber ich hatte das meiste schon aus dem Gedächtnis gestrichen. Natürlich hätte ich gern erfahren, ob Okpara und Van der Hart unbeschadet davongekommen waren. Lebte Baumann noch?

»Rolle, was hast du eigentlich aus der Sache gelernt?«

Ja, was hatte ich gelernt? Widerwillig antwortete ich nach einer Denkpause: »Dass ich ein schwacher Mensch bin.«

»Schwach?«

»Ja. Als ich verhört wurde, hatte ich dem Hauptmann nichts entgegenzusetzen. Unter Druck funktioniere ich offenbar nicht optimal. Nawkino sagte, ich sei weicher als Butter, und da hatte er sicher Recht.«

»Hattest du Angst?«

»Sicher doch. Aber nicht deshalb habe ich geredet wie ein Wasserfall. Ich war einfach schwach.«

Simon tupfte sich das Fett vom Kinn und goss sich ein weiteres Bier hinter die Binde.

»Rolle, ich habe dich oft in kniffligen Situationen erlebt. Wir haben nicht nur einmal einer bewaffneten Übermacht an Gangstern gegenübergestanden. Aber du bist nie schwach gewesen. Immer hast du wie der Teufel nach einem Ausweg gesucht. Nie warst du feige und hast noch die große Lippe riskiert, wenn dein Gegner doppelt so groß und breit wie du gewesen ist und dich in die Brusttasche hätte stecken können.«

»Gut, feige bin ich nie gewesen. Auch nicht ängstlicher als die Leute im Allgemeinen. Aber ich werde offenbar schwach, wenn ich mich in den Händen anderer befinde und es kein Entkommen gibt. Ich hoffe, dass ich nie wieder in eine solche Situation gerate. Das ist wahrlich nicht gut für mein Selbstvertrauen.«

Simon klopfte mir auf den Rücken, dass meine Lungenflügel flatterten. »Ach, was soll's, jetzt bist du wieder bei uns. Deine große Klappe hat mir richtig gefehlt. Manchmal könnte man die Krätze kriegen unter all den Karrieristen, die das Maul nicht aufmachen aus Angst, etwas Falsches zu sagen. Ich hole mir noch ein Bier, habe heute so einen trockenen Hals.«

Er stapfte los in Richtung Kiosk. Was hatte er gesagt? Man könnte die Krätze kriegen ... Krätze? Ich zog die Liste hervor und ging die Namen noch einmal durch. Da! Nicht Krätze, aber Kretse! Die Schlange musste abgenommen haben, denn Simon war in Rekordzeit wieder zurück. Ich zeigte ihm, was ich entdeckt hatte.

»Hier steht, dass ein gewisser Nils Kretse einen Teil der Aktionen der KG 18 finanziert haben soll. Es gibt nicht viele Informationen über ihn. Siebenunddreißig Jahre alt, Geschäftsmann. Als ich von Lagos nach Hause flog, las ich in der Zeitung von einem Johan Kretse, der Naturpräparate herstellt. Also Medizin, wenn man so will. Viele Ärzte bezeichnen Naturpräparate als falsche Medizin. Kann es sich um echte falsche Medizin handeln?«

»Rede weiter«, forderte mich Simon auf. Er war jetzt ganz und gar Polizist.

Ein Gedanke zuckte durch mein Gehirn und ich spürte ihn fast physisch: »Kretse! Englisch ausgesprochen, kann der Name schnell zu Groettsa werden!«

»Ja ... und?«

»Dann weiß ich, vor wem sich Julies Mutter und ihr Mann so sehr gefürchtet haben!«

14. Kapitel

In der Informationsabteilung arbeiteten wir selbstständig. Wir waren handverlesen und man setzte voraus, dass wir denken und richtige Entscheidungen treffen konnten. Wilson war irgendwo auf dem Globus unterwegs und nicht zu erreichen; niemand wusste genau, wo er sich gerade aufhielt. Auf eine erneute Zusammenarbeit mit Morris hatte ich keine Lust. Natürlich hatten sie mich aus dem Nigeriafall verabschiedet, aber nur weil sie glaubten, ich könnte ihnen nicht mehr von Nutzen sein. Also stellte ich mich selbst wieder in den Dienst.

Am nächsten Morgen rief ich Rolf Öhman an, der früher auch zu Simons Gruppe gehört hatte und unser Spezialist am Computer gewesen war. Er spielte jetzt in einer höheren Liga, war aber sofort bereit, mir nähere Informationen über diesen Kretse zu besorgen. Schon gegen Mittag kam er in mein Büro. Einst, als ich noch kindisch und dumm gewesen war, hatte ich mich Rolf gegenüber arrogant betragen, aber ich war reifer geworden und er trug mir nichts nach. Er hatte eine Tochter in Elins Alter, damit war immer für ein Gesprächsthema gesorgt.

»Johan Kretse ist einundsechzig Jahre alt. Er ist Ingenieurökonom, hat das juristische Examen und einen Abschluss in organischer Chemie von einer französischen Universität. Vor langer Zeit arbeitete er für Unilever, erst zwei Jahre in Deutschland und dann ein Jahr in Marokko.«

»Mein großer Bruder Torsten arbeitet auch bei Unilever«, erzählte ich. »Er ist da ein großes Tier. Irgendwo in Asien hat er einen Spitzenjob. Was ich im Monat verdiene, gibt er als Trinkgeld aus. Ist trotzdem ein netter Kerl geblieben, glaube ich. Wir schreiben uns Weihnachtskarten.«

Von den beiden Hassel-Brüdern hatte Torsten die Begabung mitbekommen, etwas aus sich zu machen. Er war schon immer der kluge Kopf gewesen, das Superhirn, das auch noch über Willenskraft und Ellenbogen verfügte. Soweit ich mich erinnerte, hatten wir uns nie gezankt, denn wir lebten schon als Kinder in verschiedenen Welten. Ich glaubte nicht, dass er besonders stolz auf seinen Bruder war.

»Danach gründete Kretse sein eigenes Unternehmen. Erst versuchte er sich erfolgreich als Berater, dann vertrat er eine deutsche Firma, die homöopathische Mittel exportierte. Er war ein Marketinggenie und konnte sein Angebot erweitern.«

»Wertloser Plunder?«

»Durchaus nicht, er wählte geschickt die besten Präparate aus. Meine Frau benutzt mehrere von ihnen und hat sogar mich überredet, verschiedene Pillen zu nehmen. Heute importiert Kretse über dreißig erfolgreiche Mittel und besitzt zwei Fabriken, die eigene Präparate herstellen. Die sind gut für den Kreislauf und steigern das allgemeine Wohlbefinden. Oder man schläft sanft ein. Und so weiter. Er exportiert auch in größerem Umfang.«

»Rolf, jetzt wird es besonders interessant. Erzähl weiter!«

»Jährlich versteuert er Gewinne von über einer Million, sein Privatvermögen beträgt etwa zwölf Millionen. Er besitzt eine Insel im Mälarsee mit einigen Häusern, wohnt aber selbst in Östermalm ...«

»Natürlich!«

»... auf der Östermalmsgata. In dem Haus befindet sich auch sein Büro, außerdem gehören ihm einige der Wohnungen. In einer von diesen wohnt seine Mutter, Erna Kretse, dreiundachtzig Jahre alt. In allen Firmen, die er gründete, gehörte sie stets der Geschäftsführung an. Sie ist seit dreißig Jahren Witwe, er hat sich wohl um sie gekümmert.«

»Verheiratet?«

»War er. Mit Benedikte Kretse, einer Holländerin ...«

»Das wird ja immer interessanter!«

»Über sie konnte ich nur in Erfahrung bringen, dass sie in Amsterdam lebte, als sie sich kennen lernten. Sie zog nach Stockholm, gebar ihm einen Sohn und starb. Kretse gehört keiner Organisation oder Vereinigung an außer dem Verband der Handelsvertreter, dem er einst sogar vorstand.«

»Frauen?«

»Keine Angaben, aber er ist wohl ein normal veranlagter Mann. Weitere Kinder sind nicht registriert.«

»Was ist mit dem Sohn?«

Rolf raschelte mit den Papieren. Er mochte es, für seine Recherchen gelobt zu werden, also fügte ich hinzu: »Toll, was du alles herausfinden konntest. Wie machst du das bloß?«

»Wenn man weiß, wo man suchen muss, ist alles halb so schwer. Also, der Sohn Nils ...«

Er kratzte sich am Kopf und ich sah, dass er Schuppen hatte. Es tat irgendwie gut zu wissen, dass auch Rolf Öhman eine Schwäche hatte.

»Nils Arndt Kretse ist gerade siebenunddreißig geworden. Wohnt in einer Erdgeschosswohnung. In seinem Leben ist bisher alles schief gegangen. Trotzdem soll er ein ganz intelligenter Bursche sein, aber leider kann er mit seinen Begabungen nicht umgehen. Vielleicht fehlt es ihm an Geduld. Über seine persönlichen Eigenschaften weiß ich nichts. Seit einigen Jahren ist er in der Firma angestellt. Was er dort macht, ist mir ebenfalls unbekannt. Sein versteuertes Einkommen beläuft sich auf vierhunderttausend Kronen im Jahr.«

»Klingt das nicht nach einem missratenen Sohn?«

»Er verfügt seit vielen Jahren über recht hohe Kapitaleinkommen. Wahrscheinlich handelt es sich um Zinsen aus einem Erbteil seiner Mutter. Aha, die Muttergesellschaft heißt JK Laborprodukte, ihr gehören sämtliche Aktien der anderen Unternehmen. Johan Kretse betreibt dreiundzwanzig Geschäfte im ganzen Land, jedes einzelne wird als Aktiengesellschaft geführt. Kann eine Variante des Kapp-Ahl-Modells sein, das später verboten wurde. Jeder Laden führte die Gewinne an die Muttergesellschaft ab, die dafür Aktien des entsprechenden Geschäfts kaufte, sodass man im großen Umfang Steuern sparte. Tja, mehr habe ich nicht zu bieten. Hast du einen Verdacht gegen Kretse?«

Ich berichtete ihm, was ich wusste und wie ich auf den Namen gestoßen war.

»Die verschiedenen Puzzleteile ergeben ein Bild. Johan Kretse muss jener Groettsa sein, vor dem Julie sich so fürchtete. Die gefälschten Medikamente werden in seinen Fabriken hergestellt und an Abnehmer in anderen Ländern geschickt. In seinen Kartons befinden sich die Schachteln mit den gefälschten Tabletten. So einfach geht das.«

Rolf schüttelte ungläubig den Kopf. »Du sprichst von enormen Mengen gefälschter Medikamente, die unglaubliche Gewinne abwerfen können. Es ist wirklich nicht wahrscheinlich, dass Kretses Unternehmen auch nur ein Hundertstel von dem produzieren könnten, was deiner Meinung nach im Umlauf ist.«

»Na ja, vielleicht nicht alles, aber ...«

»Rolle, Kretse hat viele Angestellte. Sollten sie alle Verbrecher oder Mitwisser sein? Was für ein Risiko für Kretse! Auch wenn er einen großen Teil seiner Produktion exportiert, ist er doch ein vergleichsweise kleiner Fisch. Nicht einmal Astra, unser größtes Pharmaunternehmen, könnte eine solche Aufgabe bewältigen.«

Widerwillig musste ich ihm Recht geben. Trotzdem verteidigte ich meine Theorie: »Nun ja, ganz so einfach ist das Ganze wohl nicht. Aber vielleicht sind Kretses Firmen auch Teil eines internationalen Konglomerats. Wenn wir an allen Fronten zuschlagen, finden wir eventuell ein Lager mit gefälschten Medikamenten und gelangen von dort zu den Abnehmern, die wahrscheinlich als Grossisten auftreten. Eine Tiefenkontrolle von Kretses Finanzen könnte ein ganz anderes Bild ergeben als seine offizielle Steuererklärung.«

Öhman lächelte sanft. Diesen Gesichtsausdruck mochte ich gar nicht; ich wusste, dass er gleich irgendein Ass aus dem Ärmel zaubern würde.

»Kennst du dich aus in schwedischer Geschichte?«

»Hatten wir nicht einen Erik, der lispelte und hinkte?«

»Ich meine einen anderen König. Als er einige Reichstagsabgeordnete traf, die auf einem Weg dahinjagten, stoppte er den Wagen und sprach: ›Ihr Reichstagsmänner eilt voran, doch alle Arbeit ist längst getan‹.«

»So? Was meinte denn der Alte damit?«

»Dass alle notwendigen Schritte längst unternommen waren. Vor etwa vier Monaten bekam die Steuerbehörte einen anonymen Hinweis, Kretse habe bei der Buchführung zwischen den einzelnen Unternehmen gemogelt und viele Millionen unterschlagen. Zugleich ging eine anonyme Anzeige bei der Polizei ein, die Präparate beständen nur aus Zucker. Polizei und Finanzamt schlugen gemeinsam zu und schalteten die besten Ermittler und Experten ein.«

»Und?«

»Nichts! Die Buchführung war vorbildlich, keine einzige Quittung fehlte und man fand keine Transaktion, die nicht sauber dokumentiert gewesen wäre. Auch die Produktion war makellos. Die Analysen ergaben, dass jedes Präparat genau die angegebenen Ingredienzien enthielt. Auch die Geschäftskorrespondenz war sauber. Mit anderen Worten: ein Musterunternehmen. Kretse hat eine schneeweiße Weste.«

Mein Enthusiasmus verpuffte wie die Luft aus einem defekten Reifen.

»Der anonyme Tippgeber ...«

»Solche Anzeigen gehen täglich ein und betreffen die verschiedensten Unternehmen. Neider, Konkurrenten, Spinner und Wichtigtuer halten die Behörden ständig auf Trab. Diesmal wirkten die Hinweise zuverlässig und hätten viel gebracht, wären sie zutreffend gewesen. Sorry, Rolle, du musst dir einen anderen Goettse suchen.«

Enttäuscht ging ich in den Speisesaal hinunter. Rückschläge gehören zum Alltag eines Polizisten. Ich war fest überzeugt gewesen, dass mich diese Spur ein großes Stück weiterbringen würde, aber ich hatte mich offensichtlich getäuscht. Also zurück zum Start und einen neuen Anlauf gewagt! Dabei war alles so logisch gewesen. Jetzt durfte ich mich nicht verbeißen, sondern musste einen anderen Weg suchen.

»Darf man Platz nehmen?«

Meine ehemalige Kollegin bei der Fahndung, Myrna Clavebo, stand mit ihrem Tablett an meinem Tisch. Ich sagte, es sei mir eine große Ehre und rückte ihr den Stuhl zurecht. Wir hatten beruflich viel miteinander erlebt, kannten uns gut und ließen keine Gelegenheit aus zu scherzen und zu plaudern. Mein Papa war Taxichauffeur gewesen, ihr Vater übte diesen Beruf immer noch aus, sodass wir denselben sozialen Hintergrund hatten. Myrna war ein echtes Mädel aus dem Stadtteil Söder und dementsprechend nicht auf den Mund gefallen. Sie sah aus wie eine Italienerin und lebte seit Jahren mit Hasse zusammen. Ihre gemeinsame Tochter nannten sie nur Lillan. Myrna hoffte, dass Hasse sie irgendwann heiratete, damit sie endlich den von ihrem Vater angenommenen Familiennamen loswürde. Sie machte ihren Job ganz unsentimental und verstand mehr als die meisten davon, wie es den Schwachen in der Gesellschaft erging.

»Weißt du, ich habe gerade so richtig die Schnauze voll«, schimpfte sie und spießte eine Kartoffel auf die Gabel.

»Warum?«

»Sune ist eine Katastrophe, die reinste Pest.«

»Ich hörte, er wolle aufhören.«

»Eher gewinnst du einen Sechser im Lotto. Er hat sich zwar überraschend ein paar Tage frei genommen, aber bald ist die Pestbeule wieder da. Pelles Gullan liegt schon einen Monat im Krankenhaus, hat was mit dem Magen. Seitdem ist mit Pelle nichts anzufangen. Selbst Simon hat schon den Humor verloren. Mann, was waren das früher für goldene Zeiten.«

»Aber bald geht es doch mit dem Wohnwagen in die Ferien. In der Sonne liegen, baden ...«

»Ach, hör mir auf! Hasse hat beschlossen, dass wir dieses Jahr ins nördlichste Norwegen fahren. Baden kannst du da auch Mitte Juli vergessen, entweder ist der alte Winter noch nicht vorbei, oder der neue hat bereits begonnen. Dort hat der Grog das ganze Jahr Saison.«

Nachdenklich aßen wir weiter. Obwohl ich so lange dabei gewesen war, interessierte es mich nicht, wie sich die Arbeit bei der Fahndung jetzt entwickelte. Alles wirkte so seltsam entfernt, wie kurze Hosen und Gummihopse – damals gut, heute kein Thema mehr.

»Nachher soll ich nach Östermalm und einen ausgeflippten Typen fragen, was er über einen alten Knacker weiß, der angeblich mit einem Haufen Kohle nach Jersey abgehauen ist. Hat wohl die Steuern für irgendwelche Künstler nicht abgeführt. Soll aber in Jersey nie angekommen sein. Solche Jobs macht man heutzutage allein. Ist ja nicht unbedingt gefährlich, aber die Langeweile! Amtshilfe für die Citypolizei. Wir haben kaum noch Zeit für eigene Initiativen.«

Östermalm? Im Dunkel meines Gehirns ging ein kleines Lichtlein an. Sollte ich noch einen letzten Versuch mit Kretse starten? Es gehörte schließlich zu meinen offiziellen Aufgaben, Material zur Verbrechensentwicklung zu sammeln. Wenn ich nichts anderes herausfand, konnte ich immerhin dem Dossier zur KG 18 neue Fakten hinzufügen. Wenn ich

Myrna mitnahm ... Wir hatten auch früher schon Sachen gemacht, die nicht in der Dienstanweisung standen. Die Katze Sundgren war viele Meilen entfernt im wohlverdienten Urlaub, da konnte die Maus Hassel ruhig auf dem Tisch tanzen.

»Wenn ich dich zu dem ausgeflippten Typen begleite, kommst du dann mit zu dem Vater eines Yuppies, der eine Neonazi-Gruppe finanziert? Etwas anderes kann auch noch dabei herauskommen.«

Myrna blühte auf und grinste so breit, dass man ihr den Teller quer in den Mund hätte stopfen können.

»Mann, dann ist der Tag ja gerettet! Rolle und Myrna schlagen wieder zu! Ich spendiere dir einen Tee, hole mir noch einen Kaffee, und dann geht's los, wie in alten Zeiten!«

* * *

Wir nahmen meinen Opel und fuhren ruhig nach Östermalm. Es war immer schön, mit Myrna zu reden, und viele Sätze begannen mit: Erinnerst du dich, als wir ... Hasse hatte wieder einmal den Job wechseln müssen, aber er war jedenfalls nicht arbeitslos. Mit Grauen erinnerte sie sich an die Zeit, wo er zu Hause gewesen und die Wände hochgegangen war. Wir hatten beide die Scheiben heruntergelassen und die Ellenbogen hinausgelehnt. So waren wir immer gefahren, wenn es warm war. Was für ein Unterschied zu Lagos! Lagos ... Plötzlich überkam mich eine unwiderstehliche Müdigkeit. Offenbar reagierte ich wie ein Pawlowscher Hund, sobald der Name dieser Stadt in meinem Bewusstsein auftauchte. Mir wurde schlecht und die Muskeln erschlafften. Ich schaffte es gerade noch, an die Seite zu fahren. Als ich den Motor ausmachte, sah mich Myrna fragend an.

»Was wollen wir denn hier?«

»Myrna, ich muss mich ein wenig ausruhen.«

»Bist du krank?«

»Nur müde. Bitte, nur einen kleinen Moment. Bleib sitzen.«

Ich lehnte den Kopf an die Nackenstütze und versank sofort in einer dunklen Schwerelosigkeit. Der Straßenlärm verwandelte sich in ein behagliches Surren, ich hörte meinen Atem und dann war Stockholm verschwunden. Alles war ruhig, aber plötzlich kam Peter Baumann über den Zementboden gekrochen und Kakerlaken krochen aus seinen Nasenlöchern ...

»Roland, wir können doch hier nicht stehen bleiben!«

Ein Ellenbogen in den Rippen weckte mich gerade, als der Deutsche mir seine klauenartigen Hände entgegenstreckte.

»Wie lange habe ich geschlafen?«

»Zwanzig Minuten. Was ist denn mit dir los? Hast du gestern einen draufgemacht?«

»Ich bin erst vor kurzem aus Afrika zurückgekommen. Das muss der Jetlag sein.«

Ich streckte mich, gähnte und zwinkerte ihr zu: »Entschuldige, dass ich dir eine Drittelstunde deines herrlich jungen Lebens gestohlen habe. Ich will es wieder gut machen. Was hältst du von einem Wochenende in Paris, nur du und ich? Hand in Hand auf den Champs Elysée. Gänseleber und Champagner in einem Luxusrestaurant. Eine Suite im Fünfsternehotel ...«

Myrna nickte eifrig: »Genau das brauche ich. Du musst aber Hasse schriftlich um Erlaubnis bitten. Doch jetzt fangen wir erst mal mit der Jungfrugata an.«

Die Jungfrugata in Östermalm war eine ganz gewöhnliche Straße. Das gesuchte Haus hatte drei Stockwerke und lag zwischen dem Karlaväg und der Kommendörsgata. Vor rund einem Jahrhundert gebaut, wirkte die Kombination von gelbem Spritzputz im Erdgeschoss und roter Ziegelverkleidung darüber eher seltsam als schön. Soweit wir sehen konnten, waren alle Fenster staubig und schmutzig, einige hatte man notdürftig mit Pappe oder Sperrholz geflickt. Mehrere Graffitischmierereien und ein Schild, das verkündete, hier könne man verschiedene Kampfsportarten erlernen, zierten die Fassade. Ich fragte mich, wie viele Jugendliche vom Interesse am Sport und wie viele von der Aussicht, die nächste Prügelei erfolgreicher zu bestehen, angezogen wurden.

Der ausgeflippte Typ wohnte im dritten Stock und hieß Marius Bronika. Trotz des exotischen Namens war er wohl in Schweden geboren, denn er sprach ohne jeden Akzent. Er war bereits im Rentenalter. Über einer karierten Seidenjacke trug er eine Schärpe, darunter ein Hemd mit Rüschen. Sein Haar lag in pomadisierten Wellen und roch nach einem kräftigen Parfüm. Er verbeugte sich affektiert und zog beim Sprechen die Vokale lang. Ich hielt mich im Hintergrund, denn ich war nur der Begleiter.

Die Wohnung war altmodisch und geschmacklos eingerichtet. Im Wohnzimmer stimmten die Proportionen nicht. Er hätte die Decke um einen halben Meter absenken lassen sollen, aber es war seine Decke und er konnte mit seinen halben Metern machen, was er wollte. Die Möbel taten so, als wären sie antik, und auch sonst wirkte alles ein wenig prahlerisch und unecht. An der Wand hingen Fotos, die bekannte und weniger bekannte Artisten und Schauspieler zeigten.

»Können wir uns setzen?«, fragte Myrna.

»Aber ja. Nehmt meine französischen Stühle.«

Am kleinen Finger der linken Hand steckte ein protziger Goldring, der, so glaubte er wohl, seine Attraktivität um einige hundert Prozent erhöhte. Aber es war sein Finger und sein Ring und sein Irrglaube, also hielt ich die Klappe.

»Es geht um deinen Kompagnon Ricky Jonsson.«

»Er war nicht mein Kompagnon! Ist einfach abgehauen, der Schuft! Ich konnte es gar nicht glauben!«

»Aber ihr hattet doch acht Jahre lang eine Agentur zusammen, nicht wahr?«

»Ja, lieber Gott, wir waren ja alles für unsere Künstler! Wir kümmerten uns um jede Kleinigkeit. Künstler sind ja wie Kinder, liebe Kinder, aber Kinder! Man muss sie mit eiserner Hand überwachen.«

Zufrieden schaute er auf seine weiche, weiße Hand.

»Wir führten ihnen die Konten. Gott, welche Arbeit! Wir hatten die uneingeschränkte Vollmacht. Zu uns kamen nur die Besten!«

»Und dann hat dein Kompagnon alle Konten leergeräumt, sodass einige der Artisten in Konkurs gingen. Er hat ihre Steuern nicht abgeführt und der Staat kennt kein Erbarmen.«

Der Impresario regte sich auf: »Ich soll meine Künstler, meine Kinder, betrogen haben? Ricky übernahm die Firma im Oktober vergangenen Jahres. Das wurde schriftlich festgehalten! Nachweislich im Oktober!«

Myrna zuckte die Schultern: »Das lässt sich nachprüfen. Weiß du, wohin er verschwunden ist?«

Er hob den Kopf und legte die ringgeschmückte Hand aufs Herz: »Wer weiß, wohin der Wind sich dreht! Ich bin schwer enttäuscht von Ricky. Ein Skandal! Mich hat er auch betrogen.«

»Erzähl mir mehr über seine Gewohnheiten.«

Ich hatte mir einen der Louis-XIV-Chirac-Stühle genommen und mich vor ein Regal gesetzt, in dem Zeitschriften aufgestapelt waren. Da es langweilig war, dem affektierten Schwätzer zu lauschen, ließ ich meinen Blick über die bunten Titelblätter gleiten. Unter einem Segeljournal schaute das Prospekt eines Reisebüros hervor. Ich zog es hervor. Das Unternehmen hieß RES und bot Touren in alle schönen Gegenden der Welt an. Der einzige Ferienort, der mich interessierte, Grisslehamn, war nicht darunter. Ganz hinten war eine Aufstellung sämtlicher internationaler Flugplätze, die auch noch verriet, welche Gesellschaften wann und wie oft wohin flogen, was die Flüge kosteten und unter welcher Nummer man die jeweilige schwedische Botschaft erreichen konnte. Ich wunderte mich über einige Preise – wer flog schon für fünfzigtausend Kronen nach Manila?

Mit einem dünnen Bleistift hatte sich jemand Notizen gemacht. Zum Beispiel waren Mexiko City und der daneben stehende Preis für die erste Klasse angekreuzt: 36.900.- Kronen. Der Flug sollte über London führen, und darunter hatte jemand geschrieben: *Dir. v. L.*?

Bronika redete immer noch und hatte gar nicht gemerkt, dass ich ihm nicht lauschte. Offenbar hörte er sich gern reden, ohne dabei etwas zu sagen. Sollte ich es nicht, schon um der alten Zeiten willen, mal wieder auf die brutale Tour versuchen? Verbal natürlich. Ich erhob mich, spannte den Brustkorb, schob das Kinn vor und machte ein paar schwere Schritte in seine Richtung. Myrna warf mir einen erschrockenen Blick zu: Was machte der Ex-Fahnder da für Dummheiten?

»Rede!«, brüllte ich, so laut ich konnte.

15. Kapitel

Bronika blieb mitten in einem langen Vokal der Mund offen stehen. Ungläubig starrte er mich an.

Ich zielte mit dem ausgestreckten Finger auf seine Brust und sagte mit einer Stimme, die Stahl scheiden konnte: »Glaubst du, wir wissen nicht, dass er erster Klasse über London nach Mexiko City geflogen ist? Denkst du, wir wissen nicht, dass du mit ihm unter einer Decke steckst, dass ihr den Coup gemeinsam geplant habt, dass er die Firma nur auf dem Papier übernommen hat? Glaubst du, wir wissen nicht, dass dein Anteil an der Beute auf einer Bank in Mexiko City liegt?«

Sein Unterkiefer fiel herab und er schnappte nach Luft wie ein Fisch auf dem Trockenen. Um ihm noch eindrucksvoller zu zeigen, wer hier das Sagen hatte, kreuzte ich wie ein Imperator die Arme vor der Brust. Bronikas Knie gaben nach und er sank auf einen garantiert fünf Jahre alten Chippendalesessel. Seine Wangen erbleichten und das Parfüm roch plötzlich nach Schweiß.

»Me-me-mexiko?«, stammelte er.

»Wessen Idee war das? Deine oder seine? Wahrscheinlich deine, du machst so einen verschlagenen Eindruck. Also rede!«

Das letzte Wort kam wie ein Peitschenhieb und er duckte sich unwillkürlich. Aufgeregt fuhr er sich durch die pomadisierten Haare: »Da-da-das war Rickys Idee! Glaubt mir! Er nahm zehn Prozent mehr, wegen des Risikos. Wenn man sein halbes Leben mit dummen, ignoranten Künstlern gearbeitet hat, dann hat man doch eine Belohnung verdient!«

Meine Erfahrung hatte mir Recht gegeben. Er war ein Egozentriker und hatte sich für besonders clever und unverwundbar gehalten. Wer wollte an seinem Wort zweifeln? Nun war sein Kartenhaus beim ersten Windstoß zusammengefallen. Jetzt war die Befragung ein Kinderspiel und er hätte auf Befragen sogar zugegeben, dass seine Oma einst ohne Licht Fahrrad gefahren war. Es war immer dasselbe: Die sich für superschlau hielten, klappten zuerst zusammen. Der Schock, dass sie eben nicht besser waren als andere, ließ sie jede Haltung verlieren. Wenn man das Melken gelernt hatte, schoss die Wahrheit aus ihnen heraus wie die Milch aus einem prallen Euter.

»Myrna, ruf einen Streifenwagen, sie sollen ihn zur Kripo bringen. Jetzt darf er keine Minute mehr ohne Aufsicht bleiben.«

Meine Kollegin schaute mich an wie eine Gläubige den Herrn Jesus und griff dann zum Funktelefon. Bronika erreichte das Jammerstadium und vergoss sogar Tränen vor Selbstmitleid. Wenig später erschien eine Zivilstreife und führte den Starimpresario, der sich in ein Häufchen Unglück verwandelt hatte, in Handschellen ab. Myrna, die mitfahren musste, bat die Kollegen, einen Moment zu warten.

Als wir allein waren, brach es aus ihr heraus: »Himmelherrgott, Rolle, hast du den siebten Sinn? Wie hast du das gemacht?«

»Mein Großvater war ein indischer Guru. Meine mentalen Kräfte stammen von ihm. An gewissen Tagen kann ich ein Seil senkrecht in die Luft stellen und daran hochklettern. Ich darf nur vorher eine Woche kein Rinderfleisch essen.«

»Jetzt mal im Ernst, ich habe nicht soviel Zeit.«

Ich zeigte ihr das Prospekt des Reisebüros mit den Notizen, und sie bat: »Komm doch zu uns zurück, Rolle.«

»Meine Gastspiele müssen akribisch vorbereitet werden. Sprich mit meinem Agenten.«

Sie boxte mich freundschaftlich in den Magen und grinste: »Kann ich nicht dein Impresario werden? Mit zehn Prozent Provision?«

Sie küsste mich auf die Wange und stieg in den Wagen, um den superschlauen Betrüger zum Verhör zu bringen. Schon die kommende Nacht würde er in Untersuchungshaft verbringen und auch für seinen Kumpel Ricky waren die Tage in Freiheit gezählt. Ungerührt setzte ich mich wieder hinters Lenkrad. Die Witzfigur hatte den Coup des Lebens versucht und war auf die Schnauze gefallen. Na und? Einer unter vielen. Er hatte einige Schauspieler oder Artisten ruiniert. Na und? Ein paar Sozialfälle mehr in unserer ach so humanen Gesellschaft. Na und? Zehn Millionen Kronen betrug der Verlust an Steuergeldern. Na und? Das entsprach nur der Abfindungssumme, die ein paar der Direktoren von Staatsunternehmen kassierten. Es handelte sich hier um einen Einzelfall ohne Bedeutung für die Trends, die meine Abteilung erkennen sollte.

Mit Kretse war es etwas anderes. Rechtsextremistische Gruppen fielen sehr wohl in unseren Zuständigkeitsbereich. Nils Kretse war bereits als Geldgeber für die Nazis aktenkundig. Vielleicht hatte auch der Herr Papa gespendet? Die Verbindung Groettsa gleich Kretse dagegen hatte ich abgeschrieben. Obwohl ... ganz sicher konnte man nie sein. Ich würde die Augen aufhalten. Direkte Fragen durfte ich nicht stellen, dazu war ich nicht befugt. Ich sollte mir nur eine Meinung über Personen, Relationen, Ansichten, Denkweisen und Kontakte bilden.

Die Östermalmsgata wurde von stattlichen Häusern gesäumt, die ein Spiegelbild des Stadtteils waren. Hier begegneten sich Tradition und Erneuerung, moderne Gedanken und starker Konservatismus, kühne Geschäftsideen und Aktiendepots. Das Haus lag zwischen der Bätgata und dem Klaraplan. Die Familie Kretse hatte es zu großen Teilen okkupiert. Außer Ruud, Holmlund, Vadle und Lindén gab es nur E. Kretse, N. Kretse, J. Kretse und JK Labor AB. Ich nahm den Fahrstuhl ins vorletzte Stockwerk, wo die Firma residierte. Über einem gravierten Messingschild entdeckte ich die Klingel. Sofort surrte der Türöffner und ich ging hinein. Die Büroräume waren modern und geschmackvoll eingerichtet, die Möbel aus hellem Naturholz, die Sitzgruppe in schwarzem Leder. An der Wand hingen Schaukästen, in denen die Präparate ausgestellt waren, die von der Firma hergestellt wurden. Dazwischen war eine Marmorplatte angebracht mit der Inschrift *Wir kümmern uns um deine Gesundheit.*

»Bitte?«

Am Empfang, vielleicht war es auch nur ein strategisch günstig platzierter Schreibtisch, saß eine Frau in mittleren Jahren, die jugendliche Kleider und ein ebensolches Lächeln zur Schau stellte. Sie sah aus wie eine lebende Werbung für Gesundheitspillen.

»Mein Name ist Hassel. Ich würde gern mit Johan Kretse sprechen.«

»Kaufen oder verkaufen?«

»Einfach nur reden.«

»Also verkaufen. Jetzt passt es leider schlecht. Er sitzt gerade in einer Besprechung, die ... noch eine ganze Weile dauern kann.«

Hinter einer geschlossenen Tür waren aufgeregte Stimmen zu vernehmen. Sie hatte etwas anderes sagen wollen, jedoch im letzten Moment an das Renommee des Unternehmens gedacht. Wenn man die Naturpräparate dieser Firma in sich hineinstopfte, zankte man nicht lauthals herum, sondern genoss das Dasein. Vielleicht hatten die hinter der Tür ja die Pillen der Konkurrenz probiert.

»Ich brauche höchstens eine Woche.«

»Wie bitte?«

»Das war nur ein Scherz. Ich meinte, es dauert nur ein paar Minuten.«

Sie erhielt meine Visitenkarte, zeigte sich aber unbeeindruckt. Viele Leute bekommen ein schlechtes Gewissen, wenn sie vor einem Polizisten stehen; irgendetwas hat man ja immer auf dem Kerbholz. Wahrscheinlich war es mir früher genauso gegangen, stets hatte ich etwas angestellt.

»Kriminalinspektor Roland Hassel«, las sie in neutralem Ton vor. »Ich weiß schon, was er sagen wird.«

»Was denn?«

»Warum wird man nie in Frieden gelassen? Hier hat sich erst vor kurzen eine Kompanie Polizisten und Finanzbeamte ausgetobt. Gebt ihr niemals auf? Habt ihr keinen anderen, den ihr kontrollieren könnt? Das wird er sagen und ich gebe ihm vollkommen Recht.«

»Darf ich wenigstens einige Minuten in seiner Gesellschaft verbringen?«

Sie schüttelte den Kopf über die Verrücktheiten der Männer, ging zu der Tür, klopfte an und verschwand dahinter. Die Stimmen wurden noch lauter und es war wie in der guten alten Zeit als Fahnder. Wenn wir kamen, stieg die Temperatur. Ich fragte mich, was Åke Sundgren zu meiner Aktion sagen würde. Ob er mir ein Disziplinarverfahren anhängte?

Die Dame tauchte wieder auf und nickte in Richtung der Tür. »Am liebsten würde er dich rausschmeißen.«

»Wie die meisten.«

»Bitte sehr.«

Ich betrat einen Konferenzraum, in dessen Mitte ein ovaler Tisch stand. Zwei Männer und eine alte Dame saßen an einem Ende des Tisches. Ich konnte davon ausgehen, dass es sich um Frau Kretse, ihren Sohn und ihren Enkel handelte. Ihr Gesicht war mager und runzlig, das schlohweiße Haar sorgfältig frisiert. Ihre Augenbrauen dagegen waren dick und schwarz und die dunkeln Augen erinnerten an Holzkohle. Sie trug einen kräftigen Lippenstift um ihren breiten Mund, darunter eine weiße, hochgeschlossene Bluse zum schwarzen Kostüm. Ein Perlenhalsband bildete den einzigen Schmuck.

Der ältere der beiden Männer war sportlich gekleidet: helle Hose, dunkelblauer Doppelreiher mit Messingknöpfen, hellblaues Hemd mit offenem Kragen. Er machte den Eindruck, dass er wusste, was er wollte, und es auch durchsetzen konnte. Die breiten Schultern waren nicht ausgestopft. Dass die Jacke über dem Bauch spannte, ärgerte ihn sicher, aber was sollte er tun, das Wohlleben forderte seinen Preis. Das grau melierte Haar hatte er nach hinten gekämmt. Seine Haut war bleich und sehnte sich nach einem sonnigen Segeltörn. Die tief liegenden Augen schauten mich forschend an, sein Mund und die Kinnpartie wirkten energisch, aber nicht streng oder verbissen.

Der jüngere Mann, Nils, war ausgesprochen leger gekleidet. Obwohl er auf die Vierzig zuging, war seine Haut unrein wie bei einem Jüngling in der Pubertät. Er hatte eine gewisse Ähnlichkeit mit seinem Vater, obwohl das weiße Jackett nicht verbergen konnte, dass er viel breiter um die Hüften war. Auch das Gesicht wirkte schwammig und zeigte einen überheblichen Ausdruck, wie man ihn oft bei Leuten findet, die von ererbtem Reichtum leben, ohne je einen Finger krumm gemacht zu haben. Er gehörte zu denen, die sich über Markenwaren und teure Restaurantrechnungen definieren. In meinen Augen war er ein Ekel, ein Schmarotzer. In seinen Augen war ich vermutlich ein Nichts.

Alle drei schauten mich auffordernd an.

»Sie fragen sich vielleicht, was ich hier mache«, begann ich vorsichtig.

»Wird man denn nie in Ruhe gelassen?«, erwiderte er programmgemäß. »Verdammt noch mal, Sie haben mich und mein Unternehmen doch schon unter die Lupe genommen. Geben Sie denn niemals auf?«

»Auch bei uns gibt es eine rechte und eine linke Hand.«

»Wie bitte?«

»Ich meine: Mein Anliegen hat nichts mit der anderen Untersuchung zu tun.«

Die alte Dame nahm ihren Stock und stellte ihn zwischen ihre Knie. Dann legte sie die Hände über die Krücke und stützte sich darauf.

»Eine neue Untersuchung?«, rief Johan Kretse aufgeregt. »Geht das Theater von vorn los?«

Der Sohn sagte nichts, er belauerte mich nur aus halb geschlossenen Augen. Am rechten Handgelenk trug er eine goldene Bismarckkette, auch Sklavenkette genannt. Wie weit konnte ich gehen, ohne meine Kompetenzen allzu weit zu überschreiten? Eigentlich hatte ich mich darauf eingestellt, als besorgter Polizist unter vier Augen mit einem besorgten Vater über die braunen Neigungen seines Sohnes zu sprechen. Aber nun waren der Sohn und seine Großmutter anwesend. Eine Konfrontation war kaum zu vermeiden. Vor einer Stunde erst hatte die Methode Erfolg gehabt. Augen zu und durch, Sundgren war im Urlaub.

»Nein. Die Untersuchung durch die Steuerbehörde ist abgeschlossen und wird meines Wissens nicht fortgesetzt. Interessieren Sie sich für Politik?«

Der Mann und seine Mutter hoben erstaunt und fast synchron die Augenbrauen, ein interessanter Effekt. Der junge Mann zündete sich derweilen eine Zigarette an, und es wirkte wie ein Ritual, wie ein Opfer an den Gott Marlboro. Auf seiner Seite des Tisches stand ein hübscher Aschenbecher aus Onyx.

»Ja«, antwortete Kretse emotionslos, »die Gesellschaft interessiert mich.«

»Können Sie Ihre politische Einstellung beschreiben?«

»Was geht das die Polizei an?«

»Ich habe Gründe für meine Frage.«

»So? Na gut, ich habe nichts zu verbergen. Ich habe immer konservativ gewählt und bin stets dafür eingetreten, dass die Gesellschaft durch eine gesunde Ökonomie und ein freies Wirtschaftsleben dominiert wird.«

Die alte Dame nickte zustimmend. Seine Meinung wurde sicher von vielen geteilt, aber auch in einem schönen Blumenstrauß können sich Disteln verbergen.

»Wie stehen Sie zu Einwanderern und Flüchtlingen?«

»Was, zum Teufel, spielt das für eine Rolle?«

»Betrachten Sie solche Menschen als minderwertig?«

Johan Kretse umklammerte die Tischkante, als wollte er sich erheben oder die schwere Platte in meine Richtung kippen. Nils hustete und wedelte den Rauch auseinander. Sein Pickelgesicht war rot angelaufen.

Mit erzwungener Ruhe sagte Kretse: »Eine solche Einstellung habe ich nie vertreten.«

»Kennen Sie eine Gruppe, die sich KG 18 nennt?«

Seine Halsmuskeln entspannten sich, sein Gesicht drückte Verwunderung aus: »Eine Gruppe? Meinen Sie eine Rockband? Mit solchen Dingen kenne ich mich nicht aus.«

Der Sohn schnaufte, aber ich konnte nicht erkennen, ob er ein Lachen unterdrückte oder seine Verachtung zum Ausdruck bringen wollte. Er drehte das Gesicht zum Fenster und starrte in den blauen Himmel, der ihn plötzlich zu faszinieren schien. Ich tastete mich weiter über das dünne Eis.

»Die KG 18 ist eine rechtsextremistische Organisation. Neonazis, sagt man auch. Sie wird verschiedener Straftaten verdächtigt.«

»Ich begreife nicht ...«

»Eine solche Gruppe ist wie ein Unternehmen, sie braucht Geld.«

Diese Feststellung sollte eine Frage provozieren, aber keiner sagte ein Wort. Schwiegen sie zusammen oder jeder für sich?

»Die KG 18, die Hass und Gewalt sät, wird von Nils Kretse finanziert.«

Noch immer schwiegen sie und das war eine seltsame Reaktion. Ich hatte erwartet, dass sie sich echauffierten, alles abstritten, mit ihrem Anwalt drohten, aber sie saßen nur da wie drei Wachsfiguren. Ich ahnte, dass hinter der unberührten Fassade Stürme tobten, aber sie brachen aus mir unbekannten Gründen nicht hervor. Begann das Eis unter mir zu knacken? Hauptmann Nawkino hatte es mit mir leichter gehabt, denn er musste sich nicht wegen Kompetenzüberschreitung bei seinen Vorgesetzten rechtfertigen.

»Sie verstehen hoffentlich, dass wir mehr über diese Gelder in Erfahrung bringen müssen. Ich bitte Sie, meine Fragen zu beantworten.«

Endlich reagierte einer von ihnen: der direkt angegriffene Nils.

»Sie wissen nicht, wovon Sie reden.«

Seine Stimme war mädchenhaft hoch und brüchig, als würden die Stimmbänder nicht gern gehorchen.

»Wir wissen immer, wovon wir reden.«

»Oh nein. Sie sind ein Idiot, Herr Wie-auch-immer-Sie-heißen-mögen.«

»Dann müsste es eine ganze Reihe von Idioten bei der Polizei geben.«

»Natürlich, und Sie sind der größte, Prassel, Knassel, Tassel.«

»Nichts ist unmöglich, Adolf, Herrmann, Josef oder wie immer Sie heißen.«

Es störte ihn, dass ich ihm widersprochen hatte. Seine Großmutter spitzte ihren Lippenstiftmund, und Johan beobachtete uns, als verfolgte er ein Tennismatch.

Nils blies Zigarettenrauch zur Decke und murmelte: »Sehr witzig.«

»Warum unterstützen Sie die Kampfgruppe Adolf Hitler?«

»Ich kann mich nicht erinnern, das getan zu haben.«

»Heute ist Dienstag, falls Sie auch das vergessen haben.«

Nils lehnte sich zurück und schlug die Beine übereinander. Dann schaute er mich hochmütig an. Es war die Pose eines

Gutsherren gegenüber einem Knecht, aber sie wollte ihm nicht recht gelingen. Der Bursche hatte einfach kein Format.

»Unsere Steuergelder sollten nicht ...«

»Kommen Sie mir nicht damit, dass solche wie Sie mit ihren Steuern solche wie mich bezahlen«, fiel ich ihm ins Wort. »Wir erfüllen eine Funktion in dieser Gesellschaft, ob es Ihnen passt oder nicht. Also, warum finanzieren Sie die Nazibande? Läuft es über das Unternehmen? Wir können eine neue Revision vornehmen und uns auf diesen Punkt konzentrieren.«

»Hören Sie, ich weigere mich ...«

»Vielleicht hat Ihr Vater etwas zur Sache zu sagen?«

Aber es war die alte Frau Kretse, die sich mühsam erhob. Sie griff nach dem Stock und schlug damit plötzlich auf die Unterarme ihres Enkels, der vor Schreck die Zigarette fallen ließ.

»Was tust du?«, schrie er sie an.

»Ihr beide, raus mit Euch! Ich will allein mit Herrn Hassel reden!«

16. Kapitel

Gehorsam wie gescholtene Kinder trotteten die beiden Männer hinaus. Als wir allein waren, setzte sich die alte Dame schwer atmend hin und bedeutete mir, neben ihr Platz zu nehmen.

Sie wies auf einen niedrigen Eckschrank: »Dort finden Sie Mineralwasser. Reichen Sie mir bitte eine Flasche und bedienen Sie sich selbst.«

Als Experte in Mineralwasser wählte ich zwei Flaschen *Ramlösa*, stellte Gläser dazu und goss uns beiden ein. Aus einer großen Handtasche holte sie eine Medizinbox mit markierten Wochentagen, zog eines der kleinen Fächer auf und spülte die beiden darin befindlichen Tabletten mit dem Wasser herunter. Umständlich trocknete sie ihren Mund mit einem großen Taschentuch.

»In meinem Alter zieht man die Krankheiten wie ein Magnet an.«

»Ich hoffe, es ist nichts Ernstes.«

»Man kann es sich nicht aussuchen. Mit manchen Krankheiten lebt man, an anderen stirbt man.«

»Garantieren die Produkte Ihres Unternehmens nicht strahlende Gesundheit?«

»Werden Sie jetzt ironisch? Ich kann Ironie nicht ausstehen. Natürlich tragen unsere Erzeugnisse zur Verbesserung der Gesundheit bei, aber sie können Krankheiten nicht bekämpfen. Obwohl, wenn ich bestimmte Präparate nicht genommen hätte, wäre ich längst tot und begraben. Lassen Sie uns über wichtigere Dinge reden, Herr Hassel.«

Ich nickte Einverständnis. Nach einem schlimmen Hustenanfall fuhr sie fort: »Oder nein: Beginnen wir mit unseren Produkten. Sie sind auch wichtig. Ich war von Anfang an dabei, als Johan das Unternehmen startete. Ich beriet ihn, denn wer kauft Naturmedizin? Frauen! Wer interessiert sich für homöopathische Mittel? Frauen! Männer schlucken brav Pillen und Tabletten, aber wer kauft sie ihnen? Frauen! Herr Hassel, waren sie jemals in einem Naturkostladen?«

»Nie.«

Sie lächelte triumphierend und nahm einen Schluck Wasser. Welche Sorte Mineralwasser hatte mir der Hauptmann in Lagos spendiert? *Ramlösa* hatte sicher keine Vertretung in Nigeria. Ich konnte mich an kein Etikett erinnern, vielleicht hatte ich das Bild auch verdrängt. Ich musste, wollte und konnte offenbar wunderbar verdrängen.

»Sehen Sie, die Intuition einer Frau ist in dieser Branche Gold wert. Dafür wollte ich aber auch an allem teilhaben. Johan war einverstanden und so wurde ich Mitglied der Geschäftsleitung. In meinen besten Jahren ... Heute bin ich ein altes Weib und froh, den morgigen Tag zu erleben. Aber ich will nach wie vor informiert werden und Vorschläge machen. Johan ist immer gut damit gefahren. Es lief eigentlich ausgezeichnet.«

»Exportieren Sie viel?«

»Unsere Produkte werden in vielen Ländern geschätzt.«

»Wie ist der afrikanische Markt?«

Sie warf mir einen schnellen Blick zu und die Kohlenaugen begannen wieder zu glühen. »Scherzen Sie mit mir, Herr Hassel? Mag sein, dass Sie mich für eine alte Schachtel halten, die besser im Schaukelstuhl sitzen sollte ...«

»Meine Frage war ernst gemeint, Frau Kretse. Auch auf dem schwarzen Kontinent werden Naturpräparate benötigt. Besonders, weil ein großer Teil der regulären Medizin gefälscht ist.«

Wir schauten uns einen Moment schweigend an. Ich setzte mein unschuldigstes Gesicht auf und sie beruhigte sich. »Vielleicht haben Sie sogar Recht, aber der afrikanische

Markt ist sehr kompliziert. Es ist vor allem Johans harter Arbeit zu verdanken, dass wir uns in all den Jahren so positiv entwickelt haben. Für Nils hat er leider kaum Zeit gehabt. Johans Frau Benedikte starb sehr früh und ich hatte mit meinen Angelegenheiten zu tun. Der Junge war auf Kindermädchen angewiesen und man weiß ja, wie die sein können. Heute ist uns klar, dass wir uns mehr um Nils hätten kümmern müssen. Er besuchte verschiedene Internatsschulen, die einen sehr guten Ruf hatten, aber er hat sie wohl nur als Verwahranstalten empfunden. Dann geriet er in schlechte Gesellschaft ...«

Sie hustete wieder und wischte sich Tränen aus den Augenwinkeln.

»Eigentlich ist der Junge ganz in Ordnung. Im Kern, meine ich. Ein Fossil wie ich soll sich nicht in alles einmischen, aber ich schlug vor, Nils näher an uns und die Firma zu binden. Das Problem ist nur, dass Johan kein Druckmittel hat. Nils verfügt über eigenes Geld und macht, was er will. Dennoch hoffen und glauben wir, dass er vernünftig wird.«

Sie beugte sich vor und fuhr fort: »Ich gestehe Ihnen, Herr Hassel ...« Sie schaute sich verstohlen um, als ob fremde Ohren in dem Eckschrank lauschten. »Als Sie kamen, führten wir gerade eine, sagen wir, Diskussion wegen seiner Unterstützung für diese Gruppe, die seiner Meinung nach unpolitisch ist, was natürlich nicht stimmt. Wir hoffen, er sieht ein, dass er mit seinem Engagement den guten Ruf des Namens Kretse schädigt.«

Sie reichte mir ihre dünne Hand zum Abschied und es war, als berührte ich trockenes Laub. »Ich finde es gut, dass die Polizei solche destruktiven Kräfte im Auge behält. Seien Sie sicher, dass Nils Kretse kein Geld mehr an solche Organisationen überweist.«

Als ich den Konferenzraum verließ, war weit und breit kein männlicher Kretse zu sehen. Was hatte ich erreicht? Tatsächlich mehr, als ich zu hoffen gewagt hatte. Ich konnte Frau Kretses großmütterlichen Glauben an das Gute in Nils nicht teilen. Wer sagte mir, dass er nicht mit Hilfe seiner braunen Brüder in aller Welt ein Vertriebssystem für gefälschte Medikamente aufgebaut hatte? Vielleicht auch für andere Piratenwaren? Oder sie arbeiteten mit einer anderen Organisation zusammen.

Ölund-Oland konnte sehr wohl auf seinen Namen gestoßen sein und weitergeforscht haben, weil er selbst Schwede war. Dann hatte er das Material Interpol angeboten. Während ich nach Kungsholmen zurückfuhr, ließ ich den Gedanken freien Lauf; ordnen konnte ich sie später. Vielleicht war der Doppelmord an Julie und meinem Kindheitsfreund Bengt von Nils' Nazifreunden begangen worden und sie hatten absichtlich so überdeutliche und dilettantische Spuren gelegt, um uns in die Irre zu führen. Wenn, dann war es ihnen gelungen; ein klassischer und effektiver Falschspielertrick.

Wenn Nils einer der Hintermänner oder Hauptakteure der internationalen Mafia war, die ihre Milliarden an kranken Menschen verdiente, konnte er sehr wohl der schreckliche »Groettse« sein. Vielleicht hatte er einen Schläger bei sich gehabt, der für die physische Gewalt zuständig war, und Julie hatte nur die Namen vertauscht. Richtig oder falsch oder Hirngespinste, ich musste Interpol von meinen Überlegungen in Kenntnis setzen. Ich hatte eine Faxnummer von Interpol in London und die Nachricht würde sicher an Wilson und Morris weitergeleitet werden, egal wo sie saßen und ihren Whiskey tranken.

Das war es im Großen und Ganzen, was in dieser Woche passierte. Am Freitagmorgen kam ein Fax von Wilson, er und Morris würden am Montagabend in Stockholm eintreffen. Meinetwegen, aber jetzt war erst einmal Weekend in Grisslehamn angesagt, wo die bezauberndste Frau und die allerliebste Tochter der Welt auf mich warteten. Der milde Frühling und die heißen ersten Sommermonate hatten eine akzeptable Badetemperatur zustande gebracht, was in diesen Breitengraden selten geschah.

Am Montagabend berichtete ich den Briten über meine Entdeckungen. Sie erhielten alle Informationen, die Rolf Öhman zusammengestellt hatte, und einige von mir dazu. Sie lauschten, fragten nach und notierten sich Stichpunkte. Ich gab mir Mühe, sie zufrieden zu stellen. Aber ich hatte keine Lust, den ganzen Abend mit ihnen zu verbringen, obwohl sie mir in Lagos das Leben gerettet hatten. Dankbarkeit war noch nie meine starke Seite.

»Ich hatte eigentlich ganz andere Pläne, als Stockholm wiederzusehen«, maulte Morris.

»Nimm es als Strafe für begangene Sünden«, erwiderte ich ein wenig frostig.

»Edward, Stockholm ist eine wunderbare Stadt«, tröstete Wilson. »Jetzt jagen wir beide die Namensliste durch unseren Computer. Die KG 18 kann auch in anderen Ländern registriert sein. Diese Nazibanden vermehren sich wie Läuse. Man sollte sie mit Insektengift ausrotten.«

Am Mittwoch gegen fünf Uhr morgens kam der Anruf, den ich befürchtet hatte. Ich hatte in einer Schlangengrube gestochert. Jetzt wussten die Schlangen, wer sie gestört hatte und zeigten die Giftzähne. Nils Kretse musste seine Kumpane informiert haben, vielleicht ahnte er, dass ich ihm noch in anderer Hinsicht auf der Spur war. Zum harten Kern der KG 18 gehörten sicher ein paar Typen mit Stahlkappen in den Schuhen, die sich ein Hakenkreuz in den Gaumen tätowiert hatten, damit es nach Adolf schmeckte, wenn sie ihr Bier soffen. Sie waren brutal und äußerst unangenehm, aber längst nicht so gefährlich, wie sie taten. Noch nicht.

»Roland Hassel?«

Die Stimme klang dumpf, wie durch ein Tuch gefiltert, das die Ober- und Untertöne schluckte.

»Ja?«

»Hier ist das Sturmkommando Heydrich.«

»Hallo Heydrich.«

»Wir haben Gericht gehalten und Sie für schuldig befunden.«

»Rufst du mich deshalb am frühen Morgen an? Da vergeht einem ja der Appetit.«

»Das Sturmkommando Heydrich hat Sie zum Tode verurteilt.«

»Darf ich wenigstens noch die Morgenzeitung lesen? Da läuft gerade eine Serie, die ich nicht verpassen will.«

»Das Urteil wird durch die Exekutionspatrouille des Sturmkommandos Heydrich vollzogen, zu einem Zeitpunkt, den das Sturmkommando Heydrich für geeignet ansieht.«

»Gut, dann schaffe ich die Zeitung ja noch. Es soll heute auch ein leckeres Rezept für Blutklöße drin sein. Aber das kennen Sie ja vielleicht schon, Herr Heydrich.«

Ich legte auf. Es war immer dasselbe. Warum wollten sie mich töten? Begriffen sie nicht, dass ein Polizist dazu verpflichtet war, Ermittlungsergebnisse weiterzugeben? Selbst einer, der die Ku-Klux-Klan-Mütze verkehrt herum trug, musste doch begreifen, dass ich nicht zum Spaß oder zum Privatvergnügen Nachforschungen anstellte. Was ich wusste, erfuhren auch andere. Jeden Tag schreibt man einen Bericht. Man trifft sich zu Lagebesprechungen und der Kreis erweitert sich. Selbst ein taubstummblinder Hirntoter musste kapieren, dass das gesamte Polizeikorps hinter dem Sturmkommando Heydrich alias KG 18 herjagen würde, wenn mir etwas passierte. Gruppen dieser Art wollen jagen und nicht gejagt werden, das passt nicht zu ihrer Philosophie. Im Gegenteil, sie sollten sich sogar viel Mühe geben, mich am Leben zu erhalten. Selbst wenn ich aus eigener Ungeschicklichkeit von einer Dampfwalze überrollt würde, müssten die Kollegen annehmen, ich wäre ermordet worden und mit der Hetzjagd beginnen.

Aber sie mussten sich aufspielen und drohen, mussten von Rache, vom Totschlagen, Hängen und Aufschlitzen reden, das war männlich, das gab Kraft und Herrlichkeit! Was hatten sie sonst, die armen Schweine? Ich hatte diesen Anruf also erwartet. Sie erwarteten, dass ich mich fürchten und verstecken würde. Der Anrufer sagte jetzt sicher zu seinen Sturmkumpanen: »Der hatte solche Angst, dass ihm der Hörer aus der Hand gefallen ist.« Alle würden lachen, zufriedene Grimassen schneiden und sich unbezwingbar fühlen: Wir sind die Herren über Leben und Tod. Dass das Ganze nur Lüge, Selbstüberschätzung und Wunschdenken war, merkten sie nicht.

Nach dem Blubbern aus dem braunen Sumpf war es schön, ein paar Stunden später auf dem Gang einen richtigen Idealisten zu treffen. Lasse Richter, ein hochgewachsener Polizist mit kräftiger Stimme und nie versiegendem Enthusiasmus kümmerte sich um unseren Nachwuchs, die Polizeianwärter. Er war so kontaktfreudig und Vertrauen erweckend, dass er einen prima Pressesprecher abgegeben hätte.

»Hallo, Hassel! Hier habe ich eine Broschüre für dich! An welchem Wettkampf willst du teilnehmen?«

Er drückte mir eine Information zu den *World Police & Fire Games* in die Hand, die im kommenden Sommer in Stockholm stattfinden sollten, ein jährlicher Großwettkampf, der zum ersten Mal in Europa ausgetragen wurde. Man rechnete mit zehntausend Teilnehmern in über sechzig Disziplinen – nur die Olympischen Spiele sind größer. Das bedeutete aber auch, dass Stockholm von fünfundzwanzigtausend zusätzlichen Gästen beiderlei Geschlechts, allesamt uniformiert und durchtrainiert, heimgesucht werden würde. Ich schaute mir die Liste der Wettkämpfe an. Viele ähnelten denen der Olympiade, andere waren berufsspezifisch.

»Schade, Gummihopsen ist nicht dabei. Dafür hätte ich mich glatt gemeldet.«

»Diesmal noch nicht. Wie wäre es mit Armdrücken?«

Bedauernd schüttelte ich den Kopf. »Du weißt doch, wie wir Schreibtischhocker sind. Wir müssen immer den Kopf auf beide Arme stützen, damit er nicht herunterfällt. Nein, da ist mir die Verletzungsgefahr zu groß. Ich laufe gern Halbmarathon, aber nur die Hälfte, die von den anderen weggelassen wird.«

Am Mittwochvormittag wollten sich die Briten wieder mit mir und jenen Kollegen treffen, die sich in unserer Abteilung mit rechtsextremistischen Gruppen befassten und nicht im Urlaub waren. Die erste Informationsrunde ergab wenig Neues. Zwei Mitglieder der KG 18 waren jedoch als Verdächtige für eine Straftat in Berlin identifiziert worden.

Die Ermittlungen im Doppelmord Ölund/Julie liefen weiter, aber trotz großer Anstrengungen war man nicht viel weiter gekommen. Nach dem offiziellen Teil kritisierte Morris die schwedische Polizei, in England hätte man den Fall schon längst gelöst. Liebenswürdig erinnerte ich ihn daran, dass es Scotland Yard trotz vieler Spuren nicht gelungen sei, einen Mörder zu fangen, der ein halbes Dutzend Frauen umgebracht hatte, er solle also den Mund nicht zu voll nehmen.

»Welchen Mörder meinst du?«

»Jack the Ripper.«

»Aber das war vor hundert Jahren!«

Ich nickte und kantete nach: »Das ist ja das Skandalöse! Nach über hundert Jahren immer noch kein Ergebnis! Wir hatten ja erst ein paar Wochen Zeit ...«

Wilson grinste, dass der Schnurrbart unter die Nase rutschte. Als Morris zu einer langen Verteidigungsrede für Scotland Yard ansetzen wollte, wechselte er das Thema: »Ich weiß nicht, ob ich es erwähnen soll, aber ich fühle mich hier in Stockholm verfolgt. Morris ebenfalls, nicht wahr?«

Morris strich sich übers Kinn und murmelte: »Ja, es ist seltsam ...«

»Wer sollte euch denn beschatten?«

Morris wich einer Antwort aus: »In diesem Fall gibt es immer mehr, was ich nicht verstehe.«

»Wir wissen nicht, was die Beschattungen bedeuten, aber wir wollten sie wenigstens einmal erwähnen«, fuhr Wilson fort. »Wir sind keine Anfänger und können damit umgehen. Nun ja, mit der Zeit findet sich für alles eine Erklärung.«

* * *

Noch am selben Tag erreichte mich der zu erwartende Brief mit der Hauspost: *An Roland Hassel, Kriminalpolizei Stockholm.* Die Buchstaben waren bewusst eckig gemalt, um keinen Hinweis auf die Handschrift zu liefern. In dem Umschlag fand ich ein Blatt mit kindlichen Zeichnungen von bluttriefenden Waffen und einem Text, der aus Überschriften zusammengeklebt war, die vermutlich aus verschiedenen rechtsradikalen Postillen stammten: *Bereite dich vor zu sterben! Das Sturmkommando Heydrich hat deine schnelle Liquidation beschlossen. Wo du dich auch versteckst, du wirst der gerechten Strafe nicht entgehen.* Ich übergab Brief und Umschlag der Kriminaltechnik, womit die Absender wohl gerechnet hatten. Damit war die Sache für mich erst einmal erledigt.

Die Unruhe der Engländer hatte mich angesteckt. Wurde auch ich beobachtet? Gab es Wahnsinnige in der so genannten Exekutionspatrouille, die nicht einmal über einen rudimentären Selbsterhaltungsinstinkt verfügten? Lief einer hinter mir her, der nur noch eines denken konnte: Hassel muss sterben? Als ich über die Straße ging, drehte ich mich schnell um, doch ich entdeckte keine verdächtige Person. Sicher konnte ich nicht sein, denn das sommerliche Stockholm zog Touristen an wie ein Staubsauger die Fusseln. Tausende Japaner trugen ihre Kameras und ihr unergründliches Lächeln durch die Stadt, und auch die Deutschen schienen sich hier wieder wohl zu fühlen, betrachteten sie uns Schweden doch als eine Art Reservegermanen. Der Opernkeller war wieder voller Amerikaner, die anstandslos die unverschämten Preise zahlten und Kaffee zum Essen haben wollten. Legte gerade einer auf mich an? Die Rechtsextremen operieren international und keinem steht das Wort Henker auf die Stirn geschrieben.

Panik und Paranoia lauern stets unter der dünnen Haut aus Bewusstsein und Vernunft. Im Tageslicht, wenn man von verlässlichen Leuten umgeben ist, wenn man die Tür verschlossen und die Wohnung kontrolliert hat, dann ist es leicht, die Seele unter Kontrolle zu halten. Doch wenn es dunkel wird und man nicht mehr weiß, wer sich um einen herum aufhält, wenn die Stille so kompakt wird, dass man den eigenen Herzschlag zu hören meint, dann liegen die Nerven blank, dann wird man wieder zu einem archaischen Wesen mit primitiven Reflexen. Man ist bereit, all die alten Schauergeschichten zu glauben und überall Feinde zu sehen.

So weit war ich noch nicht, aber ich schaute mich immer wieder misstrauisch um. Als ich nachmittags gegen fünf Uhr schon fast auf dem Heimweg war, rief Simon mich an und lud mich zum Abendessen ein. Eigentlich stammte die Idee von seiner Frau Nadja, die ihm befohlen hatte, mich mit nach Spånga zu schleppen. Da ich keine Lust hatte, an einem so schönen Sommerabend allein zu Hause zu hocken, nahm ich gern an. Um das Telefon nicht in der leeren Wohnung klingeln zu lassen, rief ich in Grisslehamn an und ließ mir von dem wunderschönen Tag im Urlaubsparadies berichten. Jetzt würden sie frischen Fisch zubereiten. Ich erklärte, dass ich sie beneide, aber Virena merkte natürlich, dass ich zu Scherzen aufgelegt war:

»Ich muss mich hier in der Großstadt mit Filetsteaks begnügen.«

»Du Ärmster«, sagte sie mitfühlend, »ist es so schlimm?«

»Ja, wahrscheinlich werde ich mit Burgunder nachspülen müssen.«

»Oh je, was für ein Elend!«

»Zum Nachtisch haben sich drei junge Damen angesagt, die in roten Korsetts auf dem Tisch tanzen.«

»Was du nicht sagst!«

»Ja, ein neuer Tanz, der Striptease heißt. Bin gespannt, was das ist.«

»Kenne ich. Pass auf, dass sich keines der Mädchen dabei erkältet.«

»Bei den Temperaturen? Übrigens habe ich Simon bestochen, damit er dir erzählt, ich würde heute Abend bei ihm essen.«

»Ihm vertraue ich blind.«

Wir lachten beide und ich fand es unbeschreiblich schön, so herumalbern zu können, wo doch jedes Wort bedeutete: Ich sehne mich nach dir. Es war zwischen uns nicht immer so gewesen. Manchmal hatte ich den falschen Ton getroffen oder meiner Frau allzu viel zugemutet. Aber das sollte Vergangenheit bleiben.

Wenn sie kochte, konnte Nadja ihre russischen Wurzeln nicht verleugnen. Ich hatte die ebenso einfachen wie geschmackvollen Gerichte schätzen gelernt. Simon aß sowieso alles, was man ihm vorsetzte, außerdem war ein deftiges Mahl die beste Begründung, sich und Nadja anschließend einen Wodka zu genehmigen. Der langweilige Hassel verzichtete seit Jahren auf hochprozentigen Alkohol, trug aber zur allgemeinen Unterhaltung bei, indem er die später angestimmten Lieder falsch wie immer mitsang.

Die ältesten Kinder waren bereits ausgezogen, ließen sich aber gern zum Essen sehen. Nunmehr wohnten nur noch acht Personen in der Zweieinhalbzimmerwohnung, deshalb fühlten sich Simon und Nadja einsam wie in der Wüste. Um elf verließ ich die lachende und lärmende Familie, um mich dem öffentlichen Personennahverkehr anzuvertrauen, der mich nach Hause bringen sollte. Auf den Wagen musste ich verzichten, denn ein paar Bier hatte ich der Geselligkeit wegen mitgetrunken. Der Zauber der Sommernacht hatte bewirkt, dass sich nahezu alle Einwohner und Gäste der Stadt im Freien aufhielten. Wenn man die jungen Paare küssen und schmusen sah, konnte man wahrlich glauben, die Renten wären sicher.

Das einsame Bett daheim lockte überhaupt nicht, also schlenderte ich noch ein wenig herum und lauschte dem nächtlichen Kichern und Schmatzen. Gewiss, ich traf auch breitschultrige Herren jeden Alters, die versprachen, einander auf die Fresse zu hauen, aber sie konnten das idyllische Gesamtbild nicht stören.

Den Menschen zieht es zu den Menschen, also trafen sich die meisten auf den Promenaden der City. Kungsholmen ist ein schöner Stadtteil, wo sich die Großstadt schnell in Parks und ruhigen Straßen verliert. Ich bewegte mich nun abseits des Menschenstroms und konnte meine Schritte auf dem Pflaster vernehmen. Hier waren alle Restaurants schon geschlossen, denn die alten Kungsholmer tranken lieber zu Hause oder suchten ihr Vergnügen in den sündigeren Vierteln. Ich lächelte vor mich hin. Jeden Morgen gratulierte ich mir, dass ich diese Wohnung in dieser Straße in diesem Stadtteil gefunden hatte. Kungsholmen war eine Enklave, in der es weder Einbrüche noch Vergewaltigungen oder Drogenprobleme gab.

Es war noch nicht ganz dunkel und ich überlegte, ob ich noch einen Spaziergang zum Norr Mälarstrand machen sollte, bevor ich zu Bett ging. Unentschlossen stand ich vor der Haustür, den Schlüssel in der Hand.

»Hej Hassel, schön dich zu sehen!«

Wo kam der Mann plötzlich her? Ein Panamahut beschattete den größten Teil des Gesichts; er trug eine Jacke, die seine Konturen verwischte.

»Wer bist du?«, fragte ich.

»Erkennst du mich nicht? Ich möchte dir danken für alles, was du für uns getan hast.«

Er reichte mir die Hand, und mechanisch griff ich danach. Es war, als berührte ich eine Kröte.

»Tschüß«, sagte er und lief quer über die Straße auf den Pontonjärspark zu.

Was sollte das? Warum hatte er es so eilig? Plötzlich lief es mir eiskalt den Rücken herunter. Ich hielt seine Hand noch in meiner! Und der halbe Unterarm war noch dran! Im Licht der Straßenbeleuchtung sah ich, dass Blut aus Fleisch und Sehnen tropfte. Ich hatte einen frisch abgehackten Arm in der Hand!

17. Kapitel

Den Arm eines Menschen! Es schien mir, als klammere sich die Totenhand an mir fest. Dann hatte ich den ersten Schock überwunden und hielt nach dem Mann Ausschau. Wohin war er gelaufen? Ich sprintete über die Straße, stolperte über den Bordstein und wedelte wild mit dem Arm, um das Gleichgewicht wiederzufinden. Blut spritzte herum – es war Wahnsinn, der reine Wahnsinn! Ich rannte in den Park und blieb an dem Spielplatz mit seinen verlassenen Schaukeln stehen. In der Dämmerung bildeten die Bäume und Sträucher eine graugrüne Masse. Ich schaute den Abhang zur Hantverkargata hinunter. Bewegte sich da nicht etwas?

Was, zum Teufel, sollte ich mit dem Arm tun? Es gab keine Möglichkeit, ihn irgendwo abzulegen, also schleppte ich ihn weiter mit mir herum, während ich den Sandweg hinunterlief. Fehlanzeige, es war jedenfalls kein Mensch. Und dort, entlang der Mauer an der Schule? Seitwärts wieder hinauf, unzählige Treppen, von einigen Plateaus unterbrochen. Die Hand fühlte sich eklig an, schlaff und kraftlos, und doch schien es mir, als streichelten mich die toten Finger, als bewegten sie sich wie lange, weiße Würmer auf meiner Handfläche.

Ein Schatten im dichten Buschwerk, ich tauchte hinein, wieder nichts. Ich schwitzte, nicht nur vor Anstrengung. Hinauf auf den Hügel, die höchste Erhebung des Parks. Ich spähte in alle Richtungen, keuchte, schnappte nach Luft. Die Totenfinger griffen angstvoll nach mir. Oder war ich es, der sie umklammerte. Es war windstill, kein Blatt rührte sich. Überhaupt nichts bewegte sich, kein perverser Mörder, der mir ein Stück Leiche in die Hand gedrückt hatte.

Der Park hatte mehr Ausgänge als ein Fuchsbau und bot jede Menge dunkler Verstecke. Er konnte längst über alle Berge sein, vielleicht lauerte er aber noch ganz in meiner Nähe. Ich hätte ihm den Arm in den Rachen stopfen wollen, aber dazu musste ich ihn erst einmal erwischen. Ich rutschte einen Grashang hinunter und prallte gegen einen Baum, aber schlimmer konnte es nicht mehr werden. Ein Pfad schlängelte sich durch Bäume und Felsen und plötzlich stand ich im Schein einer Laterne wieder an der Pontonjärsgata. Ein leiser Aufschrei ließ mich herumfahren, sodass der Leichenarm gegen mein Knie schlenkerte. Im Schatten der Bäume sah ich zwei Gestalten auf einer Parkbank sitzen.

Ich ballte die Faust der linken Hand und lief hin. Eine Frau starrte mich aus angstgeweiteten Augen an. Ich bot sicher einen erschreckenden Anblick – ein Mann, der mit einem abgerissenen Arm in der Hand durch den Park rannte. Der stattliche Mann an ihrer Seite trug ein dunkles T-Shirt. Sie saßen dicht beieinander und er hielt sie noch immer fest umschlungen.

Eine Idee blitzte auf, und ich wandte mich an den Mann: »Hast du ein Mobiltelefon?«

»Was?«

»Mobiltelefon! Handy!«

»Ja, aber ...«

»Gib es ihm, Jojje, der Typ ist verrückt!«, piepste sie in Panik.

Langsam nahm er die Hand aus ihrer Bluse und griff zu seinem Handy, das er am Gürtel trug. Alle hatten ein Mobiltelefon, außer ich, der ich eines brauchte. Mit einer Hand war es schwer zu bedienen, aber ich konnte schlecht sagen: Halte mal bitte diesen Arm!

»Du musst für mich wählen«, sagte ich zu ihm.

»Bist du ein Mörder?«, fragte die Frau mit dünner Stimme.

»Nein, aber es ist vielleicht einer im Park. Ich bin Polizist.«

»Jojje, ich will weg von hier!«

»Halt, Jojje, erst wird angerufen!«

Ich nannte ihm die Nummer der Bereitschaft. Der Diensthabende kannte mich, erfasste die Lage und wurde sofort aktiv. Ich gab Jojje das Handy zurück und merkte, dass die Frau hysterisch wurde.

»Ich begleite euch sicherheitshalber«, versprach ich.

Sie liefen hinter mir her und ich hörte, dass sie vor Angst wimmerte. Als wir das Ende des Parks erreicht hatten und zu der großen Treppe kamen, rannte sie plötzlich los. Jojje beeilte sich sie einzuholen und zu beruhigen. Ich ging hinterher und sah, dass er auf den Stufen sein Mobiltelefon verloren hatte. Ehe ich ihnen hinterher rufen konnte, bogen sie um die Ecke zur Polhemsgata. Als ich die Stelle erreichte, waren sie schon zu weit entfernt.

Dann kamen die Einsatzwagen und ich instruierte die Kollegen. Danach ließ ich mich von einem Streifenwagen zur Kripo fahren. Müde lehnte ich mich ins Polster. Aus dem abgerissenen Arm tropfte noch immer Blut. Ich versicherte dem Fahrer, es täte mir Leid, dass er nun seinen Wagen reinigen müsste, aber er brummte nur etwas Unverständliches.

Im Polizeipräsidium wusch ich mir als Erstes die Hände. Der Rest der Nacht bestand aus endlosen Gesprächen mit Polizisten verschiedener Abteilungen. Gegen fünf Uhr morgens fühlte ich mich wie eine ausgequetschte Zahnpastatube und durfte nach Hause gehen. Die Morgensonne schien auf Postzusteller, die letzten herumtorkelnden Jugendlichen, gähnende Herrchen, die ihre Hunde Gassi führten, und einen Alkoholiker, der vorm Schnapsladen wartete. Sie alle hatten eine schönere Nacht gehabt als ich, denn sie mussten kein Leichenteil mit sich herumschleppen.

Als ich am Pontonjärspark vorbeikam, sah ich, dass die Kollegen noch im Einsatz waren. Sie mussten ohne mich auskommen. Jetzt war das Bett mein einziger Freund. Das

Haus war durchsucht worden, ein Posten stand vor der Tür. Er begleitete mich nach oben und wir schauten noch einmal nach, ob jemand weitere Leichenteile bei mir deponiert hatte. Dann zog ich meine Sachen aus und stopfte sie in einen Plastiksack. Sie waren mit dem Blut eines Unbekannten verschmiert und ich hätte kotzen mögen, doch ich war zu müde. Ich zog den Stecker aus der Telefondose und legte mich hin. Mein Kopf war schwer wie Blei. Ich starrte zur Decke. Ein abgetrennter Arm ... warum gerade ich? Dann schlief ich ein.

Als ich aufwachte, war es halb drei am Nachmittag. Ich steckte den Stecker in die Dose und sofort klingelte das Telefon.

»Hier ist Reine.«

Kannte ich einen Reine? Ach ja, Kommissar Reine Avén, ich war noch gar nicht richtig wach. Ich röchelte einen Gruß, und er fort: »Komm bitte sofort in mein Büro.«

»Ich muss mich erst anziehen und frühstücken.«

»Frühstücken? Um halb drei?«

»Nach dem Schlafen frühstücke ich immer.«

»Das kannst du hier tun. Komm so schnell du kannst.«

»Ich nehme Tee, keinen Kaffee, dazu Käse und geschnittene Tomaten. Knäckebrot mit Kaviar, aber nicht den russischen, der iranische ist mir lieber. Gänseleber mit geriebenen Trüffeln. Eine Flasche Champagner.«

»Quatsch nicht, beeil dich!«

Avén klang nicht zu Scherzen aufgelegt, aber was wollte man zu so früher Morgenstunde erwarten. Ich duschte, rasierte mich, zog frische Sachen an und bestellte mir ein Taxi. Den Plastiksack nahm ich mit.

Der Kommissar hatte tatsächlich ein Frühstück auffahren lassen und wir setzten uns zu Tisch. Ich sagte ihm, was ich im Sack hatte, und er versprach, meine Sachen an die Kriminaltechnik weiterzugeben. Ich bat darum, sie anschließend in die chemische Reinigung zu bringen. Ob ich sie zurückhaben wolle? Um Gottes willen, ab damit in die Altkleidersammlung!

»Wie fühlst du dich?«, fragte er. »Bist du ... geschockt?«

»Nicht so sehr, dass es mir den Appetit verderben würde. Als ich den Arm in der Hand hielt, war es schlimm, aber das ist vorbei. Nun habe ich geschlafen und diese Erfahrung zu den anderen gelegt.«

»Wenn mir das passiert wäre – ich glaube, ich hätte heute nicht arbeiten können.«

»Ach, weißt du, ich habe in der letzten Zeit ja schon einiges erlebt. Bist du auch für diesen Fall zuständig?«

»Ja, unter Staatsanwalt Petter Mattsson. Die Urlaubszeit macht uns jetzt schon zu schaffen, ab nächste Woche wird es einen Monat lang noch schlimmer. Wir haben kaum noch Leute. Mattsson meint, das sei das Ekelhafteste seit langer Zeit.«

Der Käse schmeckte nicht schlecht. Ich beschloss, volkstümlich aufzutreten und tauchte das Knäckebrot in den Tee.

»Was habt ihr denn herausgefunden?«, murmelte ich mit vollem Mund.

Er setzte seine Brille so verschämt auf, als wollte er sich dafür entschuldigen. Die Akte war sehr dünn, aber es lagen viele Computerlisten auf dem Tisch, die er noch nicht abgeheftet hatte. Unbewusst leckte er den Finger, bevor er umblätterte: »Wir haben, so gut es ging, deinen Weg durch den Park nachvollzogen, und zwar von deiner Haustür aus bis zum Eintreffen des ersten Streifenwagens. Zuerst deine Beschreibung des Mannes. Es war also zwanzig Minuten vor Mitternacht, als er dich ansprach. Er hielt sich außerhalb des Lichtkreises der Hausbeleuchtung, deshalb fallen deine Angaben etwas, sagen wir, mager aus.«

»Du sagst es: mager.«

»Er war also etwa einsfünfundachtzig groß und athletisch gebaut, obwohl eine Jacke seine Konturen verwischte. Seinen hellen Panamahut hatte er in die Stirn gezogen. Du willst einen Bart erkannt haben. Als er wegrannte, bewegte er sich geschmeidig, aber nicht allzu jugendlich. Jedes Alter bringt ja eine spezifische Körpersprache hervor, da hast du Recht. Deiner Meinung nach ist er also um die Vierzig.«

»Gute Zusammenfassung«, lobte ich.

Er blätterte weiter und ich überlegte, ob mir noch etwas einfiel. An die Schuhe oder die Hosen erinnerte ich mich überhaupt nicht.

»Kommen wir zu den Fundstücken. Neben deiner Haustür entdeckten wir eine größere Plastiktüte, die innen mit Blut verschmiert war. Der Arm muss darin gelegen haben, bis du aufgetaucht bist. Schau, hier ...«

Er schlug den Schnellhefter auf, legte mir eine Skizze der Gegend vor und wies auf ein Kreuz in der Nähe des Hügels: »In diesem Busch haben wir den Panamahut gefunden. Größe achtundfünfzig, hergestellt in Spanien, leicht beschädigt. Solche Hüte gibt es zu Tausenden. Und hier ...« Er zeigte auf ein weiteres Kreuz, nicht weit entfernt vom ersten: »Hier fanden wir einen falschen Bart. Kein Faschingsartikel, sondern eine teure Anfertigung, wie sie in Theatern benutzt wird. Was sagst du dazu?«

»Gab es Haare im Hut? Hautpartikel im falschen Bart?«

»Davon steht nichts im Bericht.«

»Fingerabdrücke?«

»Wir haben Kristensson extra aus dem Urlaub geholt. Du weißt, er ist einer der Besten in Europa.«

Jarl Kristensson hatte zwei Bücher über moderne Methoden zur Identifizierung von Fingerabdrücken geschrieben, die in Polizeischulen verschiedener Länder in der Ausbildung verwendet wurden. Leider war ihm der Erfolg etwas zu Kopf gestiegen. Wie besessen sammelte er Artikel über sich und seine Bücher und einige im Haus verdächtigten ihn, er habe an sich selbst Lobesbriefe und Dankschreiben geschickt. Er war tatsächlich eine Koryphäe; wenn er Dienst hatte, wollte ich lieber kein Fingerabdruck sein. Doch leider ging einem seine Arroganz furchtbar auf den Geist.

»Da seid ihr ja schon zwei, die das glauben.«

»Wir hatten auf Abdrücke an der Plastiktüte, vielleicht auch an Hut und Bart, gehofft. Leider absolute Fehlanzeige. Hatte er Handschuhe an?«

Ich zuckte die Schultern und goss mir aus der Thermoskanne Tee nach. Ich fühlte mich gar nicht ausgeruht und brauchte Stimulanz. »Möglich, sogar wahrscheinlich. Schließlich hantierte er mit einem blutigen Arm herum. Was weißt du über das Leichenteil?«

Avén schien etwas anderes sagen zu wollen, änderte seine Absicht und schlug ein neues Blatt in der Ermittlungsakte auf: »Blutgruppe AB positiv, also nichts Besonderes. Dozentin Kari Ormstad von der Rechtsmedizin hat sich den Arm sofort vorgenommen. Sie ...«

Er legte die Akte hin und murmelte schwärmerisch: »Was für eine Frau! Von ihr würde ich mich gern obduzieren lassen. Nun, das gehört nicht hierher. Aber ein tolles Weib ist sie wirklich!«

Der Käse schmeckte immer besser und mit einer Tomatenscheibe als Geschmacksverstärker konnte er mich ebenfalls ins Schwärmen bringen, falls Avén weiter von seiner Gerichtsmedizinerin träumte. Aber er erinnerte sich an seine Pflichten und kehrte zu dem Leichenteil zurück.

»Der linke Unterarm wurde etwa fünf Zentimeter unterhalb der Armbeuge durch mehrere Hiebe abgetrennt. Er gehörte einem fünfzig- bis sechzigjährigen Mann weißer Hautfarbe. Wann es geschah, ist unsicher. In der Plastiktüte hat man ein Mittel gefunden, das die Koagulation verhindert. Aus irgendeinem Grund war es dem Täter wichtig, dass Blut aus dem Arm tropfte, als er dich traf. Warum?«

»Ganz einfach, um mich noch besser auf den Horrortrip schicken zu können. Mach weiter.«

Von diesem Moment an war ich sachlich. Ich hatte gegessen und ein paar Witze gemacht, nun kehrte mein gerechter Zorn zurück. Wer hatte sich das Recht genommen, so roh, so rücksichtslos, so unmenschlich gegen den Ermordeten und mich vorzugehen?

»Eigentlich wissen wir nicht einmal, ob wir es mit einem Mord zu tun haben«, sagte Avén und schaute mich über die Brille hinweg an. »Wir haben einen abgetrennten Arm, aber die betroffene Person kann durchaus noch leben.«

»Weiß man, ob der Mann bei Bewusstsein war, als er verstümmelt wurde?«

»Nein. Um halbwegs ruhig schlafen zu können, behaupte ich, dass er erst ermordet wurde. Nicht sicher ist, ob der Überbringer des Armes auch der Mörder war. Vielleicht wurde ein Bote beauftragt. Ich weiß zwar nicht, wer sich für so etwas hergibt, aber wo ein Perverser ist, können auch zwei sein. Weiter: Der Arm ist recht kräftig mit hellbraunem Haar bewachsen. Die deutlich hervortretenden Blutgefäße zeigen keine Einstiche von Spritzen et cetera. Wir kommen nun zur Hand.«

Avén war keinesfalls begeistert, mir so einen Vortrag halten zu müssen. Er bemühte sich, die Informationen in möglichst neutralem Ton herunterzurattern. Vielleicht fürchtete er, ich könnte zusammenbrechen.

»Die Finger sind schlank und ohne besondere Kennzeichen. Die Nägel sind verschnitten und professionell gepflegt; man kann davon ausgehen, dass der Mann regelmäßig zur Maniküre ging. Der Ringfinger zeigt einen tiefen Axthieb, der wohl dem Ring galt, der nach dem Hautabdruck zu urteilen dort gesessen haben muss. Wir nehmen also an, dass der Mann verheiratet war und im Ehering ein Name und ein Datum eingraviert sind. Diese Informationen gönnte uns der Täter wohl nicht. Nach den Metallspänen in der Wunde handelt es sich um einen Ring aus achtzehnkarätigem Gold. Entschuldige, ich brauche jetzt eine Stärkung.«

Er füllte eine Keramiktasse mit Kaffee aus einer anderen Thermoskanne. Auf dem Bericht klebten Fotos aus der Arbeit der Rechtsmedizinerin und nun brauchte ich auch einen Schluck. Diese Hand hatte ich geschüttelt!

»Kari weist auf einen Umstand hin, der von Bedeutung sein könnte. Der Mann litt an einer Nagelbetterkrankung. So etwas wird medizinisch behandelt, bis sich ein neuer Nagel gebildet hat. Das kann mehrere Wochen dauern. Ein Nagel war zu drei Vierteln nachgewachsen. Die Hand weist keine Schwielen auf, auch die Innenseiten der Finger sind glatt. Man kann davon ausgehen, dass sein Arbeitsplatz ein Schreibtisch oder Ähnliches war. Wenn ich vorhin von weißer Hautfarbe sprach, dann war die Rasse gemeint. Ansonsten ist sie sonnengebräunt; kein Wunder bei dem schönen Wetter, das wir seit Wochen haben. Auch verschiedene Sportarten hinterlassen Spuren an den Händen, zum Beispiel Golf, Tennis, Reiten oder Segeln. Dieser Mann hat keinen Sport getrieben. Im Blut finden sich keine Spuren von Krankheiten. Die Werte sind ausgezeichnet, das Blutfett gering. Mehr ist zu dem Arm und der Hand nicht zu sagen.«

»Ist niemand als vermisst gemeldet, auf den die Beschreibung passen könnte?«

Avén schüttelte langsam den Kopf und klappte den Hefter zu. »Nein. Alle Bereiche sind alarmiert, jede Vermisstenmeldung läuft sofort in den Computer. Es ist ja auch noch zu früh. Der Mann kann sich verspätet haben. Vielleicht hat er nachts gearbeitet. Oder es kam zu einem Streit mit der Ehefrau und er ist im Zorn davongerannt. Manche Menschen ziehen sich gern einmal für ein paar Tage zurück.«

Er schaute mich mit einem Blick an, den ich nicht deuten konnte, und trommelte mit den Fingern auf die Tischplatte.

Sollte das ein Lied sein? Wenn ja, tippte ich auf einen Walzer von Evert Taube.

»Ich vermute, dass wir es hier mit dem Sturmkommando Heydrich zu tun haben«, meinte ich nachdenklich.

»Stimmt, du hast gestern davon erzählt. Ja, vielleicht.«

»Sie ermordeten einen anderen Todeskandidaten, der ungefährlicher war als ich, der Polizist. Dann brachten sie mich mit der Tat in Verbindung, um mir Angst zu machen.«

»Glaubst du, dass die KG 18 hinter dem so genannten Kommando Heydrich steckt?«

»Selbstverständlich. Die Initiative geht von Nils Kretse aus.«

»Wir werden ihn vernehmen. Hast du sonst eine Idee, wer der Mörder sein könnte?«

»Keine Ahnung.«

Das Getrommel hörte auf. Statt dessen beugte er sich über den Tisch und seine Augen hatten einen seltsamen Ausdruck. »Natürlich weißt du es!«

»Ich? Woher soll ich wissen, wer dem Mann den Arm abgehackt hat? Wie kommst du denn darauf?«

»Du hast ihn doch getroffen, mit ihm geredet und ihm geholfen!«

18. Kapitel

Avén wartete auf meine Reaktion. Sie kam verspätet, meine Verblüffung war zu groß. Ich begriff überhaupt nichts mehr. Ich hatte mit dem Mörder gesprochen, ihm geholfen? Wann denn? Meinte er Nils Kretse? Aber dem hatte ich wirklich nicht geholfen.

»Jetzt Klartext, bitte!«

»Es wurde ja noch ein Fund im Pontonjärpark gemacht. Nicht von uns, sondern von dir.«

»Wovon redest du, ich bin dem Kerl doch bloß nachgerannt ...«

Endlich ging mir ein Licht auf: »Das Mobiltelefon!«

»Genau. Deiner Aussage nach verlor es der Mann auf der Treppe, als er der Frau nachlief. Da hatte er keine Handschuhe an.«

»Nein, das wäre ja auch zu komisch, einem Mädel am Busen herumzufummeln und dabei Handschuhe zu tragen. Habt ihr das Handy auf Fingerabdrücke untersucht?«

»Sicher. Klare und deutliche Spuren. Rate mal, von wem.«

»Teufel noch mal, sind wir hier beim Quiz? Spuck's aus! Die Streckbank ist seit den 1780er Jahren verboten.«

Er machte eine gemeine, kleine Pause. Vielleicht war er ein heimlicher Anhänger der Folter. Umständlich blätterte er in dem Schnellhefter vor und zurück, obwohl ihm der Name mit Sicherheit bereits auf der Zunge lag.

»Kennst du einen ... Tage Ovesson?«

»Genannt Taggen? Ist der wieder draußen? War er das etwa?«

»Wann hast du ihn zuletzt gesehen?«

»Das muss vor zehn, zwölf Jahren gewesen sein. Wir waren zu fünft und hatten trotzdem schwer zu tun, ihn zu überwältigen. Er ist verrückt, im wahrsten Sinne des Wortes. Taggen ... waren es wirklich seine Fingerabdrücke?«

Avén nickte. Das veränderte das ganze Bild. Oder nicht? Taggen war dazu geboren, im Gefängnis zu sitzen. Das Böse war in seiner Familie seit Generationen vererbt worden und lag auch ihm im Blut. Taggen war das einzige Kind und bekam all die Prügel, die sonst auf mehrere verteilt worden wären. Ein Sprachfehler war die Folge. In der Schule war er von Anfang an der Außenseiter, wurde gemobbt und hatte keine Freunde. Schnell lernte er das erste Gesetz der Ghettobewohner: Schlag zu in allen Lebenslagen und verschaffe dir den nötigen Respekt. Diese Maxime haben viele Einwandererkinder übernommen; die Folgen sind Körperverletzungen, Totschlag und Mord.

Irgendwann schlug Taggen zurück, als sein Vater ihn sich wieder einmal mit dem Lederriemen vornehmen wollte. Das war das erste Mal, dass der Alte den Jungen ein klein wenig bewunderte. Taggen konnte nur das werden, was aus ihm geworden war, denn er konnte nichts und wollte nichts können. Seine Gedanken waren dunkel und träge, die eventuellen guten Anlagen waren mit den Wurzeln ausgerottet worden. Er stand anderen destruktiven Kräften zur Verfügung, er war käuflich. Wenn das Böse einen verlängerten Arm suchte, um sich zu verwirklichen, stand Taggen bereit. Er musste jetzt Mitte vierzig sein. Ich erinnerte mich an ihn als ein Kraftpaket, das nicht zu bändigen war. Die einzige Freude, die er kannte, bestand darin, seine Opfer möglichst lange zu quälen. Nach seiner letzten Verurteilung hätte er eigentlich in der geschlossenen Anstalt verschwinden müssen.

»Wurde er nicht vor Jahren verhaftet, weil er einem Mädchen das Gesicht zertrampelt hatte?«, fragte ich.

»Ja.«

»Kam er nicht in die Geschlossene? Ich meine, wenn er kein Psychopath ist, wer dann? Der ist doch absolut krank im Kopf!«

»Heutzutage gehen die Gerichte davon aus, dass es keine Geisteskranken mehr gibt. Er wurde zu drei Jahren Gefängnis verurteilt und kam nach zwei Jahren raus.«

Inzwischen herrscht Angst in unseren Strafvollzugsanstalten. Massen an psychisch Kranken streichen auf den Gängen umher und keiner weiß, wozu sie fähig sind. Hier zeigt eine immer kälter und inhumaner werdende Gesellschaft ihr Gesicht. Einflussreiche Personen im Justizapparat meinen, man könne psychische Krankheiten ignorieren und einfach nach dem Gesetzbuch urteilen. Und wenn ein Angeklagter so unzurechnungsfähig ist, dass es selbst ein Blinder sehen kann, dann gewährt man ihm ärztliche Hilfe. Wenn er dann geheilt ist, verurteilt man ihn für Taten, die er als Kranker begangen hat. Logik ist selten die starke Seite von Politikern gewesen, wenn sie auf den Wellen des Populismus reiten.

»Ich sehe die Sache so«, verkündete Avén. »Taggen bekommt den Auftrag, jemanden zu ermorden, und er tut es auf eine Weise, die dir zur Warnung dienen soll. Ein Aufsehen erregender Mord, ganz nach Ovessons Geschmack. Er weiß, dass du nicht zu Hause bist. Also wartet er vor der Haustür auf dich, den abgehackten Arm in einer Plastiktüte. Als er dich kommen sieht, versteckt er den Arm unter der Jacke und lässt die Hand herausgucken. Du schüttelst sie, und er rennt davon, in den Park hinein. Das ist auch die einzige Möglichkeit zu entkommen, denn sonst hättest du ihn eingeholt. Unter den Bäumen aber ist es dunkel und es mangelt nicht an Verstecken. Du kannst den Arm, der dich bei der Verfolgung behindert, nicht wegwerfen, weil er ein Beweisstück ist. Er hätte auch einen Wagen mit Fahrer warten lassen können, aber du wärst vielleicht vor ihm dort gewesen. Nein, der Park war die beste Chance zu entkommen. Trotzdem war das Risiko enorm. Hast du ihn unter dem Panamahut wirklich nicht erkannt?«

»Nein. Wie gesagt, ich habe ihn vor vielen Jahren das letzte Mal gesehen. Außerdem war er damals im Gesicht behaart wie ein Grizzlybär. Der Mann unterm Panamahut trug einen gepflegten falschen Bart. Deshalb habe ich ihn auch im Licht der Straßenbeleuchtung nicht erkannt, als er mir sein nacktes Gesicht zeigte.«

Avén reichte mir eine Kollektion Fotos, die Taggen in verschiedenen Abschnitten seines elenden Lebens zeigten. Auf einem Bild war er glatt rasiert, aber den Mann von der Bank erkannte ich in ihm nicht.

»Ovesson hat eine alte Verletzung am Fuß«, fuhr Avén fort. »Er musste befürchten, dass du ihn einholen könntest. Deshalb kam er auf die List mit der Frau.«

»Hätte er das Handy nicht verloren, wäre sein Plan perfekt aufgegangen.«

»Richtig, aber er hat gepatzt. Früher oder später kriegen wir ihn. Er weiß, dass wir seine Fingerabdrücke haben, also ist er untergetaucht. Vielleicht wird ihm gerade seine List mit dem Geknutsche auf der Bank zum Verhängnis. Die Informationsabteilung hat uns ein Dossier über seine Kontakte und Gewohnheiten zur Verfügung gestellt. Der Kerl wird ja eines schweren Raubs verdächtigt, den man ihm bisher nicht beweisen konnte.«

Mit Stolz schaute ich auf die umfangreiche Akte, die meine Kollegen erarbeitet hatten. Die Methode funktionierte, wir konnten jederzeit Informationen über potentielle Straftäter unseres Bereichs abrufen.

»Wir haben elf Personen, bei denen er sich verstecken könnte oder die eventuell etwas über seinen Aufenthaltsort wissen. Die Dame, die sich von ihm befummeln ließ, kann unter jeder dieser Adressen zu finden sein. Du bist der Einzige, der sie identifizieren kann, also musst du bei allen Einsätzen dabei sein. Wir fangen an, sobald wir die Leute zusammenhaben.«

Leider hatte er Recht, ich musste es akzeptieren. Also kein Grisslehamn übers Wochenende, in absehbarer Zeit überhaupt nicht. Was hatte ich getan, dass mich die Götter so straften? War ich als Kind nicht artig gewesen, hatte ich nicht lange genug an den Weihnachtsmann und den Klapperstorch geglaubt? War es die Rache für die Ratte, die ich mit elf Jahren im Haus der Heilsarmee hatte laufen lassen? Die Mühlen mahlen langsam, aber sicher.

»Was machen wir mit Nils Kretse, der KG 18 und dem Sturmheydrich?«

»Wir haben Leute darauf angesetzt, aber es ist wichtiger, Ovesson zu finden. Haben wir ihn, finden wir auch seine Auftraggeber. Vor allem interessiert uns, wer ermordet wurde. Dieser Fall ist sehr mysteriös. Aber wir werden die Rätsel schon lösen.«

Er studierte ein Schema mit handgeschriebenen Namen, die durch Linien verbunden waren, schaute auf die Uhr und begann, mit den Fingern auf dem Tisch zu trommeln, genau wie mein alter Chef und Freund Yngve Ruda es seinerzeit getan hatte. Diesmal war es kein Taube-Walzer, vielleicht ein Lied aus irgendeinem Musical?

»Halb acht geht's los. Ruh dich solange aus. Es kann anstrengend werden.«

Wieder lag es mir auf der Zunge zu sagen, dass ich so etwas schon erlebt hätte. Aber ich beherrschte mich. Ich wollte ihn nicht vor den Kopf stoßen mit meiner größeren Erfahrung; zu einem solchen Kollegen konnte ich mich in den verbleibenden Jahren noch entwickeln. Natürlich würde so ein Großeinsatz anstrengend werden. Taggen war vermutlich bewaffnet und würde schießen, bis ihm die Munition ausging. Und wenn er ein ganzes Dutzend von uns erschoss, ihm war es egal. Obwohl ich die Einsatzplanung nicht gesehen hatte, wusste ich, dass Personen, die mit Taggen liiert waren, nicht zu den Schüchternen in der Gesellschaft gehörten. Auch von ihrer Seite war mit Widerstand zu rechnen. Wir hatten elf Adressen, aber es konnten schnell mehr werden. Manch einer würde nervös werden und uns weitere Namen nennen, um uns schnell wieder los zu werden. Niemand wusste, wie das Ganze ausgehen würde. Wenn wir Pech hatten, mussten wir Hunderte Razzien durchführen – und ich war garantiert bei jeder dabei. Dabei könnte ich so schön mit Elin baden gehen ... Barsche fangen ...

* * *

Ein bisschen ausruhen – kein schlechter Gedanke. Ich ging nach Hause, stellte mir den Wecker und legte mich aufs Bett. Gedanken kreisten in meinem Kopf. Der Fall war tatsächlich mysteriös. Was hing wie zusammen, was war nur vorgetäuscht? Wie so oft ging es darum, Schein und Wirklichkeit zu trennen. Unbekannte wollten uns etwas glauben machen, und Bekannten war daran gelegen, uns von einer anderen Version zu überzeugen. Ermittlungen verlaufen selten geradlinig. Perspektiven verändern sich. Ein bis dahin kaum beachtetes Detail wird plötzlich wichtig, während sich ein ganzer Berg, den man akribisch bearbeitet hat, in ein Staubkorn verwandelt.

Was war von diesen Nazis zu halten, den alten und neuen? Erst schienen sie echt und verübten einen Doppelmord, dann kam die Sache mit dem falschen Hakenkreuz. Sie spielten also nur Nazis, um uns abzulenken, doch plötzlich traten sie als KG 18 auf und waren wieder echt. Nils Kretse – Groettsa? Wer steckte hinter den Heydrich-Idioten? Existierte das so genannte Sturmkommando oder war es nur ein Hirngespinst? Arbeiteten die Nazis mit der Medizinmafia zusammen? Das war unwahrscheinlich, es sei denn, sie bildeten selbst die Mafia. Was für ein Durcheinander!

Ich konnte nicht einschlafen. Der Körper war willig, doch das Großhirn weigerte sich. Ich rief in Grisslehamn an. Meine Lieben sonnten sich und ich musste auf Verbrecherjagd gehen. Während sich mein Körper ins Polizeipräsidium begab, saß mein Geist auf einem Bootssteg und angelte.

Avén leitete den Einsatz. Uns standen zwei diskrete Wagen mit voller Besatzung in Zivil und kugelsicheren Westen zur Verfügung. Ich saß mit Avén im ersten Wagen und hatte keine Lust. Es war alles nur Routine. Wie abwechslungsreich gestaltete sich dagegen der Job bei der Informationseinheit! Das war Verbrechensbekämpfung auf hohem Niveau; Ideen wurden geprüft und ausgewertet, neue Erfahrungen gesellten sich zu den alten.

Auch die Arbeit der Fahnder war wichtig, aber nicht mehr für mich. Von der ersten Minute an spürte ich die alte Müdigkeit, die einen während nächtlicher Observationen überkommt, die Enttäuschung, wenn man wieder einmal ins Leere gelaufen ist. Und die Angst, die im Hintergrund beständig lauerte. Sie hatte nichts mit Schrecksekunden oder Albträumen zu tun, doch es war einem immer bewusst, dass heutzutage fast alle ein Messer und jeder zweite eine illegale Schusswaffe trägt. Ausnahmsweise hatte ich meine Sig Sauer in den Gürtel gesteckt. Als Fahnder hatte ich sie fast jeden Tag getragen.

»Wohin fahren wir?«, erkundigte ich mich.

»Zuerst nach Bromma. Boris Ekblad ist ein alter Ganove, der zuletzt mit Ovesson in einer Zelle gesessen hat. Früher war er recht erfolgreich, hat einige Banken ausgeraubt, aber dann begann er zuviel zu trinken.«

Wir erreichten unser erstes Ziel; ein graues, vierstöckiges Haus in einer ebenso tristen Umgebung. Die Wagen hielten nicht direkt vor der Haustür, sondern vor dem nächsten Gebäude. Den Türcode hatten sich die Kollegen vorab beschafft. Als alle ausgestiegen waren, liefen wir dicht an der

Hauswand entlang zum richtigen Haus. Ich hielt mich ganz im Hintergrund, denn ich war dabei, um eine Frau zu identifizieren und nicht, um irgendwelche Risiken einzugehen. Routiniert sicherten die Kollegen Treppe und Hinterausgang. Im dritten Stock postierten sich zwei Polizisten mit gezogenen Waffen rechts und links von der Tür. Ich spürte, wie meine Spannung stieg.

Avén klingelte und nach kurzer Zeit öffnete eine Frau. Sie wurde von den hineinstürmenden Beamten fast umgerannt und taumelte gegen die Wand. Sie hatte sicher große Angst, aber anders ließ sich so eine Aktion nicht durchführen.

»Polizei!«, rief Avén.

Ein Mann erhob sich vom Sofa. Vor ihm standen ein Glas, eine Büchse Bier und ein Tablett mit Käse und Brot. Er fluchte, dass der Putz von der Decke fiel, aber niemand kümmerte sich darum. Schnell wurde jeder Winkel der Wohnung abgesucht, doch die beiden waren allein mit ihrem Abendessen und dem eingeschalteten Fernseher. Ein Polizist fuhr Ekblad an, er solle die Klappe halten. Avén nickte in Richtung der Frau:

»War sie es?«

Ekblads Lebensabschnittsgefährtin war zwanzig Jahre zu alt und dreißig Kilo zu schwer; sie hatte definitiv nicht mit offener Bluse auf der Parkbank gesessen. Ich schüttelte den Kopf und er schien nichts anderes erwartet zu haben.

Unvermittelt brüllte er sie an: »Wo ist Tage Ovesson? Taggen?«

Manchmal klappt es ja – die Taktik funktionierte! Verwirrt und nervös antwortete sie:

»Er ... er ist vielleicht bei Ladde.«

»Halt's Maul!«, schrie Ekblad. Die Frau begriff sofort, dass sie ins Fettnäpfchen getreten war und sah todunglücklich aus.

»Wer ist Ladde?«, hakte Avén nach.

»Ich-ich-ich ... weiß nicht ...«

Avén stellte sich zwischen Ekblad und die Frau, die anderen Kollegen nahmen eine drohende Haltung ein. Ekblad begriff, dass er an die Frau nicht mehr herankam. Sie war der Typ Köchin und Putze, eine unterwürfige Frau, die tat, was man ihr sagte. Gewohnheitsverbrecher bevorzugen diesen Typ, damit sie auch jemanden kommandieren können, wenn sie einmal nicht im Gefängnis sitzen.

»Natürlich weißt du es! Wie ist sein richtiger Name?«

»Er ... ich ...«

Sie fühlte sich von Feinden umgeben und versuchte, über Avéns Schulter Blickkontakt zu Ekblad aufzunehmen. Doch ihr Verbündeter war machtlos. Also fügte sie sich, wie sie es immer tat. Sie hatte in unserer Gesellschaft viele Mitschwestern.

»Los jetzt, raus damit!«

Avén schrie, tobte, drohte und zeigte sich von seiner unfreundlichsten Seite; er wollte schnelle Resultate. Revolutionen und Polizeieinsätze sind keine Kaffeekränzchen. Ich hatte so etwas oft genug erlebt und wusste, dass die harte Tour manchmal funktionierte. Simon dagegen hob selten die Stimme, dadurch hatte er überall Freunde. Mörder luden ihn zur Hochzeit ein und bestellten ihn als Paten für ihre Erstgeborenen.

»Ich glaube ... Danielsson ...«

»Und der Vorname? Lars?«

»Ja, aber er wird ... Ladde genannt.«

»Der Teufel soll die holen!«, schrie Ekblad aus dem Hintergrund und die Frau zuckte zusammen.

»Wo wohnt er?«, bohrte Avén weiter und fixierte sie wie die Schlange das Karnickel.

»Ich ... weiß nicht ...«

»Rede!«

»Wehe!«, brüllte Ekblad.

»In ... Hökarängen ...«
»Wo genau?«
»In einem Haus ...«
»Halt die Schnauze, Weib!«
»Was für ein Haus?«
»Ich ... ich bin nie dort gewesen ...«
»Noch ein Wort und ich schlag dich windelweich!«
»Steht die Adresse in dem Notizbuch am Telefon?«
»Wenn ... ja ... ich glaube ...«
»Das wirst du büßen!«

Es war das übliche absurde Theater, in dem die Akteure ihre Rollen ohne Manuskript spielten. Mir war diese Sorte Alltagsdrama noch allzu gut bekannt; Gier, Angst und Verzweiflung diktierten die Repliken der Gegenseite. Avén holte das schmale Heft aus dem Flur.

»Unter Danielsson Fehlanzeige. Steht Laddes Nummer unter L?«

»Ja«, seufzte sie.

Avén notierte sich die Zahlen. »Okay, wir fahren nach Hökarängen. Ein Mann bleibt hier und passt auf, dass Ekblad seinen Kumpel nicht warnt.«

So schnell es ging rasten wir nach Hökarängen. Unterwegs brachte Avén die genaue Adresse in Erfahrung. Schon der erste Einsatz hatte das Schema gesprengt. Mir machte das nichts aus, ich fuhr nur mit und schaute nach den Frauen; seit meiner Jugend tat ich ja nichts anderes. Ladde war zu Hause und allein. Gewiß, er sei Taggen begegnet, aber im Geiste der Religion. Er habe Taggen vorgeschlagen, eine Freikirche zu besuchen, aber der sei nicht dazu bereit gewesen. Ganz neu war auch diese Geschichte nicht, ich hörte nur mit einem halben Ohr hin. Um bohrenden Fragen zu entgehen, musste manchmal sogar Jesus als Entschuldigung herhalten. Aber auch Ladde hatte ein interessantes Notizbuch, in dem die Namen unverschlüsselt standen.

Nach drei weiteren Hausbesuchen in verschiedenen Teilen der Stadt brach Avén die Aktion für diesen Abend ab. Die drei Damen, die ich dabei kennen gelernt hatte, ähnelten der von der Parkbank leider nicht im Entferntesten. Der nächste Versuch sollte am kommenden Nachmittag um drei Uhr stattfinden; Avén brauchte Zeit, um in Ruhe planen und eine Mannschaft zusammenstellen zu können. So würde es also weitergehen, bis wir Taggen fanden und die Adressen ausgingen oder uns der Tod, der große Befreier, erlöste.

Wieder rief ich in Grisslehamn an und schilderte die Lage. Virena freute sich gar nicht und darüber freute ich mich. Hätte sie sich gefreut, wäre ich gar nicht erfreut gewesen. Ich erklärte ihr diesen erstaunlichen Zusammenhang, aber sie konnte darüber nicht lachen. Was für eine trübe Aussicht, der lang erwartete Urlaub mit meinen beiden Damen war in ernster Gefahr – aber es musste sein. Auch das freie Wochenende konnte ich vergessen.

* * *

Vier Tage darauf kam Wilson in mein Büro und seufzte. Ich wusste nicht warum, seufzte aber mit, müde und missgelaunt wie ich war. In ein paar Stunden ging es wieder los; in den finstersten Winkeln Stockholms würde ich weitere Menschen treffen, auf deren Bekanntschaft ich keinen Wert legte.

»Was hat die Überprüfung der KG 18 durch Interpol ergeben?«, erkundigte ich mich.

»Nicht viel. Einige Mitglieder sind in mehreren Ländern bekannt. Die Untersuchung dauert noch an. Morris und ich wurden leider über einen wichtigen Kontakt hier in Schweden falsch unterrichtet. Ein Akademiker namens Henrik Marcusson sollte ein lebendes Lexikon zum Thema Rechtsradikalismus im Norden sein, also sprachen wir gleich am ersten Tag mit ihm. Leider zeigte sich später, dass er selbst ein glühender Faschist ist. Da wir ihm vertrauten, bekam er von uns einige Informationen, die wir besser für uns behalten hätten.«

Er strich sich über seinen Schnurrbart und fuhr fort: »Das habe ich gerade erst erfahren. Vielleicht ist das die Erklärung dafür, dass wir alle drei, Morris, du und ich, beschattet wurden. Natürlich haben wir sie abgeschüttelt, aber dennoch. Morris ist nach London geflogen, nehme ich an. Er ist nicht besonders mitteilsam. Für mich ist die interessanteste Frage, ob es einen Zusammenhang zwischen den Nazis und der Medizinmafia gibt. Ich glaube, dass wir bald einen Durchbruch erreichen, und hoffe, dass das kein Wunschdenken ist. Wenn ich an die Bierpreise in Schweden denke, sehne ich mich heim, doch meine aktuelle Anweisung lautet, hier zu bleiben, bis Resultate zu verzeichnen sind. Wie sieht es im Sommerparadies Grisslehamn aus?«

»Ich wurde aus diesem Paradies vertrieben. Wahrscheinlich habe ich gesündigt. Ich kann mich erinnern, dass mir meine Frau irgendwann einen Apfel angeboten hat.«

Als ich zum Treffpunkt kam, hatte ich sogar Grund zur Freude. Simons Gruppe hatte übernommen, Myrna und ich fuhren im selben Wagen. Um halb elf Uhr abends gähnten wir um die Wette. Avén hatte an diesem Tag frei. Einsatzleiter war Kommissar Göte Tomasson, den ich nicht kannte. Er schien in derselben Form gegossen worden zu sein wie Avén. Jede halbe Stunde rief er auf der Entbindungsstation an, in die er seine Frau einige Stunden zuvor gebracht hatte. Da es um das erste Kind ging, war der werdende Vater besonders nervös, sodass er sogar die Adressen vertauschte.

Wir kamen zu einem alten Mietshaus in Hammarby, niedrig, gelb gestrichen, sanierungsbedürftig. Wohin wir während dieses Einsatzes auch kamen, alle Wohnungen waren schmuddelig, trist, deprimierend. Hier sollte ein gewisser Einar Hall mit seiner Frau Runa wohnen, ein älteres Paar, das Taggens Eltern gekannt und sich eine Zeit um den Jungen gekümmert hatte. Hall galt als Alkoholiker, auch seine Frau sollte gern einen trinken. Er hatte sich als Hehler über Wasser gehalten, sie ein Bordell in Björkhagen betrieben. Sie hatten keine Gewaltverbrechen auf dem Kerbholz und fühlten sich vermutlich als gewöhnliche Rentner, die über die Sittenverderbnis der Jugend schimpften.

Die Dreiraumwohnung der Halls lag oben unterm Dach. Wieder erlebte ich denselben Ablauf: Eingänge und Treppenhaus wurden gesichert, Kollegen neben der Tür platziert, dann klingelte der Kommissar.

Diesmal öffnete niemand, dafür ertönte eine jammernde Altmännerstimme: »Wer ist da?«

»Polizei! Sofort aufmachen!«

Wir hörten aufgeregte Stimmen, etwas Schweres fiel um, doch die Tür ging nicht auf. Diesmal schlug Tomasson mit der Faust dagegen und rief: »Aufmachen, oder wir sprengen die Tür!«

»Nur die Ruhe, ich muss mir doch erst einmal etwas überziehen.«

»Aufmachen!«

»Ich komme ja schon. Lasst die Tür ganz, so eilig wird es schon nicht sein!«

Kaum hatte er geöffnet, stürmten die Kollegen samt Myrna hinein. Hall und ich trotteten hinterher. Er trug ein zerlumptes Unterhemd und fleckige Hosen, war mager und hatte einen krummen Rücken. Aus Nase und Ohren wuchsen Haarbüschel, in dem geröteten rechten Auge saß ein Gerstenkorn. Er war sichtlich angetrunken, kratzte sich den schorfigen Kopf und schaute mich an.

»Ich habe doch seit neun Jahren nichts mehr gemacht«, murmelte er und Tabaksaft rann ihm aus dem Mundwinkel.

»Die Zeit vergeht schnell«, meinte ich.

»Sind das die neuen Polizeimethoden?«

»Jawohl, importiert aus Amerika.«

»Wirklich? Läuft das jetzt immer so?«

»Es kommt noch schlimmer. Nächstes Jahr im Mai bekommen wir Panzerabwehrkanonen und Granatwerfer.«

»Dann haben die jungen Leute in der Branche ja nichts mehr zu lachen. Bloß gut, dass ich im Ruhestand bin.«

Wir beide kümmerten uns nicht um den Lärm, sondern setzten unser Gespräch unter erfahrenen Männern fort. Er zuckte die mageren Schultern und versuchte, mit dem Fuß in seinen schief getretenen Pantoffel zu kommen. Ich schaute zu und gähnte. Die Luft in der Wohnung enthielt kaum noch Sauerstoff, offenbar hatte seit Ostern keiner mehr gelüftet. Auf dem Tisch stand eine fast leere Flasche Schnaps, ein halbes Dutzend Bierbüchsen und drei Gläser, daneben lagen Brot- und Käsescheiben. Eine aufgeschlagene Tageszeitung diente als Tischtuch. Auf dem Sofa saß eine Frau, die nur mühsam die Augen offen hielt. Die Polizisten sammelten sich allmählich wieder im Wohnzimmer. Gleich käme der Befehl zum Abrücken. Oder ...

»Du, Hall«, sagte ich, »es geht mich ja nichts an, aber warum stehen da drei Gläser auf dem Tisch? Ihr seid doch nur zwei?«

»Drei Gläser? Ja, wirklich! Da ist wohl eins von gestern stehen geblieben.«

Tomassons Handy piepste, aber es war nicht das Krankenhaus. Er lauschte und grinste dann breit: »Wallén teilt mir gerade mit, dass auf der Hofseite eine Person am Fenster hängt.«

Die ganze Mannschaft wanderte ins Schlafzimmer. Zwei Mann beugten sich aus dem Fenster, packten zu und zogen eine Frau an den Handgelenken ins Zimmer. Sie war um die Vierzig und vor Anstrengung hochrot im Gesicht.

»Ach du bist es, Monika!«, rief Hall. »Ich habe mich schon gewundert, wo du geblieben bist. Ja, das ist Monika, unsere Tochter.«

Die Luft, die durch das geöffnete Fenster ins Zimmer drang, tat wohl. Ich atmete tief ein. Roch es nicht nach Meer, nach Hafen? Vielleicht sogar ein bisschen nach Grisslehamn? Endlich konnte ich wieder hoffen, noch vor der Pension ein Stück Sommerurlaub zu erwischen.

Ich wandte mich an Tomasson und sagte: »Wir haben es geschafft. Das ist die Frau, die mit Taggen auf der Parkbank saß!«

19. Kapitel

Tomasson wurde informiert, dass er Vater einer Tochter geworden war und begab sich unverzüglich ins Krankenhaus. Monika Hall wurde ins Präsidium gebracht. Myrna sollte die Vernehmung leiten, ich meldete mich freiwillig als Zeuge. Myrna war nicht sehr erfahren auf diesem Gebiet, aber wenn es um Frauen ging, hatte sie schon oft den richtigen Ton getroffen.

Monika Hall war neununddreißig Jahre alt. Wenn sie wollte und es nicht allzu hell war, konnte sie sicher jünger aussehen – oder jedenfalls nicht älter. Jetzt wollte sie nicht und man sah, dass das harte Leben Spuren in ihrem Antlitz hinterlassen hatte. Sie hatte sich bereits abgeschminkt und war wohl gerade dabei gewesen, ins Bett zu gehen, als wir kamen. Ihr Gesicht wirkte leer, die Haut war grau, fleckig und ungesund. Sie saß auf dem Stuhl, als würde sie frieren; der Rücken war gekrümmt, die Arme fest um den Oberkörper geschlungen. Das Haar war sehr hell gefärbt und stand im Kontrast zu den dunklen Augenbrauen, manche Männer fanden das wohl attraktiv. Ihr Körper wirkte trainiert, aber das war eine Illusion der Natur; sie gehörte sicher nicht zu denen, die joggten oder sich in Fitnessstudios aufhielten.

Myrna hatte eine große Thermoskanne mit starkem Kaffee organisiert, dazu ein wenig Gebäck, Zucker und Sahne. Sie goss zwei Tassen ein, offenbar sollte der Zeuge des Verhörs leer ausgehen. Monika schüttelte den Kopf, als ihr Kaffee und Kuchen angeboten wurden, aber Myrna redete ihr zu; eine kleine Stärkung könne nie schaden. Meine Kollegin hatte sich offenbar entschlossen, die Nummer von Frau zu Frau abzuziehen; diese Rolle musste sie nicht einmal spielen.

Ich hatte oft beobachtet, dass sie einen Kontakt aufbaute, wo ich nur einen Kurzschluss zustande gebracht hatte.

»Tja Monika, dann schalte ich das Tonband ein, damit alles seine Ordnung hat.«

»Ich bin so müde«, flüsterte Monika Hall.

»Wer ist das nicht um diese Zeit? Ich würde mich auch gern aufs Ohr legen, aber erst müssen wir reden.« Sie sprach die Formalitäten auf das Band.

Monika trank den Kaffee in kleinen Schlucken und zwinkerte, um sich wach zu halten. »Kann ich dann nach Hause gehen?«, wollte sie wissen.

»Leider nicht, der Staatsanwalt hat einen Haftbefehl ausgestellt. Heute musst du bei uns übernachten, aber unsere Zellen sind recht komfortabel. Wenn du dich ausschläfst, vergeht die Zeit wie im Fluge, und dann darfst du heim. Übrigens, wohnst du bei deinen Eltern?«

Monika kratzte sich an der Nase, machte eine unbestimmte Geste, antwortete aber nicht.

»Oder wohnst du bei einem Kerl?«

»Kommt vor. Manchmal. Nicht immer.«

»Du hast also derzeit keinen festen Freund?«

»Kann man sagen. Zu Hause in Hammarby habe ich immer mein Bett. Meine Eltern kümmern sich nicht besonders um mich, aber etwas zu essen gibt es. Warum wurde ich verhaftet?«

»Wir müssen klären, ob und wie du eventuell an einem Mord beteiligt warst.«

»Mord? Ich?«

Monika Hall war verstört und zwinkerte jetzt noch auffälliger.

»Weißt du nichts darüber, Monika?«

»Nein, ich ... Mord?«

»Hast du nicht von dem Mann gelesen, der einem Polizisten einen abgehackten Arm in die Hand gedrückt hat und dann verduftet ist?«

»Ich lese keine Zeitungen. Ich ... kann nicht gut lesen. War auch nicht lange in der Schule.«

Unter den sozial Schwachen in Europa gibt es immer mehr Postanalphabeten. Viele lernen die Buchstaben in der Schule nur mühsam und vergessen sie mangels Übung allmählich wieder.

»Nachdem der Kerl den Leichenarm abgeliefert hatte, floh er in den Pontonjärpark. Später wurde er mit dir eng umschlungen auf einer Bank gesehen. Alles spricht dafür, dass er ein Mörder ist. Hast du was mit Taggen Ovesson?«

Instinktiv zuckte sie zusammen und hob die mageren Schultern.

»Nein, nein. Er hat mich angebaggert, aber Papa hat gesagt, ich soll die Finger von ihm lassen, wenn ich sie mir nicht verbrennen will. Papa ist okay, er meint es gut, auf seine Art.«

»Aber du kennst Taggen?«

»Ja. Und es ist besser, wenn man macht, was er sagt. Vor allem, wenn er diesen Ton draufhat.«

»Okay. Monika, bist du Alkoholikerin?«

»Nein, aber ich trinke gerne mal einen. Machen die im Reichstag auch, habe ich gehört.«

»Klar, da geht's rund. Nimmst du Drogen?«

Monika wusste nicht richtig, was sie antworten sollte, aber Myrnas direkte Art imponierte ihr. Sie spielte nicht die Überlegene und schulmeisterte auch nicht, sondern fragte einfach, was sie wissen wollte. Sicher brauchte Monika jemanden, wo sie sich aussprechen konnte, und Myrna war die perfekte Beichtmutter.

»Ab und zu.«

»Und derzeit ein bisschen öfter?«

»Mag sein. Ich spritze nicht, aber du weißt ja, wie das ist.«

Myrna wusste nur vom Hörensagen, wie das war, aber das reichte, um mitfühlend zu nicken.

»Wo arbeitest du?«

»Mal hier, mal da.«

»Wovon lebst du?«

»Ich gehe ein bisschen auf den Strich. Nur feste Kunden, die ich manchmal zu Hause besuche. Die meisten sind nett, und ein paar Ohrfeigen steckt man schon mal weg. Du weißt ja, wie das ist.«

»Mhm. Manche Kerle möchte man rund wie Fußbälle machen und dann mit Spikes an den Schuhen auf den Mond schießen. Okay, Monika, reden wir ein bisschen über ...«

Monika griff plötzlich nach Myrnas Hand und jammerte: »Du, ich werde bald vierzig. Ich kann nichts und niemand will mich haben. Was, zum Teufel, soll ich denn mit meinem verdammten Leben machen? Ich denke darüber nach ... mit dem bisschen Grips, den ich habe ... ich will kein altes Weib werden ...«

Myrna streichelte ihr beruhigend die Wange: »Wenn du so denkst, bist du auf dem richtigen Weg. Und wenn du etwas ändern willst, dann wird sich etwas ändern.«

»Glaubst du ... wirklich?«

»Aber sicher. Vertrau auf Myrna Clavebo. Vierzig ist das beste Alter, da fängt das Leben doch erst richtig an.«

Monika war jetzt bereit, Myrna aus der Hand zu fressen. Wenn ich sie verhört hätte, wäre ich eher in die Hand gebissen worden. Ein Zeuge soll sich während der Befragung ruhig verhalten und darauf achten, dass die Rechte des Verdächtigen gewahrt werden. Ich war gewissermaßen unsichtbar. Myrna goss Kaffee nach und die beiden verschwisterten sich, wie es nur Frauen können. Wir Männer könnten viel von dieser Zusammengehörigkeit lernen, wenn wir lernfähig wären. Das Verhör würde vielleicht länger dauern als bei einem männlichen Kollegen, aber letztlich zählte das Resultat.

»Wie war das nun mit Taggen, Monika? Was geschah an jenem Abend?«

»Er kam zu uns in die Wohnung und sagte, ich solle mitkommen, also ging ich mit. Es war am frühen Abend, so um sechs.«

»Hatte er etwas dabei?«

»Zwei volle Plastiktüten. Er erzählte nicht, was darin war, und ich fragte nicht. Einem Taggen stellt man keine Fragen. Eine der Tüten war mit Paketband oben ganz fest zugebunden und ich hatte den Eindruck, dass er darin etwas Flüssiges transportierte.«

»Fuhr er einen Wagen?«

»Ja, einen Japaner. Keine Ahnung, welche Marke, damit kenne ich mich nicht aus.«

»War es sein Auto?«

»Weiß nicht. Er wollte ja nicht gesehen werden. Vielleicht geleast.«

»Wohin ging die Fahrt?«

»Norr Mälarstrand. Er hielt an und sagte, ich solle mich rausscheren, also stieg ich aus.«

»Worüber spracht ihr während der Fahrt?«

Sie stieß einen Laut der Selbstverachtung aus: »Sprechen? Worüber sollte er sich mit mir unterhalten? Er sagte keinen Ton.«

»Und dann?«

»Ja, dann liefen wir zu diesem Park hinauf. Da war eine Bank und er sagte mir, ich solle dort sitzen bleiben und dürfe erst aufstehen, wenn er es erlaubt habe.«

»Gab er dir weitere Instruktionen?«

»Wenn er käme und sich neben mich setzte, würden wir ein Liebespaar spielen, und ich sollte ihn Jojje nennen.«

»Und du hast nicht gefragt, warum?«

»Du lieber Himmel! Wenn du Taggen so erlebt hättest wie ich, würdest du auch die Schnauze halten und gehorchen. Du weißt, was sonst passieren kann.«

»Und du bist wirklich sitzen geblieben, bis er kam?«

»Na ja, ich habe mir schon ein wenig die Beine vertreten. Aber immer in Sichtweite! Denk dir, er wäre gekommen und ich wäre nicht auf meinem Platz gewesen ... Ich rauchte und schaute mich um und wartete, das war alles. Dann kam er angerannt, es war bereits dunkel. Er presste mich an sich und befummelte mich. Dann tauchte dieser Bulle mit dem Arm in der Hand auf. Es war so eklig, dass ich beinahe gekotzt hätte. Wie befohlen, nannte ich ihn Jojje, aber ich wollte nur weg von dort.«

»Wohin fuhr er anschließend?«

»Wir rannten die eine Straße hinauf und dann eine andere hinunter zum Norr Mälarstrand. Ich kenne mich in Kungsholmen nicht aus. Er fuhr mich nach Hause und setzte mich vor der Haustür ab.«

»Was sagte er da?«

»Wenn ich irgendjemandem auch nur ein Wort über ihn oder diesen Abend erzählen sollte, würde er mir den Rücken aufschlitzen und alle Rippen einzeln brechen.«

»Hat er erzählt, was er an diesem Abend getan hat?«

»Nein, aber er war guter Laune.«

Ihre Schilderung wirkte glaubwürdig bis ins Detail. Sie hatte aus Angst vor ihm ohne zu Murren fünf Stunden auf einer Parkbank ausgeharrt. Myrna fragte sie noch, ob er andere Personen oder eine Nazigruppe erwähnt und mit wem sie ihn in letzter Zeit gesehen habe, doch es kam nichts Verwertbares ins Protokoll. Obwohl sie für ihn nur ein Dreck war, hatte er sich gehütet, ihr etwas anzuvertrauen. Er traute keinem außer sich selbst.

»Tja, Monika, was meinst du denn, wo er jetzt steckt?«

»Keine Ahnung. Ich weiß gar nichts.«

Die Antwort kam schnell und in Panik. Myrna klopfte ihr freundschaftlich auf die Schulter:

»Ach Monika, natürlich weißt du das!«

»Nein-nein, ich ...«

»Du kannst es dir aber denken, oder? Also, heraus damit!«

Sie wand sich. Myrna tätschelte ihr den Arm. Monika quälte sich. So ging es vielen in diesem Raum, dafür war er eingerichtet worden.

»Wenn ich ... reden würde ... müsste ich trotzdem ... hier bleiben?«

»Heute Nacht geht es nicht anders. Morgen kann ich den Staatsanwalt sicher überzeugen, dass er dich laufen lässt.«

»Erfährt Taggen ... wirklich nichts? Sonst kann ich gleich den Leichenwagen bestellen.«

»Kein Wort, Monika.«

»Darf ich rauchen?«

»Na klar, wir haben hier für jedes Laster Verständnis.«

Monika zitterte so sehr, dass sie kaum die Zigarette zum Mund führen konnte. Wir warteten geduldig. Sie wollte reden, also drängten wir sie nicht. Freiwillige Auskünfte sind die verlässlichsten.

»Einmal habe ich etwas gehört, als er bei uns übernachtete. Er dachte, ich würde schlafen, und telefonierte. Es ging um ein ... bist du sicher, dass er nie erfährt, dass ich ...«

»Ich schwöre, Monika. Es ging um ein ... worum ging es?«

Ein tiefer Zug an der Zigarette zeigte an, dass sie die letzte Verteidigungsbastion aufgab. Bald würde sie die weiße Flagge hissen. »Um ein Boot«, seufzte sie.

»Fein, Monika, ein Boot. Was für ein Boot?«

»Was für ein ... ich habe keine Ahnung. Ein Boot eben. Er wollte es leihen, um darauf zu wohnen. Oder damit herumzufahren.«

»Bloß gut, dass du wenigstens den Namen des Bootes verstanden hast.«

»Habe ich das gesagt?«

»Ja. Lass hören.«

»Aber ich habe doch gar nicht ... also gut, er nannte den Bootsnamen. Klang irgendwie asiatisch, *Majong* oder so. Ich musste an ein chinesisches Mädchen denken. Mehr weiß ich wirklich nicht, Myrna! Mein Kopf ist ganz leer. Kann ich nicht schlafen?«

Myrna glaubte ihr und beendete das Verhör. Monika wurde in die Zelle geführt. Auch wir waren müde und gähnten um die Wette. Ich gratulierte meiner Kollegin zu ihrem Erfolg.

»Schade um die Frau«, murmelte sie. »Sie ist die geborene Verliererin. Für viele ist das Leben nur eine traurige Geschichte. Ich informiere den Innendienst über *Majong*. In irgendeinem Register wird der Kahn schon zu finden sein. Kommst du mit?«

Energisch schüttelte ich mein müdes, aber dennoch leichtes Haupt. Ich fühlte mich befreit, denn ich hatte meine Pflicht getan. Nun mussten sie ohne mich klarkommen.

»Nein. Ich gehe jetzt schlafen. Morgen geht es hinaus nach Grisslehamn, wo die beiden reizendsten Damen der Welt auf mich warten. Taggen zu fangen, ist Aufgabe von euch Greifern, damit habe ich nichts mehr zu tun. Die Frau ist identifiziert, zu weiteren Großtaten kann mich keiner zwingen. Gute Nacht, meine Schöne!«

Auf meinem Schreibtisch lagen mehrere Telefonnotizen. Ralph Wilson bat um einen Rückruf. Niemand nahm ab. Pech für ihn, nun musste er ein paar Wochen warten. Dasselbe galt für Åke Carlsson, Vincent Hällberg und Greta Åström. Die Namen waren mir völlig unbekannt und durften erst mit einer Kontaktaufnahme meinerseits rechnen, wenn ich aus dem Paradies zurückgekehrt war. Ich schrieb einen letzten Bericht über Monika Hall, warf einen halb gegessenen Apfel in den Papierkorb und machte das Licht aus. Noch ein letztes Mal atmete ich die Büroluft. Sie roch nach Arbeit. Und die Luft draußen? Die roch garantiert nach Ferien!

Die Nächte waren etwas länger geworden in der Zeit, die ich zwangsweise in Stockholm hatte bleiben müssen. Wir hatten selten eine so lange, zusammenhängende Hitze- und Dürreperiode erlebt. Täglich heulten sich die Landwirte in den Zeitungen aus, die Ernte sei in Gefahr. Die Tränen, die sie vergossen, hätten zur Bewässerung des ganzen Landes gereicht.

Ich nahm den gewohnten Weg über die Kungsholmsgata zur Polhemsgata und hatte keine Eile. Nur Zivilisten konnten so entspannt schlendern. Bis zu meiner Haustür hätte ich auch die letzten dienstlichen Gedanken verdrängt. Allein auf der Straße, allein in Kungsholmen, und am nächsten Tag wäre ich der einzige Glückliche, der nach Grisslehamn ...

Abrupt blieb ich stehen. Wenn ich der Einzige war, warum hörte ich dann Schritte hinter mir? Ich drehte mich um. Neben der Straße erhoben sich die Felsen des Kronobergsparks, darunter eine graue Masse, die sich tagsüber in Buschwerk verwandeln würde. Niemand war zu sehen. Hatte mich das Echo genarrt? Seit wann gab es auf der Polhemsgata ein Echo?

Langsam und intensiv lauschend lief ich weiter. Nein, kein Echo. Ich hatte mich also verhört. Nach zehn Schritten blieb ich erneut stehen. Da war doch etwas! Jemand folgte mir, unsichtbar wie ein Phantom. Ich überquerte die Straße, stellte mich vor die Fassade des Polizeipräsidiums und beobachtete die Umgebung. Da war nur der grauschwarze, unförmige Felsen. Da es auf dieser Straßenseite keine Beleuchtung gab, floss alles zu einer konturenlosen Masse zusammen.

Mein Blick tastete sich nach oben. Ein paar Bäume und ... Ich starrte, bis mir fast die Augen herausfielen. Stand da nicht eine Person am Rande des Felsens? Ein großer Mann, kräftig, schwarz gekleidet? Ich glaubte, ein helles Gesicht erkennen zu können. Dann schien der Kerl im Felsen zu versinken. Sollte ich ihn in den Park verfolgen? Oh nein, von solchen Abenteuern hatte ich genug. Ich bemühte mich, so normal wie möglich über die Hantverkargatan zur Pontonjärgatan zu spazieren. Es war wie ein Déjà-vu-Erlebnis, wie ein wiederkehrender Albtraum. An der Haustür stand niemand, weder mit noch ohne abgehacktem Arm. Ich schloss auf, blieb im Treppenflur stehen, hielt den Atem an und lauschte. Es war so still im Haus, wie es um diese Zeit zu sein hatte. Auch als ich im Fahrstuhl nach oben fuhr, fiel mir nichts Ungewöhnliches auf.

Wahrscheinlich machte sich die Anspannung der letzten Tage bemerkbar, ich hörte einfach Gespenster. Sorgfältig verschloss ich die Wohnungstür hinter mir und ließ den Schlüssel von innen stecken. Dann machte ich in allen Zimmern das Licht an. Keine Spur eines Eindringlings. Ich duschte kalt und legte mich ins Bett. Müde war ich und absolut urlaubsreif. Ich hörte und sah etwas, wo es nichts zu hören und zu sehen gab.

Viel zu früh klingelte das Telefon. Der metallisch-schrille Ton ließ mich aufschrecken. Mit verquollenen Augen schaute ich auf die Uhr, es war drei viertel sechs. Ich nahm den Hörer ab und murmelte ein »Hallo«. Kommissar Reine Avéns Stimme peitschte gegen mein Trommelfell:

»Zieh dich ganz schnell an und komm her! Aber erst hol dir eine Karte von Vaxholm und Umgebung!«

»Hör mal, ich habe Urlaub und ich ...«

»Hol die Karte und rede nicht!«

Mit der Karte in der linken und dem Hörer in der rechten Hand wartete ich Sekunden später auf weitere Anweisungen.

»Hallo!«, schrie er. »Bist du da?«

»Natürlich. Aber du hast gesagt, ich soll nicht reden.«

»Lass die dummen Scherze! Du fährst jetzt sofort nach ...«

»... Grisslehamn«, fiel ich ihm ins Wort. »Du kannst mich nicht zwingen, weiter Dienst zu tun, Reine. Es gibt, verdammt noch mal, auch noch andere Polizisten als mich!«

»Ich will mal sehen ... aha, da liegt Grisslehamn. Fast auf dem Weg. Du fährst also bis Åkersberga und hältst dich dann rechts, Richtung Åsättra. Unten am Wasser ist ein Steg. Du musst in einer Dreiviertelstunde hier sein. Ich verlass mich auf dich, denn jetzt wird es ernst.«

Er legte auf. Da ich nicht wusste, wie ich ihn erreichen konnte, um zu protestieren, steckte ich dem Hörer die Zunge raus. Die Urlaubstasche war seit Tagen gepackt, ich rannte zur Garage und war schnell auf der Ausfallstraße. Avén hatte so aufgeregt geklungen, dass ich ihm aufs Wort gefolgt war. Außerdem hatte er Recht, von der beschriebenen Stelle war es nicht mehr weit nach Grisslehamn.

Problemlos fand ich die Abzweigung und rollte auf einem immer schmaler werdenden Weg aufs Meer zu. Ein paar Polizeiautos standen am Ufer. Vor mir hielt ein weiterer Wagen. Avén winkte mir zu. Er war rot im Gesicht und atmete schwer. Klar, dass er in dieser Situation keinen Spaß verstand. Ich fragte kurz, worum es ginge.

»Das wirst du gleich sehen. Wir gehen an Bord.«

Die *Mah Jong* war eine große, schmucke, aus Holz gebaute Yacht; ich hatte gehört, dass man diesen Typ Pettersonboot nannte. Wir sprangen vom Steg auf das Achterdeck. Ein paar Polizisten standen an der Treppe, die nach unten führte. Wir kamen in einen eleganten Salon. Avén wies auf ein Sofa, das hinter einem Tisch verborgen war. Als ich näher trat, sah ich den Mann.

»Erkennst du ihn?«, fragte Avén mit heiserer Stimme.

»Ja, das ist ... das war Nils Kretse.«

Er trug keine Jacke, nur ein kurzärmeliges Hemd. Der linke Arm war einige Zentimeter unter der Armbeuge abgetrennt. Das Sofa war blutig wie eine Schlachterbank. Avén strich sich mit zitternder Hand über die Stirn:

»Ich fühle mich nicht gut«, flüsterte er.

»Was gibt es für ...«

»Warte noch, Rolle. Das ist noch nicht alles. Leider. Geh hinüber in die Schlafkoje.«

Die Tür war niedrig, ich musste mich ducken. Dahinter lag Bettzeug auf dem Boden, und ich entdeckte einen weiteren reglosen Mann, so reglos, wie nur ein Toter sein kann. Mein Magen drehte sich um. Es war Edward Morris!

Auch ihm hatte man den linken Arm abgehackt.

20. Kapitel

Der Zufall war uns zu Hilfe gekommen. Der erste Innendienstler, der den Namen *Mah Jong* auf den Monitor bekam, war ein Motoryachtfan und hatte ein Sommerhaus ganz in der Nähe der Fundstelle. Er liebte Pettersonboote und hatte sogar daran gedacht, ein Buch über diesen Typ zu schreiben. Er erinnerte sich, dass die *Mah Jong* seit einer Woche an dieser Stelle gelegen hatte.

Einige Stunden später wussten wir, dass der Segler einem Sven Åkesson gehörte, der krank war und das Boot fast nie nutzen konnte. Er lag im Karolinska-Krankenhaus und hatte keine Ahnung, dass sein Schmuckstück gestohlen worden war; krank, wie er war, interessierte es ihn auch nicht. Die Techniker untersuchten das Boot nach den verschiedensten Spuren. Seit die DNA-Analyse für die Ermittlungen eingesetzt wird, sind auch früher unwichtige Details interessant.

Ich musste einen weiteren Tag im Polizeipräsidium verbringen, dabei hatte ich dem Kasten doch schon Lebewohl gesagt. Meine Proteste, die neuen Morde gingen mich nichts an, da ich bereits im Urlaub gewesen sei, wurden ignoriert. »Findet Taggen und rollt den Fall dann weiter auf«, war mein Rat. Der Mord ließ auch mich nicht kalt, aber wenn ich schon kotzen musste, dann lieber hundert Kilometer nördlich von Stockholm.

Kurz vor dem Mittagessen erfuhr ich, dass der Arm, mit dem ich so lange herumgelaufen war, Morris gehört hatte. Wilson kam in mein Büro und war bis in sein britisches Mark erschüttert. Morris war ihm ein Freund und Kollege gewesen und er hielt den Verlust für unersetzlich. Er war grau im Gesicht. Auch wenn er es als Engländer nie zugegeben hätte: Ich sah, dass er geweint hatte.

»Edward war ein Mann, der ... nun, das kann nur ich verstehen. Er war mit Muriel verheiratet und hatte zwei Kinder. Muriels Schwester Edna ist meine Frau. Wie ich das hier erklären soll, weiß ich nicht. Ich habe es noch nicht gewagt anzurufen.«

»War seine Frau nicht erstaunt, dass er sich letzte Woche nicht gemeldet hat?«

»Nicht unbedingt, wir rufen selten zu Hause an, wenn wir im Einsatz sind. Als Edward Regionalchef in Westafrika war, lebte Muriel eine Weile bei ihm, aber sie hielt es nicht aus und zog mit den Kindern nach London zurück. Edward dachte, dass ... ach, das spielt keine Rolle mehr.«

»Hast du nicht gewusst, wohin er wollte?«

Wilson rieb sich den Schnurrbart und zuckte die Schultern: »Edward spielte gern den Geheimnisvollen. Manchmal war er wie ein kleiner Junge. Es kam vor, dass er eine Spur entdeckte und ihr auf eigene Faust folgte. Er verschwand dann einfach für eine Woche. Oft hatte er den richtigen Riecher, aber ...«

Er schaute zu Boden und murmelte: »Das war das Einzige, was ich nicht an ihm mochte. Ich erkenne an, dass er mir beruflich überlegen war. Er erkannte Zusammenhänge, wo ich nur lose Enden sah. Edward hätte einer der Großen bei Interpol werden können. Vielleicht wäre er auch auf einem Chefposten bei Scotland Yard gelandet, die wollten ihn schon seit Jahren abwerben. Dagegen war ich nur Mittelmaß. Guter Durchschnitt, sicher, aber Edward war bei uns das Superhirn. Wenn er wieder einmal verschwand, fühlte ich mich gleich als Versager.«

»Was willst du jetzt tun?«

»Um meine sofortige Versetzung bitten. Hier habe ich Angst um mein Leben. Die Mörder Edwards, wer immer sie sind, könnten glauben, dass ich über dieselben Kenntnisse verfüge wie er. Andererseits ...«

Er biss sich auf die Oberlippe und fügte zögernd hinzu: »Andererseits könnte die Führung von Interpol meinen, dass ich als sein Schwager und Vertrauter für die Ermittlungen unverzichtbar bin. Egal, ich werde mich versetzen lassen. Derzeit kommt mir Schweden schrecklicher als Nigeria vor.«

Nach dem Essen wurde ich in Avéns Büro gerufen. Dort traf ich auf Johan und Erna Kretse. Man hatte ihnen mitgeteilt, was geschehen war, aber sie schienen es nicht begreifen zu wollen. Johan hockte auf der Stuhlkante, Erna schien sich nur durch ihren Stock aufrecht zu halten.

»Es ist gegen die Ordnung der Natur, wenn die Kinder vor den Eltern sterben«, sagte sie gebrochen. »Noch widernatürlicher ist es, wenn die Enkel die Welt vor ihren Großeltern verlassen. Nils war noch so jung ...«

»Mein Sohn«, flüsterte Johan, »mein einziger Sohn! Tot! Ich hatte so auf ihn gehofft. Dass wir ... ein Team würden.«

»Wir haben Sie ja schon zu den Umständen seines Verschwindens befragt«, sagte Avén behutsam. »Wollen Sie dem noch etwas hinzufügen?«

Instinktiv griff Johan Kretse nach der runzligen Hand seiner Mutter, als suchte er Trost. »Wer hat Nils das angetan? Er war doch ... kein starker Junge.«

»Nils war ein guter Mensch«, bestätigte die alte Frau. »Er zeigte es vielleicht nicht immer, aber er war gut.«

»Wofür hat man sich abgerackert?«, fuhr Johan Kretse fort. »Was hatte es für einen Sinn, wenn niemand mein Lebenswerk fortsetzt?«

Avén räusperte sich vorsichtig: »Hassel, hast du noch eine Frage?«

Hatte ich? Sicher, doch meine Fragen konnten sie verletzen. Für sie war es eine schwere Stunde und als Vater konnte ich ermessen, was es bedeutete, das einzige Kind auf so bestialische Weise zu verlieren. Ich hatte einen ganz anderen Eindruck von Nils gewonnen, aber ich konnte verstehen, dass sie mit ihrer Wahrheit leben wollten. Also versicherte ich, dass ich keine weiteren Auskünfte benötigen würde. Avén wandte sich wieder den Trauernden zu:

»Sagen Sie, waren Sie oft in Nils' Wohnung?«

Sie schauten sich an, als fragte jeder dieselbe Sache. Beide schüttelten den Kopf.

»Nein«, sagte Johan. »Nils wollte keine Einmischung in sein Privatleben, das respektierte ich. Geburtstage und andere Familienfeste wurden in meiner Wohnung gefeiert.«

»Und Sie, Frau Kretse, waren Sie dort?«

»Nein ... doch, ein Mal. Da war die Wohnung noch leer. Ich habe ihn bei der Inneneinrichtung beraten. Danach nie mehr. Wie mein Sohn bereits sagte, bestand Nils auf seiner Integrität. In diesem Punkt war er empfindlich, das hatte er von mir. Ich habe auch immer meines für mich haben wollen.«

»Sie haben uns erzählt, was Sie über seinen Umgang wussten. Inzwischen hatten Sie Zeit zum Nachdenken – ist Ihnen noch etwas eingefallen, was uns helfen könnte?«

Nach einer Gedankenpause schüttelten sie gleichzeitig die Köpfe.

»Ich habe lange überlegt, aber Nils lebte nun mal sein eigenes Leben«, antwortete Johan leise. »Natürlich habe ich mir gewünscht, dass wir uns näher stehen würden, als es in den letzten Jahren der Fall war. Aber es ist, wie es ist. Der Fehler lag wohl bei mir und ich will versuchen, ihn zu sühnen so gut ich kann.«

»Du hast dir nichts vorzuwerfen, Johan«, beruhigte ihn seine Mutter. »Wir Kretses sind immer Individualisten gewesen. Nils wäre zu uns zurückgekehrt und eine große Stütze für die Firma geworden, wenn er die Zeit für reif gehalten hätte.«

Avén spielte mit einem Kugelschreiber und schaute die beiden nicht an, als er sagte: »Ich habe gefragt, weil Sie eventuell schockiert sein werden, wenn Sie in seine Wohnung kommen. Vorher müssen wir alles gründlich untersuchen, aber dann haben Sie freien Zutritt. Ihr Sohn beziehungsweise Enkel scheint ein ...«, er suchte nach einer schonenden Umschreibung, »... besonderer Mensch gewesen zu sein. Seine ... äh ... Neigungen wirken vielleicht ein wenig ... seltsam.«

Sie umklammerte den Stock, dass die Gelenke weiß hervortraten. »Trotzdem war er ein guter Mensch«, keuchte sie. »Er hätte es selbst noch gemerkt.«

Johan sagte nichts, er starrte nur vor sich hin und schien nicht einmal zu atmen.

Avén beendete das Gespräch: »Ich würde Sie nur bitten, sofort bei uns anzurufen, wenn Ihnen etwas einfällt, was uns weiterbringen kann. Wir können Ihnen versichern, dass wir alles unternehmen werden ...«

»Eine Sache nur«, unterbrach ihn Johan Kretse.

»Ja?«

»Was machen wir mit dem Begräbnis?«

»Ich verstehe nicht ...«

»Nils ist ja nicht ... vollständig. Man hat ein Stück vom Körper meines Sohnes gestohlen. Wir können doch nicht nur einen Teil von ihm bestatten und dann noch einen Arm hinzufügen? Einäscherungen sind in unserer Familie nicht üblich. Nicht wahr, Mama?«

»In dem Buch, das für uns wichtig ist, steht, dass wir am jüngsten Tag aufsteigen werden. Eine Verbrennung lässt sich mit der heiligen Schrift nicht vereinbaren.«

Avén wirkte ein wenig verlegen, wie viele Schweden, wenn sie jemanden treffen, der die Religion ernst nimmt.

»Ja, wenn Sie es so sehen ...«

»Also kann ich meinen Sohn erst begraben, wenn Sie das fehlende Körperteil gefunden haben.«

»Wir lassen seinen armen, gemarterten Körper einfrieren«, murmelte Frau Kretse. »Wir erwarten, dass Sie alles tun, um den Arm meines Enkels wiederzufinden. Erst wenn man ein Grab hat, das man besuchen kann, findet man ein bisschen Ruhe.«

»Äh ... ja ... man kann ihn wohl schlecht in einem Kühlhaus ... äh ...«, stotterte Avén. »Wir werden selbstverständlich alles tun, um das ... äh ... Problem zu lösen.«

Die beiden gingen. Trotz des Stockes musste Johan seine Mutter stützen. Ich sah zwei schwer getroffene Menschen, die den, der ihren Herzen am nächsten gestanden hatte, nicht einmal begraben konnten.

Als sich die Tür hinter ihnen geschlossen hatte, brüllte der Kommissar los: »Verdammter Mist, wo kann der Arm geblieben sein? Das ist ja krank! Wo sind wir hier denn? Ist das ein neues Ritual, Unterarme abzuhacken? Hat das für irgendjemand eine symbolische Bedeutung? Du weißt, wenn die Mafia einen Verräter umbringt, legt man ihm eine Münze auf die Zunge. Kann das in diese Richtung gehen? Eine Warnung für andere?«

»Ich kann nur noch einmal sagen: Wir, das heißt ihr, müsst Taggen finden. Das geht auf sein Konto.«

»Ja, aber wer hat ihm den Auftrag gegeben?«

»Du hast den Vater und die Großmutter davor gewarnt, Nils' Wohnung zu betreten. Ist dort eine Erklärung zu finden?«

Avén kaute am Nagel des kleinen Fingers und nickte langsam: »Nicht ausgeschlossen. Wir wussten ja, dass er eine Nazigruppe finanzierte. Andererseits ... der Kerl war nicht ganz richtig im Kopf! Du solltest mal sehen, was der für Bilder aufgehängt hat. Fotos, auf denen Menschen, vorzugsweise Frauen und Kinder, grausam gefoltert werden. In einem Raum hat er Folterwerkzeuge gesammelt. Peitschen, Zangen, mit denen man Knochen im Körper brechen kann, dazu eine Kollektion grässlicher ...«

»Es reicht«, unterbrach ich ihn. »Gibt es Hinweise auf eine direkte Verbindung zu diesen Hitlerbanden?«

»Von einer direkten Verbindung können wir noch nicht sprechen, aber Hinweise gibt es. Die Wohnung ist sehr groß und besteht aus sieben Zimmern. In einem entdeckten wir ein maßstabsgerechtes Modell des Konzentrationslagers Auschwitz, mit Stacheldraht, Krematorien, SS-Bewachung, Hunden, Häftlingen und allem drum und dran. Der Kerl hat in den Öfen sogar Fleisch verbrannt, von Ratten oder kleinen Vögeln. Es stank bestialisch. Krank, einfach krank! In einem anderen Raum ...«

»Wie sah der Eingangsbereich aus? War er neutral gestaltet?«

»Keinesfalls. Stell dir vor, da hängt eine lebensgroße Frau von der Decke, von innen beleuchtet. Die Jungs, die zuerst hineingingen, traf fast der Schlag! Sie dachten, da hängt wirklich ein Mensch, bis sie merkten, dass es nur eine Puppe war. Außerdem gab es ...«

»Reine, es reicht. Also ist nicht anzunehmen, dass er einfach so Leute mit nach Hause genommen hat. Ich meine, wenn er ein Mädchen zu sich eingeladen hätte, zum Beispiel zur Besichtigung seines Vernichtungslagers, und ihr wäre klar geworden, dass es gar kein Scherz war – dann hätte sie wohl alle möglichen Behörden angerufen und über den geisteskranken möglichen Lustmörder informiert!«

Avén schaute mich entsetzt an und ich begriff, was ihm durch den Kopf ging.

Resigniert sagte er: »Daraus ergeben sich Fragen, die ich lieber nicht stellen würde. War er ein Lustmörder? Hat er seine Folterinstrumente tatsächlich benutzt? Wir haben noch viel zu klären in dieser Siebenraumwohnung.«

»Nicht wir. Ihr!«

Ich erhob mich und streckte ihm zum Abschied die Hand hin.

Widerstrebend ergriff er sie: »Wir brauchen dich hier, Hassel.«

»Danke für die Blumen. Wir sehen uns Mitte August wieder und ich würde mich freuen, wenn ich meinen Urlaub ungestört verbringen dürfte. Die Arbeit schafft ihr gut ohne mich.«

Natürlich würden sie mich kontaktieren, wenn es etwas gab, was ich unbedingt wissen musste, aber ich hoffte, dass sie ansonsten meinem Wunsch nachkamen. Ich rief Virena an und verkündete die frohe Botschaft, dass ihr geliebter Mann bald eintreffen würde. Sollte ich noch etwas mitbringen von zu Hause oder unterwegs?

* * *

Gegen siebzehn Uhr verließ ich Stockholm im vollbeladenen Wagen in nördlicher Richtung. Ich hatte keinen Brief, der meinen baldigen Tod ankündigte, und keinen Drohanruf bekommen, also konnte ich mit dem Tag zufrieden sein.

Während der Fahrt kreisten meine Gedanken um den Fall. Ich hatte das starke Gefühl, dass wir erst am Anfang standen. Offenbar war Morris zu einem Treffen gelockt und umgebracht worden. Ob der Mord auf dem Boot geschehen war, würden die Rechtsmediziner klären. Was hatte er für eine Beziehung zu Nils Kretse? Warum hatte mir Taggen Morris' Unterarm gegeben? War geplant, dass ich Nils' Arm auch noch bekommen sollte? Taggen wusste, dass wir ihn durch sein Missgeschick mit dem Mobiltelefon identifizieren konnten. Hatte das die Pläne gestört? Wo war die Verbindung zu den Ereignissen in Lagos? Lagos ... Ich schauderte allein bei dem Gedanken an die westafrikanische Großstadt. Nie, nie wieder! Ich würde mich sogar weigern, in unser värmländisches Laggås zu fahren, um der Angst zu entgehen. Und keine Lagosten mehr essen – oder hießen die Langusten?

Als ich vor dem Haus, das wir durch einen Glücksfall entdeckt hatten und nun seit Jahren jeden Sommer mieteten, aus dem Wagen stieg, ließ ich mein Polizistenleben hinter mir. Ich war nur noch der liebende Ehemann und stets zu Streichen aufgelegte Papi, der sich einen Bart wachsen lassen und nach Meer und Fisch riechen würde. Als ich die Autotür zuknallte, traten meine Damen aus der Tür. Die kleine rannte auf mich zu und warf sich in meine Arme, während mich die ältere nicht ganz so leidenschaftlich umarmte. Nun, das sollte sich spätestens in der Nacht ändern.

Elin wollte mich sofort ins Wasser zerren und behauptete, es sei warm wie in der Badewanne. Also riss ich mir die Berufskleider vom Leibe, zog die Badehose über und eilte ihr nach. Das Ruderboot lag am Steg und ich sah, wie es zufrieden im Wasser schaukelte.

Später aßen wir zu Abend, plauderten und genossen das Zusammensein. Die Kleine kicherte und lachte, die Große schenkte mir lange, zärtliche Blicke.

Als die Kleine endlich eingeschlafen war, saß ich mit der Großen auf der Bank vor dem Haus und beobachtete den Sonnenuntergang, der den Goldschimmer des Wasser in Purpur umfärbte. Wir hatten jeder ein Glas perlenden weißen Wein in der Hand und fühlten die Nähe des anderen. Das war der Sinn des Lebens und falls es einen anderen Grund gab, dass ich zur Welt gekommen war, wollte ich ihn gar nicht wissen.

Am nächsten Morgen erwachte ich sehr früh – weil ich es so wollte. Durch das Fenster sah ich den Schimmer über dem Wasser, der den Tag ankündigte. Ich hörte geradezu, wie das Boot nach mir rief. Vorsichtig zog ich mir meine alten Jeans und ein ausgewaschenes T-Shirt über. Virena lächelte im Traum und schlief weiter. Ich lächelte auch und hoffte, dass wir uns gerade an dieselbe Sache erinnerten. Als ich durchs Haus schlich, hörte ich Elin atmen und trat an ihr Bett. Da lag sie, meine geliebte Tochter, meine Zukunft. Wehe dem, der ihr Böses tun wollte!

Es war noch kühl, als ich über die Wiese und den Strand zum Steg hinunterging. Der Ruderkahn rieb sich am Holz und grunzte mir ein Willkommen zu: »Hej, Junge, wo warst du denn so lange?« »Ach, weißt du, ich hatte ein bisschen Stress. Und was hast du gemacht?« »Nur ein wenig geplätschert. Die Dollen schlafen einem ein, wenn sie so lange nichts zu tun haben.« »Du leckst doch nicht etwa, aller Junge?« »Na, erlaube mal, ich halte dicht. Deine Alte rudert übrigens wie der erste Mensch.« »Wie sprichst du denn über meine Frau!« »Entschuldigung.« »Angenommen. Du hast ja Recht, das Rudern, die edle Kunst, hat sie noch nicht erlernt.« »Dann bring es ihr bei, Meister. Du hast es im Blut.«

Die Sonne zeigte sich feuerrot am Horizont. Langsam ruderte ich hinaus. Das war es, wovon ich so lange geträumt hatte. Ganz allein im Universum, nur ich, das Meer, der Himmel und die Sonne. Wir waren Teil einer ewigen Symbiose. Die totale Einsamkeit versetzte mich in einen Rausch des Glücks. Voraussetzung für dieses Glück war, dass ich die Einsamkeit jederzeit beenden und in eine geliebte Gemeinschaft hinüberwechseln konnte.

Die Dollen quietschten leicht unter meinen kräftigen Zügen. Ich ruderte weit hinaus, der Steg war nur noch ein kleiner Punkt. Dann zog ich die Ruder ein und ließ mich im Dämmerlicht einfach treiben. Ich war vom Meer umgeben, das Ufer ließ sich kaum mehr ahnen. Das einzige Zeichen der Zivilisation war ein Motorboot, das noch weiter draußen vor Anker lag. Es störte nicht in dem Bild von der Ursprungsperiode der Erde.

Ich schloss die Augen und wendete mein Gesicht der aufgehenden Sonne zu. Kleine Wellen gluckten gegen das Boot und ich schaukelte in der sanften Brise wie in einer Hängematte. Das Meer roch frisch und salzig. Unter der Oberfläche warteten muntere Fische darauf, sich von mir fangen zu lassen. Die Zeit verging und ich blieb einfach sitzen, an nichts denkend, nur die Wärme und den Geruch genießend. Es war wirklich das Paradies!

Aber leider gibt es in jedem Paradies eine Schlange. Hier gab es Bremsen, die schlimmsten Insekten, die ich kannte. Sie ließen mir keine Zeit zur Verteidigung. Ein besonders heimtückischer Brummer erwischte mich zwischen den Schulterblättern, wo meine Hand nicht hinreichte. Verdammt, es war gerade so schön gewesen!

Merkwürdig, dass ich Arme und Beine nur so mühsam bewegen konnte. Ich sank von der Ruderbank auf den Boden des Bootes. Als ich versuchte, mich wieder aufzurichten, schien mein Körper eine Tonne zu wiegen. Alle Muskeln und Knochen hatten sich in Gelee verwandelt. Etwas fiel mit einem metallischen Laut auf den Boden. Ich schaute auf den Gegenstand, und meine Gedanken waren so träge wie die Glieder, sie krabbelten wie kranke Schildkröten in meinem Gehirn herum. Sah das nicht aus wie ein Pfeil?

Plötzlich klammerte sich eine schwarze Hand an das Boot, dann eine zweite, als wollte ein böser Geist vom Meeresgrund heraufsteigen. Auch auf der anderen Seite zeigte sich ein Paar Hände. Zwei Monster wollten das Boot ins Reich Poseidons hinabziehen! Jemand wimmerte vor Angst, das musste ich sein. Das Blut gerann mir in den Adern und mir wurde schwarz vor Augen.

Von beiden Seiten hangelten sich die Monster ins Boot und starrten mich aus riesigen Glasaugen an. Froschmänner! Einer von ihnen zog eine Art Sack mit sich. Mit schwindendem Bewusstsein registrierte ich, wie er eine Gesichtsmaske und ein Sauerstoffgerät hervorholte. Er stülpte die Maske über mein Gesicht. Nun atmete ich über den Behälter, den er mir auf den Rücken schnallte. Sie packten mich und hievten mich über die Reling. Mein Körper war jetzt völlig leblos. Ein letzter Gedanke flog durch meinen Kopf: Dann war es doch keine Bremse gewesen, sondern ein Betäubungspfeil, wie man ihn für größere Tiere verwendet. Das beruhigte mich zwar nicht, aber es war sowieso alles egal, denn mein Bewusstsein schwand endgültig dahin.

Ab und zu erwachte ich, schlief aber sofort wieder ein. Manchmal spürte ich eine Spritze in meinem Arm. Es gelang mir nicht einmal, die Augenlider zu heben. Um mich herum brummten Motoren, die zu einem Flugzeug gehören konnten. Vielleicht lag ich auch im Maschinenraum eines Schiffes. Aufwachen, ein Stich in den Unterarm, wieder einschlafen, immer derselbe Rhythmus. Von meiner Umgebung nahm ich außer dem Motorenbrummen nichts wahr. Die Zeit hörte auf zu existieren.

Die Wände waren aus nacktem Beton. Der Raum war so klein, dass ich weder sitzen noch liegen konnte. Ich wimmerte vor Schmerzen; ein Zeichen, dass ich langsam erwachte. Sofort wurde eine Tür aufgerissen, Hände packten mich und schleppten mich in einen dunklen Gang hinaus. Im Gegensatz zu der sommerlichen Wärme Schwedens war die Hitze unerträglich und feucht wie in einer finnischen Sauna.

Eine Tür ging auf, dann stieß man mich auf einen Stuhl. Langsam wurde mein Blick klarer. Grünpflanzen, keine Fenster, an der Decke ein Ventilator. Ein Schreibtisch, ein Regal, ein Schrank, diese fürchterliche Hitze, das Bild des Generals, die verführerisch weiche Stimme ... des Generals?!

»Gut, setzen wir das Verhör fort. Erzählen Sie, wie Sie Doktor Bisi Yaro ermordeten.«

Hauptmann Nawkino.

Ich war wieder in Lagos.

21. Kapitel

In meinem Kopf überschlugen sich die Gedanken. Der Hauptmann erhob sich und baute sich breitbeinig vor mir auf. In der Hand hielt er einen dünnen, gebogenen Stock, von dem ich nicht wusste, wozu er dienen sollte. Ich wusste eigentlich überhaupt nichts. Diese lähmende feuchte Hitze ...

»Ich habe Sie in ein kleines Gefängnis bringen lassen. Niemand weiß, dass Sie hier sind. Ich möchte nicht noch einmal in meinem Verhör unterbrochen werden.«

»Ich ... ich ... träume ...«

Er lachte hinterhältig: »Oh nein. Sie sind bei mir und ich mache mit Ihnen, was ich will. Sie sind in einem Transportflugzeug hergekommen. Entfernungen sind kein Problem, wenn man über Verkehrsmittel verfügt. Wie war das denn nun mit dem Mord an Doktor Bisi Yaro?«

»Ich habe ihn nicht getötet!«

»Gestehen Sie, Carrington!«

»Hassel! Ich heiße Roland Hassel!«

Die Wiederholung der Wiederholung. Ich war bestimmt gestorben und befand mich in der Hölle. Als ich in jenem Land Schweden aufs Meer hinausgerudert war, hatte mich der Tod geholt, und nun musste ich alle irdischen Sünden in meiner persönlichen Hölle sühnen. Und der Teufel wusste, was ich am meisten fürchtete.

»Ich bin so durstig«, würgte ich heraus.

»So? Wollen Sie etwas zu trinken haben?«

»Ja.«

Er ging zu einem großen Kühlschrank und öffnete die Tür, aber ich konnte nicht sehen, was sich darin befand. Als er zurückkam, hielt er eine geöffnete Flasche Mineralwasser in der Hand.

»Sind Sie sehr durstig?«

»Ja.«

»Wollen Sie diese Flasche hier haben?«

»Ja.«

»Dann strecken Sie die linke Hand aus.«

Ich tat es, doch plötzlich schlug er mit dem Stock auf mein Gelenk. Ich schrie auf. Der Hauptmann winkte mit der Flasche, aber immer außerhalb meiner Reichweite.

»Merken Sie sich: Wenn Sie etwas haben wollen, dann müssen Sie demütig darum bitten. Begreifen Sie doch: Auf der ganzen Welt kann nur ich Ihre Wünsche erfüllen. Aber ich bestrafe Sie, weil Sie mir nicht gehorchen und weil Sie lügen. Wollen Sie das Wasser haben?«

»Ja ... bitte!«

Er schüttelte missbilligend den Kopf. »Das reicht nicht. Bitten Sie demütig um die Gnade, Wasser zu bekommen, dann werde ich Ihrem Wunsch eventuell nachkommen.«

Mein Körper war dehydriert und benötigte dringend Flüssigkeit. In der heißen Hölle musste man trinken. »Ich wäre Ihnen sehr dankbar, wenn Sie mir Wasser geben würden.«

»Das reicht nicht. Wie bin ich, wenn ich Ihnen den Wunsch erfülle? Bin ich dann nicht lieb?«

»Lieber Hauptmann Nawkino, und ich wäre Ihnen so dankbar!«

Für ein Glas Wasser hätte ich meine Seele verkauft, aber ich hatte je keine mehr.

»Sehen Sie ein, dass Sie auf der ganzen Welt nur noch mich haben? Dass Ihnen kein anderer mehr eine Gunst erweisen kann, dass Sie ganz in meiner Hand sind?«

»Ja, das sehe ich ein, lieber Hauptmann Nawkino.«

»Dann gewähre ich Ihnen die Gnade, trinken zu dürfen.«

Er reichte mir die Flasche und ich durfte sie nehmen, ohne mit dem Stock geschlagen zu werden. Ich trank sie leer bis zum letzten Tropfen. Das Wasser war abgestanden und hatte einen seltsamen Beigeschmack, aber es netzte die ausgetrockneten Schleimhäute. Mein Handgelenk brannte wie Feuer.

»Nun, Carrington, wie wäre es jetzt mit der Wahrheit?«

»Ich heiße Hassel und bin Schwede, das ist die Wahrheit.«

»Wäre es eine Gnade, wenn ich Ihnen glaubte, dass Sie Hassel heißen?«

Mein Gehirn war noch immer wie eingetrocknet, dafür hatte das Rinnsal nicht gereicht. Meine Zukunft war geographisch an einen Ort gebunden, der Lagos hieß, ein Synonym für Hölle. Meine Gegenwart wurde durch einen Hauptmann, seinen Stock und seine Forderungen bestimmt. Die Vergangenheit war wie ein Nebel in einer Wirklichkeit, die mit meiner jetzigen Existenz nichts zu tun hatte.

»Ja, lieber Hauptmann, das wäre eine Gnade.«

»Vielleicht würde ich Ihnen auch diese Gnade gewähren, es käme ganz darauf an.«

Er setzte sich an den Schreibtisch und legte den gebogenen Stock zur Seite. Eine schwache Erinnerung glimmte auf. Hatte man solche Ruten nicht früher in der Schule verwendet, als die Lehrer ihre Schüler noch züchtigen durften?

»Werden Sie die Wahrheit sagen, egal, was ich Sie frage?«

»Jawohl, Hauptmann Nawkino.«

»Die volle Wahrheit?«

»Jawohl, Hauptmann Nawkino.«

»Sie begreifen, ich weiß alles über Sie. Vor mir kann man nichts verbergen. Haben Sie verstanden?«

»Jawohl, Hauptmann, ich habe verstanden.«

»Wollen Sie mich noch etwas fragen, bevor wir mit dem Verhör beginnen?«

»Ja. Wann werden Sie mich töten?«

Er lachte amüsiert und schüttelte den Kopf. »Ich habe nicht vor, Sie zu töten. Warum sollte ich?«

Klar doch. Der Klügste war ich nie gewesen, aber in Lagos, in der Hölle, stellte ich geradezu dumme Fragen. Ich war ja schon tot. Man kann niemanden zweimal töten. Die Flasche Wasser hatte nichts genutzt, sie war bereits wieder ausgeschwitzt.

»Wie heißt Ihre Tochter?«

Tochter? Ich musste ihm gehorchen. Er fragte nach Elin und wollte eine rasche Antwort. »Elin.«

»Heißt sie wirklich Elin?«

»Jawohl, Hauptmann, sie heißt Elin.«

»Ich fragte Sie nach dem Namen Ihrer Tochter und Sie antworteten: Elin. Ist das die Wahrheit?«

Ich nickte eifrig: »Sie heißt Elin, das ist die Wahrheit.«

Er lehnte sich über den Schreibtisch und legte die Handflächen wie zum Gebet aneinander.

»Habe ich Ihnen nicht gesagt, dass ich alles weiß? Sie glauben mir nicht und deshalb versuchen Sie zu lügen. Ich bin enttäuscht von Ihnen, Hassel. Sie sollten sich endlich über Ihre Lage im Klaren sein.«

»Aber Sie heißt Elin«, flehte ich. »Ich schwöre, es ist die Wahrheit!«

»Lautet der Name Ihrer Tochter nicht Elin Virena?«

»Wie? Ja, wir wollten, dass sie auch den Namen meiner Frau ...«

»Aha! Sie wollten mir also Informationen vorenthalten! Ich fragte, wie sie heißt, und Sie haben mich belogen. Sehen Sie ein, dass ich Sie bestrafen muss?«

»Lieber Hauptmann Nawkino, ich hatte nicht richtig nachgedacht und ...«

»Sehen Sie es ein oder nicht? Andere Möglichkeiten gibt es nicht. Wie ist es, Hassel?«

Ich musste zu Kreuze kriechen und flüsterte: »Jawohl, ich sehe es ein.«

»Das ist klug von Ihnen. Strecken Sie Ihre linke Hand aus, die Handfläche nach oben.«

Ich gehorchte. Die Hand zitterte. Er hatte keine Eile, denn er war der Herr der Hölle und gebot über die Zeit. Langsam stand er auf, griff nach der Rute und hieb ein paar Mal probehalber durch die Luft. Mein Blick klebte an dem Instrument, mit dem er mich züchtigen wollte. Ich wollte die Hand zurückziehen, aber ich vermochte es nicht. Dann schlug er zu und ich heulte vor Schmerz laut auf. Niemals zuvor hatte etwas so plötzlich weh getan.

»Nun, hatten Sie die Strafe verdient, Hassel?«

»Jawohl, Hauptmann Nawkino«, schluchzte ich.

»Sehen Sie ein, dass auch die Strafe eine Gunst ist, die ich Ihnen bewillige?«

»Entschuldigung, ich verstehe nicht ...«

»Wenn Sie die Wahrheit sagen, gefallen Sie mir. Wenn Sie lügen, machen Sie mich traurig. Wollen Sie, dass ich traurig bin?«

»Nein, nein, absolut nicht, schlagen Sie mich bitte nicht, lieber Hauptmann, seien Sie nicht traurig!«

»Nur wenn Sie mir gefallen, kann ich Ihnen Vergünstigungen bewilligen. Die Strafe ist eine Gunst, damit Sie mir wieder gefallen können. Begreifen Sie die Logik?«

Alles, was er sagte, war gut und richtig. Mein ausgetrockneter, dummer Schädel nickte eifrig: »Jawohl, lieber Hauptmann, nun begreife ich, dass die Strafe eine Gunst sein kann.«

Er ging zu seinem Stuhl zurück und ich konnte die brennende Hand senken. Die Knöchel waren blutrot und geschwollen. Ich leckte mir die Lippen, doch es war kein Speichel mehr auf der Zunge. Dafür rann mir der Schweiß von der Stirn und aus den Achselhöhlen.

»Lieber Hauptmann, ich wäre Ihnen sehr dankbar, wenn ich mehr Wasser bekommen könnte.«

»Oh nein. Wir wollen es mit den Vergünstigungen nicht übertreiben. Sie appellieren an mein Herz, aber Sie sind nicht wirklich demütig.«

»Doch, doch, Hauptmann, ich bin so demütig.«

»Sind Sie nicht! Am besten, Sie denken eine Weile darüber nach. Offenbar haben Sie nicht verstanden, worauf es in Ihrer Situation ankommt.«

Er rief einen Befehl. Sofort kamen die riesigen schwarzen, uniformierten Wächter herein, packten mich und schleppten mich in die Zelle zurück. Als die dicke Tür mit dem Guckloch hinter mir zugefallen war, registrierte ich, wo ich war. Es war ein Loch, in dem ich nur stehen konnte. Weder ließen sich die Arme heben noch die Knie beugen. Als ich die Stirn gegen den Beton lehnte, schürfte ich mir die Haut ab. Mein Körper brauchte Ruhe, wollte liegen!

Ich merkte, dass ich keuchte wie ein überanstrengter Hund. Diese lähmende feuchte Hitze ... Nach wenigen Minuten waren alle Glieder steif und schmerzten unerträglich. Ich weinte und schrie in meiner Hölle wie ein verletztes Kind, doch niemand hörte mich.

Wieder schossen wilde Gedanken durch mein vertrocknetes Gehirn. War ich bei Bewusstsein oder nicht? Steckte ich noch in meiner Betonröhre, wurde ich gerade über den Gang getragen oder stand ich vor dem Schreibtisch des Hauptmanns? Hatte er die Rute in der Hand? Durfte ich vielleicht sogar sitzen? Gestattete es der liebe Hauptmann, dass ich mich hinsetzte, dass ich meine Beine entspannte?

»Lügen Sie weiter oder werden Sie versuchen, die Wahrheit zu sagen?«

»Die Wahrheit, Hauptmann Nawkino.«

Er zündete ein Zigarillo an und blies den Rauch in die Richtung des Ventilators, der die blauen Kringel sofort vernichtete. Das Licht kam von Lampen in weißen Porzellanfassungen, die von der Decke hingen.

»Wir werden sehen.«

»Lieber Hauptmann, können Sie mit die Gunst erweisen, mir Wasser zu geben?«

»Haben Sie es verdient?«

»Ich hoffe es. Ich bin so durstig.«

»Begreifen Sie, dass Sie sich eine Vergünstigung stets verdienen müssen? Man bekommt nichts gratis.«

Nicht einmal in der Hölle gab es etwas umsonst. Warum auch? Alles hatte seinen Preis, im Leben und danach. »Das begreife ich, Hauptmann.«

Aus dem Kühlschrank holte er eine neue geöffnete Flasche ohne Etikett. Meine Halsmuskeln reagierten wie die Hunde in Pawlows Versuch. War ich etwas anderes als ein durstiger Hund? Er goss die Hälfte des Wassers über den Schreibtisch:

»Leck das auf, Hassel. Ist es eine Gunst, all dieses herrliche Wasser auflecken zu dürfen?«

»Ja, ja, es ist eine große Gunst.«

»Dann leck los!«

Mein steifer, schwerfälliger Körper schaffte es irgendwie, ohne Hilfe aus dem Stuhl hochzukommen. Ich humpelte an den Tisch und leckte mit der Zunge über die Platte. Gut schmeckte das nicht, aber was kümmerte es einen, dessen Eingeweide sich in Staub verwandelt hatten.

»Was sagen Sie nun, Hassel?«

»Danke, lieber Hauptmann, ich bin so dankbar.«

»Setzen Sie sich.«

Hatte ich nicht Jeans und ein T-Shirt angehabt, als ich zuletzt am Leben war? Jetzt trug ich zerlumpte kurze Hosen und ein schmutziges Hemd, das mir nicht gehörte. Es roch nach der Angst eines anderen Menschen. Meine Knie waren blutig, weil sie die ganze Zeit gegen die Zellenwand gedrückt gewesen waren.

»Waren Sie früher schon einmal verheiratet?«

»Ja, ich war schon einmal verheiratet.«

Jetzt musste ich die Wahrheit sagen, durfte nichts verschweigen; er wusste alles und durchschaute mich.

»Wie hieß Ihre erste Frau?«

»Sie wurde Cillan genannt.«

»Habe ich danach gefragt, wie sie genannt wurde?«

»Nein, aber ich ...«

»Wollte ich nicht ihren Namen wissen?«

»Ja, ja, ihr Name war Cecilia, aber sie ...«

»Warum haben Sie zuerst gelogen?«

»Ich glaubte, dass ...«

»Cillan ist nicht Cecilia. Ich stellte Ihnen eine einfache Frage und Sie gaben mir eine unrichtige Information. Sie machen mich sehr traurig, Hassel. Sehr traurig.«

»Entschuldigen Sie, Hauptmann Nawkino, ich verspreche, dass ...«

»Strecken Sie die linke Hand aus, die Handfläche nach oben.«

Ich fing an zu weinen, als ich die Hand ausstreckte, und die Tränen vermischten sich mit dem Schweiß. Er ließ Asche auf den Fußboden fallen und schüttelte den Kopf über diese Person, die ihn angelogen hatte und gezüchtigt werden musste. Ich schluchzte hemmungslos. Als er mit aller Kraft zuschlug, schrie ich, dass die Lungen in meiner trockenen Brust hüpften.

»Und ich wollte Ihnen den Rest des Wassers in der Flasche geben. Aber das haben Sie nicht verdient. Stimmen Sie mir zu, Hassel?«

Heulend gab ich ihm Recht. Ich hatte gelogen und konnte nicht erwarten, fürstlich belohnt zu werden.

»Sie sollten Ihre Position noch einmal überdenken. Sie haben noch viel zu lernen. Sie scheinen nicht zu begreifen, was gut für Sie ist.«

Die Riesen schleiften mich in meine Röhrenzelle zurück. Ich weinte, schrammte mir Knie und Stirn auf, dämmerte weg, wurde wieder abgeholt, geschlagen, eingesperrt, durfte Wasser lecken, wurde zurückgeschleift, erneut abgeholt, musste Fragen beantworten, wurde geschlagen, und so sollte es wohl in alle Ewigkeit weitergehen, denn darin bestand meine Höllenstrafe.

»Wo sind Sie geboren, Hassel?«

»In Stockholm.«

»Und wo dort? Sagen Sie die Wahrheit!«

»Drottningholmsvägen 3.«

»Wirklich?«

»Jawohl, Hauptmann, dort bin ich geboren. So steht es auch in meiner Geburtsurkunde.«

»Brachte Ihre Mutter Sie unter dieser Adresse zur Welt?«

»Ja ... nein, im Krankenhaus natürlich, Allgemeine Entbindungsstation hieß es damals, und ich glaube, dass ...«

»Lag dieses Krankenhaus am Drottningholmsväg 3?«

»Nein, es ...«

»Wonach habe ich Sie gefragt? Ich fragte: Wo sind Sie geboren? Haben Sie mir wahrheitsgemäß geantwortet?«

Wieder begann ich zu weinen, jetzt würde ich bestraft werden.

»Nein, ich habe nicht wahrheitsgemäß geantwortet. Verzeihen Sie, lieber Hauptmann ...«

»Sie sind immer noch nicht demütig genug. Sie sind widerspenstig! Sie arbeiten gegen mich!«

»Lieber Hauptmann Nawkino, ich bin demütig ...«

»Runter auf alle viere! Küssen Sie mir die Füße!«

Ich glitt vom Stuhl, kroch zu ihm und drückte meine trockenen Lippen auf seine Stiefelspitze.

»Jetzt den anderen Fuß.«

Die Stiefel waren blitzblank und schmeckten nach Leder und Schuhkrem.

»Auf die Knie! Strecken Sie die linke Hand aus. Haben Sie die Gunst verdient, von mir bestraft zu werden?«

»Jjjaa, lieber Hauptmann, ich bin dankbar, dass Sie mich schlagen, denn es geschieht zu meinem Besten.«

Die Knöchel brannten und ich jaulte und war dankbar für den Schmerz, der mich begreifen ließ, was gut für mich war.

Zurück in das Betonloch und wieder zum Hauptmann, zurück in die schwarze, enge Zelle, bei jeder Berührung der geschundenen Knie mit der Wand stöhnend. Irgendwann sank ich in mich zusammen und verlor das Bewusstsein.

Von Zeit zu Zeit hielt einer der Wärter meinen Kopf fest, während mir der andere die wässrige Suppe einflößte, die den Gefängnisinsassen Tag für Tag verabreicht wurde. Sie war aber so salzig, dass sie meine Durstqualen nicht lindern konnte. Die Toilette war ein anderes enges Loch und man passte auf, dass ich nicht zu lange Zeit dort verbrachte.

»Wie alt war Ihr Vater, als er starb?«

»Vierundfünfzig Jahre, Hauptmann.«

»Auf den Tag genau vierundfünfzig Jahre?«

»Nein, entschuldigen Sie, lieber Hauptmann, er war schon ein paar Monate älter.«

»Sieben Monate und fünf Tage?«

»Ja, das kommt hin.«

»Sieben Monate und fünf Tage. Sie aber sagen dazu: ein paar Monate!«

»Es tut mir Leid ...«

»Sie machen mich traurig, Hassel! Sie wollen es wohl nie begreifen!«

Ohne dass er mich dazu auffordern musste, streckte ich meine Hand aus, die zur Unförmigkeit geschwollen war. Unterwürfig nahm ich die Strafe entgegen, schrie auf, denn an diesen Schmerz konnte man sich gewöhnen, und bedankte mich anschließend für seine Güte, mich zu schlagen.

Später, viel später, nehme ich an, wobei früher oder später in der Ewigkeit der Hölle keine Rolle spielen, goss er Wasser auf den Fußboden und ich durfte es auflecken. Ich fuhr mit der Zunge über Schmutz, Asche und Exkremente von Asseln, Kakerlaken und anderem Ungeziefer und war unendlich glücklich, weil er mir die Gnade erwiesen hatte, mich mit Wasser zu laben.

Noch später in der Ewigkeit entspann sich folgender Dialog:

»Wer bestimmt über Sie, Hassel?«

»Sie, Hauptmann, Sie bestimmen über mich.«

»Tun Sie immer, was ich sage?«

»Jawohl, immer, Hauptmann.«

»Sind Sie demütig?«

»Ja, lieber Hauptmann, ich bin demütig und dankbar.«

»Meine Stiefel haben Flecken bekommen. Sauberlecken, sofort!«

Wie es meine Demut verlangte, ließ ich mich auf alle viere nieder und leckte das schwarze Leder. Mein Mund war so trocken, dass die Zunge am Gaumen haftete, aber ich musste weitermachen, bis seine Stiefel wieder glänzten.

»Das war gut, Hassel.«

Er lobte mich! Vor Stolz und Freude traten mir Tränen in die Augen – er hatte mich gelobt! Mich, der ich nicht mehr wert war als ein Staubkorn auf dem Boden!

»Setzen Sie sich, Hassel.«

Mein Körper gehorchte mir immer seltener, sondern machte, was er wollte, aber es gelang mir, wieder auf den Stuhl zu kriechen. Er blies einen Ring aus Rauch in die Luft, schaute mich nachdenklich an und verkündete: »Ich glaube, es ist an der Zeit, etwas Drastisches mit Ihnen anzustellen, Hassel!«

22. Kapitel

Was meinte er? Was sollte ich tun? Ich war bereit, dem kleinsten Wink zu gehorchen. Er musterte mich, als wollte er mein Innerstes ergründen, und ich war bereit, ihm dabei zu helfen. Ihm, der mich gelobt hatte! Der gute, gute Hauptmann Nawkino!

»Nicht jetzt«, sagte er endlich. »Aber bald. Wenn Sie es richtig verdient haben. Noch erkennen Sie meine Herrschaft nicht an.«

»Doch, Hauptmann Nawkino. Sie sind der einzige Herr, den ich habe.«

»Wie heißt die größte Stadt Schwedens? Sagen Sie die Wahrheit, Hassel!«

Das war leicht für einen, der belobigt worden war, weil er schwarze Stiefel blitzblank geleckt hatte. Ich wagte sogar ein schüchternes Lächeln, als ich antwortete: »Stockholm, Hauptmann.«

»Wirklich? Ist das die Wahrheit?«

»Jawohl, Hauptmann. Stockholm ist die größte Stadt Schwedens.«

»Nicht Kiruna?«

»Flächenmäßig vielleicht, aber wenn man ...«

»Hatte ich nicht nach der Größe gefragt?«

»Ja, aber ...«

»Warum haben Sie mich belogen?«

Eine ausgestreckte Hand, Weinen, Schreien und ein unerträglicher Schmerz. Ab in das Betonloch, Blut an den Knien und wie versteinerte Muskeln und Sehnen. Langsam verlor ich die Erinnerung an freie Bewegungen.

»Lecken Sie die Wände ab, Hassel, wenn Sie Wasser haben wollen. Denn nur ich kann Ihnen Wasser geben, nicht wahr?«

»Ja, und ich bin so dankbar.«

Ich leckte die Wände, bis der letzte Tropfen den Weg über meine Zunge genommen hatte. Und so ging es immer weiter in dieser ewigen Hölle, in der nur einer meine Qualen lindern konnte: der gute Hauptmann, der Gott in diesem Inferno. Er strafte mich ja nur zu meinem Besten! Dann geschah eine merkwürdige Veränderung, als er einen Faden aufnahm, den er früher fallen gelassen hatte.

»Hassel, was halten Sie von einer größeren Zelle? In der Sie sich hinlegen könnten?«

Ganz unmöglich, so viel Güte hatte ich nicht verdient! Was sollte ich antworten, damit ich nicht die Hand ausstrecken musste, um zu Recht gezüchtigt zu werden? Er wartete auf meine Antwort, und seine rechte Hand griff schon nach der Rute.

»Sie bestimmen alles, Hauptmann.«

»Wäre das eine Vergünstigung?«

»Sie sind der gute Hauptmann. Sie entscheiden, was richtig für mich ist.«

»Ist der alte Hassel für alle Zeit verschwunden? Denn nur einem neuen Hassel können Vergünstigungen gewährt werden.«

Ich begriff überhaupt nichts, aber seine Frage legte eine Antwort nahe, die er auch bekam: »Es gibt nur noch den neuen Roland Hassel.«

»Der neue Hassel ist mit uns und nicht gegen uns. Sind Sie demütig genug, die Seite zu wechseln?«

Eifrig nickte ich. Natürlich stand ich auf der Seite des guten Hauptmanns, egal gegen wen.

»Jawohl, ich bin auf Ihrer Seite, Hauptmann.«

»Nun ja, wir werden sehen. Ich gebe Ihnen Gelegenheit, es zu beweisen. Sind Sie durstig, Hassel? Schrecklich durstig?«

»Jawohl, Hauptmann. Wenn Sie mir in Ihrer Güte etwas Wasser geben würden?«

Er holte eine ganze Flasche und stellte sie vor mich auf den Schreibtisch. Die salzige Suppe kratzte noch in meinem Hals, ich brauchte dringend etwas zu trinken.

»Haben Sie sich entschieden, jetzt und für alle Zeit auf unserer Seite zu stehen?«

»Jawohl, Hauptmann Nawkino.«

»Ich belohne alle, die unsere Seite gewählt haben. Trinken Sie die Flasche aus, Hassel.«

War das möglich? Ich griff nach der Flasche und leerte sie in ein paar gierigen Zügen. Er rauchte seinen Zigarillo und schaute mir zu.

»Wenn Sie unsere Seite wählen, gibt es kein zurück. Sehen Sie das ein, Hassel?«

»Jawohl, Hauptmann.«

»Sie gehorchen, egal welche Befehle Sie in Zukunft erhalten, aber nur, wenn ich sie erteile oder gutheiße. Ist das klar?«

Ich versuchte mich zu verbeugen, doch mein steifer Körper wollte nicht recht.

»Ich gehorche jedem Befehl, Hauptmann.«

»So lange ich an Ihre Aufrichtigkeit glauben kann, werde ich Sie belohnen. Sie bekommen eine andere Zelle.«

Eine kurze Anweisung und die Wärter holten mich ab. An der Betonröhre vorbei schleiften sie mich zu einer anderen Zelle. Es war wie im Himmel. Da stand eine Pritsche, auf der ich mich ausstrecken konnte! Ich weinte vor Freude. Gott hatte gesprochen, durch den Mund des Hauptmanns.

Später bekam ich eine Schale Suppe, die zwar ebenso salzig war, in der aber ein paar Fleischfasern schwammen. Ich wurde zu einer richtigen Toilette geführt. Immer wieder bedankte ich mich und der Hauptmann versicherte mir, dass weitere Vergünstigungen möglich wären, wenn ich meine Demut bewiese, seine Gnade sei ebenso unendlich wie sein Zorn grenzenlos, falls ich ihn verriete. Die Gespräche gingen weiter, von kurzen Schlafzeiten unterbrochen. Ich erinnerte mich jedes Mal kaum, worüber wir zuletzt gesprochen hatten, aber ich kannte meinen Platz.

»Wem gilt Ihre Loyalität?«

»Ihnen, Hauptmann.«

»Das ist gut. Über mir gibt es andere. Wir repräsentieren die Macht und die Mittel. Wollen Sie zu uns stehen und der Macht dienen?«

»Ja, und ich bin so dankbar.«

»Wenn die Polizei mein Feind ist, dann ist sie auch Ihr Feind. Stimmen Sie mir zu?«

»Dann ist sie auch mein Feind, absolut. So ist es, Hauptmann.« Ich nickte nachdrücklich, um zu zeigen, dass ich es ehrlich meinte. Und ich meinte es so.

»Wenn Sie so in Ihrem Herzen fühlen, muss ich Sie nicht mehr bestrafen, Hassel. Dann werden Sie in Zukunft nur noch Privilegien genießen. Und das Hilfsmittel brauchen wir auch nicht mehr.«

Er legte die Rute in eine Schublade und zeigte seine leeren, hellen Handflächen. Ich weinte vor Freude und Dankbarkeit für seine unendliche Milde und Geduld mir gegenüber.

»Aber Sie dürfen weiterhin so tun, als wären Sie ein Freund der Polizei. Alles, was Sie erfahren, berichten Sie an mich oder eine von mir benannte Person. Sind wir uns einig?«

»Genau so werde ich mich verhalten, Hauptmann Nawkino.«

»Gut, Hassel. Sie bekommen ein wenig Brot zur Suppe.«

Später, viel später – wie viel später konnte ich nicht wissen in diesem Dasein ohne Anfang und Ende – zeigte er mir eines Tages das Foto eines Mädchens und mein Herz zog sich schmerzhaft zusammen. Kannte ich die Kleine nicht? War das nicht meine Tochter Elin?

»Hassel, haben Sie als Polizist so viel Geld, ihr die beste und teuerste Ausbildung der Welt zu geben?«

»Nein, Hauptmann.«

»Wenn Sie auf unserer Seite stehen, gibt es keine Hindernisse. Ihre Tochter kann sorgenfrei aufwachsen und leben wie eine Prinzessin. Würde sie Ihnen dafür nicht dankbar sein?«

Mir rannen Tränen aus den Augen. Immer gab es einen Grund zu weinen, und ich schluchzte: »Oh, wie würde sie mich dafür lieben!«

»Um zu zeigen, dass es uns ernst ist, richten wir Ihrer Tochter ein Konto über eine Million schwedische Kronen ein. Später bekommt sie noch mehr Geld und alles kann für ihre Ausbildung verwendet werden. Unterschreiben Sie hier, Hassel.«

Er reichte mir ein Schriftstück und ich unterschrieb mit meiner unverletzten rechten Hand. Es war nicht leicht, die Muskeln zu koordinieren. Tränen tropften auf das Papier, aber es war meine Handschrift und es wurde mein Name.

»Ich leite das Schreiben jetzt weiter und die kleine Summe von einer Million gehört ihr. Wenn die Zeit heran ist, regeln wir alles. Nun haben Sie sich endgültig entschieden, Hassel, und ich gratuliere Ihnen. Bald sind Sie einer von uns.«

Die Wärter zogen und zerrten mich nicht mehr durch die Gänge, sondern deuteten nur noch an, wohin ich zu gehen hatte. Ich erhielt ein Kopfkissen und eine dünne Decke. In der schrecklichen Hitze, für die der Hauptmann nichts konnte, schwitzte ich noch immer fürchterlich, aber jetzt durfte ich so viel trinken wie ich wollte und musste nicht mehr fürchten auszutrocknen.

Dann kam das Schreckliche, das Unaussprechliche, das nicht geschehen durfte und allein mein Fehler war. Wir saßen beisammen und redeten, und ich war wie gewöhnlich aufmerksam und hielt meinen Rücken so gerade wie ich es vermochte. Er rauchte entspannt wie immer und ich hatte Spaß daran, den Qualm in dem ständig surrenden Ventilator verschwinden zu sehen.

»Hatten Sie einen guten Freund bei der Polizei, Hassel?«

Dass ich den Sinn der Vergangenheitsform nicht verstand! »Ja, Hauptmann.«

»Wie war sein Name?«

Wieder ein Verb im Präteritum und ich begriff noch immer nicht.

»Simon Palm.«

»Können Sie sich vorstellen, ihn zu verraten?«

»Nein, Hauptmann.«

Im selben Moment überlief es mich eiskalt. Ein alter Instinkt hatte mich so antworten lassen. Ich begann sofort, mich zu entschuldigen, aber er hörte mir gar nicht zu.

Sein kleines Lächeln verschwand und er schüttelte den Kopf. »Jetzt machen Sie mich traurig, Hassel. Strecken Sie die linke Hand aus.«

Aus der Schublade holte er die Rute und peitschte durch die Luft. Ich schloss die Augen in Erwartung des stechenden Schmerzes. »Sie haben keine anderen Freunde als uns, Hassel! Wenn Sie uns verraten, werden Sie und Ihre Familie sterben. Sehen Sie uns als Freunde, gibt es keine Grenze für Ihre Vergünstigungen.«

»Entschuldigen Sie, bitte entschuldigen Sie ...«

»Die einst Ihre Freunde waren, sind jetzt Ihre Feinde. Sie dürfen Ihnen weiterhin Freundschaft vorspielen, aber Sie dienen uns! Dass Sie das immer noch nicht begriffen haben!«

»Doch, ja, lieber Hauptmann, ich ...«

Ein kraftvoller Hieb und ich schrie. Die Wärter wurden herbeigerufen und schleppten mich zu der Betonröhre. Wieder stand ich eine Ewigkeit auf kleinstem Raum und mit den Privilegien war es vorbei. Mein Fehler, mein Fehler ... Ich hatte meine wahren Freunde verraten, ich war ein Schwein, ein elender Wurm. Ich hatte Elins Zukunft verspielt, ich hatte versagt, ich sollte zu Tode gepeitscht werden.

»Wasser? Lecken Sie es vom Fußboden!«

Ich demütigte mich und war dankbar dafür, dass er mich strafte und auf meine Knöchel schlug. Die kaum verheilten Wunden an den Knien brachen wieder auf und das Blut färbte die Betonwände.

»Küsse meine Füße! Leck meine Stiefel sauber! Kriech durch das Zimmer! Leck mir die Sohlen!«

Doch in seiner übermenschlichen Güte gab er dem Versager noch eine Chance. Wieder erhielt ich Vergünstigungen, die ich nicht verdient hatte. Ich war soweit, dass ich mich lieber hätte in Stücke reißen lassen, als ihn noch einmal zu verraten. Er bekam die richtigen Antworten auf seine Fragen und sie kamen von Herzen; er und kein anderer war mein Freund. Ich begriff, dass ich Virena lieben durfte wie ein Mann eine Frau, aber sie war nicht meine Vertraute. Auch vor ihr sollte ich den Polizeifreund spielen. Alles andere wäre Verrat gewesen.

Tage später saßen wir vertraulich beieinander. Der Hauptmann begann, mich auf ein Leben außerhalb der Gefängnismauern vorzubereiten und erklärte mir, wie ich meinen Freunden dienen sollte, sodass sie zufrieden waren und mich angemessen belohnen konnten. Er zeigte mir Bilder von luxuriös eingerichteten Behausungen, die es gar nicht geben konnte, die es aber vielleicht in der anderen Welt außerhalb der Gefängnismauern von Lagos gab.

»Wir arrangieren alles so, dass niemand etwas von Ihrem Doppelleben erfahren wird. Die gewaltige Stärke unserer Organisation steht Ihnen zur Verfügung.«

Zum ersten Mal in meinem chaotischen Leben sah ich klar. Die Nebel im Gehirn waren verschwunden. So, wie er es umrissen hatte, konnte man leben, so sollte man leben! Ich würde zu einer umfassenden Bruderschaft gehören und mich in ihr hinaufarbeiten, aber selbst jene, die auf der untersten Stufe der Hierarchie standen, lebten wie die Fürsten.

»Wenn Ihre aktive Zeit bei der Polizei zu Ende ist und Sie uns nicht mehr helfen können, bleiben Ihnen noch viele Jahre des Genusses, Hassel. Alle Türen stehen offen. So wollen Sie es doch haben, nicht wahr?«

»Jawohl, und ich bin so dankbar.«

Er erlaubte mir, Fragen zu stellen, die er freundschaftlich lächelnd beantwortete. Die Rute lag in der Schublade und meine Wunden verheilten allmählich. Noch viel später wagte ich es, mich nach der Möglichkeit zu erkundigen, frei zu kommen. Auch ihm schien die Zeit reif, über die praktischen Maßnahmen zu reden.

»Das leere Ruderboot wurde weit draußen auf dem Meer treibend und ohne Ruder gefunden. Sie könnten einen Unfall gehabt haben. Verstehen Sie?«

Natürlich verstand ich. Ich war ohnmächtig geworden und über Bord gegangen. Hätte jedem passieren können. Vielleicht war die Überanstrengung schuld gewesen, nach dem, was ich hinter mir gehabt hatte. Das war nichts Ungewöhnliches. Das Gehirn wird plötzlich nicht mehr richtig durchblutet, man verliert das Bewusstsein und fällt ins Wasser. Man kämpft um sein Leben, während das Boot abgetrieben wird.

»Ein Schiff, sagen wir, aus den baltischen Staaten, hat Sie aus dem Wasser gefischt.«

Aus Estland, Lettland oder Litauen. Klarer Fall. In Estland hatte ich einmal ein Wochenende verbracht. Tallinns Altstadt war einen zweiten Besuch wert. Auch Riga sollte schön sein. Wie hieß die Hauptstadt von Litauen? Ich erinnerte mich nicht. Früher war es wohl Reval. Vilnius? Spielte keine Rolle, meine wahren Freunde hatten Antworten auf alle Fragen.

»Sie hatten nichts bei sich, was Sie hätte identifizieren können.«

So war es. Niemand kam und rief: »Schaut nur, da liegt Roland Hassel, ich erkenne ihn an seinen alten Jeans und dem verwaschenen T-Shirt!«

»Aus bestimmten Gründen glaubte man, Sie wären Bürger des Landes, in das Sie bewusstlos und pflegebedürftig gebracht wurden. Die Klinik gehört uns, also werden wir die entsprechende Krankenakte ausstellen.«

Meine lieben Freunde sorgten wirklich für mich!

»Deshalb hat man sich auch nicht um die internationalen Vermisstenmeldungen gekümmert. Als Sie aus der Bewusstlosigkeit erwachten, hatten Sie das Gedächtnis verloren.«

Gedächtnisverlust, selbstverständlich. Das kam vor. Wenn der Oberarzt unserer Klinik eine Diagnose stellte, dann stimmte sie auch. Niemand zweifelte an dem Wort des Experten aus einer Gesundheitseinrichtung, die uns, uns, uns gehörte!

»Schließlich werden Sie doch identifiziert. Man kontaktiert die schwedischen Behörden und schickt Sie nach Hause.«

Mein Freund lächelte herzlich und verständnisvoll.

»Glauben Sie mir, Hassel, man wird Sie als einen Helden betrachten. Auferstanden von den Toten!«

»Wann wird das sein, Hauptmann?«

»Wenn es soweit ist, Hassel. Noch sind Sie nicht reif, uns in Freiheit zu dienen.«

Ich bat um Entschuldigung für meine dumme Frage. Natürlich entschied die Organisation, wann das Gefängnistor geöffnet wurde. Ich konnte schließlich nicht wissen, wann ich reif für den Einsatz war, solche Entscheidungen wurden auf höheren Ebenen getroffen. Ich hatte mich zu fügen und dankbar zu sein, und das tat ich. Auf meiner Pritsche konnte ich mich ausstrecken und mir sogar ein Kissen unter den Kopf legen. Das Essen verbesserte sich von Tag zu Tag, ich bekam dunkles Brot und durfte auf der Toilette allein sein. Mehr konnte ich nicht verlagen, bis ich reif war für die Freiheit. Einen Spiegel gab es in diesem Gefängnis nicht, aber ich hatte auch nicht das Bedürfnis, mir ins Gesicht zu sehen. Dass ich einen langen Bart trug, merkte ich auch so.

»Ich vermittle Ihnen jetzt einen Grundkurs in bestimmten Fähigkeiten, die Sie dann weiter entwickeln werden. Sie müssen sich jetzt anstrengen und dürfen mich nicht enttäuschen. Aber ich bin sicher, dass Sie die Prüfungen bestehen werden.«

Welches Vertrauen! Ich strengte mich an und machte mich in kurzer Zeit mit einem Chiffriersystem vertraut, das oberflächlich betrachtet ganz harmlos wirkte. Es beruhte nicht auf Buchstabenkombinationen, sondern auf Worten mit einer besonderen Bedeutung. Es war, als würde mir eine neue Sprache ins Gehirn gepflanzt, aber es funktionierte und der Hauptmann wirkte sehr zufrieden mit mir. Ich weinte, als er mich lobte.

Abhörgeräte hatte ich in meinem Job schon früher kennen gelernt. Der Hauptmann stellte mir einen ganz neuen Apparat vor, der auf der Basis von Mikrochips arbeitete. Er war leicht zu installieren und kaum zu entdecken, die Tonqualität war perfekt und die Miniaturbatterien reichten Jahre.

»Wir haben Leute, die sich nur mit neuer Technik beschäftigen«, erklärte der Hauptmann. »Wer die Technik beherrscht, regiert die Welt.«

Wie wahr. Wir, wir, wir würden die Welt beherrschen. Dieses Bewusstsein erzeugte ein so schönes Gefühl, dass mir sogar die furchtbare Hitze vorübergehend erträglich erschien.

Computer waren erst spät in mein Polizeileben getreten und meine Kenntnisse waren oberflächlich. Der Hauptmann war natürlich ein Meister auf diesem Gebiet. Unter seinen flinken Fingern flatterten die Programme nur so über den Bildschirm. Aber es war nicht beabsichtigt, mich zu einem EDV-Experten zu machen.

»Sonst kämen Sie nie hier raus. Ich bringe Ihnen nur bei, wie Sie Dateien anzapfen oder Informationen löschen, ohne dass es jemand merkt. Eines unserer Genies hat ein Programm entwickelt, das man in jeden Computer, egal welche

Marke und welches Betriebssystem, einschleusen kann. Es spürt geheime Codewörter auf und öffnet sämtliche Informationskanäle. Man kopiert heimlich und niemandem fällt etwas auf.«

Ich probierte, übte und trainierte, wurde gelobt und glühte vor Stolz. Als er dann ein Störprogramm demonstrierte, mit dem man Daten fehlleiten konnte, durchschaute ich das Prinzip sofort. Mein Gehirn funktionierte offenbar tadellos. Der Hauptmann meinte, ich sei ein echter Gewinn für die Organisation.

Der Teil des Gefängnisses, in dem sich die anderen Insassen befanden, war hermetisch abgeschlossen, ich sah und hörte nichts. Als ich es wagte, danach zu fragen, runzelte er die Stirn.

Ich wollte schon um Verzeihung bitten, da antwortete er: »Das sind politische Gefangene. Es ist wie bei Ihnen: Niemand weiß von ihrer Existenz. Nigeria kann mit Leuten, die das Regime stürzen wollen, nichts anfangen. Wir brauchen Ordnung im Land.«

Da hatte er Recht. Warum verbreiteten die Leute Unruhe? Nun standen sie in ihren Betonröhren, leckten schmutzige Fußböden und waren selbst schuld. Diese Auffassung teilte ich auch dem Hauptmann mit. Er zündete sich ein Zigarillo an und blies den Rauch nachdenklich in Richtung des Ventilators.

Dann sagte er: »Eigentlich stehen wir über der ganzen Politik, Hassel. Wir stützen die bestehende Ordnung, wer auch immer die Macht hat. Natürlich bevorzugen wir eine Diktatur, an der wir uns beteiligen können und die uns dafür freie Hand lässt. Zeigen Sie später nie politisches Interesse. Seien Sie neutral. Die Organisation weiß, wie man mit verschiedenen politischen Situationen umgeht. Wenn ein Kandidat gegen unsere Interessen auftritt, sehen wir zu, dass er oder sie aus dem Fokus verschwindet. Nicht durch Mord, oh nein. Wir haben Experten für Schmutzkampagnen.«

In seinem Raum gab es neben dem Regal eine kleine Tür. Da er sie nie öffnete, glaubte ich, sie wäre zugenagelt, eine Art blinde Tür. Meine Zellen, der dunkle Gang und sein Zimmer waren so lange die ganze Welt für mich gewesen, dass ich allmählich auf Details achtete, um die ich mich zuvor nicht gekümmert hatte. Zum Beispiel auf die Farbkleckse auf dem Boden, die zeigten, dass die Deckenleiste vor nicht allzu langer Zeit gestrichen worden war. Oder auf die Prägung *Made in Hongkong* an der Unterseite des Blechnapfes. Auch darauf, dass einer der Wärter eitel war und oft mit einem nagelneuen Ledergürtel herumlief. Keiner von ihnen wechselte je ein Wort mit mir. Sie waren schweigende, schwarze Riesen, die jedem Wink des Hauptmanns gehorchten.

Ich war auf der Toilette gewesen und wusste, dass ich anschließend zum Hauptmann sollte. Als ich aus der Tür trat, waren die Wächter ein paar Meter entfernt in ein intensives Gespräch vertieft. Sie rauchten und schienen sich zu streiten. Kein Problem, den kurzen Weg in das Zimmer des Hauptmanns kannte ich im Schlaf. Seine Tür war nur angelehnt, und ich spähte durch den Spalt, um festzustellen, ob ich ungelegen kam.

Er sprach mit jemandem, schüttelte ihm die Hand und öffnete die Tür neben dem Regal. Der Mann verließ den Raum. Der Hauptmann schloss hinter ihm ab, setzte sich und vertiefte sich in irgendwelche Papiere. Ich stand reglos wie eine Statue und starrte auf die Tür. Träumte ich? Sah ich Gespenster?

Der Mann war Nick Oland gewesen. Bengt Ölund. Aber mein Jugendfreund war doch nachweislich tot!

23. Kapitel

Vorsichtig zog ich mich auf die Toilette zurück und wartete auf die Wärter, die mich zum Hauptmann führten. Inzwischen begrüßten wir uns per Handschlag. Ich gehörte dazu oder stand jedenfalls kurz davor. Der Tag war den Computern gewidmet. Er erklärte und demonstrierte, ich lauschte und probierte.

Eine einzige kleine graue Zelle von all den Milliarden hatte sich offenbar irgendwo versteckt und war von dem, was ich durchgemacht hatte, unbeeinflusst geblieben, ein freies Radikal sozusagen, das auf eigener Bahn durch meine Gehirnhälften torkelte. Der Hauptmann sah einen aufmerksamen und eifrigen Hassel vor sich, doch mein Geist befand sich auf Abwegen.

Das konnte nicht Bengt Ölund gewesen sein. Die Zähne der verkohlten Leiche hatten ohne jeden Zweifel bewiesen, dass er in der Villa in Stureby verbrannt war. Niemand kann den Zahnstatus so nachahmen, dass er mit den Angaben und Röntgenbildern des behandelnden Arztes übereinstimmt. Also hatte ich mir nur eingebildet, ihn im Gespräch mit Hauptmann Nawkino gesehen zu haben. Ein Phantom war aus dem Raum geglitten, vielleicht durch die geschlossene Tür. Vor ein paar Wochen wäre das noch möglich gewesen. Aber jetzt nicht mehr. Ich hatte ausreichend geschlafen und zu essen bekommen, ich musste Durst und Misshandlungen nicht mehr fürchten. Also konnte ich meinen Augen ruhig trauen. Wollte ich das? Die Entscheidung lag bei mir.

Als das Tagespensum geschafft und ich erneut gelobt worden war, aß ich meine Fleischsuppe und legte mich auf die Pritsche. Eigentlich wollte ich ausruhen, doch die eine kleine radikale Zelle in meinem Gehirn hatte unterwegs Kameraden getroffen und zur Versammlung gebeten. Eifrig wurden die verschiedenen Möglichkeiten diskutiert, bis man zu einem Ergebnis kam: Bengt war tot. Der Mann, den ich getroffen und für Bengt gehalten hatte, musste jemand anders gewesen sein. Aber wer?

Dagegen war Julie beziehungsweise Juliana eindeutig Julie beziehungsweise Juliana gewesen. Neben anderen Beweisen existierten Fotos ihres Gesichts. Eines davon war falsch – war die echte damit einverstanden gewesen? Wie kam ich in diese Geschichte? Hatte man ... war die Absicht gewesen, dass ...

Neue, unerwartete und fremde Gedanken schlichen leichtfüßig heran und weigerten sich dann, die Bühne wieder zu verlassen. Die alte, zeitlose Frage, was Schein und was Wirklichkeit war, wurde wieder aktuell. Ich musste mir klarmachen, wo ich stand, ob der Boden unter mir fest war, ob ich weiterklettern wollte, um neue Perspektiven zu entdecken. In Gedanken ging ich Schritt für Schritt durch, was ich erlebt hatte und wie das alles zu deuten war. Ich landete in der einen oder anderen Sackgasse, aber letztlich ging es doch immer weiter.

Am Ende kam ich auf eine ebenso mögliche wie wahrscheinliche Version und ich schauderte, als hätte sich eine schwarze Mamba um mein Bein gewickelt: Ich war die ganze Zeit über nur eine Marionette gewesen! Andere hielten die Fäden in der Hand, während ich glaubte, dass nach meinen Regeln gespielt wurde. Wenn es so war, dann musste ich etwas dagegen tun.

Ich glitt von der Pritsche und untersuchte sie näher. Sie bestand aus einer einfachen, mit Leder oder einem Imitat bespannten Holzplatte, die auf eisernen Füßen ruhte. Die Winkeleisen waren durch jeweils zwei starke Schrauben mit der Platte verbunden. Als Werkzeuge konnten mir nur der Blechnapf oder mein Löffel dienen. Ich drückte das äußerste

Ende des Löffels in den Schlitz einer Schraube. Unter Aufbietung aller Kräfte, die noch in meinem ausgemergelten Körper steckten, schaffte ich es, die Schraube langsam zu drehen. Als ich auch die zweite entfernt hatte, nahm ich den schweren Eisenfuß ab, wog ihn in der Hand und versteckte ihn dann unterm Kopfkissen. Jetzt hatte ich mich entschieden. Wenn es schief ging, war es mein sicherer Tod. Aber lieber sterben, als weiterhin ein lebender Toter zu sein. Seltsamerweise hatte ich keine Angst. Eiskalt berechnete ich meine Chancen.

Ich legte mich auf die nun wacklige Pritsche und lauschte auf die wohlbekannten Schritte der Wärter. Sie kamen herein und einer berührte mich an der Schulter, um mich aus dem Schlaf zu wecken. Ich gähnte und richtete mich auf. Sie warteten, dass ich ihnen folgte, doch ich wies in eine obere Ecke und rief aufgeregt:

»Dort war vorhin ein Krixlion!«

Mit den Händen zeigte ich eine monströse Größe an. Die Wärter schauten sich an, dann traten sie näher an die Wand und spähten zur Decke. Schnell nahm ich den Eisenfuß, schwang ihn durch die Luft und ließ ihn auf den Hinterkopf des einen Riesen krachen. Bevor der andere kapiert hatte, dass sie von einem schwächlichen Häftling angegriffen wurden, hatte ich auch ihn erwischt. Beide waren wacklig auf den Beinen, gingen aber nicht zu Boden. Egal, ich schlug einfach noch einmal zu, und noch einmal, und noch einmal, bis sie endlich umfielen. Ihre Koppel und Leibriemen waren bestens geeignet, sie zu einem Paket zu verschnüren. Um sie zu knebeln, musste ich ihre Hemden zerreißen. Leider trugen sie keine Schusswaffen, aber ich nahm einen der Gummiknüppel an mich und steckte ihn unters Hemd.

Hinaus auf den Gang. Die Tür zum Zimmer des Hauptmanns war wiederum nur angelehnt, vielleicht wollte er den Tabakrauch abziehen lassen. Jetzt ging es um mein Leben!

Ich steckte eine Hand unters Hemd und umklammerte meine einzige Waffe. Dann torkelte ich gekrümmt und laut jammernd in den Raum.

Der Hauptmann sprang auf und sah mich erstaunt an: »Was ist los, Hassel?«

»Der Magen ... vergiftet ... das Gift kommt von dort ...«

Mit der freien Hand zeigte ich auf die Wand hinter ihm. Er musste hinsehen, so sind die menschlichen Reflexe. Dass ich, nachdem ich durch seine Dressur gegangen war, ihn verraten könnte, damit rechnete er nicht. Er drehte sich um und starrte nach oben.

»Ich verstehe nicht, was ...«

Als der Knüppel mit voller Wucht auf seinen Schädel niedersauste, stöhnte er kurz und sank in sich zusammen, sodass ich nicht noch einmal zuschlagen musste, wie ich befürchtet oder vielleicht sogar gehofft hatte. Auch ihn fesselte ich zuerst mit Koppel und Leibriemen, dann riss ich eine der Lampen herunter und wickelte ihm das Kabel um Arme und Beine. Es würde bei der geringsten Bewegung wehtun, aber das war nicht mein Problem. Auch sein Uniformhemd musste als Knebel herhalten. Dann zog ich ihm seine blanken schwarzen Stiefel aus. Sie waren ein wenig zu eng, aber es musste gehen. In der Schublade lagen die Rute und seine Pistole. Es war eine Beretta, vielleicht hatte er einen Bond-Komplex.

Ich hatte nicht viel Zeit, denn das Gefängnis wimmelte sicher vor Wachpersonal. Dennoch ließ ich mir das Vergnügen nicht nehmen, ihn zu wecken. Der Kühlschrank enthielt eine ganze Reihe von geöffneten Wasserflaschen sowie kleine Flaschen mit einer unbekannten Flüssigkeit. Ich goss kaltes Mineralwasser über seinen Kopf. Nach der zweiten Flasche öffnete er langsam die Augen. Als er mich erblickte, stellte ich zu meiner Zufriedenheit fest, dass er mich hasste.

»Sie haben mich traurig gemacht, mein lieber Hauptmann«, sagte ich. »Leider muss ich Sie bestrafen. Strecken Sie die linke Hand aus.«

Das ging nicht, denn sie war ihm auf den Rücken gefesselt. Mit dem Fuß stieß ich ihn in die Bauchlage und hieb mit der Rute auf seine Hände ein. Ein ersticktes Gurgeln drang unter dem Knebel hervor. Für mich klang es wie Musik. Das waren keine synthetischen Technolaute, das war richtige Musik, aus Emotionen geboren. Ich hätte stundenlang zuhören können. Leider durfte ich mir dieses Vergnügen nicht gönnen.

Mit entsicherter Waffe schlich ich auf den Gang hinaus. Wohin sollte ich mich wenden? Wahrscheinlich traf ich überall auf eine Horde Wächter, aber ich hoffte auf eine Fluchtmöglichkeit, eine Tür oder ein Fenster. Im Falle eines Angriffs würde ich mich bis zur letzten Patrone und danach mit Händen und Füßen verteidigen, bis sie mich totschlugen. Überleben hieße nur, einem noch qualvolleren Tod entgegenzusehen. Ich spitzte die Ohren und schlich weiter, bis der Gang eine Biegung machte. So weit war ich noch nie gekommen. Am Ende, fast im Dunkeln, entdeckte ich eine Eisentür mit einer Verriegelung, wie man sie in Schutzräumen findet, die luftdicht verschlossen werden müssen.

Auf der anderen Seite vermutete ich die Zellen der übrigen Gefangenen, dort waren mit Sicherheit Wärter postiert. Ich war bereit, auf jede Uniform zu schießen. Vorsichtig löste ich die Verriegelung. Mit einem schmatzenden Laut trennten sich die Gummidichtungen. Ich riss die Tür auf und drückte mich an die Wand, die Beretta im Anschlag.

Dahinter war alles dunkel und leer. Ich tastete nach einem Lichtschalter, doch es gab keinen. Hier war es bedeutend kühler als in dem Gang. Ich hatte fast vergessen, dass es noch etwas anderes als feuchte, brütende Hitze gab. Vielleicht lagerten hier Lebensmittel. Ich tastete mich an der Wand entlang und stieß auf etwas, das sich wie ein Türrahmen anfühlte. Richtig, da war auch eine Klinke, die sich bewegen ließ. Dasselbe Spiel: Ich riss die Tür auf und mein Finger am Abzug krümmte sich, bereit, auf alles und jeden zu feuern.

Sternenklare Nacht – und ich konnte die Umrisse von Bäumen erkennen. Außerhalb des Gebäudes gab es keine Beleuchtung; düster wahrte es seine schrecklichen Geheimnisse. Schnell weg von hier, wohin auch immer! Die Wärter und den Hauptmann zu fesseln hatte mir nur einen geringen Vorsprung verschafft. Bald würden sie befreit werden und auf Rache sinnen.

Ich hastete durch den Wald, prallte gegen Stämme, stolperte über Wurzeln, aber ich war an Schmerzen gewöhnt. Solange ich meine Glieder bewegen konnte, fühlte ich mich gut. Offenbar befand ich mich außerhalb von Lagos, aber ich musste in die Stadt, denn dort waren die einzigen Menschen, denen ich vertrauen konnte, die Angestellten der schwedischen Botschaft.

Es war warm, aber nicht mehr feucht-heiß. Für meine Lungen war das ein Segen. Wann hatte ich zuletzt eine natürliche Dunkelheit erlebt? Mondlicht? Verdammt ... war denn ganz Nigeria voller Stolperwurzeln?

Wurde ich bereits verfolgt? Ich blieb stehen, keuchte und lauschte. Der Wald war erfüllt von Geräuschen, aber noch deutete nichts darauf hin, dass sie hinter mir her waren. Sicher hatten sie auch Hunde im Gefängnis, vom Hauptmann höchstpersönlich trainierte Bluthunde, die darauf abgerichtet waren, Flüchtigen die Kehle durchzubeißen. Jetzt hörte ich etwas, ein Brummen, das immer lauter wurde. Licht blitzte auf und gab den Ästen und Zweigen scharfe Konturen. Ein Auto!

Schnell huschte ich hinter ein paar Bäume. Der Wagen fuhr vorüber. Erst als die Rücklichter in der Ferne erloschen, traute ich mich aus meinem Versteck und auf den Fahrweg. Er war schmal und sandig. Wenn es eine solche Landstraße gab, musste sie zu irgendeiner Form von Zivilisation führen, zu einem Dorf oder einem der vielen Vororte. Die Botschaft lag auf einer der Inseln, die Lagos bildeten. Wenn nur ...

Ein weiteres Auto nahte, ich warf mich am Wegrand zu Boden. Natürlich war es ein Fehler, der Straße zu folgen. Hier fuhren die Leute des Hauptmanns Streife, um mich zu finden. Also wieder eintauchen in den Wald und auf gut Glück weiter. Ich hatte keine Ahnung, in welche Richtung ich mich wenden sollte.

Sollte ich mich im Wald verbergen, bis die Dämmerung kam? Dann könnte ich mich besser orientieren – allerdings würden mich die anderen auch besser sehen. Was hatte ich von Nawkino zu erwarten, wenn er mich lebendig fing und in sein privates, kleines Höllengefängnis zurückbrachte? Das wollte ich mir gar nicht vorstellen, also durfte dieser Fall nicht eintreten. War die Übermacht zu groß, würde ich die letzte Kugel für mich selbst aufheben.

Ein Berg oder Hügel. Ich kroch hinauf und spähte nach allen Richtungen. Ich sah die Lichter verschiedener Fahrzeuge, mit denen meine Verfolger die Gegend abfuhren. Nur feste Lichtpunkte, die auf eine Ortschaft hätten schließen lassen, entdeckte ich nicht. Da fiel mir ein, dass Lagos nachts dunkel war, weil man Strom sparen musste. Höllisches Lagos! Satanisches Nigeria! Die Leute von der Botschaft konnten mich außer Landes bringen, obwohl der Hauptmann beste Beziehungen zum General unterhielt, dessen Leibarzt ich angeblich ermordet hatte. Schlimmstenfalls würde ich vorschlagen, mich in einen Sack einzunähen und als Kurierpost zu verschicken.

Der rechte Fuß tat weh, wenn ich auftrat. Genau, was ich jetzt brauchte, eine Verstauchung! Gut, dass ich mir nichts gebrochen hatte, aber es war so schon schlimm genug. Auch mein linker Arm blutete nach einem Zusammenstoß mit einem Ast, aber ich war frei! Frei und voller Hoffnung, in absehbarer Zeit dem Botschafter die Hand zu drücken! Frei! Kein Teufel mehr, der einem auf die Knöchel schlug und befahl, Boden und Wände abzulecken! Hatte ich so etwas Ekelhaftes wirklich getan? Die Erinnerung gab mir einen bitteren Geschmack auf die Zunge.

Beinahe hätten sie es geschafft. Wenn ich nicht den Geist von Bengt Ölund gesehen hätte ... der gar nicht Bengt Ölund sein konnte ... Diese Erscheinung hatte mir meine Persönlichkeit zurückgegeben. Autsch, wieder eine verdammte Wurzel! Rannte ich im Kreis herum? Ich wusste es nicht, konnte es nicht feststellen. Egal, weiter, weiter, rennen, humpeln, irgendwann würde ich im Tschad landen.

Wie spät war es? War es gerade erst dunkel geworden, oder wartete die Morgensonne schon hinterm Horizont? Die Pistole hatte ich gesichert und in den Hosenbund gesteckt. Beim Herumstolpern hätte sich sonst leicht ein Schuss lösen können. Bei der Nachricht, sein Lieblingsgefangener habe sich selbst in den Fuß geschossen, wäre der Hauptmann vor Lachen vom Stuhl gefallen.

Plötzlich Wasser, keine Kloake, ein Bach, ein Fluss! Mühsam ließ ich mich nieder, tauchte die Hände ein und benetzte mein heißes Gesicht. Wie herrlich frisch das Wasser war! Durfte man es trinken? Egal, von irgendetwas musste man sterben. Gierig schlürfte ich das kostbare Nass. Dann zog ich die Stiefel aus und tauchte den verstauchten Fuß in das kalte Gewässer. Es war ein wunderbares Gefühl.

Wie war das mit Flüssen und Bächen? Flossen sie nicht stets der Küste zu? An der Küste lag Lagos mit seinen Stränden. Von dort durfte es ein Leichtes sein, die Botschaft zu erreichen, falls ich nicht überfallen und ermordet wurde, bevor ich die richtige Straße gefunden hatte. In dieser Höllenstadt war alles möglich, aber mittendrin lag der Garten Eden, wo der Erzengel residierte. Wie hieß der Botschafter noch mal? Ich hatte den Namen vergessen, aber ich konnte ihn ja einfach Gabriel nennen.

Vorsichtig watete ich in meinen Fluss hinein. Das Wasser reichte mir bis zur Hüfte, der Boden war verhältnismäßig fest und eben. Die Pistole hielt ich hoch, denn ich wusste nicht, ob sie in feuchtem Zustand funktionierte. Ich versuchte, mich auf dem Rücken liegend treiben zu lassen, aber ich war zu schwer und die Strömung zu schwach. Also watete ich weiter.

Erst jetzt begriff ich, in welcher verzweifelten Lage ich mich befand. Alles war so schnell gegangen, das Überwältigen der Wächter, der Angriff auf den Hauptmann, die Flucht. Ich war eiskalt gewesen, denn ich hatte einen Job zu machen und konnte die Angst verdrängen. Jetzt aber lagen die Nerven blank und ich fühlte mich wie das Kind, das ich einmal war. Damals hatte ich mit einer Lungenentzündung im Bett gelegen. Antibiotika gab es noch nicht, das Fieber stieg, die Erwachsenen benahmen sich immer seltsamer und ich hörte die bekümmerte Stimme des Doktors: »Wenn er die Krise übersteht, schafft er es. Sonst ...« Und was war passiert? Mein ganzes Leben war eine einzige Krise gewesen!

Irgendetwas lag auf dem Grund, jedenfalls stolperte ich, aber es gelang mir, die Pistole über Wasser zu halten. Ich war schon früher durch Wälder gehetzt worden, aber da hatte ich nicht General Abachas wilde Horden auf den Fersen gehabt. »General, ich muss melden, dass der Schwede Hassel geflohen ist.« »Der Mörder meines Freundes und Leibarztes Bisi Yaro?« »Jawohl, genau der.« »Finden Sie ihn um jeden Preis. Die Armee steht zu ihrer Verfügung. Wir kümmern uns dann schon um ihn!«

Die Dunkelheit war mir Freund und Feind zugleich. Mit der Morgensonne würden die Helikopter, die Feldstecher, die Suchaktionen beginnen. Nicht weit von mir hörte ich einen Hund bellen. War es ein Bluthund, darauf abgerichtet, sich in mein mageres Fleisch zu verbeißen und erst auf Befehl seines Herrn wieder loszulassen? Pech für meinen vierbeinigen Verfolger, hier im Wasser konnte er meine Spur nicht aufnehmen. Ich brach in ein hysterisches Gelächter aus, das ich beendete, indem ich mir auf die Zunge biss. Wenn ich mich weiter wie ein Verrückter benahm, würde mir das noch zum Verhängnis.

Etwas Längliches, Helles, lag am Ufer. Ich watete hin, um die Konturen besser deuten zu können. Es sah aus wie ein Kanu ... Ich betastete die glatte Oberfläche, in der sich eine Öffnung befand. Kein Kanu, sondern ein Kanadier. Zwar lag kein Paddel dabei, aber es war ein richtiges Boot! Das hysterische Kichern übermannte mich erneut, ich konnte nichts dagegen tun. Ich kroch ans Ufer, legte mich auf den Rücken und presste die Hände auf den Mund, um nicht laut zu schreien. Verrückte Welt! Im Paradies der Narren hatte ich ein Boot gefunden, das mich zur Küste bringen würde!

Als der Anfall endlich vorüber war, wollte ich den Kanadier ins Wasser ziehen, doch es zeigte sich, dass er mit einer Kette und einem Vorhängeschloss gesichert war. Ich zerrte mit aller Kraft, doch die Kette war stark und das Schloss unbezwingbar. Also untersuchte ich den Baum, um den sie geschlungen war, aber er war zu hoch, um sie vielleicht darüber heben zu können. Das blöde Lachen war mir endgültig vergangen, jetzt hätte ich heulen mögen. Wenn sie mich entdeckten, würden sie mich sowieso nicht gleich erschießen, weil ...

Schießen? Ich hatte ja die Pistole! In diesem Moment waren mir die Folgen egal. Da lag ein Boot und ich wollte es haben. Schnell raffte ich Erde und Laub zu einem kleinen Hügel zusammen, auf den ich das Vorhängeschloss bettete. Ich hielt die Mündung der Pistole genau auf den Kolben des Schlosses und häufte weiteres Laub darüber, das schalldämpfend wirken sollte. Ich leckte mir die Lippen, entsicherte die Waffe und betete im Stillen: Gott, lass es nicht wie einen Kanonschuss klingen! Dann drückte ich ab.

Der Knall war scharf und trocken. Wer ihn hörte, konnte nicht daran zweifeln, was ihn verursacht hatte. Andererseits sind einzelne Laute schwer zu lokalisieren, nicht einmal die Richtung lässt sich feststellen. Ich grinste bei der Vorstellung, dass meine Verfolger jetzt wie die Hühner in alle Richtungen rannten. Das Schloss war kaputt, problemlos ließ sich nun die Kette entfernen. Leider, verehrter nigerianischer Bootsbesitzer, muss ich deinen Kanadier rauben. Ich liebe dich wie einen Bruder und hoffe, du bist gegen Diebstahl versichert. Verfluche nicht mich, sondern den General, der unschuldige Menschen ins Gefängnis werfen und einem korrupten Hauptmann freie Hand lässt. Das waren meine Gedanken, als ich den Kanadier zu Wasser ließ.

Als ich, im Boot sitzend, in der sanften Strömung trieb, merkte ich, wie erschöpft ich war. Alle Glieder taten mir weh und ich war sicher, dass ich mich nie wieder erheben würde. In dem verstauchten Knöchel spürte ich ein dumpfes Pochen, das gar nicht einmal unangenehm war.

Die Augen fielen mir zu und ich schreckte hoch. Einschlafen durfte ich auf keinen Fall. Immer wieder spritzte ich mir Wasser ins Gesicht, um mich wach zu halten. Der Kanadier glitt langsam durchs Wasser, kam aber immer noch schneller voran als ich zu Fuß. Manchmal berührte die Spitze das Ufer und hakte sich fest, dann drehte sich das ganze Boot und ich trieb rückwärts weiter. Was machte das schon, Hauptsache war doch, dass ich der Küste und damit der schwedischen Botschaft immer näher kam. Endlich wieder die eigene Sprache sprechen ...

Wieder einmal drehte sich das Boot und das Ufer zog an meinen Blicken vorbei. Plötzlich war ich hellwach. Ein Haus! Es gab eine Außenbeleuchtung, aber ich konnte auch deutlich ein beleuchtetes Wohnzimmer erkennen. Darunter befand sich ein kleiner Steg, an dem ein Ruderboot mit Außenbordmotor festgemacht war. Ich entdeckte noch ein paar andere Gebäude auf dem Grundstück und ein Fahrzeug, etwa so groß wie ein kleiner Lastwagen.

Sofort änderte ich meine Pläne. Warum sollte ich mich weiterhin den Gefahren einer Verfolgungsjagd aussetzen? Ich konnte mich doch hier vom Botschafter abholen lassen. Das Geld für einen Hubschrauber konnte der schwedische Steuerzahler noch aufbringen. Ich kletterte aus dem Kanadier und ließ ihn weitertreiben. Dann schlich ich zum Haus. Es war aus Ziegeln errichtet und wirkte stattlich. Hier wohnte eine reiche nigerianische Familie. Sorry, aber ich musste ihren Frieden stören, um mein armseliges Leben zu retten.

Vorsichtig kroch ich zum Fenster und schaute hinein. Drei Menschen waren in dem Raum, ein alter Mann und ein Paar in mittleren Jahren. Sie saßen da und sahen fern, der Apparat flimmerte, aber ich konnte das Programm nicht erkennen. Es war doch überall auf der Welt das Gleiche; am späten Abend saßen alle, die es sich leisten konnten, vor der Glotze. Auf dem Tisch standen Teller und Tassen, in der Mitte lagen Zeitschriften verstreut. Die drei waren Weiße, das war vielleicht ein gutes Zeichen. Möglicherweise waren sie sogar Gegner des Regimes, aber ich durfte kein Risiko eingehen. Vorsichtig zog ich mich zurück und umrundete das Haus. Auf der anderen Seite gab es eine Veranda, dort befand sich auch die Eingangstür.

Der Türgriff war aus geschmiedetem Eisen. Ganz mechanisch drückte ich ihn herunter – und die Tür sprang auf! Die Leute mussten sich sehr sicher fühlen, dass sie nicht einmal abschlossen. Wie ein Geist schwebte ich durch den Flur. Eine Treppe führte in das dunkle Obergeschoss. Die Tür zur Küche stand halb offen. Offenbar bestand die Familie aus den dreien im Wohnzimmer. Jetzt durfte ich keinen Fehler machen! Auf leisen Sohlen trat ich in das Wohnzimmer. Die drei waren vom Fernseher so gefesselt, dass sie mein Eindringen nicht bemerkten. Ich registrierte, dass in dem Programm englisch gesprochen wurde. Ich tastete nach dem Schalter für die Deckenbeleuchtung. Jetzt! Plötzlich badete das Zimmer im Licht.

Ich sprang vor, richtete die Waffe auf den jüngeren der beiden Männer und rief: »I'm a Swedish police officer and I have to call the Swedish Embassy. Get the directory and make it snappy!«

Sie starrten mich wie paralysiert an, aber ich hatte kein Verständnis für Leute, die schwer von Begriff waren: »I told you to get the phone book so get the phone book! Now! Is there a zone code to Lagos?«

Die drei rührten sich nicht und starrten mich an wie eine Erscheinung. Hinter meinem Rücken hörte ich eine weibliche Stimme: »Damit beenden wir das heutige Abendprogramm ...«

Was zum Teufel sagte sie da? Sie sprach ja ... Auf dem Tisch sah ich die Zeitschriften. Schwedische Zeitschriften! Ich befand mich keineswegs in Nigeria.

Ich war in Schweden!

24. Kapitel

Eine ganze Weile glotzten wir uns an. Sie schienen nicht an meine Existenz zu glauben, hatten aber trotzdem Angst vor mir. Ich wiederum war geschockt, dass man mich sogar im Kontinent betrogen hatte. Ich gab mir einen Ruck und ging zum Praktischen über. Man muß sich immer den Umständen anpassen.

»Wo ist das Telefon?«, fragte ich auf Schwedisch.

Noch immer waren sie unfähig, sich zu rühren. Auf einem Regal entdeckte ich ein Telefon in Form und Farbe einer Banane. Wen sollte ich anrufen? Die einzige Privatnummer, die ich im Kopf hatte, war Simons. Einen guten Freund durfte man wohl auch am späten Abend mit einem Anruf behelligen.

»Wo sind wir hier?«, fragte ich das stumme Trio. »Brauche ich für Stockholm eine Vorwahl?«

Der alte Mann räusperte sich, brachte aber keinen Ton heraus. Die beiden anderen begriffen offenbar gar nichts. Sicherheitshalber wählte ich die Null-acht vor und dann Simons Nummer.

Er meldete sich kurz, knapp und nicht gerade freundlich: »Palm.«

»Hej, hier ist Rolle.«

»Äh – wer bitte?«

»Gibt es noch einen anderen Rolle als Roland Hassel?«

Ein seltsames, bedrückendes Schweigen.

»Hallo! Simon? Bist du noch dran?«

»Die Personennummer.«

»Personennummer? Was für eine verdammte Personennummer?«

»Deine.«

Ich nannte sie ihm und hörte einen Seufzer, der ganz Spånga erschüttert haben musste.

»Rolle! Das ist doch nicht möglich – du lebst?! Du bist bereits für tot erklärt worden.«

»Soweit ich weiß, lebe ich noch, aber ich will nicht dafür garantieren. Was haben wir heute für ein Datum?«

»Es ist der siebenundzwanzigste August.«

Ich pfiff vor Überraschung und die Frau zuckte zusammen, als hätte sie eine Ohrfeige bekommen.

»Himmel und Hölle! Sie haben mich gekidnapped und mir eine Gehirnwäsche verpasst. Alarmiere Avén und seine Leute! Sprich auch mit Sundgren und ... warte einen Moment!«

Ich wandte mich dem Trio zu: »Was sitzt ihr hier herum? Das ist ein Privatgespräch. Haut ab hier, ich mag es nicht, wenn ich belauscht werde.«

Sie blieben wie versteinert sitzen, und ich schrie: »Oder soll ich euch erst rauswerfen?«

Die Frau packte ihren Mann am Arm, murmelte, es sei wohl das Beste, mir zu gehorchen, und führte ihn und den Alten aus dem Zimmer. Wütend schloss ich die Tür hinter ihnen.

»Also, Simon, das war so ...«

Er bekam eine schnelle Schilderung des »nigerianischen Gefängnisses«. Von Zeit zu Zeit brummte er dazu.

»So war das, Simon. Jetzt müssen wir ...«

»Stopp, Rolle. Wo bist du? Und wo lag das so genannte Gefängnis?«

»Moment mal.«

Ich riss die Tür zum Flur auf. Der jüngere der Männer hantierte mit einem Jagdgewehr. »Wo bin ich hier?«, fuhr ich ihn barsch an. Für Höflichkeitsfloskeln hatte ich einfach keine Zeit.

Die Frau schnappte ein paar Mal nach Luft und stotterte dann: »Gib-Gibbunda.«

»Wo liegt das?«
»In Bergslagen.«
»Genauer!«
»Zwi-zwischen Sågheden und Rödberget.«
»Noch genauer! Habt ihr eine Karte der Gegend?«
»Ja-ja, wir haben eine, die ...«
»Dann hol sie endlich! Steh nicht dumm herum!«
Sie eilte ins Wohnzimmer, zog aus dem untersten Fach des Regals eine Wanderkarte hervor und zeigte auf ein Bleistiftkreuz: »Das ist unser Hof und wir haben ...«
»Bleib draußen und verhalte dich ruhig.«
Simon erhielt eine ausführliche Beschreibung der Wege und Orientierungspunkte und ich vermutete, dass er wie besessen mitschrieb.
»Der Bach ist eingezeichnet, hat aber keinen Namen. Folgt ihm einfach stromaufwärts. Es kann gar nicht weit sein. Hast du alles notiert?«
»Ja. Sag mal, Rolle, wie fühlst du dich?«
»Spielt keine Rolle, jedenfalls nicht für mich. Beeilt euch, ich übernehme die Koordination, anders geht es nicht. Wenn irgendetwas schief geht, brenne ich das Polizeipräsidium nieder, und ich meine, was ich sage. Ist das klar?«
»Klar. Was noch?«
Er bekam ausführliche Instruktionen. Ich staunte selbst, dass ich in so kurzer Zeit einen so detaillierten Plan entwerfen konnte. Ich hatte an einem Spiel mit gezinkten Karten und einem bestochenen Geber teilgenommen und trotzdem hielt ich plötzlich alle Trümpfe in der Hand.
»Und wecke jeden Bullen, den du erwischen kannst, Simon. Sag ihnen, wer sich weigert, Überstunden zu machen, den werde ich mit der Nilpferdpeitsche vor mir herjagen.«
»Mach dir keine Gedanken. Wir bringen eine Armee auf die Beine! Herr im Himmel ...«
»Schick mir einen Polizeihubschrauber, der mich abholt.«

»Es gibt bestimmt einen in der Nähe. Gibt es Punkte, an denen er sich aus der Luft orientieren kann, um das Gehöft zu finden?«

»Warte.«

Wieder riss ich die Tür auf. Der Mann richtete seine Flinte auf mich. Ich fürchtete mich vor dem Schießprügel weniger als vor einem Mückenstich.

»Habt ihr etwas, womit man einem Helikopter Signale geben kann? Raketen oder so?«

Die Frau räusperte sich und sagte: »Wir haben ein paar Feuerwerkskörper, noch von Silvester.«

»Her damit.«

Diesmal hielt ich mich nicht damit auf, die Tür zu schließen, sondern rief in den Hörer:

»Sobald ich einen Motor surren höre, schieße ich Silvesterraketen ab. Beeilt euch! Wer trödelt, dem mache ich Feuer unterm Hintern. Das gilt auch für dich, Simon!«

»Wir werden flink wie die Windhunde sein, Rolle. Übrigens – hast du Virena angerufen und ihr gesagt, dass du lebst?«

»Virena? Oh ... die habe ich vergessen. Dafür ist später noch Zeit. Los jetzt, gib Gas!«

Ich legte den Bananenhörer auf und überlegte, ob ich nicht etwas vergessen hatte. Mein Gehirn lief auf Hochtouren, trotzdem war da ein Gefühl der Leere. Die durchnässten Sachen klebten an meinem Körper, aber das kümmerte mich nicht.

Als ich in den Flur trat, hielt mir der Mann die Mündung seiner Flinte vors Gesicht und krächzte: »Hände hoch!«

»Mach dich nicht lächerlich«, gab ich zurück. »Sieh zu, dass der Hof leer ist, damit der Hubschrauber landen kann. Alle Fahrzeuge und Geräte müssen weg.«

»Hände hoch, sagte ich!«

»Seltsam, dass die Leute nie machen, was man ihnen sagt.«

Ich machte ein paar schnelle Schritte auf ihn zu und riss ihm die Waffe aus der Hand. Er duckte sich ängstlich und glaubte wohl, ich würde ihn erschießen. Statt dessen gab ich das Gewehr seiner Frau.

»Hier, räum das weg. Mach den Hof für die Landung klar und schalte die gesamte Außenbeleuchtung an. Die Raketen müssen her!«

Die Frau stand ein paar Sekunden unschlüssig herum, dann hängte sie die Flinte an die Wand, wo sie immer hing.

»Bi-bist du wirklich Polizist?«, piepste sie.

»Kriminalinspektor. Was dachtest du denn?«

»Ich ... wir glaubten alle, du wolltest uns umbringen. Du siehst aus wie ein ... Räuber.«

»Beeil dich. Wir haben nicht den ganzen Tag Zeit.«

»Axel, fährst du bitte den Wagen ... ach was, ich mach es selber.«

Sie eilte hinaus, während ihr Mann zwei Laternen einschaltete, die eine Laube mit weißen Gartenmöbeln und die umliegenden sauber gemähten Rasenflächen beleuchteten. Ich hörte, wie der kleine Lastwagen angelassen wurde. Kurz darauf kam die Frau mit den Autoschlüsseln zurück.

»Und jetzt die Raketen. Der Hof eignet sich gut als Landefläche.«

Sie zögerte und wies dann mit einer entschuldigenden Geste auf den alten Mann, der gekrümmt auf einem Stuhl saß. »Mein Vater ist nicht richtig gesund. Sie wollten ihm einen Herzschrittmacher einsetzen, aber er hat Angst. Als du bei uns eingedrungen bist ... hoffentlich bekommt er keinen Anfall.«

Zum ersten Mal schaute ich mir die drei genauer an. Einfach gekleidet, gebräunte Gesichter, kräftige Hände. Solche Leute, die zupacken können, sind das Rückgrat der Nation, hatte ich einmal gelesen, und es stimmte wohl. Sie waren Bauern, vielleicht nannten sie sich auch Landwirte, und wussten sicher alles über die grünen Geheimnisse der Natur, die ich als Asphaltpflanze nie ergründen würde.

»Wie heißt du?«, fragte ich den alten Mann.

»Gustav«, antwortete er kurzatmig. »Gustav Andersson.«

»Ist das dein Hof?«

»Es war mal meiner. Jetzt haben ihn meine Tochter Hertha und ihr Mann Axel übernommen.«

»Dann lebst du auf dem Altenteil, wie man so schön sagt.«

»Ich habe hier mein Auskommen und ein Dach über dem Kopf, solange ich lebe, und natürlich die Pension vom Staat. Anders kann man einen Hof nicht betreiben.«

Ich wandte mich an die Frau: »Hertha, du kümmerst dich um die Raketen. Axel soll dir helfen. Gustav und ich kommen nach.«

Das Paar verschwand. Ich unterhielt mich weiter mit dem Alten: »Gustav, du hast sicher eine Menge erlebt in all den Jahren. Du bist Jäger?«

»War ich mal, früher.«

»Ah ja. Knall und bumm und der Elch geht auf dich los und du verpasst ihm noch eine letzte Kugel. War das nicht spannend?«

Er wirkte etwas lebendiger und nickte: »Da fühlte man, dass man lebte. Einmal traf ich im Wald sogar einen Bären. Ein riesiger Bursche, und ich stand ihm ganz allein gegenüber.«

Ich vermutete, dass das seine große Jagdgeschichte war, die er so oft erzählt hatte, dass Tochter und Schwiegersohn sie schon lange nicht mehr hören mochten. Ich aber war ein neues, dankbares Publikum. Was macht man mit seinen Erinnerungen, wenn keiner mehr lauschen will?

»Sag bloß! Was hast du gemacht?«

»Die Bestie griff mich an und ich bekam Bärenfrost. So nannten wir es, wenn man vor Angst schlottert und sich nicht rühren kann. Irgendwie brachte ich dann doch die Büchse in Anschlag und verpasste ihm eine Kugel.«

»Hast du ihn getötet?«

»Nein, nur verletzt. Dadurch wurde er noch wilder. Ein wütender Bär ist gefährlicher als jedes andere Tier. Er stellte sich auf die Hinterbeine und schlug mit den Tatzen um sich. Da feuerte ich den anderen Lauf ab und traf ihn direkt ins Auge. Er sackte zusammen. Ich aber stand noch eine geschlagene Stunde zitternd und wie angewurzelt da.«

Ich gab ihm einen aufmunternden Klaps auf die Schulter. »Wenn man so was erlebt hat, dann kann man einiges vertragen. Wie lange ist das jetzt her?«

»Das müssen jetzt ... sechzig Jahre sein.«

»So ein Erlebnis hinterlässt Spuren. Du hast deine Lektion gelernt, Gustav, und du bist sicher nicht leicht zu erschrecken, oder?«

Langsam schüttelte er sein greises Haupt und lächelte schwach: »Eigentlich nicht. Aber weißt du, als du hier hereinkamst, sahst du genauso wild aus wie der Bär.«

»Sind deine Tochter und ihr Mann nett zu dir?«

»Ja, doch. Kann mich nicht beklagen. Bis auf ...«

»Ja? Heraus damit!«

»Manchmal wäre ein Schnäpschen nicht schlecht. Aber das wollen sie nicht, wegen dem Herzen.«

»Wo steht die Flasche?«

»Im Kühlschrank hat Axel ...«

»Bleib sitzen.«

Der Kühlschrank war voller leckerer Dinge, die auf eine bevorstehende Familienfeier schließen ließen. Wahrscheinlich sollte der Alte sich dabei mit Mineralwasser begnügen und auch noch dankbar sein, das kannte man. Ich füllte ein halbes Wasserglas mit Wodka und brachte es ihm.

»Skål!«

Er lächelte, schluckte und leckte sich die Lippen. Im selben Moment kamen die anderen wieder herein.

»Aber Vater!«, rief Hertha empört. »Denk daran, was der Doktor gesagt hat!«

»Er brauchte eine Stärkung«, erklärte ich. »Wenn er wieder einmal einen Schnaps will, dann gebt ihm einen. Er ist alt genug, um zu wissen, was er will und was ihm gut tut.«

»Aber er kann davon sterben ...«

»Man lebt, solange man will, und dann stirbt man. So einfach ist das.«

Ich stiefelte hinaus, buchstäblich, denn ich trug noch immer die engen Knobelbecher des Hauptmanns. Seit der Schwiegersohn in der Heldenrolle gescheitert war, hatte er noch keinen Ton gesagt. Ich konnte auf seine Konversation gern verzichten. Eigentlich hätte ich totmüde sein müssen, aber ich fühlte mich so frisch und unternehmungslustig, dass ich vor Ungeduld auf dem Hof auf und ab lief. Simon hatte Virena erwähnt, aber ich hatte kein schlechtes Gewissen. In meinem Kopf war für Frau und Tochter derzeit kein Platz. Das würde sich schon wieder ändern.

Eine halbe Stunde später vernahm ich ein leises Surren am Himmel und befahl, die Raketen abzufeuern. Der Vorrat hätte noch für das nächste Silvester gereicht, es wurde ein richtiges Feuerwerk. Bald darauf senkte sich ein Helikopter auf den Hof herab und wirbelte Gras und Erde auf. Ohne mich zu verabschieden, ging ich an Bord. Der Pilot war ein junger Mann mit weichen Gesichtszügen.

»Flieg nach Stockholm und lande auf dem Hof des Polizeipräsidiums«, kommandierte ich.

»Meinst du wirklich, ich soll ...«

»Ja, und zwar so schnell wie möglich. Bitte unterwegs keine Gespräche, ich muss nachdenken.«

Vielleicht winkte mir der schnapsselige Gustav zu, aber das interessierte mich nicht. Die drei vom Gibbunda-Hof waren schon vergessen. Der Hubschrauber brauste über Wälder, Seen und Ortschaften hinweg, aber ich schaute nicht hinunter. Statt dessen versuchte ich, Ordnung in meine Gedanken und Gefühlen zu bringen.

»Hast du fertig gedacht?«, unterbrach mich der Pilot.

»Warum?«

»Wir sind gleich da.«

Die Maschine senkte sich hinab und ich sprang sofort hinaus, als sie zum Stehen gekommen war. Eine Gruppe von Männern erwartete mich.

Simon war darunter und schaute mich forschend an: »Entschuldige, wenn ich dumm frage, aber bist du wirklich Roland Hassel?«

»Hej, Simon, soll ich dir noch einmal meine Personennummer nennen? Das kannst du vergessen. Alles klar?«

»Wir müssen uns unterhalten.«

»Das machen wir unterwegs. Wo sind die Einsatzfahrzeuge?«

»Die meisten sind schon hier. Der Verantwortliche hat vor einer halben Stunde übernommen. Alles läuft so, wie du es gesagt hast. Ich habe eine Menge aktueller Berichte für dich.«

»Gut. Wo steht der Wagen, in dem ich mitfahre?«

»Da hinten. Die Techniker sind schon dort. Wir können gehen.«

Den anderen Kollegen winkte ich nur zu. Die meisten kannte ich gut, doch für eine richtige Begrüßung war keine Zeit. Ich spürte den Jagdinstinkt im Körper und den Geschmack frischen Blutes im Mund. Das Fahrzeug war als Lieferwagen getarnt. Drinnen befand sich eine komplette Funkzentrale. Während der Fahrt klebte mir einer der Techniker ein Mikrofon auf die nackte Haut unter dem Hemd.

»Bitte möglichst keine hastigen Bewegungen.«

»Das kann ich nicht versprechen. Nicht heute.«

»Ich sagte: möglichst. Dieses neue Modell ist sehr flach und robust. Es ist von Anfang an aktiviert. Vergiss es einfach, es ist da und funktioniert.«

»Kann man es unter dem Hemd sehen?«

Er überprüfte es und schüttelte nicht ganz überzeugend den Kopf: »Eigentlich nicht. Wenn starkes Licht direkt darauf scheint, kann ich aber für nichts garantieren. Zieh dir doch meine Jacke über, dann gehst du auf Nummer Sicher.«

Ich dankte ihm und er beschäftigte sich wieder mit seinen Geräten.

Simon strich sich über die Glatze und meinte: »Weißt du, dass du wie ein Seeräuber der übelsten Sorte aussiehst?«

»Das hat mir Hertha heute Nacht auch schon gesagt.«

»Wann hast du dich zuletzt im Spiegel gesehen?«

»Ich weiß gar nicht mehr, was ein Spiegel ist. Muss ein Jahrhundert her sein.«

»Ehrlich gesagt, riechst du auch etwas streng.«

»Das Flusswasser war leider nicht parfümiert. Außerdem fühle ich mich wohl. So will ich riechen, bis ich in der Kiste liege.«

»Der Staatsanwalt war überhaupt nicht froh über diese Aktion. Er meint, wir verstoßen gegen alle Regeln.«

»Herbei mit dem Kerl, dann will ich ihn lehren, wie die neuen Regeln lauten.«

»Ich habe ihm gesagt, dass du genau so reagieren würdest, also unterschrieb er. Äußerst widerwillig. Wir sollen uns streng an die Gesetze halten. Etwas anderes will er nicht wissen. Ich habe die Verantwortung für diese Operation. Man braucht wohl einen Sündenbock, falls etwas schief läuft. Übrigens ist die Pistole, die du trägst, keine Dienstwaffe und ...«

»Und? Die Beretta habe ich ehrlich gestohlen, sie ist zum Totschießen von Leuten bestens geeignet.«

Simon seufzte mehrmals, aber ich hatte kein Mitleid mit ihm.

»Dein so genanntes Gefängnis ist ein altes, verlassenes Fabrikgebäude mitten im Wald. Die Firma ist in Konkurs gegangen, der Strom wurde aber noch nicht abgeschaltet. Zu dem Objekt gehören Lagerhallen mit Klimafunktionen, um bestimmte Waren warm und feucht zu halten, wie in einem Treibhaus. Als Gurke hättest du dich dort sehr wohl gefühlt.«

Er grinste mich an und erwartete wohl, dass ich zurücklächelte, doch ich war nicht zu Späßen aufgelegt. Ich freute mich nur noch darauf, bestimmte Personen in die Finger zu bekommen, sie zu verprügeln, sie zu vernichten.

Simon fuhr fort: »An einer schnell errichteten Straßensperre wurden vier farbige Männer aufgegriffen. Einer entsprach deiner Beschreibung des Hauptmanns. Sie werden morgen zu uns überstellt.«

»Vermutlich hat er vorher noch telefoniert und den gewarnt, der hinter oder über ihm steht.«

»Du, ich habe Virena angerufen und sie schonend vorbereitet. Willst du hören, was sie gesagt hat?«

»Nein, jetzt nicht.«

Er machte große Augen und meinte: »Roland Hassel interessiert sich nicht für seine Frau und seine Tochter? Du musst ein Doppelgänger sein!«

»Simon, wir haben jetzt Wichtigeres zu tun.«

»Ich teilte ihr jedenfalls mit, dass wir einen Mann in übler Verfassung aufgegriffen hätten, der Ähnlichkeit mit dir habe und ...«

»Schluss jetzt, Simon, wir sind da. Wir sollten uns auf die Aktion konzentrieren.«

Die geborgte Jacke war mir zu groß, aber besser so als zu klein. Simon hob einen Daumen und grinste kameradschaftlich. Ich erwiderte die Geste.

Das Fahrzeug hatte ein paar Eingänge früher angehalten. Ich lief an der Hauswand entlang zur richtigen Tür, gab den Code ein und schloss die schwere Tür leise hinter mir. Im Flur war es so still wie nur in ganz vornehmen Häusern. Ich tastete mich die Treppe hinauf, stellte mich vor die Wohnungstür und zog die Beretta aus dem Hosenbund. Der Blutgeschmack im Mund wurde immer stärker und ich empfand ihn als ausgesprochen angenehm! Nach dem dritten Klingeln wurde die Tür einen Spalt geöffnet.

25. Kapitel

Ich warf mich mit der Schulter dagegen. Johan Kretse war nicht darauf vorbereitet und taumelte rückwärts gegen die Wand. Er trug einen Morgenmantel über dem Pyjama und jaulte auf, als ich ihm die Pistole in den Magen bohrte.

»In welchem Zimmer ist er?«, fuhr ich ihn an.

»Ich bin allein.«

»Rede kein dummes Zeug, ich bin nicht in Stimmung. Also, in welchem Raum?«

»Aber ich bin wirklich allein. Ich habe Radio gehört, weil ich nicht schlafen konnte und ...«

»Geh voraus. Keine Tricks, sonst ...«

Die Wohnung war, das wusste ich, riesengroß, aber auch sie hatte einen Anfang und ein Ende. Ich durchsuchte Zimmer für Zimmer, drei Badezimmer und vier Kleiderkammern, öffnete jeden Kleiderschrank, schaute unter jedes Bett. Kein Mensch, nicht einmal allzu viel Staub. Enttäuscht steckte ich die Pistole wieder ein.

»Worum geht es denn?«, erkundigte sich Johan und zog den Mantel um sich, als würde er frieren.

»Hier sollte ...«

Ich verstummte. Hatte ich einen Fehler gemacht? Mich auf die falsche Person konzentriert? Es war kaum zu glauben, dass ... andererseits ... nicht nur ich war hereingelegt worden ...

»Wir werden gemeinsam deine Mutter besuchen.«

»Ich will jetzt nicht zu meiner Mutter!«

»Was du willst, interessiert hier keinen. Hast du einen Schlüssel zu ihrer Wohnung?«

»Nein, sie hat auch keinen zu meiner.«

»Hast du ein bestimmtes Klingelzeichen, wenn du sie besuchst?«

»Ja, dreimal kurz, einmal lang. Heutzutage gibt es so viele verdächtige Individuen, und man weiß nie ...«

»Du ahnst nicht, wie Recht du hast. Geh voraus und klingele wie immer.«

»Aber ich bin doch gar nicht angezogen ...«

»Für den Smoking haben wir keine Zeit. Mach schon, sonst werde ich wütend und das könntest du bereuen.«

Gehorsam steckte er seinen Wohnungsschlüssel in die Tasche des hypereleganten Morgenmantels, der aber schlecht saß, sodass er eher einer Vogelscheuche glich. Seit man die Leiche seines Sohnes gefunden hatte, wirkte Johan Kretse wie ein Mann ohne Rückgrat.

Wir stiegen die Treppe hinauf zur Wohnung der Mutter, und die dunkelbraunen Pantoffeln schlappten um seine nackten Füße. Vor der Tür gab ich ihm ein Zeichen. Mit müden Augen drückte er dreimal kurz, einmal lang auf den Klingelknopf. Niemand öffnete. Ich bedeutete ihm, das Signal zu wiederholen.

Nach einer Weile war die Stimme seiner Mutter durch die Tür zu hören: »Was willst du?«

Johan hob die Augenbrauen und sah mich fragend an. Ich soufflierte lautlos: »Ich will mit dir reden.«

»Ich möchte mit dir reden, Mama.«

»Aber ich nicht mit dir, mitten in der Nacht.«

Weitere Mundbewegungen meinerseits, die er zu seinen machte: »Es ist wichtig, Mama.«

»Kann wohl bis morgen warten.«

Neuer Text, und er wiederholte: »Nein, es ist sehr wichtig. Du musst öffnen.«

»Also gut, zehn Sekunden. Aber du kommst nicht herein. Du bist der dümmste ...«

Weitere Details der Beschimpfung ihres Sohnes gingen im Rasseln des Schlüsselbundes unter. Als der Schlossriegel zurückschnappte, drückte ich zu und schob die alte Dame in die Diele zurück. Sie kreischte auf und humpelte, so schnell ihre Füße sie trugen, in das riesige Wohnzimmer. Dort stand er und rauchte eine Zigarette.

Im Falsett schrie sie: »Hilfe! Ich kenne ihn nicht!«

Er legte die Zigarette ab und verbeugte sich kurz: »Natürlich kennst du ihn. Das ist Inspektor Hassel. Roland, was machst du hier?«

»Die Frage müsste ich dir stellen. Ralph Wilson, was machst du hier?«

Er schaute auf die Pistole in meiner Rechten und sagte ausdruckslos: »Was glaubst du denn?«

»Als es mir gelang, Hauptmann Nawkino oder wie er für dich heißt zu entkommen, wusstest du nicht, wie es weitergehen sollte. Also nahmst du Kontakt zu deiner Geschäftspartnerin oder Chefin, Erna Kretse, auf. Die Situation war für euch beide gefährlich. Oder, um es ungeschminkt auszudrücken, euer ganzes Imperium könnte zum Teufel gehen, und genau so wird es auch kommen!«

Er nahm die Zigarette und rauchte ein paar Züge. Zitterte seine Hand? Sicher nicht. Wilson war gerissen und fand sich in jedem Fuchsbau zurecht. Glaubte er.

»Muss Johan dabei sein?«

»Ja. Er bleibt.«

»Muss er denn zuhören? Kann er nicht in dem kleinen Salon warten? Von dort kann er nicht fliehen, falls es dir darum geht.«

»Okay«, willigte ich ein. »Johan, geh in den verdammten kleinen Salon und schließ die Tür hinter dir.«

Gehorsam und mechanisch wie eine Puppe gehorchte Kretse und Wilson zeigte sein warmes, sympathisches, falsches Lächeln. »Nun können wir uns vielleicht wie zivilisierte Menschen unterhalten.«

»Geht nicht«, fauchte ich. »Du bist nicht zivilisiert. Auch die Alte im Sessel nicht.«

Frau Kretse warf mir einen konsternierten Blick zu. Sie spielte ihre Rolle ausgezeichnet, sie hatte ja auch Übung darin.

»Hören Sie, Herr Hassel, ich bin eine greise, schwache Frau, die bald ...«

»Halt die Fresse, alte Hexe! Du bist giftiger als alle Schlangen und Skorpione!«

Sie stellte den Stock zwischen die Knie und begnügte sich damit, mir tödliche Blicke zuzuwerfen. Wilson drückte seine Zigarette aus und die Geste war gentlemanlike.

»Lass uns gewisse Dinge klären, Roland. Wie kommt es, dass du hier eindringst und wilde Behauptungen über uns aufstellst?«

»Wie du weißt, überwältigte ich die Wärter und den Hauptmann, bevor ich aus der alten Fabrik floh. Ich steckte ihm den Lauf seiner eigenen Pistole, dieser Beretta hier, in den Mund und zwang ihn, auf meine Fragen zu antworten. Ihr beide haltet ihn für einen harten Typen, aber er winselte um sein Leben und erzählte alles, was er wusste.«

Wilson nahm sein Etui, wählte sorgfältig eine Zigarette aus, klopfte sie fest und steckte sie sich in den Mundwinkel. Vorher hatte ich ihn nur mit Pfeife gesehen. Vielleicht war er inzwischen im Kino gewesen und hatte einen Film mit Humphrey Bogart gesehen.

»Und was wusste er?«

»Ihr wisst, was er wusste, und da ich es jetzt auch weiß, wissen wir es zusammen. Die alte Kretse und der große Chef von Interpol – was für ein widerwärtiges Paar!«

Wilson sagte, ohne mich anzusehen: »Und wenn er mich nun angerufen und mir eine andere Version der Geschichte erzählt hat?«

»Was, zum Teufel, denkst du denn, was du ihm noch glauben kannst? Er hat seine eigene Haut zu retten. Vielleicht versucht er, außer Landes zu gelangen. Ich lasse jedenfalls die Grenzen sperren.«

»Oh! Ihr habt die Grenzen noch nicht dichtgemacht?«

»Das schaffen wir schon rechtzeitig, keine Angst.«

»Ich komme noch einmal auf die erste Frage zurück: Was machst du hier? Willst du uns an die Wand stellen?«

»Nichts lieber als das. Ich würde mich danach viel besser fühlen.«

Wilson lächelte und ich wusste weshalb. Er glaubte, dass ich noch immer die Marionette war, aber nun hing er an den Fäden und ich konnte ihn zappeln lassen, wann ich wollte. Ich hatte ihn genau richtig eingeschätzt.

»Berichtige mich, wenn ich mich irre, aber zwei Menschen zu erschießen gehört wohl nicht gerade zu den Aufgaben der schwedischen Polizei?«

»Im Moment bin ich kein Polizist, sondern ein primitiver Rächer. Was ich durchmachen musste ...«

»Du kommst also direkt von dem guten Hauptmann und hast die Polizei nicht benachrichtigt?«

»Dazu ist immer noch Zeit. Wenn ich euch erschieße, fällt mir schon eine Begründung ein. Auf der Flucht erschossen, zum Beispiel.«

»Erna, hörst du? Monsieur Hassel hat mit niemandem gesprochen, weil er freie Hand haben will. Ist das nicht interessant?«

»Er ist ein sehr unhöflicher Mann. Und dumm.«

Ich lachte und versuchte hysterisch zu klingen. Es gelang mir recht gut. Natürlich spielte ich ihnen etwas vor, doch innerlich glühte ich vor Hass. Wäre ich in die Situation gekommen, schießen zu müssen, ich hätte nicht gezögert, ungeachtet der Konsequenzen.

»Jetzt sind wir sicher, dass unser Hauptmann dichtgehalten hat«, sagte Wilson in einem amüsierten Tonfall, der besonders britisch klingen sollte. »Wahrscheinlich bist du einfach geflohen und hast ihn überhaupt nicht überwältigt.«

Wütend zog ich mir einen Stiefel vom Fuß und warf ihn Wilson zu: »Nun, erkennst du ihn? Weil ich barfuss war, nahm ich ihm die Stiefel ab.«

»Mag sein. Du hast ihn also überwältigt. Und weiter?«

»Bevor ich euch töte, will ich mehr wissen.«

»Ich glaube nicht, dass du ...«

Ich drückte ab und der Schuss verfehlte Erna Kretse nur um Haaresbreite. Beide waren schockiert. Der Knall hallte im Raum, aber ich wusste, dass die Kollegen nicht eingreifen würden, denn sie hatten den vorangegangenen Dialog gehört.

»Du glaubst es nicht? Stell mich auf die Probe!«

Der Engländer setzte sich in den Sessel, der neben Ernas stand. Ich konnte seine Gedanken lesen. Für die beiden galt es, Zeit zu gewinnen und nach einem Ausweg zu suchen. Vielleicht hofften sie auch, mich entwaffnen zu können.

»Okay, okay, mein lieber Hassel, beruhige dich. Da wir unter uns sind, antworten wir gern auf deine Fragen. Aber spiele bitte nicht den wilden Mann!«

»Sollte ich von Anfang an das Opfer sein?«

Wilson lachte meckernd: »Du warst auserwählt, unerhört reich zu werden, aber wir mussten Schritt für Schritt vorgehen. Von Nick Oland hatten wir nicht viel zu befürchten. Sicher, er verfügte über brisantes Material, aber er war ein Erpresser und spielte den einen gegen den anderen aus. Erpresser geben ihr Kapital nicht ohne weiteres aus der Hand. Wir sahen zu, dass du den Fall übernahmst.«

»Warum ich?«

»Du musstest den Aufbau und die Ziele unserer Organisation verstehen. Vielleicht weißt du gar nicht, welchen guten Namen du bei Interpol hast. Carl Hiller gerät ins Schwärmen, wenn von dir die Rede ist. Dein Einsatz, als es um die gesprengten Schiffe ging, hat dir bei Interpol einen Goldstern eingebracht. Wahrscheinlich weißt du auch nicht, dass man beabsichtigt, dich in die europäische Führung zu berufen.«

Ich schüttelte ungläubig den Kopf. »Bei allen Verdiensten, aber dafür bin ich wirklich nicht der richtige Mann.«

»Die operative Führung von Interpol will dir eine Spezialausbildung geben. So war es jedenfalls geplant. Daraufhin prüften wir, ob du für unsere Organisation geeignet wärst. Wir stellten fest, dass du im Ruf stehst, ehrlich und unbestechlich zu sein. Außerdem sollst du gegen einen bestimmten Typ von Verbrechern besonders energisch vorgehen.«

Er lächelte liebenswürdig, als würden wir in seinem Klub sitzen und Kricket diskutieren. »Also eine rigide Person. Einspuriger Mensch, Prinzipienreiter. Einfältig in allem, was außerhalb der aktiven Arbeit liegt. Genau die Sorte Kontaktperson, die wir für unsere internationalen Aktivitäten brauchen. Hätten wir dich auf unserer Seite, wären wir fast unerreichbar. So webten wir ein Netz um dich herum und spannten dich darin ein.«

Manipuliert, von Anfang an. Der ehrliche, aber einfältige Idiot. In Gedanken knirschte ich mit den Zähnen. »Wie war das mit dem Mord an Oland und seiner Frau?«

»Als du zum zweiten Mal zu der Villa kamst, lagen Oland und seine Frau bereits tot im Schlafzimmer. Unsere Leute haben dir eine tolle Show gezeigt, oder? Du warst anschließend ein absolut glaubwürdiger Zeuge.«

»Wer ist der, den ich für Oland hielt?«

Plötzlich brach Erna Kretse in ein Gelächter aus, das völlig unmotiviert erschien. Schnell fing sie sich und nahm ihre Standardhaltung wieder ein. Ich erinnerte mich an das Gespräch in der Villa. Der Mann, der mir als Bengt Ölund präsentiert worden war, hatte mich durch kurze Bemerkungen in der Auffassung bestärkt, meinen Jugendfreund vor mir zu haben. Nostalgische Gefühle waren schon immer meine schwache Seite gewesen.

»Warum glaubst du, dass er es nicht gewesen ist?«

»Weil ich ihn lebendig im Zimmer des Hauptmanns gesehen habe.«

»Wirklich? Das ist ja interessant. War er es wirklich? Wo könnte er sich jetzt wohl aufhalten?«

»Eine einzige Person konnte hinter den Kulissen Regie führen. Ein einziger kannte alle Hintergründe: du! Und Groettsa war und blieb Kretse. Aber nicht Nils, denn der war tot. Also, wer war der Oland-Imitator?«

Wilson nickte und hob zugleich die Augenbrauen, als imponierte ihm der clevere Schwede. In Wirklichkeit hielt er mich sicher für einen Volltrottel – und er hatte Recht.

»Was sind Namen?«, wich er elegant aus. »Er ist einer unserer Besten, sagen wir, Vollstrecker in diesem Teil der Welt, und in diesem Fall war seine Herkunft von Vorteil.«

»Alles, was in Afrika geschah ...?«

Er nickte und kicherte wie über eine lustige Geschichte: »Alles war vorbereitet und wurde perfekt ausgeführt. Hauptmann Nawkino hat schon lange auf unserer Lohnliste gestanden. Nigeria ist ein großer Markt für unsere Produkte.«

»Steht auch Okpara auf eurer Liste?«

Wilson zog eine abfällige Miene: »Unter seiner schwarzen Haut ist er genauso einfältig wie du. Er war ein unberechenbarer Faktor, aber auch mit solchen können wir umgehen. Wir sorgten dafür, dass du das Gefangenendasein in Lagos kennen und fürchten lerntest. Für einen Weißen ist das sehr unangenehm, aber es diente dem Zweck.«

Ich musste mich sehr beherrschen, um ihm nicht in seine grinsende Fresse zu schlagen. Aber ich wollte sein Blut auf andere Weise. »Morris war dein Freund und sogar ein angeheirateter Verwandter. Warum hast du nicht ihn für deine verdammte Organisation geworben?«

Wilson fuchtelte abwehrend mit seiner Zigarette, die Rauchkringel in der Luft hinterließ.

»Zuerst einmal: Es ist nicht meine Organisation. Wir repräsentieren nur einen kleinen Teil, aber auch wir verdienen süße Milliarden. Morris war ein kleiner Gauner. Man konnte ihm zwar nichts beweisen, aber er wäre früher oder später bei Interpol rausgeflogen. Also war er für uns wertlos. Leider kam er zufällig an ein paar Informationen und wurde misstrauisch. Ich glaube, er wollte eine interne Ermittlung gegen mich anstrengen. Das konnte ich natürlich nicht dulden.«

»Warum gab Taggen mir Morris' abgetrennten Arm?«

Der Brite schien sich köstlich zu amüsieren. Mir fiel es immer schwerer, meine Aggressionen zu zügeln.

»Mit Taggen meinst du Ovesson, nehme ich an. Er kapiert nichts, doch für Geld macht er, was man ihm sagt. Er tötete Edward und hackte ihm den Arm ab, oder umgekehrt. Die ganze Zeit war es unsere Absicht, die Verbrechen den Neonazis in die Schuhe zu schieben. Diese Lumpen sind zu allem im Stande, einige Morde mehr oder weniger haben keine Bedeutung für ihren Ruf.«

»Hat das damit zu tun, dass Nils zu ihnen gehörte?«

Erna drückte ihre Verachtung aus, indem sie die faltigen Mundwinkel fallen ließ. Das Reden überließ sie ihrem Knappen Wilson, der Freude daran hatte, den Überlegenen spielen zu dürfen.

»Nils war ein misslungenes Exemplar. Er glaubte, seiner Bedeutungslosigkeit zu entkommen, wenn er diesen Rabauken Geld gab. Als er durch seine Neugier Verwirrung stiftete, musste er daran glauben. Das passte sogar gut, weil sich dadurch der Eindruck verstärkte, die Rechtsradikalen hätten die Taten verübt. Deshalb wurdest du auch auf die für diese Kreise übliche demonstrative Weise gewarnt. Wir dekorierten seine Wohnung mit Dingen, die für die braune Szene typisch sind, damit es wie eine interne Abrechnung aussah.«

Ich holte tief Luft und hoffte, dass mir die Stimme noch gehorchte: »Du hast Tausende Menschen an gefälschten Medikamenten verrecken lassen, um daran zu verdienen. Und die Alte auch.«

Er nickte zufrieden. »Richtig. Tausende reichen gar nicht. Um ein ordentliches Geschäftsvolumen zu erreichen, müssen eben viele Opfer gebracht werden.«

»Wie konntet ihr so tief sinken? Das will ich wissen, auch wenn ich es nicht begreifen kann.«

Wilson wollte mir einen gönnerhaften Klaps auf die Schulter geben, war jedoch zu weit von mir entfernt, und ich hatte die Waffe. Aber er schaute mich an, als spräche er zu einem kleinen Kind, das erst in die Mysterien des Lebens eingeweiht werden musste: »Wie ich dir zu Beginn unserer angenehmen Bekanntschaft bereits erklärte, hat jeder Mensch seinen Preis. Ich hatte meinen. Glaubst du an Gott?«

Die Frage überraschte mich und ich murmelte etwas Undeutliches.

»Ich nicht. Wenn man stirbt, ist alles vorbei. Also gibt es auch keinen, der mich zur Verantwortung ziehen kann. Ich muss mich vor niemandem fürchten. Damit bin ich frei zu tun, was ich will, um die höchste Befriedigung zu erreichen. Reichtum ist ein schöner Zustand. Der Tod anderer Menschen interessiert mich nicht. Erna wird bestätigen, dass man Geld und Macht in jedem Lebensalter zu schätzen weiß. Macht und Reichtum sind die Lebenselixiere.«

Ich zog den zweiten Stiefel aus und warf ihn, doch er wich geschickt aus und lachte nachsichtig.

»Diesen Stiefel musste ich ablecken!«, schrie ich.

»Ja, aber du hast es gern getan. Du wolltest die Stiefel, den Fußboden und die Wände ablecken und du bekamst den Befehl dazu.«

»Was habt ihr mir gegeben?«

»Verschiedenes. Heutzutage gibt es so viele moderne persönlichkeitsverändernde Drogen. Jedes Mal, wenn du trankst, schlucktest du etwas, was uns weiterbrachte.«

»Ihr habt mir eine Gehirnwäsche verpasst!«

»Laut den Berichten mit großem Erfolg, wenn man darunter die Umformung des mentalen Ichs versteht. Die Zerschlagung einer Seele, um es einmal bildlich auszudrücken. Man bindet den Betreffenden emotional an eine Person und dieses Verhältnis wird zu einer Nabelschnur, die nicht durchtrennt werden kann. Du warst bereit, deinem Herrn die Stiefel zu lecken, um seine Gunst zu gewinnen. Experimente an Tieren ... nun ja, die Kombination von ausgewählten Drogen und psychologischen Methoden ist unerhört effektiv.«

»Meinst du?«

»Ja, alles lief nach Plan. Du kostetest wenig Geld, Anstrengung und Zeit. Als unser Mann hättest du dich tausendfach amortisiert. Wir mussten manchmal ein bisschen improvisieren, aber auch darin sind wir gut.«

Jetzt war es an mir zu lachen. Ich erschrak selbst, wie irre es klang. »Aber trotzdem ging es schief! Ich fesselte den Teufel und zwang ihn, Geheimnisse zu verraten. Die ganze verdammte Gehirnwäsche war also umsonst!«

Umständlich zündete er sich eine weitere Zigarette an. Dass er Kettenraucher war, hatte ich noch gar nicht gemerkt. War er so nervös?

»Nein, Hassel. Sie funktioniert nach wie vor. Du hast einen kurzen Aufstand probiert, aber wenn du dem Hauptmann das nächste Mal begegnest, wirst du ihm wieder die Füße küssen wollen.«

Er irrte sich, absolut! Ich war frei im Willen und in meinen Entscheidungen. Aber warum lief es mir kalt den Rücken herunter?

»Welche Rolle spielt die alte Kretse in dieser üblen Geschichte? Inwieweit ist sie für eure Verbrecherorganisation von Nutzen?«

Wilson neigte den Kopf ein wenig und schien vergebens auf etwas zu warten.

»Das können wir leider nicht verraten. Falls wir Pech haben und du hier lebend rauskommst, hast du keine Beweise für das, was wir hier diskutiert haben. Du hast keinen einzigen konkreten Hinweis, der zu einer Anklage berechtigen würde. Du bist einfach nur verrückt, das sieht man schon an deinem Äußeren.«

»Natürlich komme ich hier lebend raus!«

Erna und er lächelten sich an. Ich spürte etwas Rundes, Hartes im Rücken und vernahm eine scharfe Stimme:

»Lass die Pistole fallen. Sofort, sonst schieße ich.«

Ich ließ die Beretta auf das Parkett poltern.

»Geh fünf Schritte vor und dreh dich dann um, die Hände überm Kopf.«

Ich gehorchte. Vor mir stand der Mann, der Bengt gespielt hatte, und hielt einen gewaltigen Colt in der Hand.

Wilson rief: »Wo warst du denn so lange? Es sind doch nur ein paar Schritte vom Arbeitszimmer bis hierher.«

»Ich konnte die Knarre nicht finden. Was machen wir nun mit ihm?«

»Erschießen natürlich. Der durchgedrehte Hassel ist in die Wohnung der einsamen Witwe Kretse eingedrungen und hat sie bedroht, weil der Sohn ein Gewalttäter gewesen ist. Die alte Frau hat immer eine Pistole in der Schublade, weil sie sich vor Dieben fürchtet. Sie streckt ihn nieder, ein klarer Fall von Notwehr. Einen Waffenschein hat sie nicht, aber eine kleine Geldstrafe verkraftet die arme Frau gerade noch so. Was sagst du dazu, Erna?«

»Töte ihn und gib mir die Pistole. Wenn ihr aus dem Haus seid, rufe ich die Polizei.«

Wilson verbeugte sich vor mir: »Adios, Amigo.«

»Ihr habt etwas vergessen«, sagte ich.

»Das glaube ich nicht.«

»Oh doch. Johan Kretse ist im Nebenraum. Er kann als Zeuge gegen euch auftreten.«

»Johan weiß nichts und begreift nichts. Wir bringen ihn in seine Wohnung hinunter, dann kann er sein Schlafpulver schlucken. Erna spricht mit ihm. Gegen seine alte Mutter würde er niemals aussagen. Er ist ein Dummkopf. Du siehst, wir haben die Situation unter Kontrolle.«

Im selben Augenblick öffnete sich die Tür zu dem kleinen Salon und Johan stand müde zwinkernd auf der Schwelle.

»Ich hörte meinen Namen«, sagte er ausdruckslos. »Ich will nur den Arm meines Sohnes zurück. Wo habt ihr ihn hingebracht? Ich muss doch meinen Sohn begraben ...«

Der Mann richtete den Colt auf Johan. Ich hechtete nach vorn, rollte ab und trat ihm im Liegen gegen das Knie. Er schrie vor Schmerz. Im selben Moment war ich wieder auf den Beinen, packte ihn an Haar und Kinn und schmetterte seinen Kopf auf einen der altmodischen Heizkörper. Das bekam ihm gar nicht. Dann griff ich nach dem Colt und fuhr herum. Erna war aufgestanden und versuchte, mich mit dem Krückstock zu attackieren. Ich hatte noch nie eine alte Frau ins Gesicht geschlagen, aber es funktionierte prima. Ohnmächtig fiel sie in ihren Sessel zurück. Johan zwinkerte immer heftiger und begriff wieder einmal gar nichts. Deshalb zog er sich in den Nachbarsalon zurück. Wilson und ich starrten uns an.

Ich strich mir über die Stirn: »Ralph, ich weiß nicht ... so hatte ich mir das nicht vorgestellt ...«

»Nicht?«

»Nein, es ist alles so ... Dich mag ich, obwohl ... es war dieser verdammte Hauptmann ... ich kann dir helfen, wenn du mir danach unter die Arme greifst.«

Der Brite verzog keine Miene, aber ich merkte, dass er mich noch immer für seine Marionette hielt.

»Wie willst du mir denn helfen, Roland?«

»Wir erschießen die Alte und schieben alles auf sie. Wir sind beide bei Interpol und haben Beweise gegen sie gesammelt. Ich schwöre, dass du mich aus diesem verdammten Gefängnis befreit hast und dass ich sie unbedingt zur Rede stellen wollte. Du konntest mich nicht daran hindern. Den da legen wir auch um.«

»Wie willst du das der Polizei erklären?«

»Ganz einfach. Das war ihr Leibwächter. Es gab einen Schusswechsel, bei dem sie leider ebenfalls getroffen wurde. Ein zufälliger Schuss, der sich aus seiner Waffe gelöst hat. Unser Wort gegen kein anderes. Johan bringen wir hinunter ins Bett, wie du sagtest. Oder wir erklären ihn zum Komplizen der Alten und töten auch ihn.«

Wilson nickte langsam. »Was erwartest du als Gegenleistung?«

»Lebenslang eine ordentliche Bezahlung. Aber erst musst du mir die Hintergründe erklären, sonst platzt die Geschichte. Warum war die Alte so wichtig?«

Er schaute mich forschend an und ich wich seinem Blick nicht aus. Eigentlich hatte er nichts zu verlieren. Ich hatte die Sprache gesprochen, die er verstand. Mord und Bestechung waren seine Welt.

»Okay, Roland. Im Laufe vieler Jahre hat Erna eine eigene Unternehmenskette nach dem Muster von Johans Unternehmen aufgebaut, eine Art Schwesterorganisation, fast identisch. Sie saß wie die Spinne im Netz und kontrollierte alle Papiere. Sie hat seine Unternehmensnummer verwendet, jedoch andere Adressen und Konten. Damit konnte sie seinen internationalen Ruf nutzen. Mit unserer Hilfe errichtete sie Fabriken, in denen billige, wertlose Medikamente produziert und in Schachteln von bekannten Markenfirmen verpackt werden. Die geachtete Firma verkauft diese Mittel an unsere Kontakte, die für den weiteren Vertrieb sorgen. Die große Kontrolle von Johans Firma durch die Behörden, die vor kurzem stattfand, war für uns von großem Nutzen. Wir können die Geschichte so aufbauen, dass ...«

»Es reicht«, unterbrach ich ihn, riss das Hemd auf und zeigte ihm das Mikrofon. »Alles, was in diesem Raum gesprochen wurde, haben wir auf Band. Draußen warten meine Kollegen.«

Endlich verlor der Brite seine Haltung und wurde angenehm bleich um die Wangen. Er sank auf einen Stuhl, aber ich ließ ihn nicht sitzen, sondern zerrte ihn wie einen Sack zur Tür.

Dann rief ich ins Treppenhaus: »Kommt herauf, Jungs. Hier ist Aas abzuholen!«

* * *

Ich stand mit Simon am Straßenrand und beobachtete, wie Personen, die ich wie nichts auf der Welt hasste, in Polizeiautos verladen wurden. Ihre Zeit war abgelaufen. Ich ärgerte mich, dass ich die Gelegenheit nicht genutzt hatte, Wilson die Zähne einzuschlagen. Ich hätte nur angeben müssen, er habe mich angegriffen. Mit dem bloßen Zahnfleisch sollte er im Knast seinen Zwieback kauen! Noch besser wäre, wenn Nigeria seine Auslieferung beantragen würde, damit er da landete, wo er hingehörte. Sicher passten diese Gedanken nicht zu einem disziplinierten schwedischen Polizisten, aber ein solcher hatte normalerweise auch nicht mit der Rute des Hauptmanns Bekanntschaft geschlossen.

»Jetzt fahre ich nach Hause«, sagte ich zu Simon.

»Um Himmelswillen, nein!«

»Den Bericht bekommst du morgen. Ich will einfach nur schlafen.«

So viele Fragen suchten noch nach einer Antwort. Sowohl in Schweden als auch in Nigeria waren weitere Spuren zu verfolgen. Aber mir reichte es, ich wusste mehr als genug. Auch tausend weitere Details konnten das Gesamtbild nicht mehr verändern.

Er legte mir die Hand auf die Schulter und sagte weich: »Rolle, ich habe das ganze Gespräch verfolgt. Wilson hat Recht. Du bist angeschlagen. Es wird lange dauern, bis deine Seele wieder im Gleichgewicht ist.«

»Rede keinen Unsinn, ich ...«

»Wenn einer wie du Frau und Kind vergisst, ist er nicht mehr zurechnungsfähig. Du brauchst ein Deprogramming, das dir die Grillen aus dem Schädel bläst. Wir fahren dich in eine kleine Privatklinik, wo sich erfahrene Leute um dich kümmern. Glaub mir, in diesem Zustand solltest du Virena besser nicht treffen.«

Seine Worte sickerten in meine Gedanken. Vielleicht hatte er Recht. Ich war noch nicht wieder der Alte. Man kann nicht an einem Tag dem Teufel die Stiefel lecken und am nächsten ein braver Familienvater sein.

»Wird sie mich besuchen?«

»Natürlich. Sie hilft, damit du schnell gesund wirst. Was sagst du?«

»Einverstanden, Simon. Wenn ich nur schlafen darf. Eine Sache noch ...«

»Ja?«

Ich lächelte, um zu zeigen, dass der alte Rolle noch in mir steckte. Eine gute Idee, ich glaubte mir beinahe selbst. »Sieh zu, dass mich jemand rasiert, bevor sie kommt. Sonst lässt sie sich noch scheiden!«

KBV-KRIMI

Ralf Kramp

Ein Viertelpfund Mord

KBV-Krimi Nr. 120
Taschenbuch, 160 Seiten
ISBN 3-937001-38-7

Heimtückische Killer mit ausgetüftelten Plänen und ratlose Zufallstäter, denen der brutale Mord gewissermaßen im Handumdrehen gelingt – sie alle versammeln sich hier zu einem munteren mörderischen Stelldichein. Doch all den frischen Witwen, skrupellosen Auftragskillern und eiskalten Giftmörderinnen wird eines schnell bewusst: Verbrechen zahlt sich selten aus, denn die Tücke des Objekts wendet sich allzu oft gegen sie. Es sind die perfiden Schnippchen, die Ralf Kramp seinen Lesern in diesen knapp zwanzig rabenschwarzen Stories schlägt, die immer wieder für haarsträubende Überraschungen sorgen.

»Sanfte Grausamkeit, garniert mit einer Prise Humor« (Schnüss/Bonner Stadtmagazin)

»Meister des schwarzen Humors« (Kölner Stadt-Anzeiger)

»Schwarzer Humor und Fabuliergabe« (Trierischer Volksfreund)

Burkhard Ziebolz

Riesen und Zwerge

KBV-Krimi Nr. 22
Taschenbuch, 316 Seiten
ISBN 3-927653-53-7

Die Entdeckung des jungen Biologen Thorsten Gröning ist geradezu sensationell: Es ist ihm gelungen, einen Wachstumsfaktor zu isolieren, der der Medizin in Zukunft ungeahnte Möglichkeiten bieten kann. Doch mit dem Erfolg kommen die Probleme, denn einige seiner Kollegen sind allzu erpicht darauf, Grönings Wissen für sehr viel Geld an die mächtige Pharmaindustrie zu verkaufen. Seine Ergebnismappe verschwindet eines Tages auf geheimnisvolle Weise spurlos aus dem Labor, und wenige Tage später wird ein Kollege brutal ermordet aufgefunden. Hans Fröhlich und Hans-Jörg Meyer von der Braunschweiger Kripo schalten sich ein, und Gröning beschließt, für einige Zeit unterzutauchen, da ihn nun plötzlich die Polizei des Mordes verdächtigt. Er kann niemandem mehr vertrauen …

Jürgen Siegmann

Nierenpoker

KBV-Krimi Nr. 117
Taschenbuch, 272 Seiten
ISBN 3-937001-36-0

Im St. Josef-Krankenhaus in Barmbek wird der renommierteste Arzt des Hauses, Professor Hohenfeld, tot aufgefunden. Ein Fall für Kommissar Schmitz, dessen Freundin Tessa zur Zeit in eben jenem Krankenhaus liegt. Schnell gerät Schmitz in Stress. Eigentlich würde er gerne seine neue Wohnung renovieren, denn momentan schläft er auf einer Baustelle ohne Strom und heißes Wasser. Aber sein neuer Vorgesetzter, mit dem ihn eine tiefe gegenseitige Abneigung verbindet, will schnelle Ergebnisse, weil ihm die Presse im Nacken sitzt. Schmitz ermittelt, unterstützt von seinem schrulligen Assistenten Sand, in verschiedene Richtungen, und die Liste der Verdächtigen wächst rasch an. Ist der Täter im beruflichen Umfeld des Professors zu suchen, oder liegt das Motiv im privaten Bereich des Toten, der zahlreiche Affären hatte?

KBV-KRIMI

Olov Svedelid
Hassels Hölle
KBV-Krimi Nr. 119
Taschenbuch, 380 Seiten
ISBN 3-937001-35-2

Roland Hassel von der Stockholmer Polizei träumt von einem Karrieresprung. Daher akzeptiert er es sogar, zwischendurch für Interpol den Laufburschen zu spielen. Er soll von einem Schweden, der in Nigeria gearbeitet hat, Informationen übernehmen. Doch dieser Bengt Ölund wird ermordet; das Beweismaterial verschwindet. Offenbar ist der Fall brisanter als es den Anschein hatte. Hassel macht sich auf den Weg nach Lagos – und landet in der Hölle!
Wieder legt Olov Svedelid einen Thriller von internationalem Niveau vor. Weltweit sterben Jahr für Jahr Tausende von Menschen, weil sie mit überlagerten oder gefälschten, wirkungslosen Medikamenten behandelt werden. Wer hinter dem lukrativen Handel mit Markenwaren steckt – Roland Hassel findet es schließlich heraus.

Susanne Amtsberg
Irrwasser
KBV-Krimi Nr. 115
Taschenbuch, 288 Seiten
ISBN 3-937001-33-6

Die Journalistin Toni Smerell taucht im vergessenen Gebirgsort Tiefenbach kopfüber in einen der letzten Mythen unserer Zeit. Sie soll das Geheimnis vom »Wolkenfänger« ergründen, während verheerende Regenfälle den Ort ins Tal zu reißen drohen. Im Auftrag des Zeitmagazins *Now* soll sie den Wissenschaftler Prof. Dr. Steffen Tropper aufspüren – einen modernen Regenmacher, der sich hier angeblich versteckt hält. Bald weicht der Regen ihr auf Taschenformat zurechtgestutztes Leben auf. Was tun, wenn unsere Wirklichkeit zu einem grandiosen Fake verkommt, wenn einem ganzen Dorf ein Mord als die billige Lösung erscheint? Gemeinsam mit dem Feuerwehrmann Mark entdeckt Toni jenes Lebenselixier, das so manche Gesetzmäßigkeit seiner Spezies verneint: das Wasser.

Mathias Christiansen
Die dünne Linie
KBV-Krimi Nr. 116
Taschenbuch, 212 Seiten
ISBN 3-937001-37-9

Es ist ein schwarzer Tag für Justitia, als einer ihrer treuesten Diener, der Staatsanwalt Drigalsky, im Kriminalgericht Moabit gefunden wird – in einer Lache seines eigenen Bluts, erschlagen und seiner Zunge beraubt. Der Berliner Kriminalhauptkommissar Werner Brodersen leitet die Ermittlungen und staunt nicht schlecht, als man in der Wohnung des Ermordeten ein ganzes Waffenarsenal findet – und dubiose Hinweise auf eine Raketenabschussbasis. Führte der angesehene Staatsanwalt ein Doppelleben zwischen Rechtsprechung und Kriminalität? Als wenige Tage nach dem Mord in einer Berliner Postwurfsendung die abgetrennte Zunge des Staatsanwalts gefunden wird, dämmert dem Kommissar, dass hier noch in ganz anderer Richtung gesucht werden muss …

KBV-KRIMI

Carola Clasen

Tot und begraben

KBV-Krimi Nr. 108
Taschenbuch, 240 Seiten
ISBN 3-937001-03-4

Von einem Tag auf den anderen kostet eine Beerdigung im kleinen, beschaulichen Eifelort Oberprüm nur noch die Hälfte. Kein Wunder, dass die Konkurrenz den Leichenwagen von nun an nicht mehr aus den Augen lässt. Die Bestatter Paul und Peter Schlangensief haben offensichtlich eine todsichere Geschäftsidee entwickelt, dank derer sie allen anderen eine Nasenlänge voraus sind. Zur gleichen Zeit gibt der einsame Witwer Wilden eine Heiratsannonce auf. Als er endlich einen Brief und ein Foto erhält, verliebt er sich Hals über Kopf in die schöne Sybille. Sein Glück scheint perfekt. Doch dann geht es plötzlich mit seiner Gesundheit rapide bergab.

»... die Handschrift macht Appetit auf mehr!« (Das Magazin)

»... die Crime Lady unter den Eifelkrimiautoren« (Trierischer Volksfreund)

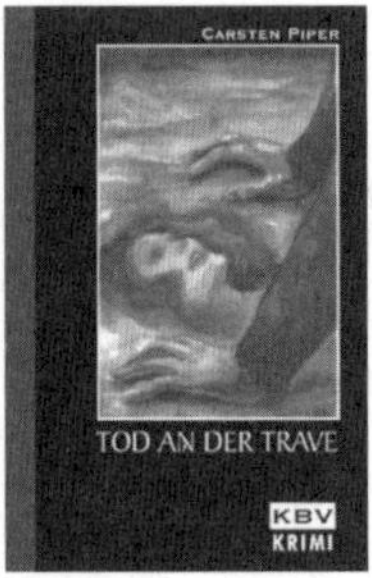

Carsten Piper

Tod an der Trave

KBV-Krimi Nr. 109
Taschenbuch, 192 Seiten
ISBN 3-937001-04-2

Hans Conrads Frau Jule fällt bei einem Winterspaziergang geradezu über die Leiche der jungen Dom-Organistin der ehrwürdigen Hansestadt an der Trave. Conrad hat inzwischen seinen Job bei der Berliner Kriminalpolizei an den Nagel gehängt. Also ermittelt er auf eigene Rechnung und gerät unter anderem an eine eher unorthodoxe Religionsgemeinschaft mit bizarren und freizügigen Riten. Nach und nach blättert bei einigen der traditionell angesehenen Institutionen der Lack ab. Die Hafenbehörde erweist sich als korrupt, die Polizei als unfähig, die Kirche als feige. Der arbeitslose Hans Conrad muss daher nun selbst für Ordnung sorgen.

»Leichthändiges Spiel mit den Regeln des Krimigenres.« (Ludwigsburger Kreiszeitung)

Frauke Schuster

Toskanisches Schattenspiel

KBV-Krimi Nr. 111
Taschenbuch, 384 Seiten
ISBN 3-937001-06-9

Thanner hat sich seinen Lebenstraum erfüllt: Auf dem toskanischen Landgut »Il Paradiso« züchtet er rassige Pferde und genießt prickelnde Nächte mit einer temperamentvollen Erotiktänzerin. Doch als sein psychisch gestörter, mutistischer Neffe Ken bei ihm einzieht, droht sich das Idyll schlagartig in eine Hölle zu verwandeln. Im Morgengrauen findet er eine Leiche in seinem selbst geschaffenen Paradies. Da die italienische Polizei bestenfalls halbherzig ermittelt, versucht Thanner nun selbst, Licht in die dunklen Geschehnisse zu bringen, und erkennt dabei fast schon zu spät, welche mörderischen Abgründe hinter den gediegenen Fassaden des toskanischen Gartens Eden lauern. Und mitten zwischen den Lebenden spielen die Schatten der alten Etrusker ihr eigenes Spiel ...

KBV-KRIMI

Oliver Schillng

Herrgöttle

KBV-Krimi Nr. 103
Taschenbuch, 254 Seiten
ISBN 3-934638-29-5

»Herrgöttle« – so nennen sie den alten Herrn Göttle auf der Pflegestation M3, einem letzten Aufbewahrungsort für demente Greise.
Thomas Haas dagegen hat noch viel Zeit, die er ziellos in der behaglichen Langeweile seiner Heimatstadt Heilbronn vertrödelt. Thomas ist so ziemlich der Einzige, der sich für die Insassen der M3 interessiert, seit auch sein geliebter Großvater dort eingeliefert wurde.
Als er Göttles Tochter kennen lernt und mit ihr eine Affäre beginnt, wird aus dem Interesse Neugier: Göttles Vergangenheit scheint zwielichtig und Thomas stößt darin unverhofft auf Spuren seines Vaters, der vor Jahren nach einem Bordellbesuch erstochen wurde. Als Thomas den Spuren folgt, gerät er in den kriminellen Sumpf der Stadt – und Leuten in die Quere, die seine Neugier stört ...

Justin Larutan

Kidnapped in Benztown

KBV-Krimi Nr. 80
Taschenbuch, 253 Seiten
ISBN 3-934638-80-5

Frank Vodenka, ein mittelmäßiger Privatdetektiv, lebt nach seiner Scheidung vereinsamt in Feuerbach. In einer Edeldisko lernt er ein junges Mädchen kennen – Julia. Die Liebe seines Lebens? Sie verbringt einzigartige Stunden mit ihm, verschwindet aber noch in derselben Nacht spurlos. Frank möchte sie unbedingt wiedersehen; doch alle – auch Leute, die sie ihm persönlich als ihre Freunde vorgestellt hat – behaupten, das Mädchen nicht zu kennen. Frank beginnt der Sache nachzugehen und wird dabei nichts ahnend in einen Strudel dunkler Machenschaften hineingezogen ...
Ein spannender, sprachlich ausdrucksvoller und atmosphärisch dichter Krimi aus der HipHop-Hauptstadt Stuttgart.

Klaus Wanninger

Schwaben-Rache

KBV-Krimi Nr. 49
Taschenbuch, 282 Seiten
ISBN 3-934638-49-X

Stimmen schreckten sie aus ihren Gedanken. Es mussten sich Männer unmittelbar vor dem Haus befinden, vielleicht sogar schon im Eingangsbereich. Sie stritten, wechselten zumindest einige deutliche Worte miteinander.
Sie musste die Schreibmaschine unbedingt als Beweismaterial sicherstellen. Warum hatte sie ihre Pistole nicht mitgenommen? Sie war aus reiner Vorsicht unbewaffnet ins Haus eingedrungen. Sollte das Unternehmen schiefgehen und sie des Einbruchs bezichtigt werden, konnte man ihr wenigstens nicht das Mitführen einer Waffe zum Vorwurf machen. Dummheit, unverzeihliche Dummheit.
Die Eingangstür unten knarrte. Das Licht im Erdgeschoss ging an. Irgendjemand war schon im Haus. Sie musste verschwinden!

historisch

KBV-KRIMI

Ralf Kramp

...denn sterben muss David!

KBV-Krimi Nr. 82
Taschenbuch, 229 Seiten
ISBN 3-934638-82-1

801 nach Christus. Karl der Große ist in Rom zum Kaiser gekrönt worden und befindet sich auf der Rückreise in seine Heimatpfalz Aachen. Zur gleichen Zeit werden in der Eifel einige ruchlose Morde verübt. Die Täter sind kahlgeschoren und grausam. Ihre Losung lautet: »...denn sterben muss David!«
Es geht um gefälschte Schriftstücke und um eiskalte Rache, und ihre blutige Spur führt nach Aachen, wo der Kaiser erwartet wird. Nur einer hat ihr Tun beobachtet und heftet sich an ihre Fersen: Enno, ein einfacher Bauernjunge, den man fälschlicherweise des Mordes bezichtigt.
Kann er sie aufhalten?

Andreas Scheepker

Du sollst nicht stehlen

KBV-Krimi Nr. 88
Taschenbuch, 240 Seiten
ISBN 3-934638-88-0

Ostfriesland im Frühsommer 1528: Große Umwälzungen in Kirche und Gesellschaft bestimmen das Land in der Reformationszeit. Der Rechtsgelehrte Lübbert Rimberti kehrt in seine Heimat zurück und wird durch Zufall in einen grauenhaften Mordfall verstrickt.
Am Rande des Moores wird eine unbekleidete Leiche entdeckt.
Wer war der Tote?
Wer steckt hinter der Tat?
Bei dem Versuch, Licht in die Sache zu bringen, schafft sich Rimberti viele neue Freunde ... Aber auch viele Feinde in den höchsten Kreisen des Landes.
Und schließlich lüftet er eines der bestgehüteten Geheimnisse der ostfriesischen Geschichte.

Maria Kastellitz

Im Höllenturm

KBV-Krimi Nr. 89
Taschenbuch, 356 Seiten
ISBN 3-934638-89-9

Um die Jahrhundertwende wächst im verschlafenen Eifelstädtchen Euskirchen die junge und hübsche Helena heran. Eigentlich wäre sie lieber ein Junge, denn die Benimmregeln und der Anstand der wilhelminischen Zeit hemmen sie in ihrer Abenteuerlust.
Beinahe ahnungslos aufgewachsen, wird sie mitsamt ihrem väterlichen Firmenanteil an einen Geschäftspartner ihres Vaters verheiratet. Als sich plötzlich eine Reihe grausamer Frauenmorde in ihrer Umgebung ereignet, beginnt Helena, den eigenen Mann als Mörder zu verdächtigen.
Sie muss handeln!
Mit weiblicher Finesse versucht sie, den Schuldigen zu entlarven.

KBV-KRIMI international

Christine Spindler

Im Rhythmus Der Rache

KBV-Krimi Nr. 86
Taschenbuch, 276 Seiten
ISBN 3-934638-86-4

Der erste Fall von Inspektor Frederick Terry von der London Metropolitan Police.
Die schöne und talentierte Jessica Warner lebt für den Tanz. Nicht einmal ihr eifersüchtiger Ehemann oder ihre traumatische Jugend können sie in ihrer Leidenschaft bremsen.
Als sie kurz vor der Premiere ihres neuen Stückes spurlos verschwindet, nimmt Inspektor Terry die Ermittlungen auf und entdeckt ein Netz aus Geheimnissen und Missverständnissen. Aber erst nach einem brutalen Überfall auf einen ehemaligen Liebhaber Jessicas erkennt Terry, in welch großer Gefahr sich die verschwundene Tänzerin befindet. Ein Wettlauf gegen die Zeit beginnt.

Burkhard Ziebolz

Das geheime Leben des Ettore Majorana

KBV-Krimi Nr. 53
Taschenbuch, 240 Seiten
ISBN 3-934638-53-8

Im Frühjahr 1938 verschwindet der italienische Physiker Ettore Majorana spurlos, nachdem er alle schriftlichen Zeugnisse seiner Arbeit vernichtet hat. War es Mord, Selbstmord oder Entführung? Majorana, der von Zeitgenossen als eines der größten physikalischen Genies seiner Ära bezeichnet wird, taucht nie mehr auf, weder lebend noch tot. Sein Verschwinden bleibt ungeklärt.

Burkhard Ziebolz nimmt die tatsächlichen Ereignisse von damals auf und verwebt Fakten mit Fiktion. Gerüchte über eine revolutionäre Entdeckung ziehen die Aufmerksamkeit der Geheimdienste auf den Wissenschaftler. Dieser versucht verzweifelt, der Bedrohung zu entfliehen …

S.J.Rozan

China Trade

KBV-Krimi Nr. 95
Taschenbuch, 240 Seiten
ISBN 3-934638-95-3

Zusammen mit ihrem Partner Bill Smith wird die Privatdetektivin Lydia Chin engagiert, um wertvolles Porzellan wiederzubeschaffen. Die Spur führt die Detektivin mit dem Gespür für Ärger direkt von der scheinbar makellosen Welt der Kunsthändler in die tödliche Welt der chinesischen Triaden.
In ihrem Debütroman entfaltet die »*Shamus*«- und »*Anthony*«-Gewinnerin S. J. Rozan die geheimnisvolle Welt von China Town in all ihren Facetten.

»Großartig! … Lydia Chin ist eine der reizvollsten Privatdetektivinnen überhaupt.«
(Susan Dunlap, Autorin von »*Als Anna verschwand*« und »*Nachts sind alle Katzen grau*«)